KB241642

내 남은 생의
모든 것

내 남은 생의 모든 것

로빈 미셸 레비 지음 | 이민정 옮김

추천글

로빈 레비의 이야기는 특별한 경험이었다. 유방암을 막 이겨낸 시점에서 만난 그녀의 담백하고 꾸밈없는 글은 내 가슴을 두드리고 마음을 치유했다. 독특한 재미와 따뜻한 즐거움을 선사하는 그녀의 이야기는 영혼을 울리기에 부족함이 없다. 책을 읽는 내내 나를 온통 휘감았던 감동은 앞으로도 친구처럼 줄곧 나와 함께할 것이다.

비프 네이키드 Bif Naked_인터내셔널 레코딩 아티스트, 작가, 시인, 배우

무슨 일이든 적당히 하는 법이 없는 로빈 레비. 그녀가 한 사람의 인생을 송두리째 뒤흔들 만한 병을 하나도 아니고 둘이나 얻어버렸다. 이 책은 유쾌함과 슬픔, 은밀함이 녹아든 아슬아슬하고도 인상 깊은 여정의 기록이다. 길게만 느껴졌던 투병 생활을, 레비는 투병 과정의 사투 그 이상의 이야기로 풀어내고 있다.

빌 리처드슨 Bill Richardson_작가, 방송인

대범하면서도 익살맞을 정도로 솔직한 한 여성이 풍부한 시적 감성과 유머러스한 화법으로 풀어낸 이야기……. 책을 놓은 다음에도 한동안 로빈 레비의 음성이 귓전을 떠나지 않을 것이다.

로나 래스킨 Rhona Raskin_ 라디오 토크쇼 진행자이자 칼럼니스트

재미와 감동의 맛깔난 조화를 자유자재로 빚어낸 작가의 빛나는 데뷔작이다.

코리 하워드 Cori Howard_《비트윈 인터럽션즈Between Interruptions》 편집자

한쪽 가슴만으로도 당당할 수 있다! 유방암을 이겨낸 사람이라면 반드시 읽어봐야 할 책이다!

유방암 생존자인 한 여성

로빈 미셸 레비가

한국에 있는 당신에게 전하는

메시지

이 책을 잡는 순간, 당신들과 나는 친구가 됩니다.

당신들에게 슬픈 일이 생기면 저 또한 슬플 겁니다.

본문으로 넘어가기 전에 잠시나마 이렇게 한국에 있는 당신들과 만날 수 있어서 얼마나 다행인지 모르겠네요. 먼저 쿠키와 차부터 드세요. 전 이쪽 소파에 앉을 테니 당신들은 저쪽 긴 소파에 앉으세요. 의자가 넉넉하고 편안해 보이네요. 당신들이 이 책을 다 읽으셨을 때쯤에는 저와 제 가족 그리고 저를 담당했던 의료진은 물론, 제 이웃과 강아지에 대해서도 꽤 많은 부분을 파악하실 수 있을 거예요. 어쩌면 당신들과 제가 아주 가까운 친구가 된 듯한 느낌을 받을 수도 있을 겁니다. 그렇게 된다면 참 좋을 것 같습니다.

친구들에게 뭔가 나쁜 일이 생길 때면 전 종종 "어쩌면 좋아……. 슬프네"라고 말합니다. 이제부터는 당신들에게 안 좋은 일이 생기면 친구들에게 그럴 때와 똑같은 감정으로 말할 겁니다. 물론 이외에 다른 반응을 보일 때도 있지요. 가령 친구들이 울음을 터뜨리기라도 한다면 "아이구, 저런저런"이라고 말하겠지요. 또 상대가 세상이 끝나기라도 한 것처럼 수심이 가득한 얼굴을 하고 있다면 "다 잘될 거야"라고 위로하겠지요. 그런 다음 티슈를 내놓고 안아줄 겁니다. 친구들이 원한다면 몇 마디 충고를 건네기도 할 거고요. 하지만 그럴 때마다 가장 중요한 건 바로 그들의 이야기를 진지하게 들어주는 거랍니다. 친구들 역시 제가 힘든 상황에 처할 때면 잠자코 제 이야기에 귀 기울여주었죠.

그럼 '힘든 상황'에는 어떤 것들이 있을까요? 몇 가지 예를 들어볼까요. 교통사고나 유산, 이혼, 시험 낙방, 파산, 아끼던 애완견의 실종, 실직, 사랑하는 사람의 죽음, 아이가 아플 때 등 힘든 일은 참으로 많습니다. 제 경우 가장 최근에 겪은 힘든 상황이라면 파킨슨병과 유방암에 걸린 거겠지요. 정말이지 개인적으로 최악의 위기에 봉착한 셈이었지만 아주 값진 교훈을 얻기도 했어요. 그것은 바로 도움을 주는 것보다 받는 것이 훨씬 어렵다는 사실입니다. 더군다나 앞날이 막막하고 희망이라곤 보이지 않아 위태롭게 흔들리는 크리스털 샹들리에처럼 마음이 약해져 있다면 도움을 구하는 게 더 힘들어지죠.

저는 다행히 특별 레시피를 확보해둔 덕택에 이런 난관을 좀 더 쉽게 이겨낼 수 있었습니다. 이제 당신들에게도 그 레시피를 알려드릴게요.

당신들이 힘들 때 도움이 되는 레시피

· 용기 1컵

· 걱정 2컵

· 희망 한 아름, 100티스푼가량

· 불신, 절망, 어처구니없는 상황 약간씩을 잘 섞으세요.

기대어 울 수 있는 어깨와 주변과의 지속적인 공감 그리고 충분한 대처력을 더해 넣으세요. 반드시 이겨낼 수 있다는 신념과

The Parade of Flossed Souls

excuse me doctor, is that a stethoscope in your pocket or are you just happy to diagnose me?
Rx

전문의, 처방약, 유머, 인내심도 한데 섞어 넣으세요. 완성물을 필요로 할 때마다 섞은 걸 잘 사용하면 됩니다.

지금쯤 이렇게 생각할지도 모르겠습니다. 아무리 정서적으로 안정된 경우라도 구하기 어려운 재료가 몇 가지는 있는 법이라고 말이죠. 그럼 마음이 약해질 대로 약해져서 가진 재료가 거의 없을 때는 어떻게 하면 될까요? 대뜸 아무 집이나 찾아가서 용기 한 컵만 빌려 달라고 할 수는 없는 노릇이죠. 하지만 잘 생각해봐요. 가까운 이웃이나 친구, 친척, 동료, 심리 상담 치료사, 의사, 사회 복지사 등 도움을 청할 수 있는 대상은 주변에 많습니다. 개중에는 직접적으로 도움을 제공하는 사람도 있고 희망을 심어줄 사람도 있을 것입니다. 또 어떤 사람은 여러분의 상황에 조금 공감하다가 이런 말을 던질지도 모르죠.

"저런저런, 걱정 말아요. 다 괜찮아질 거예요."

그런데 실제로 그건 사실입니다. 결국에는 전부 다 괜찮아질 거니까요. 지금 당장의 상황이 어색하고 익숙하지 않더라도 말이죠. 제 말을 믿어도 좋습니다. 모든 걸 직접 겪어본 제가 자신 있게 말씀드릴 수 있습니다. 지금 이 순간 우리가 체감하는 두려움과 고통 그 이면에는 그 어떤 것도 이겨낼 수 있는 내면의 힘이 내재되어 있다는 사실을……. 누구나 가끔은 그런 사실을 일깨워줄 만한 사람이 필요한 법이죠.

차와 쿠키를 준비하셨나요? 그럼 이제 페이지를 넘기셔도 좋습니다. 그럼 지금부터 제 이야기를 시작하겠습니다.

contents

추천글

1. 힘겨운 나날들

우울과 불안 그리고 변덕으로 똘똘 뭉친 나 *19*

정말이지 나는 형편없는 인간이다 *23*

폐경전증후군이라고 단정 짓기에는 무리가 있었다 *23*

솔직히 말하자면 내 안에는 울보 한 명이 있다 *27*

우울증을 앓는 사람들에게는 배려가 필요하다 *28*

눈물이 멈추지 않아요 *30*

절대로 이상적이지 않은 현실 세계의 직장이라는 공간 *36*

실직을 코앞에 둔 울보를 위한 레퀴엠 *42*

혼자서 완전히 무너지다 *46*

2. 힘든 고백

나는 그저 어서 죽었으면 했다 *49*

쓸데없이 나열하는 것을 좋아하는 사람 *51*

변호사였어요, 우울증을 앓은 뒤 심리치료사가 되었죠 *53*

하루에 사과 한 알을 먹으면 건강해질까? *56*

가지 말아요, 나를 두고 가지 말아요 *59*

파킨슨병……이라고 한다 62
욕조의 용도는 생각보다 다양하다 66
16년 전, 베르겐과 나는 사랑을 했다 67
딸의 얼굴도 기억하지 못할까 봐 두려워 69
슬픔을 풀어놓을 수 있었던 친구가 떠나다 71
딸과 나는 같은 처지, 둘 다 파킨슨병에 걸린 부모가 있으니 74
사랑해, 그런데 너무 아파서 표현할 수가 없었어 78
아빠랑 너무 닮고 싶어서 같은 병까지 걸려버렸어 80
미안해하니 더 미안해졌다 83
농담이었으면 얼마나 좋았을까? 84
털끝만큼의 동정이라도 필요할 때 87
레싱과 르윙턴 중간쯤에 놓이게 될까? 90
점점 굳어져가는 왼손, 그리고 움직이기를 멈추다 90

3. 위기의 여인들

나라고 걱정이 안 되는 것은 아니다 95
군인처럼 당당하게 행진하고 싶지만 현실은 전혀 97
가끔 남몰래 희망을 품는다 99
부디 그랬으면 좋겠다 101
고통에 좀 더 편안하게 대처할 수 있다면 107
치명적인 질환에 우직하게 맞서 싸우는 너그러운 부부의 꾸밈없는 의견 109
하늘도 아직 결정을 내리지 못했나 보다 114
정말 갔다, 가기 싫었지만 115

4. 섹스, 강아지 그리고 통제되지 않는 혼란

퇴행성 신경질환에 걸린 앙큼한 여자들을 이기다 *121*
지루해 죽을 것만 같았다 *127*
돈 마리 존스와 함께한 아침식사 *127*
넬리, 너도 알고 있니? 내가 파킨슨병에 걸린 것을 *128*
한 사람의 아내에서 패배자로, 한 아이의 엄마에서 할 일 없는 백수로 *130*
꽉 막힌 엄마가 되어버린 걸까? *132*
좀 더 오랫동안 꾸물거려줘, 앞으로 나아가지 말고 *135*
선물용 간식거리 굽기는 바로 내 자존심 *135*
모든 게 뒤바뀌는 동시에 아무것도 변하지 않는 순간 *137*
지루하긴 하지만 싫어하지 않는 것 *140*
아직은, 몸의 왼쪽만 불편할 뿐이다 *142*

5. 숨은 존재의 발견

발견이 유쾌한 것이었으면 얼마나 좋았을까? *145*
구원의 손길만 기다리며 꿈틀대는 지렁이 한 마리 *148*
뭐가 되었든 맞서 싸우는 거야! *149*
아빠를 기억해두고 싶었다 *154*
괜찮은 것만은 아닌 듯한 조짐 *158*
파킨슨병에 유방암까지 걸리다 *159*
뭉크처럼 입을 쫙 벌리고 절규하고 싶어 *162*
가슴을 절제했는데도 남편은 날 사랑해줄까? *167*
줄곧 태연한 척했던 나는 그제야 하늘이 무너진 듯 허물어졌다 *169*
울고 말았다, 꼴사납게 *171*
중심핵 생체검사 대신 척출 생체검사를 받아야 한단다 *172*
두려움 없이 변함없는 사랑을 주는 친구 *173*
그는 유부남이다, 나도 유부녀다 *176*
나쁜 소식을 전할 때가 왔다 *178*
주변 사람들의 비통한 눈물에 익숙해지다 *179*
웰컴 유방절제술, 굿바이 상한 가슴 *182*

6. 내 가슴골에 굿바이 키스를 보내며

《현명한 환자를 위한 유방암 가이드》를 꼭 읽어야 하나요?
난 현명하고 싶지 않아요! *187*
난 의사를 믿었고, 또 그럴 수밖에 없었다 *189*
드디어 가슴이 잘려나가다 *193*
차마 쳐다볼 용기가 나지 않았다 *195*
알고 있니? 시끄러운 음악도 위안이 된다는 것을 *197*
틀림없이 그들이 보고 싶어질 것이다 *199*
나도 한때는 무엇이든 잘게 자를 수 있었다 *201*
힐디 같은 친구는 꼭 필요한 법이다 *205*
가슴 절제가 점점 이상해지는 뇌세포를 앞지르다 *208*
잘려나간 가슴을 처음으로 응시하다 *210*
수술 결과도 A+, 의사도 A+ *211*
가슴의 통증이 느껴지지 않을 만큼 행복했어 *213*
특별한 게 없어지면 너무 허전해 *215*
다들 가야만 했다, 나만 빼고 *218*
몸속에 꽂은 튜브를 뺀 순간 역겨웠다 *219*
동정을 받는 것에도 질려가다 *221*
마음만 받을게요, 지금으로선 그 수밖에 없어요 *222*

7. 말해줘, 나 어떻게 해야 해

한쪽 가슴만 달린 중년여자가 씩씩대는 것은…… *225*
예전의 멀쩡했던 모습이 그리웠다 *227*
내 딸이 레즈비언이라는 게 뭐 어때서? *230*
종양학자와의 면담 *233*
살아 있었어, 아주 잘! *235*
수술만 하면 다 나을 줄 알았는데…… *237*
세상에서 가장 매력적인 정원에 묻히고 싶어 *242*
왼쪽 가슴 절제 수술도 고려해보라고? 왜? *252*

8. 돌로레스와의 여행

감상에 빠져 그런 것은 아니다 *259*
돌로레스는 슬픔이라는 뜻이래 *261*
좋아 보이지 않아도, 좋아 보이고 싶어요 *265*
가족들은 각자의 일로 매우 분주했다 *267*
그냥 웃어줘, 이렇게라도 하지 않으면 눈물을 달고 살 것 같으니까 *271*
쇼핑하면서 우는 것은 어린아이나 하는 행동이야 *275*
내 흉터는 아름답게 자리 잡았다 *278*
누군가는 먼저 밟아야 할 길이다 *281*
우린 한배를 탔지만 몸 상태는 제각기 달랐다 *284*

9. 엄마로 복귀, 아내로 복귀, 딸로 복귀, 친구로 복귀

자궁 속 난소만큼이나 연약한 존재가 된 기분이었다 *287*
이제는 남편과 공유했던 영역에 들어서지 못하게 되었다 *290*
난소와 나팔관을 잘라내면 바로 폐경이 찾아올 것이었다 *292*
그동안 같이 있어줘서 고마웠어, 내 난소들아 *294*
베르겐은 난소가 없는 내가 여전히 아름답다고 했다 *295*
드디어, 한 번도 울지 않던 남편이 울었다 *297*
남편이 있어서, 남편이 있어서, 다행이다 *298*
헬렌의 과일 샐러드에는 질서가 서려 있다 *299*
괜찮다고, 이 정도는 버틸 수 있다고 알려줘야 했다 *300*
동시에 파킨슨병과 유방암에 걸린 사람은 무지 바쁘다 *302*
약의 부작용으로 재미나 누려볼까? *306*
조이가 아프지 않았으면 좋겠다, 그리고 나도…… *308*
가슴을 빼앗긴 게 아니라 더 큰 가슴을 얻은 거야 *308*
처음 만나는 사람이 자꾸 상기시켰다 *310*
아마도 나이 많은 남편보다 내가 더 먼저 갈지도 모르겠다 *313*
Love me for me, 마법 같은 일이 벌어지려고 해 *314*
그녀가 제발 유방암에 걸리지 않기를 빌고 싶었다 *316*
따뜻한 젤에 위안을 받다 *318*
남편이 날 닮아간다 *320*
아직까진 견딜 만하지만 언제까지 가능할지…… *321*

10. 답답한 건 싫어

세상에는 다양한 축이 존재한다 327
나는 아티스트다, 그리고 난소를 제거하고 잃었던 창조력을 되찾았다 329
폐경 후, 끔찍한 일은 벌어지지 않았지만 332
니체는 말했다, 아프면서 성숙한다고. 나는 말한다, 아프면 바뀐다고 335
조이는 훌륭한 엄마였다 336
잠시 서랍 속에 숨어 있었으면 좋겠다 339
노력을 안 한 것은 아니다, 소용이 없었을 뿐이다 340
나는 아빠엄마의 딸이고, 나오미는 아빠엄마의 손녀다 342
딸과 내 영혼을 나눈 친구들과의 오붓한 휴가 349
딸의 도전을 응원하고 싶었다, 괜찮다고 351
아직 재기 발랄하고 쾌활해, 그리고 그럴 수 있어 353
아빠의 몸이 점점 둔해져간다 355
정상이라고, 힘주어 말해주었다 357
도파민을 누른 시네메트 효능에 감탄하다 358
딸은 내가 당장 죽지 않는다는 사실에 안도했다 360
죽지도 못하고 낫지도 않겠지만, 그래도 살아야겠지? 361

01

힘겨운 나날들

내가 이렇게 형편없었던 건 아니다

우울과 불안
그리고 변덕으로 똘똘 뭉친 나

전에도 이런 적이 있었다. 하지만 그것은 생리증후군에 시달릴 때나 과로로 지쳐 있었을 때였다. 당시는 상황이 점점 나빠질 뿐이었다. 그즈음 들어 더 극심하게 기분이 오락가락했다. 내 안에 잠복한 분노의 불씨는 언제 어디서든 타오를 기세였다. 예를 들면 이랬다. 장을 보며 채소거리를 고르다가도 이렇다 할 이유 없이 불현듯 화가 솟구쳤다. 그럴 때는 눈앞에 있는 브로콜리를 집어 들고 머리 부분을 확 떼어버리고 싶어졌다.

여기서 그치면 다행이었다. 동료가 자신이 먹은 커피 잔을 내 책상 위에 올려놓고 그대로 가버리면 돌연 모욕감과 증오가 치솟았다. 그 순간 나는 마치 잔인한 식인종이라도 된 양 날카로운 송곳니로 동료를 발기발기 찢어 살점과 내장을 게걸스레 먹어치운 뒤 흘러내리는 피와 함께 남은 걸 모두 깡그리 삼켜버리고 싶어졌다.

그래도 회사나 쇼핑몰에서처럼 다른 사람들에게 정상적인 모습을 보여주어야 할 때는 그나마 평정심을 유지하려고 애쓰는 편이었다. 억지로 표정을 밝게 하고 치밀어 오르는 짜증을 꾹꾹 눌러앉히며 주어진 임무를 완수하려고 노력했다. 그러고는 집에 돌아오면 참았던 감정을 분출시키며 아이를 닦달하고 남편에게 불평을 늘어놓기 일쑤였다.

현관에 들어서는 순간부터 집 안의 모든 것들이 내 신경을 건드렸다. 마루가 어질러져 있다거나 벗어 놓은 양말 한 짝이 눈에 띈다거나 싱크대에 설거지거리가 남아 있을 때 등 경우는 다양했다.

오늘 저녁에 내 심기를 건드린 것은 내가 깨끗이 손질해 둔 딸의 세탁물이었다. 이번 주가 시작될 무렵 나는 딸아이의 세탁물을 깨끗이 빨아 말려서 예쁘게 갠 다음 손수 이층 침실에 가져다 두었다. 사실 딸의 방은 침실이라기보다 아수라장에 더 가까웠다. 볼 때마다 엉망진창이었다.

그런데 왜 내가 딸의 세탁물에 화가 난 것일까? 그저 처음에는 딸의 방에서 흘러나오는 음악 소리가 너무 커 볼륨을 줄이기 위해 달려갔을 뿐이었다. 그런데 난 그만 보고 말았다. 방이 엉망진창 상태에서 더욱 발전한 것을. 만약 방이 이 정도로 어질러져 있다는 사실을 알았다면 거실에서 딸과 딸의 친구가 재미나게 놀고 있게 하지도 않았을 것이다. 아니 애당초 방이 깨끗하게 치워지기 전에는 친구와 어울리지 못하도록 했을 것이다. 나의 화가 폭발했다.

"나오미! 당장 이리 올라와봐!"

나는 부엌을 향해 고함을 질러댔다.

"나오미! 지금 당장이라고 했어!"

벗어 놓은 옷들은 마루와 침대, 책상, 의자를 온통 뒤덮은 채 나뒹굴고 있었고, 내가 힘들게 손질한 새 세탁물은 옷장에 옮겨지지도 못한 채 더러운 빨랫감과 먹다 남은 샌드위치 조각 그리고 쓸모없는 메모지들과 섞여 구겨지고 더러워지고 있었다.

"왜 그러는데요, 엄마?"

계단을 뛰어올라 온 나오미가 물었다.

"네 방에 돼지가 사니? 돼지우리가 따로 없잖아. 난 네 옷을 빨아서 개어 주기까지 하는데 너는 그것을 옷장에 넣지도 못해! 그것조차 다시 더럽히다니, 도대체 넌 왜 그 모양이니? 세탁한 옷은 정리하기로 약속했잖아!"

"죄송해요. 데니스가 가고 나면 바로 치울게요."

나오미는 기어들어가는 목소리로 중얼거렸다.

"안 돼! 지금 당장 정리해!"

나는 거칠게 소리를 지르며 쾅 소리 나게 문을 닫았다.

"데니스가 아래층에서 기다리고 있단 말이에요."

"내가 상관할 바 아니야. 방을 이 꼴로 만들어놨으니 당장 치우는 게 맞아. 바로 지금!"

나오미의 눈에 금세 눈물이 맺혔다. 이때 방문을 노크하는 소리가 들렸다. 남편 베르겐이 들어와 딸과 나를 번갈아 쳐다보았다.

"상관하지 말아줘, 베르겐."

일단 한번 화를 내기 시작하면 내 분노는 좀체 수그러들 줄 몰랐다. 자제력과 교양 있는 태도 따위는 자취를 감추어버리고 못

견디게 언짢은 기분만이 나를 사로잡았다. 베르겐은 그사이 묵묵히 몸을 숙여 양말을 줍고 있었다. 나는 날카롭게 내지르는 내 음성을 자각하며 명령과 빈정댐 그리고 나무람과 최후통첩을 한꺼번에 쏟아냈다.

"당신은 참견하지 마! 나오미에게 필요한 건 동정이 아니라 자기 행동에 대한 대가라고. 왜 항상 나만 악역을 맡아야 하는 거지? 자신이 어질렀으니 자신이 치워야지. 이제부터 빨래 정도는 스스로 하도록 해. 친구는 기다려도 돼. 아니면 당신이 나중에 태워다주든가. 내가 상관할 바 아냐! 나오미, 지금 당장 방 치워!"

놀라 허둥대며 방을 치우기 시작한 나오미의 눈에는 두려움이 일렁였다. 눈물이 뺨을 타고 흘러내리는 와중에 딸아이는 정신없이 청바지와 셔츠, 양말, 속옷, 노트, 매직펜을 주워 담았다. 그 모습을 지켜보던 나는 복도를 지나 곧장 안방으로 들어와 문을 세게 닫아걸고 누워버렸다.

나오미가 잠자리에 들고도 한참이 지난 시각에 나는 딸아이의 방 앞 어두컴컴한 계단에 웅크리고 앉았다. 방 안에서는 훌쩍대는 나오미의 울음소리와 나오미를 달래는 남편의 목소리가 새어나왔다. 갑자기 속이 거북해졌다. 나야말로 구역질 나는 자기혐오자였다. 곧장 끝없는 후회가 밀려들었다. "미안해"라든지 "엄마를 용서해줄래"라는 말을 한마디라도 할 수만 있다면 이 걷잡을 수 없는 분노도 수그러들 것 같았다. 하지만 나는 그러지도 못했다. 그러기에는 너무 부끄러웠다. 그래서 분노가 활활 타올라 재만 남을 때까지 마냥 그렇게 스스로를 방치했다.

정말이지 나는 형편없는 인간이다

아침에 눈을 뜨자 내 못돼먹은 행동에 대한 결과물이 나를 반겼다. 머리를 내리치는 듯 극심한 두통과 주체할 수 없는 설사가 그것이었다. 샤워하러 가던 도중 얼핏 보니 남편과 딸아이가 식탁에 앉아 있었다. 둘 다 만화책을 끼고 시리얼과 오렌지를 먹는 중이었다. 우리 집 강아지 넬리는 그들 발치에 누워 편안하게 잠들어 있었다. 나의 기척에 쳐다보는 사람은 남편 베르겐뿐이었다.

"좋은 아침!"

남편이 차분히 말했다.

그의 따뜻한 목소리가 금세 내 살갗을 파고들었다. 그러자 한순간 남편과 딸아이에게 다가가 내가 잘못했다고 뉘우치며 화해하고 싶어졌다. 지금 당장 그럴 수 있다면 얼마나 좋을까?

하지만 마음은 여전히 억울함과 분노에 사로잡혀 쉽사리 움직이지 않았다. 섣불리 다가섰다가 좌절감을 맛보지나 않을까 하는 두려움도 앞섰다. 그리고 무엇보다 나는 딸과의 악화된 관계를 마주하는 일이 제일 두려웠다. 결국 나는 둘에게 선뜻 다가서지 못한 채 "안녕"이라고 들릴 듯 말 듯 내뱉고는 출근 준비를 시작했다.

폐경전증후군이라고 단정 짓기에는 무리가 있었다

나는 평소 사람들이 출근하기 전에 일찍 출근하는 것을 좋아했다. 그날도 내가 제일 먼저 출근했다. 11월의 아침은 어둑하고 조용해서 차분히 생각을 정리하기에 좋았다. 물론 때맞추어 떠오르는 생각이 있어야 하지만 말이다. 사실 대부분의 경우 내 생각은 군데군데 어지럽게 흩어져 있었다. 그래서 어떤 생각을 포착해낸다는 건 마치 정처 없이 떠돌아다니는 야생 동물을 사냥하는 일만큼이나 까다로웠다. 생각은 온갖 근심들 사이를 비집고 들어가기도 하고 무심코 행하는 습관 속에 녹아들 때도 있었다. 그것은 포스트잇에 아무렇게나 갈겨쓴 메모 안에도 숨어 있었다. 나는 그날 처리해야 할 일들을 하나씩 느릿느릿 적어보았다.

'인터뷰 녹화분 정리하기, 생방송 인터뷰 대본 쓰기, 라디오 방송과 웹사이트에 올릴 내용 편집하기, 음악 심의위원회 미팅 참석하기, 게스트 프로그램 제작하기, 재계약 문제 상의하기, 가능하면 점심에 요가 수업 참여하기.'

개인적으로 당시 나에게 가장 필요한 건 깊은 심호흡과 마음의 평화였다. 날카롭게 곤두선 신경을 누그러뜨리고 스트레스를 완화시켜줄 무언가가 절실했던 것이다. 당시 나는 CBC Canadian Broadcasting Corporation, 캐나다방송공사 라디오 3 방송국 프로듀서를 맡고 있었는데 어찌된 영문인지 엄청난 스트레스에 시달리고 있었다. 라디오 3 방송국은 CBC 내에서도 업무 분위기가 가장 여유로운 구역이었다. 이곳은 어른들의 지루하고 케케묵은 사무 공간이라기보다는 십 대 청소년들이 모여 시간을 때우는 볼품없는 지하 아지트 같은 분위기를 자아내었다. 캐주얼한 평상복 차림의 직원들은 희미한 조명 아래서 새로 나온 캐나다 독립 음악 장르를 대상으로 업무를 진행했다. 우리 일은 그 분야의 노래를 들어보고 여러 음악가와 인터뷰를 하는 한편, 콘서트나 페스티벌을 비롯한 각종 음악 행사와 관련된 방송을 진행하는 것이었다. 이만하면 신나는 일터이지 않을까. 팽팽한 긴장감 속에서 정치인들의 동향을 파악하거나 기사 내용을 정리하느라 눈코 뜰 새 없이 바쁘게 움직여야 하는 뉴스 편집실이나 시사 프로그램 관련 부서에 비하면 확실히 더 나은 조건임에 틀림없었다.

그런데도 왜 나는 화가 나고 불안했던 것일까? 알다가도 모를 노릇이었다.

그즈음 나는 나에게 정말 심각한 문제가 있는 것은 아닐까 절박하게 고민하고 있었다. 나의 증상이 단순히 폐경전증후군이라고 단정 짓기에는 무리가 있었기 때문이다. 겨우 마흔한 살이었다. 겨우 마흔한 살에 폐경전증후군을 보이는 것이라고만 생각했다니. 그렇다고 마흔한 살에 폐경하지 말란 법은 없으니 나의 생각도 나름 일리는 있었다. 그리고 나에게 일어난 증상들은 전형적인 폐경 증상들이었다. 부쩍 불규칙해진 월경주기와 불면증 그리고 잦은 혼동과 한 문제에 대한 집착, 또 원인 모를 통증과 뻣뻣해진 근육 및 관절과 점점 심해져가는 피로, 더불어 심한 변덕과 우울증까지.

그래서 호르몬 조절용 비타민과 한약도 먹어보았지만 효과는 오래가지 않았다. 게다가 이제는 그런 방법도 더는 먹히지 않았다. 그즈음 들어 유일하게 효능이 나타나는 것은 오로지 잠뿐이다. 정말 다행스럽게도 평소 나는 별 어려움 없이 낮잠에 빠져들곤 했다. 집에서 졸음이 몰려오면 침대로 기어 올라가 귀마개를 하고 잠시 졸면 그만이었다. 근무 중에는 몰래 텅 빈 요가 교실로 숨어 들어가 요가 매트와 담요로 간이침대를 만든 다음 불을 끄고 자버리면 되었다. 직장인으로서 이렇게 하는 것이야말로 방음실에서 툴툴대기나 화장실에서 맘껏 울기와 양대 산맥을 이루는 귀한 재주라고 감히 자부할 수 있었다.

여하튼 그날 동료들이 하나 둘 모습을 드러낼 즈음 나는 대본을 완성했다. 그리고 사본 한 부를 인터뷰 진행자의 책상에 가져다 두었다. 그런데 나중에 그 진행자가 나를 한쪽으로 데려가더니 가만히 속삭였다.

"아주 잘 쓴 대본인데 작년에 나왔으면 더 좋았을 뻔했어요. 다만 그 밴드는 새 앨범을 발매했어요. 깜빡한 거죠?"

"아, 이런……. 실수해서 미안해요. 다시 써 드릴까요?"

"아뇨, 안 그래도 돼요. 제가 벌써 고쳤어요."

그렇게 대답을 마친 진행자는 유유히 멀어져 갔다. 내 어리석음의 무게에 짓눌린 나는 의자에 풀썩 주저앉았다. 되는 대로 소리를 내지르거나 실컷 울고 싶어 미칠 지경이었다. 하지만 그런 호사를 부릴 짬이 없었다. 곧 국장의 아침 조회가 시작될 참이었기 때문이었다. 나는 마지못해 심호흡을 하고 좌우로 몸을 틀어보았다. 그리고 "어쩔 수 없지. 차츰 나아질 거야. 나아지겠지"라고 가만히 혼잣말을 되뇌었다.

그때부터 두 달 동안 줄곧 흐리멍덩한 상태였다. 머릿속은 뒤죽박죽인데다 전보다 더 초조해했다. 몸은 축 늘어지고 간혹 부들부들 떨릴 때도 있었다. 딱딱한 회전 통에 갇혀 한바탕 이리저리 부딪치다 나오면 이런 느낌일까. 거기다 그즈음 나는 볼펜이나 나이프, 커피 잔 등 쥐고 있던 물건도 수시로 떨어뜨렸다. 오늘은 회사 계단에 걸려 넘어지기까지 했다. 뭔가 단단히 잘못된 게 틀림없었다. 아니면 단순히 정신이 나갔던지. 다시 한 번 진찰을 받아보아야 했다. 전화로 예약할까?

하지만 지금은 아빠에게 먼저 연락을 해야 했다. 아빠와 나는 매일 통화했다. 최근 아빠의 몸 상태가 좋지 않았다. 행동이 느려지고 걷기 불편해하더니 점차 균형 감각도 잃어갔다. 그래서 여러 가지 검사를 해본 결과 파킨슨병Parkinson's disease, 신체 떨림, 근육 강직, 보행 장애 등의 이상이 발생하는 중추신경계 질환이라는 진단을 받았다. 파킨슨병이라니, 아무리 그래도 이건 너무 충격적이었다. 그 사실을 전화로 전해들은 나는 전화를 끊고 나서도 그 사실을 받아들이기가 어려웠다. 여태 내 감정을 지탱해온 마음의 빗장이 한순간 툭 끊어져버린 듯해, 나는 얼른 녹음실로 가 그곳에서 끝도 없이 눈물을 쏟아냈다.

솔직히 말하자면 내 안에는 울보 한 명이 있다

그런 까닭에 나는 언제 어디서든, 함께 있는 사람이 누구든 아랑곳없이 눈물을 떨구었다. 모자를 떨어뜨리거나 어딘가에 발가락을 부딪쳤을 때, 상대가 무례할 때 또는 나쁜 소식을 접했을 때 등 내가 울음을 터뜨리는 경우의 수는 매우 다양했다. 천만다행으로 나는 울어서 눈이 시뻘겋게 부어오르고 눈물 콧물로 범벅이 되더라도 중년치고는 그다지 흉측해 보이지 않았다. 그래서 밖에서 울게 되더라도 아주 당황스럽지는 않았다. 동료들 역시 그런 내 모습을 딱히 불편해하지 않는 것 같았다. 아, 내 아랫입술이 떨리고 눈물이 비친다 싶으면 쏜살같이 자리를 피해버리는 직원들을 제외하고는 그랬다는 얘기다. 어쨌건 아빠가 파킨슨병에 걸렸다는 소식을 접한 뒤 내 안의 울보는 눈물을 그칠 줄 몰랐다.

이렇게 울었던 적이 있었을까? 물론 있었을 것이다. 장난감이 망가졌을 때, 골절상을 당했을 때, 실연당했을 때, 꿈이 좌절되었을 때 으레 난 울었다.

생리전증후군에 시달리고 예술가적 기질이 풍부하다는 점도 내 안의 울보를 자극하는 요소였다. 이렇다 보니 아주 유치한 이유로 시작된 울음부터 일부러 짜내는 거짓 눈물에 이르기까지 내 울음의 레퍼토리는 참으로 다양했다.

분명 나는 잘 울었다. 하지만 우는 것 말고도 여러 가지에 능숙했다. 웃음도 예외는 아니었다. 그런데 요즘 들어서는 웃음은 고사하고 미소조차 지을 수 없었다. 솔직히 두려웠다. 즐거움 따위는 아예 느낄 수 없게 될까 봐……두려웠다. 누가 좀 도와주었으면 좋겠다. 심리 상담이라도 받아볼까?

우울증을 앓는 사람들에게는 배려가 필요하다

이 상담센터에 간판이 없는 것도 아마 그런 이유 때문이리라.

이곳에는 단지 주소만이 표시되어 있을 따름이었다. 나는 내심 만족하면서 센터 내로 들어갔다. 그러고 보니 센터로 통하는 가파른 계단도 마음에 들었다. 아마 내게는 두 가지 가능성이 있을 것이었다. 상담 후에 희망찬 마음으로 한 발짝씩 계단을 밟으며 새 출발을 다짐하거나 아니면 운이 나빠 발을 헛디디는 바람에 굴러떨어지거나.

내가 이곳에 온 이유는 인지행동치료사Cognitive behavioral therapist, 다양한 감정적, 행동적 특성을 치료하는 사람인 테레사Theresa와 면담하기로 예약이 잡혀 있기 때문이었다. 그녀는 우울증 전문 치료사였다. 대기실에서 《리더스 다이제스트》를 뒤적이고 있자니 테레사가 들어왔다. 그녀를 따라 대기실을 나와 복도를 따라 코너를 도니 아담한 사무실이 나타났다. 안으로 들어간 우리는 서로 마주 보고 앉았다. 나는 소파에 그리고 그녀는 회전의자에. 그녀의 지시대로 심호흡을 반복하니 어느새 처음에 느꼈던 어색함은 사라지고 아늑한 친밀감이 감돌았다. 심신이 편안해지고 중력이 높아진 나는 테레사의 생김새를 찬찬히 살펴보았다. 갸름한 얼굴에 쪽 곧은 코, 일렁이는 푸른 눈과 이지적 입매가 돋보이는 그녀는 얼굴빛이 약간 창백했고 반짝이는 다갈색 머리칼을 어깨까지 늘어뜨리고 있었다. 그러고 보니 그녀는 마치 배우 조디 포스터Jodie Foster의 유전자를 그대로 물려받은 듯했다. 적어도 조디 포스터의 이복 자매나 사촌 정도는 되어 보였다.

그에 비해 내 모습은 미적 기준에 전혀 부합하지 않는 털북숭이 원시인처럼 비쳤을 것이다. 북슬북슬한 갈색 머리칼과 다크 서클이 짙게 낀 충혈된 눈, 한동안 관리하지 않아 텁수룩해진 눈썹, 거기다 콧물 맺힌 코와 튼 입술 사이에 옅은 코밑수염까지 방치해둔 꼴이니 어련했을까.

하지만 우리는 서로의 첫인상에 대해 전혀 거론하지 않았다. 따지고 보면 우리가 함께 시간을 보내며 파헤쳐보고자 하는 것은 나의 정신적 양상이지 외형적 요소가 아니었으니까. 이러한 첫 만남을 시작으로 나는 일주일에 한 번씩 이 작은 방에서 내 안의 울보를, 내 삶의 고충과 혼란스러운 감정을 테레사에게 내보이기 시작했다. 따뜻한 마음씨와 직관적 사고력을 겸비한 테레사는 한번 터지면 멎을 줄 모르는 내 눈물에 대비해 항상 넉넉하게 클리넥스 티슈를 준비해 두고 나를 맞이했다.

눈물이 멈추지 않아요

어린 시절은 토론토Toronto에서 보냈다. 우리는 전형적인 중산층 유대인 집안으로 역기능 가정, 즉 정상적인 양육이 이루어지지 않는 가정의 표본이었다. 특히 나는 집안의 골칫거리였다. 순종적이지도, 율법에 따르지도 않았다. 유대인이 아닌 남자를 사귀었고 결혼도 하기 전에 독립해 다른 지방에서 살았다.

엄마로 말하자면 성미가 불같고 드센데다 꽤 충동적이며 언행에 거침이 없었다. 게다가 항상 자식들에게 많을 걸 요구했다. 반면 아빠는 느긋한 성품을 지녔다. 엄마에 비해 기품 있고 신중했던 아빠는 주변 사람들에게도 호의적이었다. 반대되는 성격을 가졌지만 우리 부모님은 44년 동안 결혼 생활을 유지했고, 서로에 대한 사랑을 실천해나갔다. 물론 잦은 말싸움으로 인해 불만이 생겼겠지만 그 부분은 묵살해나간 듯했다. 그럼으로써 상대를 탓하는 기술도 날로 향상되었다. 어쨌든 부모님은 외견상으로는 우리를 아무 탈 없이 키웠다. 하지만 나와 여동생 그리고 막내 남동생, 이렇게 삼남매는 어릴 때부터 늘 다투고 서로 불신하며 마음의 벽을 쌓았다. 이 부분은 부모님이 꽤 속상해하셨는데 특히 엄마가 그랬다. 엄마는 우리가 싸울 때마다 TV 퀴즈쇼 프로그램의 진행자라도 된 것처럼 질문을 던지고 우리의 대답을 이끌어내려 했다. 가령 이런 식이었다.

"1번을 택하겠니? 아니면 2번 뒤에 숨겨진 게 더 낫겠니?"

"지금 뚝 그칠래 아니면 정말 크게 한번 울게 해줄까?"

"당장 동생한테 사과할래 아니면 정말 사무치게 미안해볼래?"

"그만 싸울래 아니면 서로 박치기시켜 정신이 번쩍 들도록 해줄까?"

선택의 연속에 빠진 우리는 자주 혼란에 빠졌다. 사실 어느 쪽을 택하든 크게 상관없었다. 어차피 대부분은 우리가 원하지 않았던 대가가 주어졌으니까. 결국 나는 이 집에서 탈출하는 것만이 제일 현명한 일이라고 생각하게 되었다. 그것도 아주 멀리멀리.

1986년, 그러니까 스물두 살 되던 해에 마침내 나는 집에서 벗어날 수 있었다. UBC University of British Columbia에서 공부하길 원했던 난 일단 밴쿠버 Vancouver로 갔다. 심리미술학 과정을 전공하다 졸업을 1년 남겨둔 시점에서 나는 학업을 중단했다. 그리고 로빈 레비 스튜디오Robyn Levy Studio라는 이름을 내걸고 미술 사업에 뛰어들었다. 사업은 순조로웠다. 나는 캐나다와 미국 그리고 일본 시장(이곳에서 알려진 업체명은 Lobyn Revy Studio로, 첫 단어와 중간 단어의 철자가 바뀌었다)까지 진출해 그림과 카드, 티셔츠 등을 판매했다. 그러던 중 1991년에 지금의 남편 베르겐을 만났다. 딸 나오미를 얻은 건 1994년이었다. 그리고 다시 6년이 지난 뒤에 CBC 라디오 방송국에 취직했다.

"그렇군요. 상담은 왜 필요했던 건가요?"

내가 나의 유년 시절에 대한 이야기를 끝내자 테레사가 물었다.

"눈물이 멈추지 않아서요. 요즘처럼 이렇게 우울했던 적은 없었어요."

"원인이 뭔지 혹시 짐작이 가는 게 있나요?"

"월경과 폐경전증후군 때문에 호르몬이 불규칙하게 분비되는 것 같고……. 직장은 물론이고 집에서도 스트레스를 많이 받아요. 딸인 나오미는 요즘 들어 늘 의기소침해 있어요. 우리 둘은 자주 싸우죠. 나오미는 학교생활이 원만하지 못한 거 같아요. 물론 여자애들 또래 집단이 다 그렇긴 하죠. 다들 서로 앙숙이고……. 어쨌든 딸은 다른 애들이랑 뭔가 좀 달라요. 남들이랑 다르면 어울리기가 쉽지 않죠. 참, 집 문제도 있어요. 집수리가 아직 끝나지 않았답니다. 남편이 틈날 때마다 손보고 있긴 하지만 정말이지 속도가 너무 느려서 평생 갈 것 같아요. 집 안에는 항상 온갖 전동 공구들과 잡동사니가 나뒹굴죠. 정말 미칠 지경이에요. 아, 제일 심각한 문제는 아빠 건강이에요. 최근에 파킨슨병 진단을 받았으니까요…….”

“아버님과 친하세요?”

“네, 아주 많이요. 늘 그래 왔답니다. 갑자기 편찮아지셔서 마음이 너무 아파요. 게다가 전 이렇게 멀리 떨어져 있고요. 좀 더 가까이서 힘이 되어드리고 싶어요.”

“그럼 아버님은 어떻게 지내고 계세요?”

“상황이 별로 좋지 못해요. 많이 우울해하시고 불안해하세요. 밤에 잠도 잘 못 주무시죠. 일을 할 수 있는 것도 아니고, 체중은 줄어들고 움직임도 둔해지고 있어요. 전화 통화도 겨우 하시는걸요. 게다가 온갖 약물 부작용에 시달리고 계세요. 본래 아빠의 모습은 죄다 사라진 것 같아요.”

고개를 끄덕이며 묵묵히 듣고 있던 테레사가 말을 이었다.

“제가 보기에 로빈 씨는 아버님을 애도하고 있는 것 같아요.”

“애도라니요……. 우리 아빠는 아직 살아 있어요. 아직 돌아가시지 않았어요.”

“물론이죠. 아버님은 살아 계세요. 제 말은 현재 아버님의 상태로 볼 때, 로빈 씨가 어렸을 적에 줄곧 봐왔던 그 모습 그대로 아버님께서 회복될 가능성은 거의 없다는 겁니다. 그러니까 지금 로빈 씨는 파킨슨병에 걸리기 전의 아버님 모습을 애도하는 심정일 수 있겠죠.”

그제야 테레사의 말이 조금씩 이해가 되었다. 동시에 사진 속에서 보았던 아빠의 모습들이 머릿속을 스쳤다. 테니스를 하는 아빠, 빨간색 빈티지 컨버터블convertible을 모는 아빠, 우리 삼남매를 끌어안고 있는 아빠, 갈색 소파에서 잠든 아빠, 흰색 소파에서 잠든 아빠. 그러다 문득 아주 오랫동안 잊고 있던 기억 속 장면 하나가 떠올랐다.

"이십 대 초반의 어느 날이었어요. 아빠와 공원을 걷다가 길에 있는 나뭇가지 하나를 집어 들었죠. 이야기를 나누는 중간 무심코 나뭇가지를 앞뒤로 흔들어댔어요. 한참 후에 아빠가 나뭇가지를 보여 달라고 해서 건네줬답니다. 아빠는 '나눠 가질까?'라고 물었어요. 언뜻 조금 묘한 상황이라고 생각했지만 다정한 제스처라는 느낌이 들었어요. 아마 제가 고개를 끄덕여 동의했겠죠. 왜냐하면 아빠가 나뭇가지를 덥석 잡아 들고 부러뜨려 제게 반을 건네고 나머지 반은 당신이 가졌으니까요. 그러고 나서도 우리는 계속 걸었답니다. 하지만 그 나뭇가지에 대해서는 서로 아무 말도 하지 않았어요."

"아마 굳이 말할 필요가 없었던 게 아닐까요. 두 분은 서로 충분히 마음을 나눠가졌으니까요."

테레사가 그렇게 말한 순간 나는 가슴이 옥죄어오는 것을 느끼고 갑자기 숨이 막혀 헐떡대기 시작했다. 그러자 테레사는 두 팔을 교차시켜 손바닥을 편 다음 가슴 위에 놓고 말했다.

"손을 이렇게 해봐요. 그런 후에 깊게 심호흡을 하세요."

나는 그대로 따라 해보았다. 곧 주체할 수 없는 슬픔이 나를 덮쳤다. 내 뺨을 타고 흐르는 눈물과 소리 내어 우는 나의 모습, 점점 거세게 울어대는 내 안의 울보, 슬프지만 애써 늙고 병든 아버지의 이미지를 마음속에서 몰아내려 하는 나의 첫 시도. 이 모든 과정을 테레사는 묵묵히 지켜보았다. 눈물이 잦아들자 나는 머리를 내리치는 것만 같은 두통과 좌측 손발이 욱신대는 증상에 대해서 불평을 늘어놓았다. 손발이 욱신거리는 느낌은 불규칙적이긴 하지만 벌써 수 주째 나를 괴롭히고 있었다.

"두통과 욱신거림을 완화시킬 수 있는 방법이 있는데 한번 시도해볼래요?"

"헤로인heroin, 모르핀으로 만든 진정제로 마약의 일종이라도 처방해 주시게요?"

테레사는 웃으며 대답했다.

"아뇨. 오해하게 했다면 미안해요. 그런 약은 전혀 취급하지 않는답니다. 그저 기분이 나아질 만한 동작을 몇 가지 알려드리려고요."

그래서 첫날 상담이 끝나갈 무렵에 나는 테레사가 가르쳐주는 동작을 그대로 따라 해보았다. 먼저 관자놀이와 턱 그리고 목 부분을 마사지한 다음 숨을 깊이 들이마신다. 머리를 좌우로 움직여보고 팔을 위로 들어 올렸다가 양옆으로 툭 떨어뜨린다. 끝으로 발을 들었다 놓았다 하면 된다. 이렇게 동작을 취하고 나자 신기하게도 두통이 사라졌다. 욱신대는 느낌이 말끔히 없어진 것은 아니지만 많이 괜찮아졌다. 상담을 마칠 시간이 되자 테레사가 당부했다.

"오늘 참 열심히 하셨어요. 댁에 도착하시면 물을 많이 마시도록 하세요. 부족해진 수분을 공급해 줘야 하니까요."

다음 주 상담을 예약한 다음 나는 가파른 계단을 한 발짝씩 조심해서 내려왔다. 밖에는 이슬비가 내리고 있었다. 말할 수 없이 피곤하고 짜증스러운데다 죽도록 목이 말랐지만 용케 운전대를 잡고 집으로 차를 몰았다. 천만다행으로 남편과 딸아이도 뭔가 색다른 분위기를 감지했는지 저녁 내내 내 신경을 건드리지 않았다. 천진난만한 넬리만이 찍찍대는 애견용 장난감을 이리저리 굴려댈 따름이었다.

절대로 이상적이지 않은 현실 세계의 직장이라는 공간

가끔 TV 드라마를 보면 직장이라는 공간이 참 이상적으로 묘사된다. 하지만 현실의 직장 여건은 한심하기 짝이 없다. 관리체계는 엉망이고 마감일은 늘 촉박하게 잡힌다. 게다가 사람들은 모두 왜 그렇게 거만하고 성미가 급한지.

무엇보다 거슬리는 건 요즘 CBC 방송국 건물 전체가 공사 중이라는 점이었다. 정말이지 전쟁터가 따로 없었다. 바닥에는 매일같이 벽돌 조각과 먼지가 나뒹굴어 폐허를 연상시켰다. 나무둥치와 가지 더미도 여기저기 수북이 쌓여 있었다. 주차장에서는 터널 공사가 한창이었다. 터널은 부근의 공동묘지로 이어지는데, 향후 이 부지에는 TV 타워와 아파트 그리고 세계적인 수준의 방송국이 들어설 예정이었다. 준공된 새 방송국은 통합 멀티미디어 뉴스 편집실과 최신 기술의 촬영장, 각종 공공장소가 어우러진 하나의 복합체가 될 것이었다. 어쨌건 CBC 방송국 재개발 사업의 일환인 이 사업이 전부 마무리되려면 3년을 기다려야 했다.

달이 가고 계절이 바뀌었지만 공사는 여전히 한창이어서 다이너마이트 폭발음은 물론 공압 드릴과 휴대용 드릴을 작동시킬 때 나는 소음이 계속 신경을 건드렸다. 그럼에도 불구하고 우리는 책상 앞에 들러붙어 업무에 열을 올려야 했다. 일터는 벽에서 떨어지는 먼지와 철거 작업의 잔해로 뒤덮인 지 오래였다. 페인트와 절삭유, 접착제가 내뿜는 유독가스로 가득 찬 사무실에서 우리는 대본을 쓰고 녹화 테이프를 편집했다. 방음 처리도 부실해서 위층에서 인부들이 작업하는 시끄러운 소리가 고스란히 들렸다. 그 와중에도 초대 손님의 생방송 인터뷰를 진행해야 했다.

봄의 초입, 안 그래도 한가롭기만 하던 라디오 3 방송국의 운영이 일시 중단되고 우리 팀은 책상마다 칸막이를 세워 새로 마련한 사무실로 자리를 옮겼다. 곧이어 파견된 인체공학 전문가들이 사무실 곳곳을 누비고 다니며 점검에 들어갔다. 그들은 우리가 좀 더 편하고 효율적으로 일할 수 있도록 책상 높이와 의자의 각도, 컴퓨터 모니터, 키보드 위치 등을 조정하면서 뒤로 젖혀주었다. 만성적인 허리 통증 때문에 앉아 있기 힘들다고 하자, 의자 세 개를 내 앞에 가져다 놓고는 한 번씩 앉아보라고 권했다. 그뿐만 아니라 왼손이 욱신대고 불편해질 때면 키보드를 치기가 곤란하다고 했더니, 특수 제작된 키보드까지 사다 주었다.

그래도 나는 어쩔 수 없이 까다로운 사람인가 보았다. 모든 걸 바꾸고 교체하고 조정해도, 그 무엇도 마음에 쏙 들진 않았다. 그래도 새 사무 공간에 적응하려고 최대한 노력했다. 단지

나 자신만을 위해서가 아니라 내 안의 울보를 생각해서라도 그래야 할 것 같았다. 이제 이 울보는 회의 시간은 물론이고 전화를 받을 때나 이메일 답장을 쓸 때도 아랑곳하지 않고 내게 찰싹 달라붙어 떨어질 줄 몰랐다.

오늘 아침만 해도 그랬다. 문제의 발단은 우리 팀 감독이 보낸 이메일이었는데 내가 진행 중이던 업무에 대한 지적이 주된 내용이었다. 내 평생 그토록 무뚝뚝하고 옹졸하고 인정머리 없는 이메일은 처음 받아보았다. 아니나 다를까 감독의 비수 같은 말들은 내 안의 울보를 자극했고 눈물이 폭포수처럼 솟구쳐 올랐다. 어쨌든 답장은 보내야 했으므로 나는 잠시 자신을 추스르고 회신 이메일을 작성했다.

건너편 사무실에 계신 감독님께.

엉덩이가 의자에 달라붙어 못 일어나시는 건가요? 그래서 참으로 사려 깊게도 이렇게 이메일로 지적을 해대셨나 보군요. 직접 와봐야 내내 눈물이나 빼고 있는 저랑 귀찮게 마주치기밖에 더하겠어요, 그렇죠?

정말 그런 거라면……엿 먹어!

내 안의 울보가 막 전송을 클릭하려는 찰나 다행히 이성을 찾은 내가 삭제버튼을 눌렀다. 생각해보면 굳이 치사하게 감독 따위에게 고상하지 못한 내용의 이메일을 보낼 필요가 없었다. 더 윗선에 알려버리면 그만 아닌가? 감독보다 더 높은 사람에게 찾아가 정면 승부하는 편이 나을 것 같았다. 거듭 각오를 다진 나는 쿵쾅거리며 건너편 구역으로 건너갔다. 그러고는 다짜고짜 거침없이 이렇게 내뱉어버렸다.

"정말이지 참을 만큼 참았어요! 전 제가 적어도 지금보다는 더 존중받을 자격이 있다고 생각해요! 이렇게 사람을 황폐화시키는 독설을 듣고 싶지는 않다고요. 비판을 하려거든 좀 더 건설적으로 해야죠! 그리고 업무량은 이미 제 능력을 넘어섰어요! 다른 직원에게도 이 프로젝트를 좀 나눠 주시죠! 감독이라고 해서 항상 옳은 건 아니잖아요! 그리고 어떤 감독들은 항상 말도 안 되는 소리만 한다고요!"

한차례 분풀이를 마친 나는 극도의 흥분과 승리감에 도취되어 털썩 의자에 주저앉았다. 마치 궁지에 몰리다가 상대편 우두머리를 제압한 한 마리의 짐승처럼. 다행히 이번에는 내 노력이 헛되지 않은 듯했다. 눌러 담아두었던 말을 다 내뱉은 나에게 국장은 정직하게 말해주어서 고맙다며 우선 나를 치켜세웠다. 그러고는 두 겹짜리 티슈 상자를 건넸다. 코를 풀고 휴지를 치우는 동안 국장은 내 어깨를 가볍게 토닥이며 말했다.

"자네와 이런 시간을 가질 수 있어서 다행일세. 감독과는 내가 얘기해보지."

"감사합니다."

나는 훌쩍대며 국장실을 나와 문을 닫았다. 역시 직접 부닥치는 게 최고다. 약간의 도취감은 생각보다 큰 효과를 가져왔다. 약 2주 동안 늘 느껴오던 분노도 누그러지고 기분이 한층 가벼워졌다. 그렇다고 해서 생활 자체가 바뀐 건 아니었다. 나는 변함없이 오전 9시부터 오후 5시까지 일하고 심리 상담을 받고 집에 돌아와 강아지를 산책시켰다. 그리고 주말이면 부족했던 잠을 보충했다. 하지만 이젠 아예 희망이 없다고 여기진 않았다. 언제가 될지는 모르겠지만 이 우울증을 벗어던질 수 있을 것이었다. 그러던 차에 어느 날, 아빠의 전화를 받았다. 수화기를 든 순간 나는 모든 게 무의미하게 느껴졌다.

"잘 있었니, 로빈? 안 좋은 소식이야."

아빠의 힘없는 목소리가 무척이나 공허하게 들렸다.

"또 뭐가 잘못된 거예요?"

멀리서 들려오는 듯한 내 음성은 두려움으로 한껏 곤두서 있었다.

"네 엄마 말이다. 지금 폐 허탈증정상적으로 폐 안을 채우고 있어야 할 공기가 모두 빠져나가 폐 일부가 바람 빠진 고무풍선처럼 허탈한 상태를 말함 때문에 입원해 있어."

"어떻게 된 거예요? 엄마는 괜찮아요?"

"폐 검사 중에 문제가 있는 걸 발견한 거야."

아빠가 엄마의 병에 대해 설명하는 동안, 나는 그저 멍하니 듣고만 있었다. 한마디로 엄마는 운이 없으면서도 행운아고, 아프면서도 병자가 아니었다. 그리고 죽어가면서도 죽은 건 아니었다. 엄마는 이제 막 폐암 4기라는 진단을 받았고, 수술이 불가능한 상태였다. 암 덩어리는 양쪽 폐에 있었는데 수년간 그렇게 방치되었을 거라고 했다. 나는 몹시 충격을 받았다. 그도 그럴 것이 엄마는 항상 건강하고 활동적인 사람이었다. 병든 아빠를 돌보고 하루에 8킬로미터씩 걷고 골프를 치던 사람이 엄마였다. 쇼핑몰을 누비고 다니고 머리와 손톱 치장을 게을리하지 않던 사람이 엄마였다. 수시로 손주들을 보러 오고 브리지와 마작 게임을 즐기며 친구들과 외출하는 것을 즐기던 사람이 엄마였다. 엄마는 그런 사람이었다.

만약 병원에서 실시하는 연구 프로그램에 자진해서 참여하지 않았다면, 엄마는 폐암이라는 사실도 모른 채 영안실에 누워 있었을 것이다. 병원에서는 엄마처럼 과거 흡연 경험이 있는 사람들을 대상으로 암 발생률을 조사하고 있었다. 특히 젊었을 때 골초였다가 어렵게 금연에 성공한 뒤 수십 년간 담배를 가까이 하지 않은 사람들이 주요 대상이었다. 그리고 그 대상자에 엄마가 포함되었던 것이다. 한 가지 다행스러운 점은 엄마의 암은 진행이 느린데다 지금으로서는 자각 증상이 없다는 것이었다. 다시 말해 엄마는 암으로 말미암은 고통을 거의 느끼지 못했던 것이다. 지금은 폐 허탈증 때문에 힘겨워하지만 의사 소견에 따르면 곧 나아질 거라고 했다. 어느 순간 수화기 너머로 낯선 음성들이 들렸다. 엄마를 진찰하러 온 의사들이라고 아빠가 알려주었다. 우리는 나중에 다시 이야기하기로 했다.

전화를 끊고 난 뒤 나는 떨리는 몸을 가누며 의자에 앉았다. 한 차례의 메스꺼움이 온몸을 휩쓸고 지나간 뒤, 서로 다른 두 가지 생각 때문에 마음이 심란해졌다. 엄마의 상태를 알고 연민에 잠기는 동시에 하필이면 왜 지금 아픈 것인지 분노가 치솟았던 것이다. 엄마는 아빠를 돌보아야 하는 사람이 아닌가. 아빠야말로 심각하게 아픈 사람인데 아빠는 누가 돌보아야 하나? 머릿속이 복잡해서 미칠 지경이었다. 이젠 어떻게 하지? 상황이 어떻게 돌아가는 것일까?

나는 갑자기 배를 움켜쥐고 화장실로 달려가 칸막이 안으로 들어갔다. 당장 생각나는 건 오로지 휴식뿐이었다. 직장과 가족, 스트레스, 일상, 이 모든 것들에서 벗어날 수 있는 휴식이 절실했다. 하지만 도대체 어떻게 하면 쉴 수 있단 말인가? 불과 며칠 후 그 해답이 나를 찾아왔다.

실직을 코앞에 둔 울보를 위한 레퀴엠

역시 국장은 여러모로 중재에 능한 사람이었다. 나를 국장실로 부른 그는 마치 공연장 안내인이라도 된 것처럼 방문 입구에서부터 나를 반겼다. 그리고 잠시 변죽을 울리다 넌지시 본론을 꺼냈다. 호출한 목적은 한마디로 '실직을 코앞에 둔 울보를 위한 레퀴엠'이었다. 나는 국장의 책상 맞은편에 앉았다. 국장은 곧 목소리를 가다듬고 느릿느릿하면서도 연민 어린 어조로 본론에 들어갔다.

"먼저 이 모든 일이 자네나 자네 역량과는 무관하다는 점 알아주기 바라네. 다름 아니라 이제 곧 라디오 3 방송국의 방향이 바뀔 걸세. 포커스가 라디오에서 웹사이트로 전향된다는 말이지. 그래서 말인데 안됐지만 여태 자네가 맡아온 업무가 없어질 거라네. 미리 통보해주는 거야. 물론 추후에 퇴직금도 있을 거야. 일이 이렇게 되어서 정말 미안하네."

처음에는 그저 멍할 따름이었다. 그러다 국장의 말이 서서히 이해되기 시작하면서, 곧 눈이 따끔거렸다. 내 안의 울보가 마음껏 울도록 풀어주려면 이보다 더 적절한 타이밍도 없을 것 같았다. 나는 문득 이 상황이 뉴스 헤드라인을 장식했다고 상상해 보았다.

'억울한 직원, 국장 앞에서 눈물로 호소. 조직 내 부당 공모 의혹'

하지만 그것은 실제 상황이 아니었다. 이 같은 상황은 어디에서나 쉽게 일어날 수 있었다. 불현듯 자존심이 고개를 들었다. 다행스럽게도 내 안의 울보 역시 국장의 방에서 나올 때까지 평정을 유지했다. 마침내 회사를 떠나는 날이 왔다. 무덥고 흐린 여름날이었다. 나는 회사 사람들과 송별 모임을 갖고 서로 연락하자고 약속했다. 시원섭섭한 기분으로 작별하고 집으로 향하는데 문득 안도감이 찾아들었다. 드디어 그 지긋지긋한 일에서 해방된 것이었다. 나는 너무 지쳐 있었고 휴식이 절실했다. 신체 노화도 눈에 띄게 진행되는 것 같았다. 걸을 때마다 발을 끌었고, 한 번에 의자에서 일어나는 것이 힘들어졌다. 손가락에도 힘이 없어지고 쉽게 지쳤다. 게다가 머릿속은 뒤죽박죽이고 여전히 우울했다. 통증을 느낄 때 복용하던 애드빌Advil. 원물질이 이부프로펜이라는 비스테로이드성 소염진통제의 효과도 사라졌다. 잠이라도 잘 자면 좋으련만 그즈음 들어서는 어떤 자세를 취해도 편히 잠들지 못했다. 그래서 항상 이리저리 뒤척이면서 팔을 좀 더 편한 위치에 두려고 애썼다. 그럴 때면 팔이 내 몸의 일부가 아닌 남의 것인 양 느껴졌다.

다행히도 퇴직금은 경제적 여유뿐만 아니라 시간도 벌어주었다. 적어도 8월 한 달은 꼬박 마음 편히 쉴 수 있었다. 가족과 휴가다운 휴가를 즐긴 게 언제였는지 기억도 나지 않았다. 친구와도 시간에 쫓기지 않고 느긋한 한때를 보내고 싶었다. 이참에 몇 년째 만나지 못한 친구들과도 만나고 싶었다. 이 모든 계획이 마음먹은 대로 진행된다면 아마 9월까지는 몸과 마음을 어느 정도 추스를 수 있을 것이었다. 새 일자리는 그때 가서 찾으면 된다고 생각했다. 정말 다행스럽게도 친구와 한가로운 시간을 보내기 위해 굳이 멀리 갈 필요는 없었다. 때마침 싱가포르에 사는 절친한 친구 마히마Mahima가 선뜻 나를 만나러 온 것이었다. 우리 집에 도착한 마히마는 우선 재빨리 나를 한번 훑어보았다. 항상 그랬지만 그녀는 참으로 예리했다.

"너 평소에도 손을 그렇게 쥐고 있니? 무용수처럼?"

마히마가 의아한 듯 물었다. 처음에는 친구가 무슨 말을 하는지 단번에 알아차리지 못했다.

"무용수 같다고? 무슨 말이야?"

나는 몹시 혼란스러웠다.

"이렇게 말이야."

마히마는 곧바로 두 팔을 뻗어 커다란 공을 안은 듯한 자세를 취한 뒤 무릎을 엉거주춤하게 아래로 구부렸다. 그렇게 발레의

플리에plie. 무릎을 굽히는 동작. 무릎을 크게 구부리는 그랑 플리에와 반만 구부리는 드미 플리에로 구분함 동작을 취한 그녀는 그대로 몇 초간 움직이지 않았다. 나는 겉으로는 웃으면서 머릿속으로 바삐 생각했다.

'마히마의 말이 맞는다면 나는 지금 어떤 모습인 거지?'

그녀와 시간을 벗어난 느긋한 한때를 보내고 난 뒤에도 내 귓전에는 마히마 특유의 경쾌한 음성이 맴돌았다. 또 나는 그 말을 몇 번이고 되새겨보았다.

'너 평소에도 손을 그렇게 쥐고 있니? 무용수처럼?'

이슥고 밤이 되어 잠자리에 들 채비를 하다가 대뜸 거울 앞에 섰다. 그리고 발가벗은 내 모습을 유심히 관찰했다. 마히마의 지적은 정확했다. 무용수가 일부러 그런 자세를 취한 듯 팔 위치가 어색했다. 손가락도 의식적으로 뻗친 모양새를 하고 있었다. 하지만 애써 의도적으로 취한 자세가 아니었다. 뭔가 심상치 않았다. 그러고 보니 걸을 때도 왼팔이 흔들리지 않았다. 대신 내 왼팔은 자석처럼 그 자리에 고정되어 움직이지 않았다.

'언제부터 그랬지? 왜 전에는 미처 몰랐을까? 도대체 내 몸이 왜 이럴까?'

의문은 꼬리에 꼬리를 물었다.

'나는 왜 아직도 우울증에서 벗어나지 못한 걸까? 왜 항상 피곤한 것일까? 어째서 이런 증상들은 하나도 호전되지 않는 걸까? 이런 게 강박증인가? 아니면 상태가 더 나빠진 걸까?'

하지만 이렇게 고민하는 시간조차 오래 걸리지 않았다.

혼자서 완전히 무너지다

얼마 지나지 않은 9월 초, 나는 완전히 무너졌다. 당시 나는 혼자였고 주변은 고요했다. 내 몸은 쿵 소리를 내며 마룻바닥에 아무렇게나 떨어졌다. 내 의지로 떨어진 것이 아니었다. 그렇게 나는 죽은 짐승처럼 엎드린 채 요가 매트를 붙잡고 있었다. 짓누르는 듯한 몸의 무게 때문에 숨 쉬는 것조차 어려웠다. 어찌 된 일인지 팔다리마저 마냥 무겁고 차갑기만 할 뿐, 움직일 수 없었다. 이유도 모른 채 그저 어두컴컴한 심연으로 가라앉는 느낌이었다.

그런 나를 구출한 사람은 바로 남편 베르겐이었다. 그는 내 곁으로 다가와 놀라는 기색 없이 침착하게 무릎을 꿇고 앉았다. 대범하고 재주 많은 내 남편은 특유의 다정다감한 태도로 쓰러진 나를 살피기 시작했다. 나는 한동안 입을 떼지 못했지만 그는 끈질기게 내가 불편해하는 이유를 파악하려고 애썼다. 나는 계속 심연에서 헤매다 어느 순간 정신을 차리고 신경질적으로 한마디 내뱉었다.

"도와줘요!"

그러고는 계속 울먹이며 말을 이었다.

"몸이 말을 안 들어요. 왜 그런지는 나도 몰라요……. 죽어가는 느낌이 이런 걸까요……. 난 어떻게 해야 돼요……."

"내가 여기 있어. 내가 여기 있잖아."

베르겐은 그렇게 안심시키며 부드럽게 나를 부축해 일으켜

세웠다. 우리는 함께 소파로 향했다. 그동안에도 내 심장은 심하게 요동쳤고 온몸이 떨려서 이가 서로 부딪쳤다. 먼저 몸을 덥혀야 할 것 같았다. 마침 베르겐이 차와 담요를 가져왔다. 나는 조용하고 평화로운 시간이 간절하게 필요했다. 남편은 곧장 TV가 있는 방으로 나를 데려갔다. 나는 그곳에서 화장용으로 쌓아 올린 장작더미 속 나무토막처럼 죽은 듯 소파에 누워 시간을 보냈다.

베르겐은 재빨리 주치의인 민츠Mintz 박사와 카운슬러 테레사의 진찰을 예약했다. 그리고 진찰의 결과는 수많은 처방을 낳았다. 항우울제와 수면제 그리고 각종 의료 검사 등. 그 과정에서 난 내가 우울증에 걸린 것만은 아니라는 사실을 알 수 있었다. 더 정확한 진단명을 알기 위해 난 더 많은 검사를 받아야 했다. 내가 단순히 평범한 우울증을 앓는 게 아니라는 사실을 안 친구들, 루시Ruthie와 보니Bonnie 그리고 리사Lisa는 수시로 전화를 걸어 나를 위로해주었다.

"네가 아픈 것은 네 잘못이 아니야."

"걱정하지 마. 곧 원인을 찾을 수 있을 거야."

"금방 나을 수 있어."

친구들은 이렇게 한결같이 나를 애정 어린 시선으로 바라보았고 긍정적인 방향을 제시했다. 이들이 있었기에 나는 매일 주어진 순간을 즐기며 최선을 다할 수 있었다. 그리고 베르겐…… 그는 그 전에도 그 이후에도 여전히 하루 중 대부분의 시간을 나를 돌보는 데 허비했다.

02

힘든 고백

자살 따윈 하고 싶지 않았다

나는 그저
어서 죽었으면 했다

쓰러진 지 일주일. 나는 죽은 몸이었으면 하고 바랄 따름이었다. 마치 부고란에 등장하는 운 좋은 사람들처럼 말이다. 매일 아침 신문을 펼칠 때마다 나는 질투 어린 시선을 보내며 이 운 좋은 사람들과 인사를 나누었다.

'안녕, 누군가의 가슴속에 남아 있을 그대. 안녕하신가요, 애달프게 떠난 그대여. 반가워요, 누군가 몹시도 그리워할 당신. 어서 와요, 떠나도 잊히지 않는 사람.'

이렇게 꼬박꼬박 부고란을 확인하다 보니, 이제는 알파벳 순서대로 나열된 이 이름들을 보지 않으면 제대로 아침을 챙겨 먹은 것 같지 않은 허전함을 느꼈다. 나는 식탁에 앉아 신문을 펼쳐 두고 먼저 간 이들의 이름을 확인하며 밥 먹는 걸 좋아했다. 그럴 때면 죽은 이들만의 기운이 생생하게 느껴지는 듯했다. 사실 지금 나는 살아 있는 주변 사람들보다 한 번도 보지 못한 부고란의 고인들이 더 편했다. 죽은 사람들은 최소한 주변을 어지르거나 시끄럽게 떠들거나 무언가 요구하는 법이 없었다. 이를 닦지 않아도, 잠옷이 더러워도 그들은 알아차리지 못했다. 무엇보다 좋은 점은 이 사람들이 이미 불행에 꽤 익숙하다는 사실이었다. 그래서 내가 죄책감을 품지 않아도 되었다.

한 가지 당혹스러운 건 내게 찾아온 육체적 고통이 음울한 기운을 내뿜으며 어느새 집 안 구석구석까지 점령했다는 사실이었다. 쓰러진 지 일주일밖에 지나지 않았건만 벌써부터 불안한 공기가 실내를 가득 메웠다. 문간마다 슬픈 기운이 드리워지고 방마다 긴장감이 감돌았다. 나는 매 순간 가족들마저 힘들게 만든 나 자신을 탓했다. 내가 그들을 슬픔의 구렁텅이로 내몰고 우울의 세계로 초대한 장본인이기 때문이었다. 접시에 놓인 음식은 먹는 둥 마는 둥 제쳐 두고 낯선 고인들을 동경하는 나. 그리고 언젠가 부고란에 이름이 오를 날만 기다리는 나. 그런 내 모습을 가족들은 매일같이 지켜보았고 또 지켜보아야 했다. 그리고 나 역시 그런 그들의 일상을 잠자코 바라보아야 했다.

내가 주부 역할을 할 수 없게 되자, 베르겐은 곧장 구조대원으로 돌변했다. 그는 모든 일을 알아서 처리했다. 자신을 챙기는 일만 제쳐두고, 이 방 저 방을 들락거리고 계단을 오르내리며 온 집 안을 돌보는 베르겐의 모습이 눈앞에 스칠 때마다 내 가슴은 미어졌다. 해도 해도 끝이 나지 않는 온갖 집안일 때문에 남편은 잠시 숨 돌릴 새도 없이 종일 부산했다. 요리와 빨래, 장보기, 강아지 산책시키기, 청소, 나오미 숙제 도와주기 그리고 내 시중들기까지. 그에게 일거리는 항상 대기 중이었다. 이제 우리 가정에 예전의 아내나 엄마의 역할은 사라지고 없었다. 죄책감이 너무 커서 그즈음은 딸아이의 눈을 제대로 쳐다보기도 어려웠다. 이제 겨우 열세 살인 나오미가 너무 안쓰러웠다. 학교생활에 적응하면서 성적을 올리려 애쓰는 것만으로도 이미 충분히 벅찰 텐데 무슨 일에든 심드렁하게 반응하는 아픈 엄마까지 보태야 하니 딸아이의 어깨가 더 무거워졌다. 게다가 평소보다 예민해진 아빠 때문에 마음대로 친구네 집에서 자고 올 수도 없었다. 그동안 딸아이의 친구들이 여러 번 자신들의 집으로 나오미를 초대했고 나오미도 덩달아 짐을 싸 두었지만 모두 허사였다.

쓸데없이 나열하는 것을 좋아하는 사람

그렇다. 나는 목록 만드는 것을 좋아하는 사람이다. 주제는 무궁무진했다. 보편적인 축에 속하는 '해야 할 일'에서부터 아주 사적인 '전 남자친구'에 이르기까지, 뭐든 나열해보는 편이었다. 고리타분하거나 쓸데없는 짓으로 비칠지도 모르지만 이렇게 목록을 작성해두면 꽤 유용하게 쓰였다. 그나마 이런 목록이 있어서 제때 식료품을 사 오고 집 안을 정돈하고 세금을 낼 수 있었다. 그리고 간혹 희망 사항이나 포부를 정리해보기도 했다. 마음이 헛헛하고 우울한 9월이었다. 그때껏 그래 온 것처럼 이제 만들려는 목록도 이 시기를 헤쳐나가는 데 힘이 되어주었으면 좋겠다.

그때 작성하려던 목록의 제목은 '자살하지 말아야 할 100가지 이유'였다. 이 목록 만들기는 그즈음 읽고 있던 자기계발서에 소개된 치료요법 중 하나였다. 사실 이런 종류의 목록은 나도 처음이지만 어쨌건 한 번은 시도해볼 참이었다. 그런데 이걸 쓰면 최근 남몰래 구상해오고 있던 또 하나의 목록은 그만 써야 할지도 모르겠다.

사실 나는 그즈음 '베르겐에게 걸맞은 새 아내 후보'라는 목록을 따로 만들고 있었다. 내가 이 목록에 포함시킨 여성들은 모두 훌륭한 사람들이었다. 그리고 남편이 누구를 택하든 그건 상관없었다. 내가 벌써 나를 대신할 아냇감을 추리는 이유는 다른 여자일지언정 베르겐만 행복할 수 있다면 그걸로 충분하기 때문이었다. 물론 팔이 뻣뻣하게 굳어 있지 않은 사람이라면 더 좋을 것이었다. 새 목록을 작성하기 위해 일단 새하얗게 빈 페이지를 골랐다. 100가지나 되는 이유를 적어야 하니까 말이다. 그러고 나서 맨 위에 제목을 쓴 다음 아래로 번호를 매긴 뒤 본격적인 목록 만들기에 들어갔다. 하지만 몇 분 지나지 않아 전부 쓸데없는 짓이라는 생각이 들면서 갑자기 힘이 쭉 빠졌다. 그러다 한 시간 후에는 내가 드디어 미쳤다는 결론에 이르렀다. 그도 그럴 것이 목록을 나열하려고 아무리 집중해보아도, 머릿속을 떠나지 않고 맴도는 이유는 단 한 가지가 전부였기 때문이었다. 게다가 그 한 가지 이유마저 특별히 의미가 있다거나 유용한 게 아니었다. 하다못해 종교적으로 뜻이 깊거나 낭만적인 이유도 아니었다. 그다지 깔끔하지도 않은 이유였다. 그다지 내키진 않았지만 어쨌든 그 한 가지 이유를 종이 위에 천천히 써보았다.

'내 발을 핥는 넬리.'

실제로 우리 집 강아지 넬리는 발 핥기를 즐겼다. 그리고 그 느낌도 나쁘지만은 않았다. 하지만 고작 강아지의 발 핥는 습성을 삶의 유일한 이유로 떠올리다니. 정말이지 한심한 노릇이었다. 분명히 좀 더 적절한 이유가 있을 것이었다. 잘 생각해보자. 마침내 두 번째 이유가 떠올랐다.

'다크 초콜릿 맛.'

이젠 정말 마음이 조급해졌다. '그럼 사랑하는 사람들은? 가족은? 친구는?' 제대로 당황한 나는 다시 펜을 집어 들고 나오미와 베르겐을 얼른 목록에 추가시켰다. 그리고 순간의 실수를 바로잡았다고 여기며 잠시 안도의 한숨을 내쉬었다. 하지만 곧 다시 우왕좌왕할 수밖에 없었다. 결국 더 희한한 목록이 되어 버렸기 때문이었다. 이건 정말이지 말도 안 되는 순서이지 않은가. 도대체 어떤 사람이 발 핥는 개를 혈육이나 배우자보다 높이 친단 말인가? 하지만 오후에 테레사와 상담 예약이 잡혀 있어서 미처 목록을 수정하지 못하고 일어서야 했다.

변호사였어요, 우울증을 앓은 뒤 심리치료사가 되었죠

테레사의 진료실은 작고 비좁은 L자형이었다. 대개 상담 중에는 테레사는 회전의자에, 나는 소파에 앉았다. 자주 훌쩍대는 나를 위해 팔이 닿는 거리에 항상 티슈 상자가 비치되어 있었다.

"어떻게 지냈어요?"라고 부드러운 어조로 묻지만 그녀의 푸른 눈은 주의를 늦추지 않고 나를 관찰했다. 테레사는 항상 내 상태를 살피며 우울해하는 나를 잠자코 지켜보았다. 그리고 다시금 기분이 나아질 순간을 기다렸다. 사실 굳이 말로 알려주지 않더라도 내가 어떤 기분으로 지냈는지 그녀는 대충 알아챘다. 나는 단지 구체적으로 어떤 일이 있었는지 부차적 내용을 덧붙일 따름이었다. 그러면서 슬슬 감정을 타는 내 안의 울보를 느꼈다.

"어떻게 해야 할지 누가 좀 알려줬으면 좋겠어요. 담당 의사 선생님은 항우울제를 투여해보자고 하세요. 하지만 전 그게 최선인지 모르겠어요. 어떻게 하면 좋을까요?"

"글쎄요……. 제가 대신 결정할 수는 없죠. 하지만 우울증 질환을 앓는 사람 중에 약물치료와 지속적인 상담을 병행해서 큰 효과를 보는 경우도 있어요."

"그냥 마음이 아파요. 모든 면에서 다 그래요. 제가 얼마나 더 버틸 수 있을지 모르겠어요. 약도 듣지 않으면 어쩌죠?"

"이해할 수 있어요. 기분이 그렇게 엉망일 땐 앞으로 상황이 더 나아질 거라고 믿기 어려운 법이죠. 하지만 결국 모든 게 더 좋아질 거예요."

"마냥 죽고만 싶은데 희망을 품는다는 게 너무 힘들어요."

"그 기분 알아요. 하지만 전 당신의 희망이 보여요. 괜찮으시다면 제가 로빈 씨의 희망을 대신 붙들고 있을게요."

순간 나는 내 희망이 어떤 모습을 하고 있을지 상상해보았다. 테레사의 손에 담긴 내 희망……. 하지만 그때 당장 보이는 건

공허함뿐이었다. 그때 문득 그녀의 이야기가 궁금해졌다.

"선생님도 죽고 싶었던 적이 있었나요?"

테레사는 잠시 무릎에서 손을 떼어 목으로 가져갔다. 그리고 손으로 목을 쓸어내리더니 가슴을 감싸 누르는 듯한 자세를 취했다.

"수년 전에 거의 자살 직전까지 갔었죠. 극심한 우울증에 시달렸어요. 그러다가…… 정말 좋은 상담치료사를 만났어요. 그분 덕택에 제 인생이 완전히 달라졌죠. 전 원래 변호사였답니다. 지금은 제 선택에 감사하고 있습니다."

갑자기 연민과 슬픔이 파도처럼 몰려와 나를 쓸고 지나갔다.

"큰 고통을 겪으셨군요. 저도 선생님이 계셔서 얼마나 감사한지 몰라요."

"하지만 슬퍼지라고 한 이야기는 아니랍니다. 로빈 씨도 저처럼 극복할 수 있다는 걸 믿기에 말씀 드리는 거예요. 그저 시간이 필요할 뿐이죠."

"시간은 얼마든지 낼 수 있어요. 단지 금전 사정이 따라주지 않을 뿐이죠. 정기적으로 선생님을 찾아뵐 만큼 형편이 여유롭지 못해요."

"그건 문제 될 거 없어요."

곧 그녀의 답이 이어졌다.

"방법이 있을 거예요. 상담 비용은 나중에 여유가 생기면 그때 주셔도 될 것 같아요."

순간 적절한 말이 떠오르지 않았다. 그저 멍하다는 느낌이 들뿐이었다.

"무작정 그렇게 해주시는 것보다 우선 뭐라도 받아 두시는 건 어때요? 제 그림이라도 한 점 드릴까요?"

"그거면 충분하죠."

테레사는 얼굴 한가득 웃음을 머금었다. 상담이 끝날 무렵에 테레사가 쪽지 한 장을 건넸다. 전화번호 두 개가 적혀 있었다. 하나는 테레사의 휴대전화 번호고 다른 하나는 자살방지센터 연락처라고 했다. 나는 쪽지를 주머니에 구겨 넣었다. 그리고 테레사를 끌어안으며 작별 인사를 했다. 따로 덧붙이지 않았지만 테레사는 분명히 마음으로부터 내 부탁을 들었을 것이다. 부디 내 희망을 꼭 붙잡고 놓지 말아달라는.

하루에 사과 한 알을 먹으면 건강해질까?

하루에 사과 한 알씩을 먹으면 의사도 멀리하게 된다는 말이 있다. 하지만 시도 때도 없이 찾아오는 병을 멀리할 수 있는 과일은 아직 발견되지 않았다. 내 입장에서는 다행이지만 민츠 박사는 꽤 곤혹스러울 것이었다. 그는 내 주치의였다. 그리고 나는 오늘 진찰을 받고도 내일 또 찾아오는 부메랑 같은 환자였다. 자연히 대기실의 단골 자리는 내가 꿰차게 되었고, 그중 가장 편한 의자는 항상 내 차지였다. 그리고 종이컵에 막 따른 정수기 물 한 잔과 사이드 메뉴로 두 겹 티슈 몇 장과 《내셔널 지오그래픽National Geographic》 잡지, 이것으로 나의 기다림의 환경이 조성되었다. 차례를 기다리며 시간을 때울 거리들은 많았다. 기다리다 보면 오늘도 어김없이 내 이름이 불릴 것이었다.

개인적으로 나는 민츠 박사가 마음에 들었다. 너그러운데다 진지하게 일에 열중하는 사람이었다. 또 인생의 희극과 비극에 여유롭게 대처할 줄도 알았다. 정직과 신용을 중시하는 훌륭한 인품의 소유자이기도 했다. 13년간 그를 지켜보아왔지만 나이가 들어 머리가 좀 더 벗겨졌다는 것 외에는 크게 변하지도 않았다. 실제로 어떤지는 잘 모르겠지만 적어도 내가 보기에는 그랬다. 단지 민츠 박사는 항상 조금 거들먹거리는 걸음걸이로 병원을 돌아다니는데 그즈음에는 그런 그의 동작이 좀 더 과장되어 보였다. 특히 안짱다리가 두드러지는 청바지에 악어가죽 부츠를 신고 은줄 장식이 달린 넥타이를 맨 날이면 더 의기양양해 했다. 확실히 뭔가 색다른 사람이었다. 점잖은 유대인 의사라기보다는 한껏 멋을 낸 카우보이 쪽에 더 가까웠다. 하지만 꼭 차림새 때문만은 아니었다. 정확히 집어낼 수는 없지만 요즘 어딘지 분위기가 달라졌다.

민츠 박사는 또 난감해하는 표정이었다. 하긴 그럴 만도 했다. 지금까지 우리는 여러 검사를 해보았지만 이렇다 할 병명이나 실환, 특징 증후군 따위는 전혀 발견하지 못했다. 걸을 때 발을 끄는 것과 둔해진 동작, 움직임이 없어진 팔, 신체 통증과 뻣뻣해진 관절, 계속되는 멍한 상태, 심신을 허약하게 만드는 우울증……. 이 모든 증상은 과연 무엇 때문에 생겨난 것일까. 알 수 없는 일이었다. 쉽게 원인이 밝혀지지 않자, 민츠 박사는 신경과 전문의인 동료에게 연락을 취해두었다.

한편, 민츠 박사는 벌써 오래전에 자신이 처방한 항우울제를 얼른 복용해보라고 연신 재촉해댔다. 약을 복용하면 기분이 훨씬 나아질 거라는 장담도 잊지 않았다. 자신을 비롯한 모든 사람이 효과를 경험했다고 했다. 그리고 자신의 경우에는 전립선암 치료를 받으면서 우울증이 찾아와 항우울제를 복용하기 시작했다고 털어놓았다. 사연을 듣고 보니 그동안의 과장된 행동이나 차림새도 조금 이해가 되어서 가슴이 찡해왔다. 동시에 희망도 느껴졌다.

'그래, 약이 도움이 될 수도 있지. 어쩌면 큰 도움이 될지도 몰라. 약을 복용하면 이 어두운 우울의 늪에서 빠져나와 예전의 삶으로 돌아갈 수 있을지도 모르잖아. 그러면 시도 때도 없이 민츠 박사를 찾지 않아도 될 거야.'

9월 중순이 되자 우울증은 극에 달했고, 나는 더는 버티지 못하고 마침내 제약회사가 탄생시킨 위대한 화학복합물에 굴복하고 말았다. 그 누구의 강요에 의해서가 아니라 내가 선택한 조치였다. 우울의 검은 늪을 헤치고 나와야 하는 건 바로 나 자신이었다. 혀로 알약을 누른 채 물을 들이켰다. 민츠 박사와 그가 추천한 신경과 전문의인 스미스 박사, 테레사, 베르겐 그리고 친구 리사의 기도가 더해진 성수인 셈이었다. 약을 삼키고 나서 잠시 기다렸다. 부작용이 나타나든지 아니면 금방 기분이 좋아질 것이었다. 하지만 첫날은 아무 느낌도 없이 지나갔다. 그 다음 날도 마찬가지였다. 셋째 날이 되자 속이 약간 메스꺼워지면서 평소보다 컨디션이 더 나빠졌다.

그러던 10월의 어느 날 아침, 배 속에서부터 아주 살짝 즐거운 기분이 밀려오는 것을 느끼며 잠에서 깼다. 어쩐 일인지 그날은 눈물이 맺혔던 자국도 없었다. 갑자기 밀려드는 행복감에 입꼬리가 저절로 올라갔다. 오랫동안 잊고 지냈던 미소를 되찾은 느낌이었다. 그리고 아주 잠깐이었지만 민츠 박사의 말이 옳았다는 게 증명된 순간이기도 했다. 박사가 큰소리를 친 대로 약은 정말 효과가 있었다. 아주 미약하게나마 기분이 좋아졌고 덜 우울했다. 그리고 약간의 생동감마저 느껴졌다.

가지 말아요, 나를 두고 가지 말아요

서글픈 11월의 아침, 나는 두 마디 말만 자꾸 되뇌었다.

"가지 말아요. 가지 말아요. 가지 말아요……."

"괜찮을 거야. 금방 돌아올게."

베르겐은 거듭 약속하며 입을 맞추었다. 하지만 우리의 작별 키스는 무미건조하기 짝이 없었다. 이제 우리 사이에 열정이나 요염함, 기교 따위는 찾기 어려웠다. 그저 서로 입술만 겨우 맞댈 뿐이었다. 어쨌긴 내가 감당할 수 있는 건 거기까지였다. 하지만 제대로 키스할 수 없다고 해서 실망한 건 아니었다. 사실 내가 정말 갈구하는 건 포옹이었다. 특히 그즈음에는 자주 포옹했으면 싶었다. 베르겐이 업무차 시외로 나갈 때면 그나마 포옹의 힘으로 한동안 버틸 수 있었다. 그리고 나 역시 예비 배우자가 필요해졌다. 베르겐이 멀리 나가면 돌보아줄 사람이 필요해진 상황에 이른 것이었다. 난 여전히 심약했다.

얼마 못 가 베르겐은 유콘Yukon 주 카크로스Carcross 시로 출장을 가게 되었다. 나의 예비 배우자는 친구 리사였다. 그녀는 어린 딸아이의 손을 잡고 나를 찾아주었다. 그녀의 딸 대니엘Danielle은 올해 여섯 살로 제 엄마를 꼭 빼닮았다. 리사와 똑같은 갈색 곱슬머리였고 웃을 때면 앞니가 크게 드러났다. 그리고 내가 갑자기 울음을 터뜨리거나 빗속을 뚫고 집을 향해 운전할 때도 동요하지 않고 얌전히 있을 줄 알았다.

리사와 대니엘이 짐을 풀고 나서 우리는 강아지 넬리를 데리고 산책길에 나섰다. 핼러윈이 막 지난 그맘때쯤이면 주변은 온통 전형적인 밴쿠버의 가을로 물들곤 했다. 하지만 한동안 심하게 내린 비는 동네 길바닥을 죄다 진흙 밭으로 바꾸어놓았다. 어디를 가든 잔디는 진흙으로 뒤덮여 있었고 질퍽한 웅덩이가 여러 개 보였다. 젖은 잎들도 군데군데 무더기로 쌓여 있었다. 보도는 잠깐의 부주의로 무참히 짓이겨진 벌레와 달팽이들로 얼룩덜룩했다. 거리마다 깨어진 호박 조각들이 나뒹굴며 썩고 있었다. 칙칙한 날씨와 엉망진창인 길거리 때문에 친구에게 사과라도 해야 할 것 같았다. 이건 아름답다고 입소문이 난 밴쿠버의 모습이 아니었다. 밴쿠버 최고의 모습이 이 모양일 수는 없었다. 하긴 나 자신만 해도 최상의 컨디션은 아니었다. 하지만 어쩌겠는가. 소중한 친구와 그 딸아이가 나를 보러 일부러 여기까지 왔으니 조금이라도 기운을 북돋워야 했다.

역시 리사는 더할 나위 없이 훌륭한 배우자 대리감이었다. 우리는 대학 시절 토론토에서도 같이 생활했다. 둘이 너무 잘 맞아 평생을 함께해도 괜찮을 것 같다고 생각할 정도였다. 양쪽 모두 확고한 이성애자가 아니었다면 자칫 정다운 레즈비언 커플이 한 쌍 더 탄생했을 것이다. 작달막하고 여성미 넘치는 심리학자와 늘씬하고 볼륨 있는 몸매의 예술가 커플…….

리사가 도착한 뒤 처음 며칠 동안 우리는 휴가를 맞아 여행을 즐기는 관광객들처럼 이곳저곳을 돌아다녔다. 레스토랑에서 점심을 먹고 스탠리 파크Stanley Park, 1888년 개장한 밴쿠버 최초의 공원으로 북미지역에서 세 번째로 큰 도심 공원에 있는 아쿠아리움에서 시간을 보내다가 그라우스 산Grouse Mountain, 밴쿠버 북쪽에 있으며 도심에서 가장 가까운 산 정상까지 곤돌라를 타고 올라갔다. 그리고 그랜빌 아일랜드Granville Island, 밴쿠버 남쪽에 위치한 문화 공간에서 쇼핑도 했다. 식사 준비와 집 안 청소 등은 거의 리사가 도맡았다. 나는 내 마음을 다스리고 기분이 처지지 않도록 애쓰는 것조차도 충분히 버거웠다. 리사 역시 이 점은 눈치를 챘을 것이었다. 자연히 나는 무기력해졌고 뭘 하든 어설픈데다 쉽게 지쳤다. 그래도 리사는 나에게 용기를 주었다.

"넌 충분히 잘하고 있어, 로빈. 나오미 도시락도 싸고 우리를 태우고 동네 구경도 시켜주고 게다가 너 자신도 돌보고 있잖아. 생각했던 것보다 훨씬 더 잘하고 있다고. 9월만 해도 네가 과연 잘 이겨낼 수 있을까 걱정했는데."

"정말? 정말 그렇게 생각해? 항우울제 덕분이겠지. 요즘도 우울하긴 마찬가지야. 단지 그 약이 구명조끼 같아서 간신히 물에 뜰 수는 있게 해줘."

"물론 약의 힘도 있겠지. 하지만 더 기특한 건 바로 너 자신이야. 네 생명력은 네가 생각하는 것보다 훨씬 더 강해."

"그럼 내 왼팔은 어떻게 생각해? 봐? 거의 움직임이 없어."

"좀 신경이 쓰이긴 하지만……. 나도 우울증에 시달리는 고객을 여럿 상대해봤어. 경험상 우울증이라는 질환 자체나 처방 약이 사람들을 둔화시킬 수 있어. 신체 메커니즘이 뒤엉키는 거지. 차츰 약에 적응이 되고 기분이 나아지면 틀림없이 몸도 더 좋아질 거야."

"정말 그랬으면 좋겠어."

나는 한숨 섞인 투로 대답했다.

"나도 그러길 바라."

파킨슨병……이라고 한다

이튿날 나는 리사와 함께 병원에 갔다. 민츠 박사의 동료인 신경과 전문의와 진찰 예약이 잡혀 있었기 때문이었다. 스미스 박사와의 면담은 두 번째였다. 수 주 전에 첫 면담을 했지만 그날 나는 그녀가 내 눈물바다에 빠져 익사하지 않은 게 신기할 정도로 줄곧 울기만 했다. 다행히 그녀는 평정을 잃지 않고 검사를 다 마쳤다. 당시에 나는 우울증이 너무 심했다. 그래서 박사는 내 몸에 나타나는 여러 증상이 우울증 때문인지 신경질환 때문인지 정확히 분간해낼 수 없었다. 그래서 그녀는 구체적인 진단을 내리는 대신 항우울제를 처방하고 각종 혈액검사와 뇌 MRI를 지시했다. 그리고 한 달 후에 다시 보자는 말을 남겼다.

드디어 박사의 진료실에 들어서는 순간, 우리 두 사람은 상대방의 변한 모습에 놀라움을 감추지 못했다. 먼저 스미스 박사는 처방약을 복용하고 나서 내가 얼마나 더 생기 있어 보이는지 알려주었다. 나는 가끔 눈물을 비치긴 하지만 예전처럼 내내 울지는 않는다고 기뻐했다. 눈물이 줄어 눈물이 시야를 가리지 않아선지 스미스 박사의 모습을 또렷하게 볼 수 있었다. 그녀는 예전과 달라 보였다. 사실 지난번 박사의 모습이 잘 기억나지는 않았다. 하지만 오늘 같은 느낌은 아니었다. 지금 내 눈앞의 박사는 이십 대의 맥 라이언 Meg Ryan을 연상시켰다. 살짝 헝클어진 짧은 금발 머리에 티 없이 깨끗한 피부가 빛나는 여성. 나는 대뜸 이렇게 말했다.

"신경과 전문의라기에는 너무 젊어 보이세요."

"알고 있어요. 다들 그렇게 말하죠. 뭐 사실 그렇긴 해요."

그녀는 알고 있었다고 했다. 어떻게 받아들여야 하나, 흠……. 곧 진찰에 들어간 박사는 현재 내 건강 상태와 관련해 몇 가지 질문을 던지고 나서 실내등을 어둡게 조절했다. 쇼라도 하려나? 컴퓨터 화면 쪽으로 돌아앉은 박사는 내게 MRI 슬라이드를 보여주었다. 리사도 옆에 있었으면 매우 흥미로워했을 것이다. 슬라이드를 보니 내 머릿속은 아주 난해한 예술작품 같은 모양새를 하고 있었다. 여러 가지 빛깔이 섞인 자기공명영상Magnetic Resonance Images은 정말 놀라웠다. 모두 디지털화되어 컴퓨터 작업을 거친 사진들이었다.

스미스 박사가 화면 위 영상을 확대했다가 줄이자 몽환적 형상이 확 피어올랐다가 금방 멀어졌다. 마치 구글 어스Google Earth 프로그램으로 검색한 산과 바다 그리고 화산이 실제처럼 생동감 있게 느껴질 때와 비슷한 기분이 들었다. 박사는 화면에 비친 각기 다른 형태와 색깔들이 무엇을 의미하는지 설명해주었고 나는 주의 깊게 들었다.

기분이 나쁘진 않았다. 게다가 스미스 박사는 MSmultiple sclerosis, 다발성 경화증으로 뇌와 척수에 장애를 유발하는 신경학적 질환이며 진행성 질환이어서 시간이 지나면서 악화됨 쪽도 전문이라고 했다. 이 말을 듣자 나는 확실하게 안심할 수 있었다. 왜냐하면 나는 막연하게 내 병명이 MS일 거라고 생각했기 때문이었다. 오래전 고모가 그랬던 것처럼. 고모는 십 대 초에 MS로 진단받았다. 그리고 그녀의 질환은 평생 재발을 거듭했다. 하지만 그녀는 마흔아홉 살에 유방암으로 죽었다. 불쌍한 글렌다Glenda 고모……. 박사는 또 다른 영상 하나를 한껏 확대했다.

"이 부분이 로빈 씨의 흑질substantia nigra, 중뇌에 있는 검은 갈색의 큰 회색질로 도파민을 생성함. 이곳에 이상이 생기면 파킨슨병이 유발됨이에요. 언뜻 보기에 정상처럼 보이는데, 사실 그렇지 않아요. 문제가 있어요."

"문제요? 어떤 문제를 말씀하시는 거죠?"

당황한 나는 다급하게 질문을 뱉었다. 내 눈을 똑바로 응시하던 박사는 침착한 어조로 어마어마한 선고를 내렸다.

"정말 유감스럽게도 파킨슨병입니다."

그녀는 다시 한 번 나의 눈물바다를 경험해야 했다.

"어떻게 확신하실 수 있나요?"

"전형적인 파킨슨병 증상을 여럿 보이고 계시니까요……. 근육 경직이나 동작이 둔해지는 걸 경험하셨고 표정도 거의 없으신데다 우울증에 시달리잖아요."

"뇌 일부는 정상처럼 보인다면서요?"

"가장 확실한 진단법은 뇌를 해부해보는 것뿐이에요. 하지만 그럴 필요까지는 없어 보이는군요."

"그럼, 박사님이 잘못 진단하셨을 가능성도 있나요?"

"그랬으면 좋겠습니다, 정말로. 하지만 제 소견이 맞을 겁니다. 다른 병원에서 다른 의사에게 진찰을 받아보셔도 좋습니다."

면담은 끝났다. 스미스 박사는 내 질문에 답한 다음 읽어볼 만한 유인물 몇 장을 추려 건네주었다. 당연히 유쾌한 내용은 아니었다. 문득 나는 개인적으로 p자에 징크스가 있다고 박사에게 알려주었다. pms월경전증후군도 그렇고 이제 파킨슨Parkinson's병까지 가세한 셈이었으니까. 그러자 박사는 갑자기 웃음을 터뜨렸다.

"저도 끼워주셔야겠네요. 제 이름이 페니Penny랍니다."

우스꽝스런 상황에 나도 모르게 웃음이 나왔다. 하지만 오래간만의 재미도 잠시뿐이었다. 나는 다시 흐느꼈고 스미스 박사는 진지한 표정으로 나를 나독였다. 그때 나에게 절실하게 필요한 것은 다정한 포옹이었다. 하지만 리사는 대기실에, 남편은 유콘 주에 있었다. 하는 수 없이 제일 가까이 있는 박사에게 안아달라고 부탁했다. 그녀는 주저 없이 다가와 힘껏 안아주었다. 이 순간만큼은 환자에게 진단을 선고하는 신경과 전문의가 아니라 아름다운 영화배우와 포옹하고 있는 것이었다. 나는 그렇게 생각하고 싶었다.

욕조의 용도는 생각보다 다양하다

욕조에 물을 받아 두고 그 안에 몸을 담그면 여러 일을 시도할 수 있다. 반신욕 하기, 목욕하기, 휴식하기, 시간 때우기, 책 읽기, 글쓰기, 이야기하기, 노래하기, 공부하기, 울기, 축배 들기, 어린아이로 돌아가기, 명상하기, 자위하기, 바람피우기……. 나는 이 모든 걸 전부 해보았다. 그것도 한 번 이상.

하지만 그날 밤은 조금 달랐다. 리사가 군데군데 촛불을 켜 두었다. 우리는 욕조 안에서 함께 울고 고심하고 질문하고 절망하고 위로하면서 스미스 박사가 내린 충격적 진단을 부인했다.

그럼에도 불구하고 스미스 박사의 말이 맞는 것 같았다. 욕조에서 나와 몸을 닦고 물을 빼니 더 그런 느낌이 들었다. 나는 다분히 파킨슨병의 조기 징후를 보이고 있었다. 마이클 J. 폭스 Michael J. Fox, 〈백 투더 퓨처〉로 유명해진 캐나다 출신의 할리우드 배우로, 1991년 파킨슨병 진단을 받았고, 현재까지 투병 생활을 계속하고 있다도 이런 증상을 보이지 않았던가. 물론 다른 의사의 진찰도 받아보고 싶었다. 하지만 혹시나 하는 의혹은 거의 사그라졌다. 빛을 잃어가는 내 몸에 보조라도 맞추듯이.

저녁 무렵 베르겐에게서 전화가 왔다. 그리고 나는 그날 있었던 일들을 담담하게 알렸다. 한동안 우리는 아무 말도 못하고 조용히 수화기만 들고 있었다. 서로 숨 쉴 여유가 필요했던 게 아니었을까. 잠시나마 눈시울을 붉힐 짬도…… 필요했다. 남편은 곧 돌아올 것이었다. 슬픔을 누른 채 여행가방과 노트북을 들고서. 그리고 여느 때처럼 변함없이 나를 사랑한다고 말할 것이었다. 그 말은…… 그때 내가 가장 듣고 싶은 말일 뿐 아니라 가장 먼저 믿고 싶은 말이었다.

16년 전, 베르겐과 나는 사랑을 했다

남편 베르겐은 나보다 나이가 많다. 세 살 연상이다. 그런데 이것은 개를 기준으로 계산했을 때만 나오는 숫자다. 개 나이에 7을 곱하면 사람의 나이가 나온다고 한다. 3에다 7을 곱하면 그게 바로 남편과 내 나이의 차이다. 즉 남편은 나보다 스물한 살이 많은 것이다. 어쨌든 처음에는 진지하게 만날 생각이 전혀 없었다. 그저 무더운 여름 날씨 탓에 잠시 들뜬 것이라고 여겼다. 잠깐 재미있게 즐기면 그뿐이라고 생각했다. 그러고는 어느덧 가을이 왔고, 서로 엉킨 강아지 목줄처럼 우리의 마음도 서로 얽혀들었다. 그리고 겨울이 다가왔을 때 우리는 인생을 함께할 동반자가 되었다. 벌써 16년 전 일이다.

엄청난 세대 차이를 사랑으로 메울 수 있다는 건 매우 놀라운 일이다. 그래도 불안한 마음이 아예 사그라지는 것은 아니었다. 사실 남편은 건강하고 활력이 넘치는데다 또래보다 한참 젊어 보였다. 그런데도 나는 내내 걱정을 붙들어매고 살았다. 내가 걱정이 많은 건 사실이었다. 베르겐이 갑자기 심장마비나 뇌졸중을 일으켜 사망하지나 않을까. 아니면 간신히 생존한다 해도 여생을 식물인간 상태로 살아야 하는 건 아닐까. 그렇게 되면 나는 혼자 남아 기저귀를 갈고 밥을 떠먹여 주어야 하는 신세가 되겠지. 그것뿐이면 낫다. 사실 끝까지 부부 사이의 의리를 지킬 수 있을지도 고민이었다. 그런 비극적 상황이 닥치면 행여 도의를 저버릴 수도 있지 않을까.

이런 꼴사나운 걱정만 줄곧 하곤 했다. 드물지만 남편은 가끔 낮잠을 잤다. 그럴 때면 나의 남편의 가슴 부분이 뚜렷이 오르락내리락하는지, 숨을 쉬는지 확인하곤 했다. 만약 그렇게 보이지 않으면 나는 어쩔 줄 모르고 우왕좌왕했다. 입을 벌리고 몸을 축 늘어뜨린 남편의 모습이 영락없이 죽은 사람 같았기 때문이었다. 그런 생각이 들면 슬픔과 공포가 한꺼번에 밀려와 희망 따위는 도무지 떠올릴 수 없었다.

그래서 그럴 때마다 난 혹시나 하는 마음에 남편의 이름을 크게 불러보았다. 그리고 그의 몸을 세게 밀쳐보았다. 나로서는 어디까지나 '사랑의 가격'이지만 남편은 항상 '피해망상녀의 강펀치'라고 놀려대었다. 그래도 상관없었다. 나의 행동에 남편이 저승에서 이승으로 넘어올 수 있다면 된 것 아닌가. 곤히 자는 사람을 깨우는 것은 미안한 일이지만 말이다. 결국 내게 중요한 건 남편이 무사히 살아 있다는 확신이었다. 베르겐이 깨어나면 난 안도감에 정신이 아득해지곤 했다.

내 지나친 걱정의 근원은 어린 아내를 둔 나이 많은 남편이 상대적으로 질병에 취약하다는 통념에 있었다. 하지만 이제 그런 설 따위는 마음에 담아두지 않았다. 남편보다 내가 먼저 갈 판에 그런 걱정을 할 필요가 없어졌기 때문이었다. 아이러니하게도 이와 같은 상황을 떠올리며 묘한 흐뭇함에 잠길 때도 있었다. 아마 나중이겠지? 아닌가? 그러니까 늙은 남편이 한참 어린 아내의 기저귀를 갈고 수프를 떠먹여 주는 생활을 생각하면서 말이다. 내가 아니라 남편이 그런 상황에 처한다는 사실에 묘한 느낌이 드는 것이었다. 그렇게 되면 베르겐은 과연 한결같이 내 곁을 지킬까? 나는 그의 짐이 되길 원하는 걸까? 역시 어려운 문제였다. 뚜렷한 답이 없었다. 한심한 걱정이 꼬리에 꼬리를 물었다.

딸의 얼굴도 기억하지 못할까 봐 두려워

스미스 박사의 진단이 내려진 다음 날 아침, 나는 판자처럼 뻣뻣하게 침대에 누워 천장을 응시했다. 공식적인 퇴행성 신경 질환자로서 맞이하는 첫날인 만큼 난 병자가 되어야 했다. 굳이 몸을 일으켜야 할 동기를 떠올리기가 어려웠다. 헛된 희망을 물리치는 비관적 징후야 얼마든지 있었다. 피부 건조, 두피 건조, 안구 건조, 요실금, 변비, 미세한 떨림, 쓰러짐, 갑작스러운 경직, 구부정한 자세, 무의식적 신체 떨림, 치매 증세……. 모두 스미스 박사가 건네준 유인물에 적힌 증상들이었다. 하지만 무엇보다 가장 큰 문제는 이 사실을 나오미에게도 알려야 한다는 것이었다. 남편이 돌아오면, 베르겐이 돌아오면 말할 생각이었다. 그래서 어떤 식으로 말을 꺼내야 할지 구체적인 계획을 세우는 데 시간적인 여유가 있는 셈이었다.

학교로 간 나오미, TV 앞에서 만화를 보느라 정신없는 대니엘, 테이블에 마주 앉아 뜨거운 레몬차를 마시는 리사와 나. 어젯밤에는 둘 다 푹 자지 못해서 우리 눈 밑 주름이 한층 두드러졌다. 우리는 잠자코 넬리가 제 몫의 밥을 먹어치우는 걸 바라보았다. 실컷 배를 채운 넬리는 한 차례 큰 트림을 뽑아냈다. 평소 같으면 이 광경을 보고 웃음을 터뜨렸겠지만 그날은 예외였다. 나는 또다시 눈가를 티슈로 찍어 누르며 말을 꺼냈다.

"나오미에게 말할 엄두가 안 나. 혼자서는 말 못할 것 같아. 베르겐이 오면 그때 가서……. 아마 걔 인생은 엉망이 되겠지?"

"그 사실을 아이에게 알려야 한다는 것은 엄청난 부담이겠지만 어쩔 수 없잖아. 그리고 그렇다고 나오미 인생이 엉망이 되는 것은 아니야. 뭐 그날 하루는 엉망이 되겠지. 넉넉하게 잡아도 일주일? 하지만 나오미 인생이 송두리째 망가질 일은 아니야. 왜냐하면 십 대잖아. 그맘때 아이들은 철저히 자기중심적으로 생각해. 그게 그 또래의 장점이기도 하고. 그러니까 나오미도 이 문제를 마음속에 오래 품고 있진 않을 거야. 당장은 충격이 크겠지만 결국 원래의 생활 패턴으로 돌아오게 되어 있어. 무엇보다 나오미는 너랑 베르겐의 딸이야. 게다가 표현도 풍부하고 재치 있고 똑똑하지. 또 씩씩하기까지 해. 이야기를 나눌 상대만 있다면 괜찮을 거야."

"어디까지 알려줘야 할까?"

"나라면 최대한 간단하게 설명할 것 같아. 일단 생물학적 사실을 그대로 설명해줘. 질문을 하면 대답해주고. 혹시 아무것도 묻지 않는다 해도 걱정하지 마. 본인이 준비되면 그때 물어올 테니까."

나는 힘겹게 신음했다. 또다시 눈물이 흘러내렸다.

"제일 서글픈 게 뭔지 알아? 내가 나오미를 기억하지 못하게 될까 봐, 그것이 가장 걱정돼. 그리고 나오미는 엄마를 생각할 때 그저 병든 환자로만 기억하겠지……."

"만약 네가 기억을 못한다면 우리가 알려줄게. 잊어버리면 또 알려주고, 또 잊어버리면 다시 알려줄게."

슬픔을 풀어놓을 수 있었던 친구가 떠나다

그날은 낮잠이 몹시도 간절했다. 그래서 오후 늦게 이불 속으로 기어 들어가 잠을 청했다. 실컷 자고 일어나보니 리사와 아이들은 저녁 준비에 여념이 없었다. 한 사람씩 차례대로 국을 휘젓고 샐러드를 버무리는 중이었다. 파이스트Leslie Feist, 캐나다 출신 가수의 가사도 들렸다.

"하나 둘 셋 넷, 나를 더 사랑한다고 말해봐요……."

리사가 내 쪽을 돌아보며 웃었다. 나도 함께 웃으며 떠들고 싶었지만 다음 날 일을 걱정하느라 그럴 여유를 가질 수 없었다. 다음 날이 되면 리사는 돌아가고 베르겐이 집에 올 것이었다. 그리고 나는 딸에게 말해야 했다. 엄마가 파킨슨병에 걸렸다고. 순간 서글퍼져 또다시 눈물이 나오려고 했다. 하지만 그날은 내 안의 울보를 좀 쉬게 할 참이었다. 비가 내리는지 빗방울이 부엌 채광창을 리드미컬하게 두드렸다. 나는 와인 잔에 와인을 따른 뒤 식탁에 앉아 마셨다. 넬리는 이리저리 돌아다니다 결국 내 발치에 웅크려 누웠다. 비에 젖은 강아지 털 냄새와 채소 볶는 냄새가 뒤섞여 콧속에 스며들었다. 그다지 맛깔스러운 냄새는 아니었지만 그래도 볶은 강아지와 젖은 채소 향보다는 낫지 않을까.

식사 후 설거지를 마친 리사는 아이들의 숙제를 보아준 뒤에 대니엘을 재웠다. 그리고 딸과 나 사이에 파고들며 고교 시절에 대한 이야기를 시작했다. 대뜸 리사가 나오미에게 질문을 던졌다.

"너 엄마가 영화배우랑 데이트한 거 아니?"

딸아이의 눈이 반짝였다.

"너네 엄마는 그레이스 아나토미Grey's Anatomy, 시애틀의 한 가상 병원을 배경으로 한 미국 드라마에 나오는 데릭 셰퍼드Derek Shepherd 박사랑 데이트한 적이 있어."

"너무 오래전 이야기야"라고 내가 끼어들며 말했다. 순간 슬쩍 나오미의 얼굴을 훔쳐보니 놀라고 어리둥절한 표정을 짓고 있었다. "어떻게 생긴 사람인지 잘 모르겠어요"라고 나오미가 말했다. 결국 우리는 컴퓨터 앞으로 몰려가 구글에서 그 사람을 검색해보았다. 드디어 그의 모습이 화면에 떴다. 성숙미를 물씬 풍기는 멋진 남성 그리고 할리우드 스타. 나는 아이의 눈높이에 맞추어 당시의 일화를 들려주었다.

"겨우 스물한 살이었어. 토론토에 살 때야. 영 스트리트Yonge Street 시내에 있는 옷 가게에서 파트타임 점원으로 일했지. 그런데 어느 날 이 잘생긴 남자가 매장으로 들어온 거야. 우리는 곧 농담을 주고받았지. 꽤 재미있는 사람이었어. 그날 나는 그에게 옷을 여러 벌 골라줬어. 물론 뭘 입든 다 잘 어울렸지. 골라준 옷을 전부 입어보더니 그걸 전부 다 사겠다는 거야. 솔직히 좀 놀랐지만 태연한 척하면서 어떻게 계산할 거냐고 물었어. 그랬더니 신용카드를 건네주더라. 그런데 그 사람이 너무 동안이라서 그만 '보호자가 동의한 건가요?'라고 물어봤지 뭐야. 그 사람은 잠시 웃더니 어머니 카드가 아니라 자기 거라고 말했어. 그리고 배우라고도 밝혔지. 알고 보니 그때 그는 닐 사이먼Neil Simon, 미국의 극작가의 연극 〈브라이턴 해변의 추억Brighton Beach Memoirs〉에서 주연을 맡고 있었어. 어쨌건 그 사람이 연극을 보러 오라고 나를 초대했어. 그래서 갔지. 그게 시작이었어. 그해 여름에 우리는 짧은 연애를 했을 뿐이야."

"그럼 그분은 그때 몇 살이었어요?"

나오미가 물었다.

"아마 열아홉 정도였을 거야."

"왜 여태까지 그 얘기를 한 번도 안 했어요?"

"적당한 때가 되면 들려주려고 기다리고 있었지."

나오미는 얄밉다는 듯 눈을 흘겼다. 분명히 더 꼬치꼬치 캐물을 것 같아서 질문 공세에 대비하고 있는데 전화기가 울렸다.

나오미의 친구였다. 그때부터 나오미는 저녁 내내 전화기를 붙들고 친구들과 수다를 떨어댔다. 2층 침실로 올라가는데 문틈으로 딸아이의 목소리가 새어나왔다. 늘 그렇듯 아마도 딸은 나에 대한 불평을 늘어놓을 것이었다. 그도 그럴 것이 엄마로서 의지는 되지 못할망정 매번 투덜거리고 울기만 하니. 하지만 그날은 아니었다. 나오미는 의기양양하고 기쁨에 찬 목소리로 엄마의 흥미진진한 연애사를 자랑삼아 늘어놓는 중이었다. 그러고는 엄마와 친하게 지냈던 때가 매우 그립다는 말도 덧붙였다. 그제야 비로소 나는 수년 만에 처음으로 내 안에 잠재된 사랑의 힘을 느꼈다. 동시에 다시 한 번 나오미와 교감하고 사랑을 깊이 다져갈 장면을 상상했다.

이튿날 나는 리사와 대니엘을 공항까지 차로 데려다주었다. 배우자 대리감인 친구를 떠나보내는 건 쉬운 일이 아니었다. 꼬박 닷새 동안 나는 친구의 넘치는 지혜와 사랑을 받았다. 그리고 그녀의 넓은 가슴에 그때껏 쌓인 슬픔을 모두 풀어놓았다. 연민 어린 리사의 눈빛에 기대어 나는 잠시 쉴 수 있었다. 그녀가 떠나고 나니 꼼짝없이 모래 폭풍을 맞아야 하는 사막의 꽃송이처럼 허허벌판에 위태롭게 버려진 것만 같았다.

딸과 나는 같은 처지,
둘 다 파킨슨병에 걸린 부모가 있으니

리사를 배웅하고 몇 시간이 지난 뒤 베르겐이 돌아왔다. 나는 그의 품에 쓰러지듯 안겼다. 그리고 나는 어쩔 줄 몰라 하며 되뇌었다.

"미안해요. 미안해요, 여보. 정말 미안해요."

"나도 미안해."

그렇게 우리는 서로 슬픔을 나누었다. 그리고 나오미가 학교에서 돌아왔을 때쯤 우리는 내 상태를 알릴 채비를 마쳤다. 베르겐은 우선 준비한 차를 거실로 내온 뒤 나오미를 불러 함께 마시자고 했다. 나오미는 남편 옆쪽에 있는 팔걸이의자에 바싹 들어앉은 채 내 쪽으로 수줍은 미소를 보냈다.

"너한테 알려줄 게 있어."

나는 티슈 한 장을 손에 쥔 채 말문을 열었다. 나오미는 바닥에 시선을 고정시키고 조용히 다음 말을 기다렸다. 남편이 헛기침을 하더니 말문을 뗐다.

"한동안 엄마 상태가 좋지 않았다는 건 너도 잘 알 거야. 그래서 그 원인이 무엇인지 알아내려고 의사도 여럿 만났지. 이제 원인이 밝혀졌단다."

천천히 고개를 끄덕이던 나오미가 내 쪽을 쳐다보았다. 나는 심호흡을 한 뒤 말을 이었다.

"파킨슨병이래."

언뜻 알아듣지 못한 듯 딸아이는 잠깐 멍하니 나를 응시했다. 하지만 재빨리 내 말을 이해한 나오미가 조금 얼굴을 일그러뜨리더니 곧 거리낌 없이 아이다운 슬픔을 토해냈다.

"죽는 거예요?"

엄마가 죽는다는 생각에 나오미는 두려움과 슬픔에 휩싸여 정신없이 흐느꼈다. 예상한 질문이었다. 사실 딸아이가 그렇게 물어오길 기다렸다. 뺨을 타고 눈물이 흘러내렸다. 나는 스미스 박사가 나누어 준 전단지에서 본 구절을 그대로 나오미에게 일러주었다.

"파킨슨병에 걸렸다고 다 죽는 건 아니야. 그 병을 앓던 사람이 죽는 경우가 있긴 하지만."

의도한 건 아니지만 막상 이런 상황이 되자 뜻밖에도 편하게 이야기를 할 수 있었다. 마치 '난치성 퇴행성 신경질환과 늘 붙어 다녀야 하겠지만 그래도 그 병이랑 결혼까지 한 건 아니잖아'라고 생각하기라도 한 것처럼. 하지만 정작 나오미는 안심하지 못하는 것 같았다. 오히려 내 설명이 그 애에게 더 깊은 혼란을 가져다준 듯했다. 나는 자리에서 일어나 나오미 곁으로 가 딸의 손을 잡았다. 그제야 나오미는 내 어깨에 머리를 기댔다.

"언제부터 알았어요?"

나오미가 물었다.

"이틀 전."

"왜 그때 나한테 말 안 했어요?"

"너까지 걱정시키기 싫어서 하루라도 늦추고 싶었어."

나오미가 내 쪽으로 몸을 붙여 바싹 다가앉았다. 내가 그렇듯, 지금 딸아이에게는 자신의 마음을 보호해줄 울타리가 필요할 것이었다. 난 그런 딸을 꼭 끌어안은 채 스미스 박사가 했던 말을 그대로 옮겼다. 베르겐도 한마디 거들었다.

"다 괜찮을 거야. 함께 헤쳐나가면 아무 문제 없을 거야."

뻔한 말로 서로 안심시키고 하나로 뭉치는 가족의 모습……. 다들 그렇게 말하고 또 그 말을 믿고 싶지만 왠지 확신이 들진 않았다. 분명히 나오미도 마찬가지일 것이었다. 나와 나오미는 이제 같은 처지가 되었다. 둘 다 파킨슨병에 걸린 부모를 두었으니 말이다.

'상황이 이 지경인데 어떻게 괜찮아질 수 있을까? 나 자신부터 이렇게 무너지고 있는데 과연 우리가 힘을 합쳐 극복해낼 수 있을까? 책임감도 없이 병에 걸려버린 엄마를 딸은 용서해줄 수 있을까? 내가 죽어도? 나오미도 파킨슨병에 걸리면 어떡하지? 그럼 그때는 어떻게 나를 용서할 수 있을까?'

나는 마음속으로 끝도 없이 생각을 늘어놓았다. 뚜렷한 해결책이나 희망도 없이 걱정만 늘어갔다. 머리를 쓰다듬어주자 나오미는 내 품으로 더 깊숙이 파고들었다. 딸아이를 안심시키고 내게도 확신을 줄 만한 말이 떠올랐으면 좋겠다. 그때 나오미가 한발 빠르게 불쑥 말을 꺼냈다.

"새 치료법이 나올지도 몰라요."

우리는 잠시 이야기를 멈추고 이 말을 진심으로 받아들이려 애썼다. 더 많은 이야기가 마음속에 남아 있었지만 우리는 먼저 서로의 마음이 가다듬어지기를 기다려야 했다. 그리고 서로 위로할 시간이 필요했다. 그래서 조금 더 기다려야 했다. 많은 이야기를 나눌 수 있을 때까지.

저녁식사를 마치고 우리는 테이블에 둘러앉아 차를 마시며 쿠키를 먹었다. 진이 빠졌지만 그래도 나오미에게 알렸으니 한 가지 근심은 사라진 셈이었다. 딸은 엄마가 당장 죽는 게 아니란 걸 깨닫고부터 좀 더 편안해 보였다.

"파킨슨병은 왜 걸리는 걸까요? 유전일까요?"

"잘 모르겠어. 평생 원인을 못 찾을지도 몰라. 그리고 의사 선생님은 유전이 아니래."

나오미가 의기소침해져서 "하지만 할아버지도 그 병에 걸렸잖아요. 그리고 이제 엄마까지……. 그냥 우연은 아닌 것 같아요. 그거 뇌에 생기는 병이죠?"라고 물었다.

"퇴행성 신경질환이니 뇌에 생기는 거겠지. 몸이 떨리고 동작이 느려져서 운동장애라고도 한다고 해. 파킨슨병에 걸린 환자들의 뇌세포는 도파민을 충분히 생산하지 못한대. 도파민이 부족하면 우리 몸은 정상적으로 못 움직이잖아. 지금 엄마 머릿속에서도 도파민을 만들어내는 뇌세포가 죽어가는 거야."

"뇌세포 전부가 그런 거예요?"

"전부는 아니겠지만 꽤 많은 세포가 죽어가고 있어. 그래서 엄마가 한동안 유령처럼 멍했던 거야. 가끔 그런 생각이 들었어. 걸음이 아주 느려지고 섬뜩할 정도로 무표정한 얼굴이 될 때마다 유령 같다는 느낌이 들었어."

나오미는 "아니, 엄마는 유령 같지 않아요. 어느 날 갑자기 치료법이 등장한다거나 하는 일이 없을 거라는 건 저도 알아요. 그래도 약을 먹으면 좀 나아지지 않을까요?"라고 말하며 애써 미소를 지었다.

"신체 움직임을 개선하는 파킨슨병 약이 있긴 하대. 언젠간 나도 그걸 먹어야겠지. 하지만 지금 당장은 항우울제만 먹어도 될 것 같아. 예전만큼 우울하지 않으니까. 네가 보기엔 어때? 엄마가 전보다 덜 우울해진 것 같지 않아?"

"요즘도 많이 울잖아요. 그건 우울하다는 증거죠?"

딸아이의 말은 곧장 내 안의 울보를 자극했다. 그 바람에 나는 또 울음을 터뜨리고 말았다. 나는 흐느끼며 사과했다.

"미안해……, 이런 병에 걸려서. 전부 다 미안해. 병에 걸린 것도 미안하고, 좀 더 빨리 알아차리지 못한 것도 미안하고, 그동안 네게 못되게 군 것도 미안해. 엄마 때문에 다들 많이 슬펐을 거야. 모두 없던 일로 할 순 없겠지. 하지만 이것 하나만 알아줄래? 결코 네가 싫어서 못되게 군 건 아니라는 것 말이야. 우울증도 파킨슨병의 증상 중 하나래. 모르긴 해도 5년 전부터 증상이 시작되었던 것 같아. 엄만 이 지긋지긋한 우울증과 변덕 그리고 화병과 싸워온 거야. 단지 엄마는 아픈 사람이라서 그랬던 것뿐이야. 그래서 너한테 많이 미안해. 일부러 네 마음을 아프게 하거나 밀쳐내려고 했던 적은 한 번도 없었어. 너를 많이 사랑해."

나오미는 양손에 머리를 파묻은 채 힘없이 등을 구부리고 앉아 있었다. 내가 말하는 동안 딸아이는 숨죽여 울고 있었던 것이다. 티슈를 뽑아 주자 딸아이가 눈물로 얼룩진 제 얼굴을 닦아냈다.

"안아줄까?"

내가 먼저 물어보았다. 나오미는 고개를 끄덕여 대답을 대신했다. 나는 곧장 의자 뒤로 가서 몸을 구부려 팔로 딸아이를 감싸 안았다. 나오미도 손을 뻗어 내 팔에 감았다. 우리 둘만의 포옹……. 그 순간이 우리 둘의 새로운 시작이길 바랐다.

아빠랑 너무 닮고 싶어서 같은 병까지 걸려버렸어

친구와 내 가족에게 알렸으니, 이제는 파킨슨병을 앓고 있는 아빠에게 내 병명을 알려야 했다. 어릴 적 "넌 네 아빠를 꼭 빼닮았구나"라는 소릴 늘 들었다. 그럴 때마다 아빠는 환하게 웃으며 "날 닮았다니……. 좀 더 예쁘게 입혀야겠군요"라고 자랑스러운 듯 대답했다. 사실 엄마는 나의 치장에 관심이 많았다. 하지만 아쉽게도 예쁜 옷을 입었다고 해서 아빠와 닮았다는 평가가 사그라진 것은 아니었다. 사춘기 때도 마찬가지였다. 한껏 화장을 하고 귀까지 뚫었건만 주변에서는 한결같이 아빠와 닮았다는 말을 건넸다. 우리가 그렇게 닮았나? 난 그렇게 생각하지 않았다. 물론 큰 갈색 눈에 짙은 밤색 머리, 짙은 눈썹을 지니긴 했다. 하지만 그런 사람은 얼마든지 있다. 아빠가 가장 좋아하는 코미디언 그루초 막스Groucho Marx, 미국의 희극배우만 해도 그렇다. 아빠는 한때 텁수룩하게 콧수염을 기른 적이 있었다. 당시 아빠가 특정

한 각도로 비스듬히 머리를 기울이면 그루초 막스와 약간 닮아 보였다. 어떻게 보면 이건 나로서는 끔찍한 일이었다. 나는 아빠와 닮은 사람인데 아빠가 우스꽝스러운 코미디언과 닮았다니. 보통 일이 아니었다. 지금 생각하면 우스울 뿐이지만 당시 나에게는 나름의 위기였다. 아빠와 내가 꼭 빼닮았다는 말이 과장이라는 확실한 증거가 나타났으면 하고 늘 바랐다. 그렇게 고민하다가도 메두사의 머리에 비길 만한 내 곱슬머리 사이로 아빠의 반짝이는 대머리가 보일 때면 '나랑 아빠가 똑같이 생겼다고? 말도 안 돼'라고 혼자서 의기양양해하며 안심했다.

정확한 날짜는 모르겠다. 언제부턴가 나와 아빠가 닮았다는 주장에 대한 내 견해는 조금씩 달라지기 시작했다. 그렇다고 어느 날 아침 거울에 비친 나를 보고 아빠의 환영을 본 것은 아니었다. 아주 천천히, 아이러니하다고 생각하면서도 나는 아빠와 닮은 점을 하나 둘씩 알아차리게 되었다. 고르지 않은 눈썹이 아무렇게나 자라기 시작했을 때, 길고 둥그렇게 굽은 발가락이 울퉁불퉁해지기 시작했을 때, 무심코 한 몸짓이나 표정이 너무 익숙하다고 느껴졌을 때. 그리고 작년 밴쿠버에 온 부모님과 함께 점심을 먹던 중 아빠와 나는 얼어붙기라도 한 듯 뻣뻣해 보이는 왼손을 똑같이 식탁 위에 올려놓았던 것이다.

당시 아빠는 파킨슨병으로 진단을 받은 상태였으니 왼손이 움직이지 않는다 해도 크게 놀랍지 않았다. 문제는 내 왼손이었다. 아빠와 나는 병까지 닮았던 것이다. 너무 닮고 싶어 아빠의 병까지 닮아버렸다고 말하면 아빠는 어떤 생각을 할까? 상냥하고 인자하고 너그러운 아빠와 닮고 싶어서 이렇게 되었다고 말하면 아빠가 좋아할까? 전화로 알리기보다는 직접 만나서 알리고 싶었다. 하지만 아빠와 나는 4천830킬로미터나 떨어져 있었다. 비행기를 타고 토론토로 가야 하는데 그러려면 돈과 배짱이 있어야 했다. 그 당시 내게는 이 두 가지가 결여되어 있었다. 결국 전화가 최선이었다.

"아빠, 지금 앉아 계세요?"

나는 나쁜 소식을 전할 때마다 이렇게 묻곤 했다.

"그래, 지금 앉아 있다. 별일 없니……?"

아빠는 내가 뿜어낸 불안한 기운을 감지한 듯했다.

"아빠…… 나 파킨슨병이래요."

몇 번 깊이 숨을 들이쉰 뒤 아빠가 입을 떼었다.

"난 네가…… 무슨 끔찍한 일이라도 당한 줄 알았다. 파킨슨병이 최악은 아니야. 둘 다 그 병에 걸렸으니 서로 도움을 주고받을 수 있겠구나."

지극히 현실적인 아빠의 반응에 놀랐지만 어느새 웃음이 나왔다. 아빠 말대로 파킨슨병은 생각했던 것만큼 지독하지 않을 수도 있었다. 잠시 조용하던 아빠가 다시 말을 이었다.

"엄마한테 말하고 싶니?"

"아빠가 대신 말해줄 수 있어요?"

이제 이런 소식을 전하는 것도 지긋지긋하고 가슴이 아픈 것도 싫어서 아빠에게 부탁했다.

"내가…… 그것도 못 해주겠니?"

미안해하니 더 미안해졌다

다음에 소식을 전해야 할 사람은 여동생이었다. 펀Fern은 나보다 세 살 아래였다. 그녀는 밥Bob과 결혼한 뒤 케일라Kayla와 조시Josh를 낳고 교외에서 살고 있었다. 솔직히 나와 여동생은 어릴 때 한방을 쓸 때보다 4천830킬로미터 떨어져 사는 당시가 훨씬 사이가 좋았다. 어린 시절 우리는 서로를 비웃고 놀리고 모욕하고 무시했다. 그리고 어떻게 하면 서로의 성질을 최대한 돋울 수 있을지에만 전념했다. 우리에겐 공통점이 없었다. 달라도 너무 달랐다. 나는 키가 크고 조숙해서 가슴도 일찍 발달해 여성적인 굴곡을 갖춘 반면 여동생은 체구도 작고 2차 성징도 늦게 찾아왔다. 비쩍 마른데다 몸매도 밋밋했다. 또 나는 심하게 수줍음을 타며 말수가 적었지만 여동생은 외향적이라 아무나 붙잡고 떠들어대기 일쑤였다. 그럴 때는 교장 선생님조차도 펀의 대화 상대가 되어야만 했다. 교장 선생님과 수다를 떠는 학생이 여동생이었다. 나는 한번 화가 나면 오래도록 마음에 담아두었지만 동생은 상대를 용서하는 데 긴 시간이 필요치 않았다. 나는 낙제가 두려워 항상 전전긍긍하며 전 과목 A를 받는 모범생이었지만 여동생은 그런 것과는 담을 쌓았다. 나처럼 완벽해지려고 거의 강박적으로 애쓰는 일은 절대로 하지 않았다. 어른이 된 뒤 난 여동생에게 못된 언니였어서 미안하다고 사과를 했다. 그리고 둘 다 엄마가 된 지금 우리의 사랑은 점점 더 돈독해지고 있었다. 그래서 그랬을까?

내가 파킨슨병에 걸렸다고 했더니 동생은 큰 충격을 받았다. 내가 동생에게 약한 모습을 보이지 않았고 미심쩍은 증상이나 우울증에 대해 투덜댄 적도 없으니 어쩜 당연하기도 했다. 전화 통화를 자주 하긴 했지만 개인적 고민을 털어놓는 쪽은 주로 동생이었다. 나는 몇 시간이고 상관없이 잠자코 들어주는 편이었다. 펀은 상황을 진작 알았더라면 자신의 개인적인 불평을 늘어놓지 않았을 거라고 미안해했지만 오히려 내 쪽에서 미안한 마음이 더 컸다. 한 명은 캐나다의 동쪽 끝, 또 한 명은 캐나다의 서쪽 끝에서 지내니 무언가를 숨기는 일은 수월했다. 하루가 다르게 악화되는 몸 상태를 애써 숨길 수 있었던 것이다. 동생과 친밀하고 솔직한 대화를 나눌 기회도 미룬 채 말이다.

농담이었으면 얼마나 좋았을까?

이제 남은 사람은 남동생 조너선Jonathan이었다. 남동생은 나보다 여섯 살 아래였다. 나이 차가 큰 만큼 생각도 많이 다르고 자연히 심한 경쟁의식도 없었다. 물론 싸우긴 했지만 여동생과 내가 싸웠던 것만큼 심하지는 않았다. 그것은 펀도 마찬가지였다. 한때 남동생 걱정을 많이 한 적이 있었다. 조너선은 충동적이고 예측할 수 없는 행동으로 자주 시비에 휘말렸다. 그러나 남동생은 사람을 끄는 매력도 있고 재미있는 성격에다 마음이 따뜻한 아이였다. 결국 자신의 장점을 잘 살린 어른이 되었다. 그렇다고 짓궂은 면이 완전히 사라진 것은 아니었다. 당장은 모습을 드러내진 않지만 호시탐탐 그럴 기회를 엿보고 있는 것 같았다. 살짝 꼬드기기만 하면 어렵지 않게 개구쟁이 조너선을 만날 수 있었다.

언제였더라, 어느 토요일 저녁 조너선과 함께 외출한 적이 있었다. 한 가라오케에서 시간을 보냈는데 술을 몇 잔 마시다가 옆자리에 앉아 있던 한 남성과 우연히 대화를 나누게 되었다. 알고 보니 그는 음악학자인데다 하필 조너선이 너무도 좋아하는 모타운 레코드사Motown Records의 대표적 뮤지션인 마빈 게이Marvin Gaye, 미국의 소울과 R&B 뮤지션를 주제로 논문까지 썼다고 했다. 안 그래도 약간 취해 있던 조너선은 신이 나 어쩔 줄 몰라 했다. 마이크를 거머쥔 동생은 마빈 게이의 최신곡을 뒤적이더니 주변에 다 들리도록 〈Heard It Through the Grapevine〉을 목청껏 불러댔다. 하지만 음정도 맞지 않았고, 춤을 추어야 할 순간도 놓쳤기에 옆자리의 음악학자조차 그다지 즐겁지 않은 눈치였다. 그래도 조너선이 계속 노래를 부르자 결국 음악학자는 폭발하고 말았다.

"저 사람 좀 멈추게 해! 노래를 망치고 있잖아!"

하지만 조너선은 개의치 않고 노래를 이어갔다.

"남자는 울지 않는 거죠. 하지만 이번만은 참을 수 없어요……."

"돈이라도 주면 그만두겠지!"

급기야 음악학자는 지갑에서 20달러짜리 지폐 몇 장을 꺼내 들었다. 하지만 조너선은 오히려 청중들을 둘러보며 크게 외쳤다.

"뭐라고요? 앙코르라고 했어요?"

동생은 곧 〈머시 머시 미Mercy Mercy Me, 마빈 게이의 대표곡 중 하나로 1971년에 발표함〉까지 열창했고, 결국 음악학자는 더는 참지 못하고 자리를 떴다. 조너선에게 전화를 걸어 나의 상태를 전하자 그는 잘못 알아들었다. 처음에는 농담으로 받아들였는지 농담할 기분이 아니라고 말했다. 남동생의 기분도 이해가 되었다. 아빠가 파킨슨병에 걸리더니 몇 달 뒤에 누나가 파킨슨병이라니, 농담처럼 들릴 만도 했다. 농담이었으면 얼마나 좋았을까? 진담이라는 것을 알아차린 남동생은 자꾸 이런 말만 해댔다.

"누나는 이겨낼 거야. 걱정하지 마! 두고 봐. 꼭 낫게 할 테니까!"

조너선은 치어리더 정신이라도 이어받은 양 씩씩하게 누나의 용기를 북돋워주기로 마음먹은 것 같았다.

"나아지는 것보다 악화되지 않기만을 바라야 돼."

내가 훌쩍이며 말했더니 조너선도 손에 쥐고 흔들던 팜팜pom-pom, 미국 치어리더들이 손에 들고 흔드는 플라스틱 가닥 뭉치을 떨어뜨렸다. 하지만 그것도 잠시 팜팜을 다시 주워 들고 응원에 돌입했다.

"의사가 주는 약만 먹으면 다 괜찮을 거야."

남동생은 어떻게든 내게 도움이 되고 싶었던 것뿐이었다. 아마도 조너선은 겁이 나지 않았을까? 얼마 전에 결혼한 동생은 곧 아빠가 될 참이었다. 한창 축복을 받으며 기쁨으로 충만할 때인데 그의 주변은 병 기운만 가득하니 두려워질 만도 했다. 참 기막히게 운도 없었다.

털끝만큼의 동정이라도 필요할 때

저녁 무렵 전화기가 울렸다. 사실 수화기를 들지 않아도 이미 누군지 알 것만 같았다. 역시 엄마였다.

"아빠한테 다 들었어."

그렇게 운을 뗀 엄마는 한 박자도 쉬지 않고 곧장 심문에 들어갔다.

"담당 의사는 실력 있는 사람이니?"

"이름이 뭔데?"

"파킨슨병이 확실해?"

"다른 병원에도 가봤니?"

"이리로 와서 아빠 담당 의사도 만나보겠니?"

"그 전문의랑은 진찰이 언제로 잡혀 있니?"

"아빠 담당 의사가 그 전문의에게 전화해보는 건 어떨까?"

"그 전문의는 얼마나 유능한데?"

엄마는 늘 내가 진절머리를 낼 때까지 질문을 쏟아냈다. 사실 이런 질문 공세는 엄마만의 문제 대처법이었다. 그리고 엄마는 그 방법으로 자신이 모든 상황을 잘 통제하고 있다고 생각했다. 물론 나를 사랑하는 마음에서 그런 질문을 던졌고 내게 도움이 된다면 무엇이든 하실 분이었다. 하지만 내가 엄마에게 바라는 것은 진심 어린 동정이지 가차 없는 심문이 아니었다. 그때는 털끝만큼의 하찮은 동정조차도 내 마음을 안정시키곤 했다. "불쌍한 것" 또는 "저런, 저런!"이라는 말로도 나를 치유할 수 있을 것 같았다. 이런 식으로 통화가 길어지면 아마 나는 평정을 잃고 나중에 후회할 말을 할지도 몰랐다. 그래서 얼른 잘 자라는 인사를 건넨 뒤 전화를 끊어버렸다. 그러고 나서 한없이 울었다. 난 누구에게서 위로를 받아야 할까?

우리 엄마의 딸로 산다는 게 수월했던 적은 단 한 번도 없었다. 어렸을 적 나는 지나치게 예민한 아이였다. 엄마의 언행에 융통성 있게 대처하지도 못했다. 감정을 감출 줄도 몰랐다. 게다가 골똘히 생각에 잠기는 걸 좋아했다. 내가 엄마처럼 뭐든 확실히 하는 성격만 되었어도 우리 모녀간의 관계는 확연히 달라졌을 것이다. 아마 더 가깝게 지낼 수 있었으리라. 그리고 지금보다 더 재미있는 사람이 되어 있었을 것이다. 엄마는 일단 기분이 좋아지면 언짢은 일 따위는 아예 생각하려 들지 않았다. 종종 심하게 화를 내다가도 순식간에 흥겨운 기분으로 바뀌었다. 그런 식의 극적인 심리 변화는 언제 보아도 놀라웠다. 우리 가족은 종종 결혼식이나 바르미츠바bar mitzvah, 유대인들의 성인식에 참석할 때 다투곤 했다. 그럴 때면 한껏 멋을 부렸지만 즐거운 축제가 아닌 장례식장으로 향하는 기분이 들었다. 하지만 엄마만은 달랐다. 예식에 발을 들여놓는 순간 기분이 돌변해 그 상황을 즐겼다. 더욱 곤혹스러운 것은 혼자 즐기면 괜찮은데 나까지 재촉하는 것이었다. 내 기분마저 바꾸어보려는 엄마의 시도는 매번 실패로 돌아갔다.

차라리 나는 시무룩하게 앉아 엄마의 눈부신 붉은 머리칼과 번쩍이는 상의를 잠깐씩 곁눈질하는 편이 훨씬 좋았다. 엄마는 항상 주목받길 원했다. 그때도 마찬가지였다. 예순넷의 나이에도 어깨까지 늘어뜨린 머리를 밝은 분홍이나 주황, 빨간색으로 과감하게 염색하곤 했다. 그런 색들을 보고 있노라면 마치 "여기 좀 봐요! 나 좀 봐요!"라고 외치는 소리가 들리는 듯했다. 어쨌건 엄마는 밝은 색을 선호했고 더 예쁘고 반짝거릴수록 재미있어했다. 옆에서 아빠는 색이 생생할수록 알아채기 쉽다고 말씀하셨다. 오래전 부모님은 로마의 바티칸을 둘러보다가 한순간 서로 잃어버려서 찾아 헤맸던 적이 있었다. 하지만 아빠는 1만 5천여 명에 달하는 관광객들 사이에서 단 30초 만에 엄마를 찾을 수 있었다고 했다. 디즈니월드에서도 아빠는 8킬로미터 떨어진 거리에서도 롤러코스터를 타고 있는 엄마가 보였다고 했다. 세월이 흘렀지만 마음만은 여전히 파티 걸의 기질을 가진 엄마였다. 요즘도 엄마는 온갖 기분 전환거리를 찾아다니며 일상에서 탈출하고 싶은 욕구를 해소했다. 엄마는 아직도 불같은 성격의 소유자라서 그 열정의 기운을 꺾을 수 있는 강한 사람이나 계기는 좀처럼 만나지 못할 것이었다. 제아무리 고약한 폐암이라고 해도 말이다.

하지만 분명 속으로는 아파할 것이었다. 아픈 엄마에게 도움이 되지 못하는 딸이 되어서 미안할 뿐이었다. 엄마 역시도 힘든 시기를 보내고 있는 것이었다. 영화나 쇼핑 그리고 여행이 아무리 즐거워도 하루가 다르게 노쇠해간다는 사실은 바뀌지 않는다. 더구나 가족들마저 하나 둘 병을 얻고 있으니 엄마도 불안했을 것이다.

레싱과 르윙턴 중간쯤에 놓이게 될까?

나는 여전히 신문의 부고란을 확인하며 아침을 먹었다. 나도 그 난에 이름을 올릴 수 있을까? 아마 레싱Lessing과 르윙턴Lewington이라는 성 중간쯤이 내 자리가 되겠지.

'로빈 미셸 레비Robyn Michele Levy. 유기농 콘플레이크를 먹던 중 편안한 표정으로 사망. 잘 익은 키위와 약 한 줌, 십 대인 딸과 충실한 남편이 그녀 곁을 지킴. 조화는 사양함. 고인의 마스터카드 계좌로 조의금 입금 요망.'

점점 굳어져가는 왼손, 그리고 움직이기를 멈추다

가족들에겐 다 알렸으니 이젠 친구들에게 말할 차례다. 초등학교 시절 나는 쇼 앤드 텔show and tell, 수업 중 각자 물건을 가져오거나 주제를 정해 그것에 대해 발표 또는 토론하는 학습 활동 놀이를 즐겼다. 아끼는 물건이나 탐나는 소장품, 특이한 애완동물, 신기한 모양의 상처 등 다른 아이들의 개인적 소유물을 구경할 때면 왠지 안달이 나고 가슴이 두근거렸다. 가끔 물건 대신 사람을 데려다 놓고 신나하는 아이들도 있었다. "우리 아빠야. 직업은 치과의사" 아니면 "우리 엄마야. 요리사"라는 식이었다.

물론 이런 손님들이 싫지는 않았다. 오히려 칫솔이나 페이스트리 빵 같은 선물을 받을 수 있어서 좋았던 것 같다. 하지만 친구들과 나는 무시무시하고 고약한 손님을 데려오는 아이도 있었으면 하고 남몰래 바라기도 했다. 가령 "우리 삼촌이야. 도끼 살인자지" 정도로 말이다. 그러면 정말 흥미진진한 선물을 받을 수 있었을 테니까.

파킨슨병으로 쇼 앤드 텔 놀이를 해보면 어떨까? 여전히 "우와"나 "이야" 같은 반응이 나왔다. 아마도 우리는 어릴 적 즐겼던 이 놀이의 재미에서 완전히 헤어나오지 못한 게 분명했다. 만약 기괴한 구경거리까지 등장한다면 재미는 두 배가 될 것이었다. 기괴한 구경거리라면 나? 아니나 다를까 파킨슨병의 증상을 보여주자 이 놀이의 재미는 정점에 다다랐다.

"이것 좀 봐."

나는 얼굴 높이로 양손을 들어 올렸다. 그리고 전구를 비틀어 끼워 넣은 양 양손을 계속 돌렸다. 처음에는 양손이 다 움직이더니 어느 순간 왼손이 동작을 멈추었다. 오른손은 당연히 그래야 한다는 듯 멈춘 왼손과 상관없이 동작을 계속했다. 내가 의식적으로 오른손의 움직임을 멈출 때까지……. 긴장을 늦추지 않고 지켜보던 친구들이 몸을 약간 떨고 동요하는 게 보였다.

"나 파킨슨병이래. 지금으로선 몸 왼쪽 부위만 움직이는 게 불편해."

그러고는 불쑥 "좀 더 보여줄까?"라고 물었다. 제지하는 사람이 아무도 없었기에 나는 연이어 왼쪽 어깨를 돌렸다. 무겁게 회전하는 톱니바퀴라도 되는 양 왼쪽 어깨가 둔탁하게 움직였다. 그리고 곧장 왼발로 원을 그렸다. 하지만 잠시 후 내 발은 내 의지와는 달리 멈추어버렸다. 물론 파킨슨병 증상에 관한 내 레퍼토리를 모두 풀어놓자면 이 정도야 아무것도 아닐 것이었다. 목소리는 한층 더 작아지고 걸어도 왼팔은 흔들리지 않았다. 그뿐이면 다행이었다. 지금은 왼팔을 뻗으려고 하면 떨리기부터 했다. 전신이 뻣뻣하게 굳는 느낌이 드는데다 동작은 느려지고 움직일 때 몸이 긴장하는 것을 느꼈다. 물건도 잘 떨어뜨리고 자주 넘어졌다. 게다가 우울증까지 나를 덮쳤다. 파킨슨병이라는 초대받지 못한 손님은 어느 날 갑자기 찾아와서는 문을 두드리며 끊임없이 주목해달라고 떼를 썼다. 그래서 난 알아차릴 수 있었다. 내 몸이 마냥 자신을 무시할 수 없게끔 만들었다.

친구들의 충격이 가라앉을 때쯤 나는 내 병에 대해 아는 데까지 알려주었다. 파킨슨병을 앓는 환자 중 절반 이상이 우울증에 시달리고, 근육 자체가 잘못된 것이 아니라 뇌에 문제가 있다는 것, 즉 도파민이 감소한다는 것을 말이다. 물론 여러 신체 증상 중 일부를 완화시키는 약이 있지만 현재로선 감정 조절에 집중하는 것이 필요하다고 말했다. 그러면서 아주 쑥스럽게 항우울제 복용을 공개했다. 그런데 놀랍게도 한 친구가 자신도 항우울제를 복용하고 있다고 깜짝 발표를 했다. 이어 또 다른 친구는 친한 지인들 몇 명도 항우울제를 처방받았다고 알려주었다. 이때부터 친구들은 하나 둘씩 비슷한 경우를 언급하기 시작했다. 결국 얼마 지나지 않아 나는 혼자만 비참한 신세가 아님을 깨달았다. 나는 항우울제에 의존하는 수많은 사람 중 하나에 지나지 않았다. 나는 크게 안도하면서도 당혹스러워 어쩔 줄 몰라 했다. 그러다가 그만 눈물을 쏟았다. 안도 때문이었을까? 두려움 때문이었을까?

03

위기의 여인들

나를 걱정하는 사람들이 늘어만 간다

나라고 걱정이
안 되는 것은 아니다

병의 공개 이후 보는 사람마다 나를 걱정했다. 전혀 모르는 남들까지. 특히 마트 계산대 앞에서 지갑 속을 굼뜨게 뒤적이고 있으면 사람들은 걱정스러운 표정으로 눈을 크게 굴려댔다. 특히 참을성이 없는 사람들은 더욱 걱정스럽게 쳐다보았다. 나라고 걱정이 안 되는 건 아니었다. 침을 흘리고 기저귀를 찬 채 휠체어에 앉아 있는 내 모습을 상상하면 몹시 불안해졌다. 죽음을 떠올려도 불안해지기는 마찬가지였다. 아마 기저귀를 차기 전에 죽는 편이 더 나을 것이었다. 하지만 아무리 파킨슨병이라고 해도 아직은 초기니 괜찮을 것이었다. 너무 성급하게 걱정하며 초조해하지 않아도 되었다.

대신 일상적으로 부닥치는 문제에서 느끼는 불안감에 좀 더 집중하고 싶었다. 가령 갈수록 굼떠지는 걸음걸이만 해도 스스로 인식하지 않으면 안 되었다. 특히 애견 공원에서 시간을 보낼 때면 내 걸음걸이는 더욱 두드러졌다. 대개 목줄을 풀어놓자마자 넬리는 바람처럼 내달려 내게서 최대한 멀리 도망갔다. 그런 다음 신이 나서 강아지 버전의 크롭 서클crop circle, 밭 등지에 나타나는 원인 불명의 원형 무늬이라도 그리듯 뱅글뱅글 돌며 뛰다가 결국에는 땅 위에 확실한 자국을 남겼다. 그렇다. 똥을 누었던 것이다. 그러면 나는 사람들이 지켜보는 가운데 그걸 찾아 뒤처리를 해야 했다. 먼저 나는 무겁게 쿵쿵대며 잔디밭을 가로지르는 동시에 테니스공과 찍찍이 완구를 좇아 이리저리 폴짝대는 강아지들도 잘 피해 다녀야 했다. 그 와중에 기형적으로 구부러진 왼팔은 뻣뻣하게 굳어 움직이지 않으니 몸은 지나치게 앞으로 기울어졌다. 오른팔은 흔들리는 강아지 배변 주머니나 수맥 탐지 막대기처럼 계속 앞뒤로 움직였다. 마침내 발밑에 황금빛 물체가 감지될 때까지…….

그 외의 문제점들은 사람들 눈에 그다지 띄지 않는 부분이었다. 치실 사용하기나 빨래 개기, 채소 썰기, 청소기 돌리기, 신발 신기, 지퍼 올리기, 타자 치기 등의 일상적인 행동은 나 혼자서만 느끼는 불편함이었다. 이런 사소한 점들은 같이 사는 베르겐과 나오미만 알아챌 수 있었다. 두 사람은 굳이 일일이 말하지 않는 편이었지만 내 걱정을 많이 하고 있었다. 어쨌든 나는 웬만하면 사람들의 우려를 불쾌하게 받아들이지 않으려고 노력했다. 단지 가끔 걱정스러운 시선이 쏟아지는 게 어색한 나머지 못 견디게 그 자리를 피하고 싶어질 때가 있을 따름이었다.

그런 면에서 넬리는 참 편해서 좋았다. 내가 아는 한 강아지들은 주인이 퇴행성 뇌질환 환자라거나 주인의 뇌가 퇴보하고 있다는 사실을 전혀 인지하지 못한다. 넬리의 눈에 비친 나는 그저 자신이 따르는 평범한 생물체에 지나지 않았다. 그 생물체는 자신의 밥그릇을 채워주고 산책을 시키며 분비물을 치워주었다. 덤으로 배도 긁어주고 미처 소화되지 못하고 엉덩이 사이로 튀어나온 잔가지들을 힘겹게 제거해주기도 했다. 먹지 말라고 항상 일러두지만 넬리는 잔가지를 자주 삼켰다. 넬리는 이 동네에서 가장 영특한 강아지가 아닌 만큼 아무것도 모른 채 나를 따랐다. 그 존재가 내겐 큰 기쁨이었다. 넬리와 있을 때는 아주 잠깐이지만 이따금 내가 파킨슨병 환자라는 사실을 잊어버렸다. 더불어 사람들이 내 걱정을 한다는 것조차도…….

군인처럼 당당하게 행진하고 싶지만 현실은 전혀

경험에 비추어 한 가지 경고하자면 버릇은 습관을 낳는다. 그리고 그 습관은 꽤 우스꽝스러워 보일 수도 있다. 또 가끔은 이 두 가지 말이 전부 맞을 때도 있다. 가령 기초 훈련을 받는 군인이라도 된 양 집 안을 행진하고 다니는 내 습관이 그럴 것이었다. 나는 무슨 일이 있어도 이렇게 매일같이 걷는 연습을 했다. 주로 하나 둘 셋 넷, 구령을 붙여가며 열심히 부엌과 거실을 오갔다. 담당 물리치료사는 이렇게 연습하면 굳어 있는 왼팔과 왼쪽 다리에 도움이 된다고 했다. 나의 훈련은 팔과 다리를 흔드는 것이었다.

유연하고 리드미컬하게 움직이는 당당한 군인의 모습……. 당연히 그렇게 움직일 수 있어야 하겠지만 현실의 나는 몸이 성치 않은 드럼 연주자의 장단에 맞추어 행진하듯 걷고 있었다. 아무리 애를 써도 경련을 일으킨 군인처럼 자꾸만 오른쪽으로 몸이 쏠리며 비틀거렸다. 그리고 눈에 띌 정도로 씰룩대었다. 결국 당당한 군인의 모습은 온데간데없이 울음만 터졌다. 행진하는 내 모습을 처음 본 나오미는 한껏 들뜬 채 웃으며 소리를 질러댔다.

"공연 시간에 딱 맞춰 왔네요!"

기분 나쁘지 않은 감탄이었다. 웬만해선 십 대들에게 감동을 주기 어렵지 않은가. "서커스에 오신 것을 환영합니다"라고 나는 일부러 발을 더 질질 끌며 대답했다. 마침 난 규칙적으로 운동을 시작한 터라 물리치료와 필라테스 그리고 수년간 배워온 요가까지 더해 나오미에게 더 충실한 눈요깃거리를 제공할 수 있었다. 보여줄 건 많았다. 발차기와 피겨 에잇figure eight, 독일의 신체재활 클리닉에서 사용하는 자이로토닉 운동 중 하나, 팔 굽히기, 무릎 두드리기, 스트레칭, 런지lunge, 요가에서 하는 하체운동 그리고 그 밖의 여러 가지 자세들까지. 그러다 뒤로 걷기 쇼까지 벌이던 중 넬리에게 걸려 넘어지고 나서야 내 공연은 겨우 막을 내렸다.

나오미는 꽤 즐거워했다. 나중에는 내 왼팔을 들어 내가 팔을 볼 수 없는 위치에다 가져다 두고 재미있어하기까지 했다. 그즈음도 이따금 전혀 망설이거나 어색해하지 않고 그런 장난을 쳤다. 게다가 엄마가 조금도 부끄럽지 않다는 듯 친구들까지 불러다 놓고 그럴 때도 있었다. 사실 그건 대단한 일이었다. 정작 나 자신은 성치 않은 내 몸이 당혹스러워 무슨 수를 써서라도 제대로 고쳐놓고 싶은 생각뿐이었는데 말이다.

하지만 유감스럽게도 뭔가를 고치는 건 내 전공이 아니었다. 정확히 말하자면 난 오히려 고장 내는 쪽에 더 소질이 있는 사람이었다. 이런 소질 덕에 피해를 본 물품 목록에는 음식물 분쇄기, 빨래 건조기, 식기 세척기 등이 포함되었다. 물론 컴퓨터는 말할 것도 없었다. 하지만 천만다행으로 베르겐은 거의 모든 걸 고칠 수 있는 남편이었다. 만능 재주꾼인 베르겐의 작업실은 온갖 도구와 부품 그리고 언제 쓰일지 몰라 모아 둔 각종 고물 조각들로 가득했다. 아무리 볼품없는 고물이라도 언젠가 꼭 소용이 된다는 건 참 신기한 일이다.

가끔 남몰래 희망을 품는다

이렇게 재주 있는 남편이라면 어느 날 갑자기 작업실에서 '나사로The Lazarus, 성서에서 예수가 죽음으로부터 살린 남자'라는 장치라도 들고 나오지 않을까 하고 희망을 품었다. 나만을 위해 특별 제작된 그 장치가 죽은 도파민을 되살려내어 파킨슨병을 치료하는 거다. 그렇게만 된다면 기꺼이 그 장치의 최초 실험 대상이 될 수 있었다. 실험 초기에는 다소 어려움도 따를 것이었다. 그래서 어느 정도의 부작용은 감수할 준비가 되어 있었다. 메스꺼움, 오한, 두통, 복시하나의 물체가 두 개로 보이는 현상, 멀티플 오르가슴 등…… 병만 고칠 수 있다면 거의 모든 부작용에 맞설 것이었다.

어쨌든 관련 정보는 부지런히 모으는 중이었다. 웹사이트를 찾아보고 도서관에 가서 책도 빌리고 전문 용어를 익혔다. 눈치를 보니 나오미도 그렇게 하고 있는 것 같았다.

어느 날 밤 딸아이를 침실로 데려다주다가 하마터면 눈물을 쏟을 뻔했다. 세상 모든 아이가 《해리 포터》 시리즈 최신판을 읽고 있을 법한 시간이었지만 내 딸만큼은 예외였다. 딸아이의 침대 위에는 삽화가 들어간 신경학 교과서가 펼쳐져 있었다. 내가 "자기 전인데 그런 걸 봐도 되니?"라고 물었다.

"그럼요. 여기 뇌 사진들 좀 보세요. 이건 건강한 뇌고요, 이쪽은 파킨슨병에 걸린 뇌래요. 참! 그거 알고 계셨어요? 담배를 피우면 그 성분이 파킨슨병에 걸리지 않게 뇌를 보호하기도 한대요."

"진작 알았더라면 담배를 피웠을 텐데."

나오미가 대뜸 물어왔다.

"같이 안고 잘래요?"

"그럴까?"라고 말한 뒤 나는 딸아이의 침대 속으로 들어갔다. 팔로 감싸 안아주자 나오미도 내 어깨에 머리를 기댔다. 목에 방울을 단 넬리가 딸랑거리며 방에 들어와 침대 위로 뛰어들었다. 나오미가 조심스럽게 속삭였다.

"가지 말아요, 엄마. 같이 있어요."

결국 딸아이의 침대에 머물기로 하고 베개 위에 누운 넬리를 툭툭 쳐서 나오미의 발치로 가게 했다. 그렇게 우리 셋은 잠을 청했다. 하지만 곧장 잠든 쪽은 넬리뿐이었다. 나오미와 나는 고단한 일과 끝에 찾아온 이 고요함을 함께 누리는 행복에 빠져 있었다. 이렇게 같이 껴안고 잔 게 언제였더라. 하지만 우리 몸은 분명히 상대를 기억하는 듯했다. 딸아이와 나는 서로 조금씩 주저하며 다리를 포개고 팔을 둘렀다. 마냥 힘겹기만 했던 지난날, 내 몸에 침투한 병마의 힘에 눌려 잠시 서로에 대한 애정을 잃었었지만 되살아나는 중이었다. 나오미가 기지개를 켜더니 내 쪽으로 베개를 더 당겨 어깨에 머리를 기대왔다. 우리는 둘 다 피곤했지만 뇌와 강아지에 대해 계속 이야기를 나누었다. 그 어떤 보이지 않는 신뢰의 실이 상처 입은 모녀간의 사랑을 기워주는 듯했다.

부디 그랬으면 좋겠다

가을에서 막 겨울로 넘어가려는 지금, 열매를 줍는 마을 다람쥐들의 동작이 한층 바빠졌다. 나는 필사적으로 도움의 손길과 희망을 구했다. 의학계에서 무지개 빛깔 스펙트럼을 수놓는 사람들이라고 해도 좋을 만한 실력 있는 아홉 명의 의료 전문가들을 물색했다. 일반의, 신경과 전문의, 자연요법 전문가, 동종요법 homeopath, 환자의 몸과 마음 상태를 깊이 이해해 이를 토대로 병을 치료하는 요법 전문가, 침술사 다섯 명과 물리치료사, 마사지 치료사, 심리학자 세 명 그리고 미용 관리사 한 명은 모두 꼭 필요한 사람들이었다. 내게 찾아온 질병의 치료와 분별력 유지 그리고 자만심 경계를 위해.

미용 관리사의 이름은 다이앤Diane이었다. 그녀는 프랑스 출신으로 중년이지만 아주 젊어 보였다. 피부는 젊은이들처럼 빛나고 탄력 있는 손은 매니큐어로 예쁘게 손질되어 있었다. 얼굴 모공도 막힌 데 하나 없이 깨끗했다. 다이앤은 이렇게 진정한 자연미를 자랑하고 있었다. 고객들에게 권하는 값비싼 안티에이징 제품이나 각질 관리 제품, 미용 크림과 로션 따위는 그녀에게 전혀 필요 없을 것 같았다. 다이앤의 미용 관리실은 길 아래쪽에 있었다. 만약 이곳이 없었다면 몸 여기저기 지저분하게 털을 기른 채 모공이 막히고 손톱이 부러진 여자들이 똑같은 모양의 눈썹을 하고 온 동네를 활보했을 것이다. 나 역시 다이앤의 단골 중 한 사람으로, 2주에 한 번씩 관리실에서 전기분해요법 치료를 받았다. 갈 때마다 다이앤은 더 좋아지고 있다고 장담했는데 그랬으면 얼마나 좋을까?

1990년대만 해도 나는 털북숭이 여장부였다. 다리와 겨드랑이, 음부에 난 털을 정리하지 않고 방치해둔 탓에 외모는 거의 컬트적인 수준에 도달해 있었다. 이런 내 모양새는 마을 수영장에서만 눈에 띈 게 아니었다. 사실 수영장에서는 '북경 동물'이란 애칭도 얻었다. 어쨌건 털북숭이 로빈은 나중에 캐나다 전역은 물론 미국과 일본에까지 알려지게 되었다. 그 시작은 한 만화 캐릭터였다. 어느 날 나는 느긋한 성격의 호색한인 털북숭이 아가씨를 만화 캐릭터로 그려놓고 리비도라는 이름을 붙였다. 그런데 그려놓고 보니 옷을 다 벗었을 때의 내 모습과 너무 닮아 있었다. 그렇게 캐릭터를 완성하고 나서는 시도 한 편 써보았다. 시는 이런 식이었다.

난 면도의 노예가 아니죠
난 면도의 노예가 아니에요

미인 대회 따위는 신경 쓰지 않아요
비키니 왁스도 나랑은 거리가 멀답니다
난 면도의 노예가 아니에요
섹시하지 않아도 되죠
함부로 털을 없애버릴 수는 없어요
가닥가닥 저마다 사연이 있으니까요
난 면도의 노예가 아니에요
제모제는 생각지도 않아요
전기분해요법 같은 건 정말 끔찍하죠
난 면도의 노예가 아니에요
헤어 관리 제품은 사양하겠어요
족집게도 벌써 버린걸요
나는 털북숭이 나는 화끈한 여자
난 면도의 노예가 아니에요
까다롭지도 않죠
털이 자란다고 가렵거나 하지 않아요
난 면도의 노예가 아니에요
바비 인형 같은 여자는 잊어버려요
그대, 진정 나를 원한다면
내 모든 걸 받아들여요!

그러고 나서 거의 충동적으로 카드와 티셔츠에 리비도 캐릭터와 시를 찍어넣었다. 그뿐만 아니라 판매 중이던 다른 디자인

상품에도 리비도를 삽입했다. 부끄러운 줄도 모르고 가슴과 겨드랑이, 은밀한 부분까지 자랑스레 드러낸 나의 리비도는 옷 위로 민망하게 두드러진 유두처럼 눈에 띄었다. 나는 자연히 주변에서도 이 캐릭터에 대해 온갖 반응이 터져나오리라 생각하고 나름대로 마음의 채비를 했다. 예상했던 대로 어느 정도의 새침한 조롱과 언짢아하는 목소리가 일었다.

하지만 놀랍게도 긍정적인 반향도 불러일으켰다. 모든 분야의 여성들이 면도에 대한 혐오증을 가지고 있었다. 면도 따위는 내팽개쳐버리고 그저 있는 그대로 자유롭게 살고 싶어하는 여성들도 많았던 것이다. 마침내 리비도 카드와 티셔츠는 여러 가정의 우편함은 물론 옷장에까지 스며들었다. 여성들의 공감을 얻어냈다는 점에서 보람이 있었다. 십 대들에게서 팬레터도 받았다. 어떤 아이는 〈난 면도의 노예가 아니에요〉 시가 새겨진 티셔츠를 입고 찍은 사진을 보내오기도 했다. 바지 정장을 즐겨 입는 직장 여성들도 면도하지 않은 다리를 쑥스러운 듯 슬쩍 내보이고는 친구들에게 줄 거라며 한 뭉치씩 카드를 사 갔다. 레즈비언과 히피족은 리비도를 자신들과 같은 부류라고 여기는 듯했다. 나중에는 체모를 혐오스러워하는 여성들조차 캐릭터의 털이 재미있다는 반응을 보였다.

그러던 중 제작사에서 제의가 들어왔다. 페니 휠라이트Penny Wheelwright라는 캐나다 출신 다큐멘터리 영화 제작자는 당시 〈털 이야기Hair, There and Everywhere〉라는 다큐멘터리 작품을 제작 중이었다. 그녀는 어느 날 〈난 면도의 노예가 아니에요〉 시가 새겨진 카드를 받고 나서 내게 연락을 취해왔다. 그들의 질문은 이랬다.

내 털북숭이 캐릭터가 주인공으로 등장하는 애니메이션 제작에 참여할 의사가 있는가? 다큐멘터리의 오리지널 음악을 담당한 힙합 아티스트 키니 스타Kinnie Starr가 시구를 노래에 삽입하고 싶어하는데 한 팀이 되어 일할 수 있는가? 털북숭이 여성의 한 사람으로서 이 다큐멘터리 속 인터뷰에 응할 수 있는가?

이 세 가지 물음에 나는 전부 그렇다고 답했다. 이 다큐멘터리는 CBC TV 황금 시간대에 첫 방송을 탔다. 정말이지 여러 사람이 그 방송을 본 게 틀림없었다. 외출하면 종종 낯선 사람들이 나를 보고 화들짝 놀라며 '어디선가 뵙지 않았나요?'라는 식의 표정을 지었기 때문이었다. 그들 중엔 날 어디에서 보았는지 스스로 기억해내는 사람도 있었고 다른 사람이 구체적으로 상기시켜주어야 겨우 기억해내는 이도 있었다. 어쨌건 두 부류 모두 하나같이 이런 식의 질문을 던졌다.

"어머, 겨드랑이를 제모하지 않는 아티스트 맞죠?"

사람들은 나뿐만 아니라 내 체모까지 알아보았다. 반면 애니메이션이나 주제곡은 좀체 기억해내지 못했다. 그렇다고 해서 내가 체모를 정리하려고 다이앤의 관리실을 찾는 건 아니었다. 그때까지 코밑수염이 불편했던 적은 없었다. 탈색시켜서 솜털처럼 보이게 하면 그만이었으니까. 그런데 파킨슨병이라는 진단을 받고 난 뒤 내 모습을 바라볼 때마다 일종의 노이로제가 발동했다. 거울을 보고 있노라면 코밑수염만 걸리는 게 아니라 꼴사나울 법한 미래의 내 모습도 몹시 걱정되었다. 파킨슨병 때문에 나는 결국 기저귀를 차고 치매를 앓게 될 것이었다. 그렇게 되면 평소 그토록 민첩하던 손가락도 제대로 못 놀릴 터였다. 제때 콧수염을 손질하는 것도 불가능할 게 뻔했다. 그럼 분명히 팔자수염까지 달고 다니게 되겠지. 그 지경이 되면 요양원 직원들이 정기적으로 내 체모를 다듬고 씻기고 왁싱 해줄 수밖에 없을 것이었다. 자꾸 그런 생각에 빠지다 보니 적어도 그렇게 굴욕스런 신세는 면해야겠다고 마음먹게 되었다. 그래서 그때도 입술 위쪽 손질을 다이앤의 손에 맡기고 있는 중이었다. 다이앤은 끝에 바늘이 달린 펜 같은 기구로 모낭을 쿡쿡 찌른 다음 재빨리 전류를 쬐었다. 그리고 타버린 수염을 하나하나 족집게로 뽑아 자랑스러운 듯 티슈 위에 진열했다.

물론 아팠다. 게다가 시술 부위는 몇 시간 동안 빨갛게 달아올랐다. 비용도 만만치 않아서 수백 달러가 들었다. 하지만 팔자수염 클럽Handlebar Club, 팔자수염을 기른 남성들을 대상으로 한 국제단체의 최초 여성 회원이 되는 걸 피할 수 있다면 그 정도 대가는 치를 수 있었다. 유감스럽게도 전기분해요법 치료는 지방 건강 보험에 포함되지 않았다. 자연요법이나 동종요법, 침술치료, 마사지, 물리치료, 상담도 마찬가지였다. 자연히 내 통장 잔액은 마냥 줄어드는 중이었고 새 옷 하나 없는 옷장은 그야말로 비참할 지경이었다. 희망을 품기 위해 이렇게 돈이 들 줄 누가 알았을까? 상담비와 치료비, 비타민 값, 입소문이 난 치료요법에 따른 비용, 특별식 값, 혈액 검사 비용, 타액 검사 비용, 운동 기구 값, 치유와 기적에 관한 내용의 자기계발서 구매 비용……그야말로 끝이 없었다.

하지만 아무리 파킨슨병에 걸렸다고 해도 모든 일에는 예상치 못한 수확이 따르는 법이었다. 어느 날 우연히 알게 된 사실이지만 내 병으로 말미암아 이웃 사람이 자신의 병에 좀 더 편안히 대처할 수 있게 된 것이었다. 크리스틴Christine은 성실한 공인회계사로 약간 수다스러운 편이었다. 공인회계사라는 직업이 다른 사람들의 행복한 생활에 해가 된다고 생각하는 사람들도 더러 있겠지만 크리스틴의 탓은 아니었다. 그녀는 그 분야의 직업을 가졌을 뿐이었다. 사실 크리스틴은 유방암 환자였다. 6개월 전에 유방암 진단을 받았지만 아무한테도 알리지 않았다고 했다. 내가 먼저 파킨슨병에 걸렸다고 실토하자 그제야 겨우 알려주었다. 종양절제술과 방사선요법 그리고 화학요법을 거치는 동안 머리까지 다 빠졌으면서 그동안 어떻게 감쪽같이 숨길 수 있었는지 알 길이 없었다. 어쨌든 그즈음 우리는 각자의 상황을 전부 드러내고 마음의 문을 활짝 열어둔 상태였다. 그날 아침에는 넬리를 산책시키다가 크리스틴을 만났다. 크리스틴은 곧 다시 한 번 수술대에 눕게 될 거라고 털어놓았다. 이번에는 양쪽 유방을 모두 절제하고 재건 수술에 들어간다고 했다. "잘 들어봐. 이건 완전히 드림 팀이야!"라고 그녀가 말문을 열었다.

"양쪽 유방을 들어낼 의사도 대단한 사람이고, 또 곧바로 새걸 만들어 넣어줄 성형외과 의사도 유능한 사람이야."

크리스틴이 쏟아낸 말을 몇 초간 정리하고 있는데 미처 대답할 겨를도 없이 그녀가 말을 이었다.

"이 말은 꼭 하고 싶어. 수술을 앞둔 지난 몇 주 동안 너무 불안했는데 이젠 괜찮아. 지난밤에는 네가 처한 끔찍한 상황을 떠올리면서 잠까지 설쳤어. 내가 너였다면 과연 어떻게 했을까? 이제 겨우 마흔세 살이야. 십 대인 딸도 있어. 알다시피 이 시기는 여자아이들에게 엄마의 보살핌이 중요할 때잖아. 그래서 내가 조사를 좀 해봤어. 그러다 유용한 웹사이트도 몇 개 찾았지. 조발성 파킨슨병은 노인들에게서 발병하는 일반적인 케이스보다 더 공격적인 성향을 보인대. 그리고 증상을 완화시키려고 복용하는 약도 효과 기간이 짧대. 그렇다면 나라면 정말 그 약이 필요할 때까지 점점 쇠약해지는 것을 감수할까, 아니면 나오미를 생각해서라도 그녀가 고등학교를 졸업할 때까지 당장 약을 복용하고 최대한 정상적인 모습을 되찾을까 생각해봤지. 그런데 좀처럼 결정을 내릴 수 없었어. 로빈, 넌 정말 어려운 결정을 해야 해. 네 경우에 비하면 내 상황은 정말 수월한 케이스야."

긴 말을 순식간에 뽑아낸 크리스틴은 잠깐 멈추어 서더니 뭔가를 찾는 듯 코트 주머니 깊이 손을 찔러 넣었다. 왠지 약간 불안하고 당황스러워하는 모습이었다. 아마 앞으로 내 병이 더 진전되었을 때 닥칠 상황을 통계로 정리한 표라도 꺼내 들지 않을까 싶었다. 하지만 정작 주머니에서 나온 건 코를 푸는 데 쓸 티슈 한 장이었다. 괜히 긴장한 셈이었다.

며칠 후 아침나절에 크리스틴의 남편이 그녀를 병원으로 데려다주는 모습이 보였다. 차를 빼는 소리가 들려서 내다보며 손을 흔들어주었다. 크리스틴의 '상한 가슴'을 향해 작별을 고한 셈이었다. 상한 가슴. 크리스틴은 자신의 가슴을 그렇게 불렀다. 마지막 탈출구를 향해 낭떠러지로 차를 내몬 〈델마와 루이스Thelma & Louise, 로드 무비의 전형으로 두 여성이 겪는 사건들을 통해 페미니즘적인 요소를 표현함〉를 떠올리기라도 한 양……. 점심 무렵 크리스틴은 회복실에 있었다. 인조 젖꼭지를 드러낸 채 마취에서 깨어나지 못해 모호한 소리를 중얼댔다고 했다.

치명적인 질환에 우직하게 맞서 싸우는 너그러운 부부의 꾸밈없는 의견

그때 베르겐과 나는 바닷가를 향해 차를 몰고 있었다. 우리는 '척척박사'를 만나러 가는 길이었다. CBC 애청자들이 흔히 그렇듯 나도 비키 개브루Vicki Gabereau, CBC 방송국의 유명 라디오 진행자가 진행하는 오후의 라디오 쇼에서 척척박사를 처음 알게 되었다. 그때는 그저 얼굴은 보이지 않지만 참 기운 넘치는 목소리라고 생각했었다. 청취자가 질문을 보내면 척척박사 마그 메이클Marg Meikle이 대답하기 위해 조사를 진행하고 다음 방송에서 자신이 찾아낸 답을 알려주는 식이었다. 두 사람의 농담 섞인 방송은 항상 유쾌했고 가끔은 오줌을 지릴 정도로 우스웠다. 당시 척척박사는 방송에 출연하면서 책도 몇 권 발간했다. 그러다 비키의 방송이 중단되자 척척박사는 내 관심사에서 멀어졌다.

몇 년 후 CBC 방송국에서 그녀를 만났다. 그녀는 당시 내 담당이었던 한 방송 프로그램과 관련된 조사를 진행하고 있었다. 그녀는 뭔가 문제가 있는 듯 침착해 보이지 않았다. 알고 보니 그녀 또한 조발성 파킨슨병 환자였다. 당시에는 파킨슨병에 대한 지식이 거의 없던 터라 마그의 불운한 상황이 그저 안타까웠을 따름이었다. 또 나는 절대로 그런 병에는 걸리지 않을 거라고 생각했다. 그때 알았으면 얼마나 좋았을까, 원하지 않는 것을 생각할 때도 조심해야 한다는 사실을. 알고 보니 마그와 나는 서로 닮은 점이 많았다. 우리는 둘 다 예술가이자 작가였고 라디오 방송 분야에 종사했다. 또 양쪽 다 기혼으로 한 자녀의 어머니였다. 무엇보다 두 사람 다 마흔셋에 조발성 파킨슨병으로 진단받았다. 하지만 척척박사라면 이처럼 상황이 어렵더라도 해결의 실마리를 던져줄 수 있을 것 같았다.

나는 마그의 집으로 전화를 걸었고 그녀의 남편과 잠시 이야기를 나누었다. 마그의 남편 노엘Noel은 다음 주쯤 한번 들러 차나 함께 마시며 담소를 나누자고 말했다. 그러더니 얼마 후에 베르겐과 나를 초대했다. 그래서 나는 남편과 마그의 집에 찾아갔다. 우리를 반기러 나온 사람은 턱수염을 수북하게 기른 노엘이었다. 그는 우리를 거실로 안내했다. 먼저 한눈에 들어온 건 벽과 계단 옆에 설치된 안전 레일이었다. 뿐만 아니라 문틀에는 지팡이가 세워져 있었고 창문 옆에는 철제 보행기가 자리를 차지하고 있었다. 마그를 마지막으로 본 건 6~7년 전이었다. 그때만 해도 마그의 상태는 괜찮았다. 부축 없이 걸을 수 있었고 말도 또렷이 했다. 게다가 프로젝트까지 맡아 진행했던 걸로 기억이 되었다.

지인의 말에 의하면 그녀의 상태는 심각하게 악화되어 실험 시술까지 받았다고 했다. 그 시술은 뇌심부자극술deep brain stimulation, 뇌에 전극을 심어 자극을 줌으로써 파킨슨병의 진행을 늦추고 증상을 완화시킴로 그녀를 괴롭히던 여러 증상을 호전시키기 위한 것이었다. 하지만 소문에는 그러한 조치마저 큰 효과가 없었다고 했다. 그래서 나는 더욱 마음을 단단히 먹고 그 자리에 갔지만, 적어도 그렇게 생각했지만, 마그와 서로 인사를 나눈 순간부터 내 마음은 무너져내렸다.

"오랜만이네요."

다소 커 보이는 의자에 앉은 마그가 분명하지 못한 발음으로 인사를 건넸다.

"그래요. 정말 오랜만이에요."

대답을 마친 나는 목구멍까지 올라오는 슬픔을 억지로 눌러 앉혔다. 마그는 서투른 손놀림으로 개인 리모컨을 더듬었다. 간신히 리모컨을 제대로 쥐고 나서는 어설프게 가슴 쪽으로 가져가더니 버튼을 몇 번 눌렀다. 머릿속에 삽입해 둔 전자장치를 통해 지금 막 뇌로 메시지를 보낸 거라고 마그가 중얼대듯이 설명했다. 순간 눈물을 떨구려고 움찔하는 내 안의 울보가 느껴졌다. 하지만 나는 용케 평정을 유지했고 우리 네 사람은 이야기를 나누었다. 마그에게 물어보고 싶은 게 너무 많았지만 그 전에 우선 한 가지는 분명히 해두고 싶어 입을 떼었다.

"얼마 전 신경과 전문의에게서 파킨슨병이라는 진단을 받았어요. 하지만 혹시 모르니 다른 전문의도 한번 찾아가보려고요."

순간 조용해졌다. 그 침묵을 깬 것은 마그였다. 마그는 뻣뻣한 몸을 앞으로 좀 기울이더니 내 눈을 똑바로 바라보며 웅얼거렸다.

"음…… 파킨슨이 맞아. 확실해요."

그녀의 말은 날카로운 고드름처럼 내게 내리꽂혔다. 그 순간만큼 내 불신에 매달리고 싶었던 적도 없었다. 우리는 서로의 모습을 보고 말았다. 나는 앞으로의 내 모습을, 마그는 과거의 자신의 모습을 응시하고 말았던 것이다.

"왜 그렇게 자신 있게 말하는 거죠?"

나는 잠시 흥분한 듯 질문을 던졌다.

"눈이 그래요. 한군데를 마냥 쳐다보는 것 같잖아. 거의 표정 없는 얼굴도 그렇고. 그리고 당신 몸도…… 뻣뻣하게 긴장한데다 움직임도 느리네요."

나는 최대한 자연스럽게 충격을 감추려고 일부러 입을 움직여 미소를 지어 보였다. 하지만 얼어붙은 내 얼굴에는 변화가 없었다.

'그래도 최소한 눈은 깜빡일 수 있잖아. 그래, 아직 그 정도는 돼.'

나는 애써 나 자신을 안심시켰다. 나를 위해서도, 그리고 마그의 입장에서도 더 오래 머무는 건 좋지 않겠다는 생각이 들었다. 그래서 나머지 질문들은 가능한 한 재빨리 던졌다. 그러나 한 시간도 채 되지 않아 마그의 충고와 의견, 여러 가지 상황에 대한 생각들로 내 마음은 혼란스러워졌다.

"파킨슨은 본인 외에 가족들에게도 영향을 미쳐요."

"성의껏 시간을 내어서 진찰해줄 수 있는 좋은 신경과 전문의를 찾아봐요."

"파킨슨병 환자 모임에 나가면 더 우울해진답니다."

"담당 약사는 친한 친구가 될 수 있어요."

"정부 보조금 수급 대상자가 되긴 쉽지 않아요."

"마사지 치료는 돈 낭비예요."

"파킨슨병에 걸리면 변비도 생겨요."

"우울증은 왔다 갔다 해요. 심하면 치료를 받아요……."

돌아가기 전에 노엘은 자신들의 멋들어진 주방을 보여주었다. 화강암 재질로 된 대형 아일랜드 식탁이 정중앙에 있었고, 주문제작한 장식장과 조리대, 조리 기구들이 그 주변을 에워싸고 있었다. 프랑스풍의 곁문을 열면 바로 뒤뜰이 나왔다. 곁문 옆에는 앉을 수 있는 공간이 마련되어 있었다. 소파와 의자가 놓여 있고 좁지만 컴퓨터를 이용할 수 있는 공간이 구석에 따로 마련되어 있어서 아늑한 느낌을 자아냈다. 즐거운 한때를 보내기에 안성맞춤인 장소였다. 마그 부부는 마침 몇 주 후에 조찬 파티를 열 계획이라고 했다. 노엘은 베르겐과 나도 대환영이라고 하며, 파킨슨 포리지Porridge, 오트밀에 우유나 물을 부어 걸쭉하게 죽처럼 끓인 음식으로 주로 아침식사로 먹음라는 모금 행사라고 귀띔해주었다. 마그 부부는 매년 이 행사를 주최하면서 캐나다뿐만 아니라 미국에 거주하는 사람들도 이런 행사를 하도록 격려해왔다고 했다. 부부는 그때껏 50만 달러에 달하는 기금을 모아 파킨슨병 치료를 위한 연구 활동을 지원했다. 베르겐과 나는 자신들이 추구하는 바에 대해 기꺼이 설명해준 노엘에게 감사 인사를 잊지 않았다. 그리고 모금 행사에 꼭 들르겠다고 약속했다.

돌아오는 차 안에서 우리는 둘 다 침묵했다. 온갖 생각이 떠오르는 와중에도 오늘 나눈 이야기를 떠올리지 않으려고 부단히 애써야 했기 때문이었다. 무엇보다 "음……파킨슨이 맞아. 확실해요"라고 단언하듯 내뱉던 마그의 말이 자꾸만 떠올랐다. 같은 파킨슨병을 앓는 동지로서 그다지 따뜻한 환영 인사는 아니었던 것 같았다. 하지만 꽤 정직한 표현이었던 건 분명했다. 치명적인 질환에 우직하게 맞서 싸우는 너그러운 부부의 꾸밈없는 의견…….

하늘도 아직 결정을 내리지 못했나 보다

잔뜩 비를 머금은 이른 아침의 하늘은 은회색을 띠고 있었다. 덩달아 하늘 아래 도시도 차분하고 고요한 가운데 우수에 잠겼다. 일기예보는 소나기를 예상했지만 그때껏 비는 한 방울도 오지 않았다. 아마 하늘도 어떤 옵션을 택할지 저울질 중인 듯했다. 최근 내가 한창 그래온 것처럼……. 예를 들면 이랬다.

'이놈의 운동화 끈 때문에 계속 불편을 감수해야 하나 아니면 아예 접착대가 붙은 운동화를 사버릴까? 이 단추 때문에 불매운동이라도 해야 하나 아니면 그냥 베르겐에게 고쳐달라고 할까? 지금이라도 음성 인식 프로그램을 익혀야 할까 아니면 계속 오른손으로 타자를 쳐야 할까? 만약 새로 만나게 될 신경과 전문의도 파킨슨병이라고 진단한다면 그 사람을 그 자리에서

쏘아버릴까 아니면 또 다른 의사를 찾아가보아야 할까?'

그래도 이건 내가 항상 떠올리는 많고 많은 옵션 중 일부에 지나지 않았다. '뭘 할까? 어떻게 해야 하지?' 나는 원래 이토록 우유부단하지는 않았다. 하지만 그즈음에는 한없이 자신감이 없어져 결정을 내릴 의욕도 상실한 듯싶었다.

한참 오전으로 접어들고 나서도 하늘은 뚜렷한 변화를 보이지 않았다. 하늘도 어떻게 할지 아직 결정을 못 내린 모양이었다. 이렇게 밋밋한 하늘빛에 익숙해져버렸다. 주변의 모든 일과 거슬리는 신발 끈, 등이 배기는 단추 따위는 전부 한쪽으로 밀쳐두고 다시 이불 속으로 기어 들어가 잠들고 싶었다. 배만 아우성치지 않으면 정말 그러고 싶었다. 하지만 역시 아직 식욕은 살아 있었나 보았다. 식탁 위 음식들이 꽤 유혹적이었다.

정말 갔다, 가기 싫었지만

나는 중년에 접어들면서 오히려 더 까다로워진 듯했다. 시리얼은 차갑고 바삭바삭한 편이 좋았다. 뜨겁고 걸쭉한 건 질색이었다. 특히 나를 덮친 이 병이 불치병이나 퇴행성 질환이 아니라 치료가 가능하고 하루빨리 퇴치할 수 있는 것이었으면 좋겠다. 그나저나 지금 난 뭘 하고 있는 것일까? 조금 있으면 이곳은 김이 피어오르는 오트밀 그릇들과 발을 끌며 걸어 다니는 파킨슨병 환자들로 가득 찰 것이었다. 뭐 약속은 약속이니까. 오늘은 파킨슨 포리지 모금 행사에 참여하는 데 더없이 안성맞춤인 컨디션이었다. 간밤에 잠을 설친 탓에 움직임은 한층 더 느리고 몸은 훨씬 더 뻣뻣해져 있었기 때문이었다. 이 모임의 성격에 잘 들어맞았다.

베르겐의 손을 잡고 마그와 노엘 부부의 집 대문을 향해 머뭇거리며 걸었다. 목적지와 가까워질수록 어떤 상황이 우리를 기다릴지 점점 더 궁금해졌다. 정원에 들어서자 낯선 이들이 우리를 반겼다. 어떤 사람들은 상자와 꽃, 쇼핑백을 든 채 미소를 지으며 우리를 스쳐 지나갔다. 사실 나는 그다지 웃을 기분이 아니었다. 매우 시장한데다 불안했기 때문이었다.

'어쩌다 아는 사람을 만나게 되면 어떻게 하지? 또 그 사람이 내가 파킨슨병 환자라는 걸 알게 된다면? 아니면 여기 있는 모든 사람이 내 병을 눈치 채면 어쩌나?'

지금까지는 가족과 친한 친구들에게만 내 상태를 알린 터라, 아직 다른 사람에게 말할 용기가 없었다. 그리고 가족이나 친구들 수가 이렇게 많지는 않았다. 게다가 누구도 휴대용 부상 장치 같은 건 달고 있지 않아서 이곳은 계속 붐빌 것 같았다. 나는 동정에 약한 사람이었다. 그래서 누가 아주 하찮은 동정의 기미만 보여도 내 안의 울보는 곧장 슬픔에 빠져들 게 틀림없었다. 그러면 울보의 눈물이 이 자리에 모인 사람들을 전부 쓸어버릴 수도 있을 것이었다. 그때 누군가 지하실 쪽을 가리키며 말을 건넸다.

"입찰 경매에도 꼭 한 번 들러보세요. 이 계단 아래쪽이랍니다."

우리는 알려주어서 고맙다는 말을 건네고 곧장 현관 쪽으로 걸어 올라갔다. 지난번과 마찬가지로 텁수룩한 턱수염을 한 노엘이 문 앞에서 우리를 반겼다. 앞치마와 주방장 모자를 착용한 노엘에게서 계피 향이 느껴졌다. 그를 따라 주방으로 갔더니 거대한 오트밀 냄비가 끓고 있었다. 노엘은 냄비 속을 다시 휘젓기 시작했다. 노엘은 식탁에 차려진 음식들을 가리키며 "맘껏 드세요"라고 말했다. 아일랜드 식탁 위에는 머핀과 쿠키, 와인 콤포트compote, 과일에 설탕을 넣어 만든 조림에 박아 둔 말린 과일, 갓 내린 커피, 다양한 종류의 차와 주스, 오늘의 주인공인 오트밀이 마련되어 있었다. 배를 채우고 나서 곁문 옆 의자에 앉아 있는 마그를 발견했다. 그녀는 마치 우리가 인사를 건네길 기다린 듯했다. 마그 쪽으로 걸어가면서 혼자 생각해보았다.

'그녀는 내 두려움을 감지했을까? 쿵쾅대는 내 심장 소리도 들릴까? 지금 내 두 발이 이 자리를 벗어나고 싶어 못 견뎌한다는 걸 알까?'

마침내 나는 마그 앞에서 섰고 몸을 낮추어 어색한 자세로 그녀를 껴안았다.

"정말 오셨네요."

마치 내 마음을 다 읽은 듯 마그가 중얼대듯 말했다. 그렇다. 어쨌건 마그는 여전히 척척박사일지도 몰랐다. 무엇보다 그녀는 내가 아는 한 가장 용감한 사람이었다. 마그는 퇴행성 질환을 앓는 와중에도 주눅이 들지 않고 매년 수백 명에 달하는 사람들을 집으로 초대해서 따뜻한 오트밀을 대접했다. 이 행사를 통해 모인 기금은 파킨슨병 태평양연구소로 흘러들어가 치료법 개발 기간을 하루하루 앞당기고 있었다. 마그는 자신이 살아 있는 동안 꼭 치료법이 개발될 거라고 굳게 믿었다. 나도 기부함에 수표를 넣으며 베르겐에게 귀띔했다.

"마그 말이 맞았으면 좋겠어."

파킨슨병이 그런 것처럼 이 모금 행사도 일종의 가족 모임이었다. 집 안은 다양한 연령대의 사람들로 북적였다. 하지만 대부분은 파킨슨병 환자가 아니었다. 그래서 파킨슨병에 걸린 사람은 쉽게 눈에 띄었다. 파킨슨병에 걸린 사람들은 그들의 몸 자체로도 어떤 증상을 앓고 있는지 공개하고 다녔다. 떨리는 손발과 연신 흔들거리는 머리, 경직된 근육, 형편없는 균형 감각, 굽은 자세, 질질 끄는 발, 느려진 움직임, 무표정한 얼굴, 작아진 목소리……. 하지만 그렇다고 해서 이 증상들이 모든 환자에게 나타나는 건 아니었다. 특히 초기에는 그럴 가능성이 더 낮았다. 그래도 오늘 여기 모인 사람들을 동원하면 분명히 모든 증상을 다 관찰할 수 있을 것이었다.

마그와 노엘의 아들 맥Mac은 다른 아이들과 함께 집 안 곳곳을 휘젓고 돌아다녔다. 우리도 나오미를 데려오려고 했다. 마그 부부가 그래도 된다고 했기 때문이었다. 하지만 엄마인 나는 본능적으로 그러지 않는 편이 좋겠다고 생각했다. 파킨슨병 진단이 떨어진 지 이제 겨우 한 달이었다. 딸아이에게 모든 면을 속속들이 다 보여주는 것은 아직 너무 일렀다. 게다가 내 안에서 점점 부풀어 오르는 불안감과 베르겐의 지친 눈동자로 미루어 짐작하건대, 나오미를 여기 데려오는 건 우리에겐 아직 무리였다. 한순간 우리는 서로 '익숙한 표정'을 주고받은 뒤 마그 부부의 집을 나섰다. 나오는 길에 예전 내 필라테스 선생과 마주쳤다. 그녀는 나를 알아보고 다가왔다.

"어머, 여기는 어쩐 일이세요?"

키트Kit라는 이름을 가진 그녀가 물었다. 순간 수치심의 물결이 나를 휩쓸고 지나갔다. 모든 걸 들긴 채 발가벗겨진 기분이었다. 그리고 이렇게 병든 상황과 또 그걸 계속 감추려고 애쓰는 내 모습이 참을 수 없을 정도로 죄스러워서 나는 몹시 당황했다.

"CBC 방송국에 근무하면서 마그를 알게 되었어요. 오늘은 모금 행사를 지원하려고 참석한 거예요. 선생님은요?"

키트는 상기된 내 얼굴을 재빨리 살피더니 곧 마네킹처럼 뻣뻣하게 굳은 내 몸도 슬쩍 쳐다보았다.

"저는 마그에게 일대일로 필라테스를 가르치고 있어요. 여기 제 명함이에요. 받아 두세요."

'받아 두세요'라니? 대체 어떤 의도였을까? 내가 파킨슨병 환자라는 걸 눈치 챈 것일까? 그 의도를 알아내려고 더 머물긴 싫어서 나는 발을 끌며 현관을 나섰다. 그러곤 바깥에서 기다리는 베르겐에게 서둘러 다가갔다. 그러고 보니 남편의 머리카락 색이 여태 비를 머금기만 하고 떨어뜨리지 않는 은회색 하늘빛과 비슷했다. 그에게 다가가면서 일기예보도 틀릴 수 있다고 생각하니 왠지 위안이 되었다.

04

섹스, 강아지 그리고 통제되지 않는 혼란

그는 내가 제일 섹시하다고 했다

퇴행성 신경질환에 걸린 앙큼한 여자들을 이기다

베르겐은 대기실에 있는 여성 환자 중에서 내가 제일 섹시하다고 했다. 더불어 나는 그중에서 가장 젊은 여성 환자이기도 했다. 다른 사람들보다 수십 년은 더 어리니까. 불공평한 평가라고 할지도 모르겠다. 물론 나도 그렇게 생각할 수 있었다. 그러니까 여기 대기실에 모인 사람들이 〈플레이보이〉 잡지의 '퇴행성 신경질환에 걸린 앙큼한 여자들'이라는 화보를 찍기 위해 포즈라도 취하던 중이었다면 말이다.

하지만 안타깝게도 현실은 그렇지 못했다. 이 병원에서 내 가슴골은 관심의 대상이 아니었다. 또 내 여성성도 베르겐에게만 어필했다. 그러니까 주변에 넘쳐나는 할머니들처럼 나도 잠자코 파킨슨병 전문의의 진찰 순서를 기다리는 수밖에 없었다. 그래도 그다지 신경이 쓰이진 않았다. 충분히 채비해두었기 때문이었다. 병원 대기실에서의 나는 거의 무적이었다. 간식거리와 마실 물, 기분 전환거리, 의사에게 물어보려고 미리 타이핑

해 둔 질문 리스트 등 필요한 것은 모두 챙겨 왔다. 그리고 무엇보다 가장 중요한 준비물은 바로 남편 베르겐이었다. 그는 지금 내 오른편에 앉아 블랙홀과 유전자 변이, 진화이론, 우주 폭발, 공룡의 발견, 혁신적 생화학 이론에 관한 내용을 확인하는 중이었다. 베르겐은 평소에도 《사이언티픽 아메리칸Scientific American》 없이는 집을 나서지 않았다. 나는 이렇듯 항상 지식을 갈구하는 남편을 우러러보아왔다. 이제 내 뇌가 제대로 작동하지 않으니, 베르겐의 과학적 재능은 더욱 유용해질 것이었다.

나는 그 밖의 읽을거리도 가져왔다. 바로 마이클 J. 폭스의 전기 《럭키 맨A Lucky Man》이었다. 나는 책을 펴고 표시해둔 곳을 찾았다. 폭스가 주인공으로 활약한 〈백 투 더 퓨처〉를 찍을 당시의 추억을 회상하는 대목이었다. 읽다 보니 타임머신이 있다면 베르겐과 내가 결혼하던 눈부신 그날로 다시 돌아가고 싶다는 생각에 빠졌다. 사실 그 순간은 아직도 뇌리에 생생했다. 그때도 그날 부케에서 피어오르던 꽃향기를 떠올릴 수 있었다. 눈물을 글썽이던 베르겐의 갈색 눈동자도 또렷하게 생각났다. 그리고 그만의 로맨틱한 결혼 서약을 발표할 때 들렸던 굵은 음성도 귓전에 맴돌았다.

불현듯 베르겐에 대한 사랑으로 가슴이 터질 것만 같아서 나는 팔을 뻗어 그의 손을 몇 번이고 꼭 쥐었다. 책에서 눈을 떼고 나를 바라보는 남편의 표정에서 내가 끼어든 걸 반가워하는 기색을 읽을 수 있었다. 베르겐은 '그 어떤 것보다 당신이 제일 소중해'라는 암호를 담아 긴 한숨을 내쉬었다. 그 순간 우리는 연인들끼리만 통하는 신비한 언어로 대화한 셈이었다. 우리끼리만 이해하는 몸짓과 애칭, 비밀스러운 소망이 그 언어를 이루는 요소였다. 문득 그의 입술에 키스하거나 "쥬뗌므"라고 말하고 싶어졌지만 양쪽 다 어쩐지 진부한 느낌이 들어 관두기로 했다. 대신 나는 우리끼리 통하는 유혹의 언어를 베르겐의 귀에 속삭였다. 본래 이 말은 어느 날 잠결에 내가 중얼대던 걸 베르겐이 듣고 알려준 것이었다. 어쨌건 밤중에 내가 내뱉었던 이 말에는 묘한 유혹과 과학이 어우러져 있었다.

"판 구조론 말이야, 여보. 판 구조론."

드디어 간호사가 내 이름을 부르고 검사실로 나를 안내했다. 베르겐도 따라 들어왔다. "곧 선생님께서 오실 거예요"라고 그녀가 말했지만 그 말이 내 귀로 들어왔다가 방광으로 빠져나가는 듯했다. 당장 소변을 보아야겠다. 급했다. 또 이런다. 나는 "제일 가까운 화장실이 어디예요?"라고 간호사에게 물었다. 그녀는 복도 끝 왼편을 가리키며 "얼른 오셔야 해요"라고 했다. 아무렇지 않게 얼른 오라고 말하는 저 사람은 방금 파킨슨병 환자에게 농담을 던진 걸까? 아니면 진심이었을까?

내가 화장실에서 돌아왔을 때 베르겐은 눈을 감고 《사이언티픽 아메리칸》을 읽는 중이었다. 그런 기술은 물리학 기사를 읽고 터득한 게 틀림없었다. 눈을 감고 공부하는 기술을 일컫는 전문 용어도 있었는데, 발음이 무척 까다로운 단어였는데, 잘 기억이 나지 않았다. 나중에 남편에게 물어보아야겠다. 누군가 노크하는 소리가 들렸으니까. 바로 다음 순간, 큰 키에 피부색이 어두운 멋진 청년이 들어왔다. 그는 자신이 이 병원에 초빙된 신경과 전문의라고 설명했다.

"괜찮으시다면 사전 검사를 좀 하겠습니다, 부인."

아주 인상적이었다. 어쩌면 그렇게 예의 바를 수 있을까. '부인'이라고까지 불렀다. 훗날 혹시 외계인들에게 납치되더라도 그들이 이만큼만 예의를 갖추어주었으면 좋겠다. "네, 괜찮아요"라고 대답하자 그는 곧 검사에 들어갔다. 먼저 지금까지의 병력과 가족력에 대해 빈틈없는 질문이 쏟아졌다. 이어 신체검사와 반사 검사, 시력 검사, 기억력 테스트, 심리 테스트도 거쳤다. 신경과 전문의는 모든 답변을 종이에 기록했다. 그런 다음 도표와 차트, 가계도를 그려서 보여주었다. 그걸 보고 있노라니 내가 파킨슨병에 걸릴 수밖에 없다는 사실을 깨닫게 되었다. 확실히 신경성 질환은 가족 대대로 이어져 내려오고 있었다. 알츠하이머와 다발성 경화증, 파킨슨병까지. 마침 내 안의 울보가 얼굴을 일그러뜨리며 펑펑 울려는 찰나, 신경과 전문의가 입을 뗐다.

"잠시 실례하겠습니다. 먼저 스퇴슬Stoessl 박사님께 검사가 끝났다고 알려드려야겠어요. 이제부터 박사님께서 진찰하실 겁니다."

나는 흐르는 눈물을 황급히 훔쳐냈다. 그리고 햇살을 가득 머금은 창문 쪽으로 몸을 틀었다. 하늘에는 이제 구름 한 점 없었다. 티슈를 가방에 찔러 넣고서 나는 베르겐에게 말을 건넸다.

"재진을 받기에 딱 좋은 날씨네요."

잠시 후 예의 바른 신경과 전문의가 스퇴슬 박사와 함께 모습을 드러냈다. 스퇴슬 박사는 파킨슨병 태평양연구소와 국립 파킨슨병재단 이사를 맡고 있는 인물로 시내 최고의 파킨슨병 전문가로 통했다. 우리와 악수를 한 스퇴슬 박사는 구석에 있는 책상으로 가 의자에 앉았다. 베르겐과 나는 박사의 맞은편에, 신경과 전문의는 그대로 서 있었다. 턱수염이 인상적인 스퇴슬 박사는 잠시 모니터를 응시했다. 그리고 곧장 오케스트라 지휘자라도 된 양 펜을 들더니 뭔가를 휘갈겨 썼다. 그때를 기다리기라도 한 듯 신경과 전문의는 헛기침을 한 뒤 검사 결과를 읊었다.

"안타까운 케이스입니다. 진한 밤색 머리의 이 중년 부인은 뇌손상과 관련해 가족력이 있습니다. 이 부인 역시 마비 증세와 동작의 둔화, 우울증에 시달려왔다고 합니다. 현재까지 신경과 전문의 한 분이 이 부인을 진단했고 파킨슨병으로 판명되었습니다. 오늘 박사님의 이차 소견을 확인하러 오셨다고 합니다."

곧 박사의 두 번째 검사가 이어졌다. 나는 운동 신경과 반사 반응, 체력과 균형 감각, 순발력과 유연성, 감각 반응과 마비의 정도, 인지 기능, 장/단기 기억력과 관련된 테스트에 임했다. 그리고 드디어 판결이 내려졌다.

"부인은 파킨슨병에 걸린 게 맞습니다. 조발성 파킨슨병이죠. 현재는 초기 단계입니다."

"확실한가요? 혹시 파킨슨병 말고 다른 질환일 가능성은 없나요?"

실낱같은 희망에라도 매달리고 싶은 심정이었다. 다 알고 있는 사실인데도 다시 또 눈물이 뺨을 타고 흘러내렸다. 스퇴슬 박사는 티슈 갑을 건넨 뒤 말을 이었다.

"왜요? 다른 병이면 좋겠어요? 만약에 다른 질환이었다면 상황이 더 나빴을 수도 있어요."

솔직히 이보다 더 나쁠 거라고는 쉽게 상상이 되지 않았지만 일단 박사의 말을 믿기로 했다. 어쨌든 스퇴슬 박사는 전문가였다. 결국 화제는 진단 결과에서 약으로 전환되었다. 박사는 파킨슨병 치료에 접근하는 방법은 많다고 했다. 하지만 지금으로서는 어떤 약도 처방해 줄 수 없다는 입장이었다. 내가 보이는 증상들이 아직 너무 약하기 때문이었다. 그렇다. 난 약한 축에 끼는 것이었다. 줄곧 왼발을 질질 끌고 왼팔은 움직이지 않는데다 전반적으로 동작도 둔해지고 있었다. 그런데도 이곳에서는 이런 수준의 증상 정도는 대수롭지 않은 걸로 취급했다. 실제로 박사도 자신이 담당하는 기존 환자들보다 내가 더 잘 이겨낼 거라고 생각했다. 사실 나는 대개 도전해볼 만한 과제가 생기면 재빨리 인식하는 편이었다. 내 안의 울보가 나를 풀 죽게 하지 않았다면 당장 일어나 휠체어를 탄 할머니와 경주를 벌였을 것이다. 휠체어를 탄 할머니와 경쟁을 해야 하다니……. 재미로 한번 해볼 만하지 않은가?

하지만 유감스럽게도 그럴 기분이 아니었다. 그 사실을 이 방 안에 있는 모든 사람들은 알고 있었다. 항우울제를 복용하고 있었지만 나는 여전히 우울했다. 스퇴슬 박사는 파킨슨병 환자를 전문으로 진료하는 정신과 의사 영Young 박사의 연락처를 건네주며 찾아가보라고 했다. 베르겐과 함께 병원을 나서는데 차에 오르는 순간까지 햇살이 우리를 계속 따라왔다. 정말이지 진찰 받기에 더없이 좋은 날씨였다. 그리고 난 더 이상 다른 의사를 찾아갈 필요가 없었다.

지루해 죽을 것만 같았다

정신과 의사 영 박사와의 진료가 잡혀 있는 날. 그는 머리가 벗겨진 영국 출신 남성으로 내가 겪는 우울증과 가족 그리고 어린 시절, 몸 상태, 일거리, 강아지에 이르기까지 온갖 질문을 퍼붓길 좋아했다. 영 박사는 아주 철두철미한 사람이지만 나는 철저하게 지루해 죽을 것만 같았다.

'내 가족들이 어떻다고?…… 고민이 있느냐고?'

"네, 선생님. 네, 맞아요……."

드디어 집에 갈 시간이었다. 진료실을 나올 때 영 박사가 처방해 준 건 그때껏 복용해온 것과 똑같은 항우울제였다. 단지 분량이 조금 더 많았다. 기분을 더 좋게 해줄 거라는 기대를 해보았다. 다음 진료 예약일이 적힌 카드도 받았다. 4주 후가 정말 기대되었다.

돈 마리 존스와 함께한 아침식사

아침식사를 돈 마리 존스Dawn Marie Jones와 함께했다. 그녀의 구성舊姓, 예전의 성은 켈리Kelly, 별명은 파티광 컵케이크였다. 하지만 한 차례 암과 사투를 벌인 돈 씨는 결국 부고란의 일원이 되었다. 그래도 꽤 많은 사람들이 그녀가 떠난 자리를 지키고 있었다. 그녀의 죽음과 함께 나는 지루한 콘플레이크 대신 재미난 걸 먹었다. 메이플 시럽을 얹은 초콜릿 팬케이크. 위에 설탕가루를 뿌린 것.

넬리, 너도 알고 있니? 내가 파킨슨병에 걸린 것을

밴쿠버에 눈이 내렸다. 그 주는 내내 눈이 오락가락하는 중이었다. 은은하게 반짝이는 흰색 송이들이 안락한 분위기를 자아내며 흩날렸다. 눈송이는 이미 활짝 피어 있던 아네모네와 아이러니한 대비를 이루는 한편 보도를 질척거리고 미끄럽게 바꾸어놓았다. 하지만 나오미가 바라던 휴교 조치가 내려질 정도로 많은 양의 눈은 아니었다. 아침을 먹던 나오미가 "왜 여기는 다른 지역처럼 눈보라가 치지 않아요?"라며 투덜댔다. 그러더니 곧장 남은 시리얼을 입안에 쓸어 넣고 학교에 가기 위해 집을 나섰다. 주방 창문 너머로 바깥을 바라보았다. 방한복과 썰매, 소용돌이치며 흩날리는 눈송이가 어우러져 퍼레이드를 이루며 나와서 함께 즐기자고 유혹의 손짓을 보냈다.

겨울은 유혹의 계절이다. 그 매력에 넘어가지 않았던 적이 한 번도 없었으니까 말이다. 하지만 그땐 그럴 수 없었다. 파킨슨병은 장밋빛 유리 너머로 보이는 풍경에도 흐릿한 그늘을 던졌다. 이 질환 때문에 나는 어설프고 불안정해진데다 얼음 위에서 미끄러질까 봐 항상 걱정하게 되었다. 강아지를 기르지 않았다면 그날처럼 눈 오는 날에는 집 안에서만 머물렀을 것이다. 강아지가 없었더라면…….

주방을 정돈하고 나서 베르겐과 나는 넬리를 데리고 아침 산책길에 나섰다. 넬리는 마음이 급한 듯했지만 나는 넘어져 목을 부러뜨리는 일이 없도록 조심하면서 내 페이스를 유지하려 애썼다. 눈이 내림에도 불구하고 우리는 기록적인 시간 내에 공원에 도착할 수 있었다. 그런데 목줄을 풀어주고 난 뒤에도 넬리는 평소처럼 마구 내달리지 않았다. 대신 눈 속에 무릎이 묻히는데도 그 자리에 가만히 서 있었다. 드라큘라 백작의 망토처럼 보이긴 하지만 요즘 한창 유행하는 양모 재질의 케이프를 두른 채. 넬리는 오늘따라 날뛰지도 않고 품위를 유지했다. 그렇게 서 있다가 다른 강아지들이 호기심을 보이며 접근해 오자 얌전하게 서로 킁킁대며 아는 체를 했다. 그러다 마침 그때를 노린 양 얼굴을 눈 덮인 땅에 문지르더니, 우리를 향해 이까지 보이며 싱긋 웃어 보였다. 그러곤 곧장 강아지 쇼에 돌입했다. 눈 뜨고 못 보아줄 스노 도그 발레 공연이었다.

과연 넬리의 쇼는 충분히 시선을 끌 만했다. 나와 베르겐은 물론 주변에 몰려들었던 다른 강아지들과 그 주인들까지 모두 넬리에게서 눈을 떼지 못했다. 나는 계속 웃음이 났다. 넬리가 너무 우스꽝스러웠던 것이다. 치타처럼 빠르게, 그리고 광대처럼 익살맞게 넬리는 눈밭 위에 원을 그리며 뱅글뱅글 돌았다. 돌고 돌고 또 돌고……. 털이 얼룩지고 케이프가 펄럭이는 와중에도 넬리는 신이 나서 짖어댔다.

"나 좀 봐요!"라고 외치듯 넬리는 자꾸 길게 짖었다.

"힘내 넬리!"

우리도 같이 응원을 계속했다. 그러다 넬리는 풀썩 주저앉더니 등을 땅에 대고 이리저리 굴렀다. 한참을 구르던 넬리는 결국 일어서더니 어리둥절한 표정을 지었다. 어기적거리며 우리 쪽으로 다가오더니 눈투성이가 된 얼굴을 치켜들고 눈을 껌뻑댔다. 그러더니 "이제 집에 가도 돼요"라고 말하듯 낑낑 소리를 냈다. 마침내 쇼가 막을 내린 것이었다. 군중이 박수로 화답하는 가운데 넬리는 오줌을 싸는 걸로 인사를 대신했다. 앙코르 요청이나 문답 시간, 별도의 사인회 따위는 없었다. 넬리를 기다리는 건 따뜻한 물에 몸을 담그고 수건으로 털을 말리는 일이었다. 발레 공연 중 열심히 춤추던 넬리의 모습은 사진으로 남아 벽난로 선반 위에 세워졌다. 그 사진을 볼 때마다 눈 내리던 날 넬리를 보며 만끽했던 짧지만 강렬한 기쁨이 떠오를 것이었다.

*한 사람의 아내에서 패배자로,
한 아이의 엄마에서 할 일 없는 백수로*

올해도 어김없이 밸런타인데이가 다가왔다. 짐작건대 이번 달은 생리 양이 많아 자칫 속옷 밖으로 새어 나올 수도 있을 것 같았다. 저혈압으로 인한 등 부분의 통증과 몇 번의 눈물바람이 예상되었다. 감정의 기복이 심해지고 성욕은 거의 마이너스대로 떨어질 게 뻔했다. 경계주의보 발령이었다. 그것을 아는지 모르는

지 베르겐이 어여쁜 꽃다발을 안겨 주었다. 포옹으로 아침 인사를 건네며 답례하던 나는 갑자기 눈물바람을 일으키고 말았다.

"미안해요. 이렇게 아파서 정말 미안해요."

그즈음 몇 달 동안은 일종의 주문이라도 된 양 이 말을 계속 되풀이하고 있었다. 이제는 베르겐도 이렇게 한 번씩 튀어나오는 사과의 말과 끝없이 분출되는 가책과 후회에 익숙해졌다. 한 사람의 아내에서 패배자로, 한 아이의 엄마에서 할 일 없는 백수로 점점 내리막길로 치닫는 내 모습에 적응해온 것처럼. 남편은 컨설팅 계약 검토와 집 안 개조 작업을 동시에 처리하느라 안 그래도 정신이 없었다. 그런데 이제 예전에 나와 같이 하던 온갖 집안일까지 도맡아 하느라 지칠 대로 지치고 당황한 상태였다. 집 안 청소와 장보기, 요리, 아이 교육…… 할 일은 산더미 같았다. 그런데도 늘 활력 있고 불평하지 않는 베르겐이 새삼 경이로울 따름이었다. 내가 다시 그를 도와 본분을 다한다면 베르겐도 훨씬 편해지겠지만 현재로선 임시로 부여된 과제 때문에 다른 부서로 발령이 난 상태였다. 나의 새 명함은 다음과 같은 내용을 담고 있었다.

로빈 미셸 레비
아내와 엄마 역할로부터 잠시 휴식 중
요양 전문 : 우울증 & 문제 처리 부서

나는 이 업무에 성실히 임했다. 이는 베르겐과 나오미, 하루가 다르게 늘어가는 내 의료 전문가 집단도 마찬가지였다. 일종의 협동 작업으로 이미 효과를 보고 있었다. 어느 정도 시간이 걸렸지만 현실을 부정하는 버릇은 이제 거의 자취를 감추었다. 그 무렵의 아침, 막 잠에서 깰 때쯤이었다. 아직 의식이 완전히 돌아오지 않은 상태에서 여전히 꿈의 끝자락을 잡고 있던 나는 현실 부정의 파편을 목격했다. 가끔 나는 날거나 춤추거나 레너드 코언Leonard Norman Cohen, 캐나다 출신 시인, 소설가, 싱어송라이터이 완벽한 내 몸을 만지고 있는 듯한 느낌이 들 때가 있었다. 그럴 때마다 내 몸은 완벽하리만치 건강하게 느껴졌다. 양팔도 제대로 움직이고 걸음걸이는 안정된데다 뇌에서는 도파민을 끝없이 분출했다. 이 침대 시트 아래의 내 몸은 바로 그런 상태였다. 적어도 완전히 잠에서 깨기 전까지는, 그리고 기억이 돌아오면서 모든 게 사라지기 전까지는.

꽉 막힌 엄마가 되어버린 걸까?

나오미의 열네 번째 생일이 다가왔다. 저녁이 되면 냄새나는 신발들이 현관에 흩어져 있을 테고 시장기와 호르몬에 의해 조종되는 십 대 아이들이 소파 여기저기를 굴러다닐 것이었다. 고함과 웃음소리도 끊이지 않겠지. 집 안은 엉망진창에다 밤새 소란스러울 게 뻔했다. 철없는 아이들끼리 불장난 같은 애무를 시도할 위험도 배제할 수 없었다.

나는 이미 수 주 전부터 이 파티를 생각하며 걱정에 빠져들었다. 나오미가 졸라대는 바람에 하는 수 없이 파티를 허락한 터였다. 그때까지만 해도 항우울제만 복용하면 우울증과 불안이 한 방에 해소되어 십 대 아이들 스무 명쯤은 반가운 마음으로 맞이할 수 있을 거라는 희망을 품었다. 하지만 내 추측은 빗나갔다. 나는 아직 내 신성한 쉼터를 철부지들에게 내어줄 준비가 되어 있지 않았다. 그래도 어쩌랴. 내가 아직 준비되지 않았다는 사실과는 상관없이 아이들은 몰려오고 있었다. 잔뜩 굶주린 상태로 들이닥친 아이들은 게걸스럽게 과자를 먹어치우고 단숨에 음료수를 들이켰다. 주방이 난장판으로 변해갈수록 내 신경은 더 예민해졌다. 베르겐은 나를 달래며 말했다.

"너무 걱정하지 마. 내가 청소 담당이니까 당신은 좀 쉬어."

말이 쉽지 좀체 마음을 내려놓고 쉴 수가 없었다. 가슴은 쿵쾅대고 근육은 긴장한데다 내 안의 울보는 아이들에게 대처하지 못해 한껏 당황한 상태였다. 하는 수 없이 일부러 넬리를 산책시키고 돌아와 침실로 피신했다. 작은 것부터 하나씩 하자는 것이 그때의 내 생존 전략이었다. 나는 파티에 잠깐씩 얼굴을 내밀었다가 금세 다시 사라지기를 되풀이했다. 집에서 만든 피자와 생일 케이크를 맛보기 위해, 선물 개봉식과 우르르 몰려다니는 남자아이들을 구경하기 위해 잠시 내려갔을 뿐 대부분은 침실에 숨어 있었다. 그러다 여자아이들이 잠을 청하러 한방에 모여들 때쯤, 나는 새로 산 귀마개를 꽂고 잠자리에 들었다.

그런 와중에도 제대로 잤다는 게 기적이었다. 아침에 발소리를 죽여가며 살그머니 거실로 내려가보았다. 거실은 온통 매트리스와 베개, 파자마를 입은 여자아이들로 뒤덮여 있었다. 그때까지 자는 아이들도 있었고 서로 속닥대는 아이들도 보였다. 넬리는 뒤엉킨 다리들 옆에 웅크리고 누운 채였다. 나오미의 발과 다른 아이의 것으로 보이는 발이 삐죽 삐져나와 있었다. 여자아이들이 담요 하나를 나누어 덮어쓰고 단잠에 빠진 것이었다.

간밤의 소동에 비하면 집 안이 믿기지 않을 정도로 고요했다. 너무 조용한 나머지 생각할 여유도 생겼다. 문득 두 가지 생각이 떠올랐다. 하나는, 십 대들은 잠들어 있을 때가 훨씬 마음에 든다는 것이었고, 다른 하나는 십 대들이 우리 집이 아니라 다른 집에 몰려가서 자면 좋겠다는 것이었다. 이런 게 너무 큰 소망인가? 갑자기 죄책감도 밀려왔다. 불쌍한 나오미……. 나는 얼마나 꽉 막힌 엄마로 변해버렸는가? 이 아이들은 모두 정상이었다. 물론 집에 오자마자 냉장고를 급습하고 여기저기에다 옷을 팽개치고 내키는 대로 소리를 질러대긴 했다. 하지만 우리 집에 와서 자기 집처럼 편안히 지낼 수 있다는 건 다행스러운 일임에 틀림없었다. 나는 잠시나마 진심으로 다행이라고 여겼다. 그런데 그 순간 아이 중 하나가 갑자기 방귀를 뀌고 말았다. 그러니까 옆에 있는 아이가 킬킬대기 시작했다. 그러고 나서 얼마 지나지 않아 여자아이들이 다 일어났다. 조용하던 내 아침 시간은 또다시 소란에 휩싸였다. 여자아이들이 이를 닦는 소리, 변기 물 내리는 소리, 휴대전화 울리는 소리, 음악 소리, 자기들끼리 수다 떠는 소리……. 나는 아무도 몰래 속으로만 계속 되뇌었다. '집에 좀 가. 다들 너희 집으로 가.'

좀 더 오랫동안 꾸물거려줘, 앞으로 나아가지 말고

유감스럽게도 퇴행성 신경질환은 그냥 그 자리에서 꾸물대지 않았다. 그리고 아픈 곳은 늘어만 갔다. 지난번 희생양은 왼쪽 새끼발가락이었다. 신기하게도 옆으로 돌출되었던 것이다. 시간이 갈수록 이 새끼발가락은 다른 발가락들과 점점 더 멀어졌다. 이렇게 계속 옆으로만 자라다가 어느 순간 아예 발에서 떨어져나갈까 봐 걱정이 되었다. 발가락 하나 잃는다고 인생이 끝장나는 건 아니지만 그래도 유쾌하지 않았다. '그것을 시작으로 다른 발가락들도 떨어져나가면 어떻게 하나? 그러다 왼발 자체가 잘려나간다면? 아예 왼쪽 몸통이 없어져버리면 어떡하지?'

이렇게 극단적인 쪽으로 계속 상상하다 보니 불현듯 혈압이 치솟는 게 느껴졌다. 먼저 편집증만이라도 다스려보아야 할 것 같았다. 실제로 내 상상력은 질병 자체보다 훨씬 더 멀리 뻗어나가고 있었다. 결국 좀 더 편안해질 때까지 숨을 깊이 들이마시고 내뱉길 반복했다.

"아무것도 떨어져나가진 않아. 새끼발가락은 그대로 달려 있을 거야."

선물용 간식거리 굽기는 바로 내 자존심

필요한 순간에 때맞추어 도움을 받기란 쉽지 않은 일이다. 하지만 윌Will과 헬렌Helen 같은 부부가 옆집에 산다면 이야기가 달라진다. 가령 장을 본 뒤 차에 짐을 가득 싣고 집에 도착했다고 치자. 그러면 마법같이 윌이 나타나 물건을 전부 내려 집 안으로 옮겨주었다. 자녀교육에 대한 조언이 필요해지면, 때마침 헬렌이 나서서 연륜에 걸맞은 요령을 제시했다. 수년을 이웃사촌으로 지내면서 이 부부는 우리 대신 넬리를 산책시키기도 하고 세차를 해주는가 하면 신문과 우편물도 보관해주었다. 베르겐이 사다리에서 작업 중일 때는 먼저 아는 체를 해왔고 울타리를 세울 때도 도와주었다. 그리고 내 차가 고장 났을 때 기꺼이 도와주었으며 울고 싶을 때는 기꺼이 어깨를 빌려주었다. 게다가 치과의사인 윌은 급할 때 구강 상태를 보아주기도 했다.

늘 이렇게 도움을 받았지만 정작 우리 쪽에서 이 부부를 도와줄 기회는 좀처럼 없었다. 대개는 도와준다고 해도 부부가 먼저 거절해버렸다. 하는 수 없이 우리는 집에서 구운 바나나 케이크나 쿠키, 레몬 맛 머랭 파이 등을 한 접시씩 가져다주거나 직접 기른 키위와 집에서 만든 잼을 선물로 주었다. 가끔은 이마저도 한창 십 대인 부부의 세 딸들 아니면 그 딸들의 남자친구들의 차지가 되었지만 그래도 부부는 항상 고마워했다.

하지만 지금은 상황이 상황이니만큼 선물용 간식거리를 굽기도, 그리고 윌 부부의 시식도 일단 중단되었다. 윌 부부도 내 진단 결과에 대해 알고 있으니 분명 이해할 것이었다. 다만 최근에 겨우 깨달은 사실이 하나 있었다. 윌 부부도 아마 몰랐을 테지만 이 선물용 간식거리 굽기는 바로 내 자존심이었다는 것이다. 나는 계란을 풀어 꿀, 기름, 밀가루와 섞은 다음 오븐에 넣고 구운 그 결과물을 가족이나 친구들과 나누는 행위 속에 내 정체성과 자존심을 숨겨 포장해왔던 것이다. 그러니까 존재론적 표현에 빗대자면, 그건 마치 '나는 빵을 굽는다. 고로 나는 존재한다'는 식이었다. 그렇게 따지고 보면 요즘 이다지도 공허하고 자신이 하찮게 느껴지는 데는 다 이유가 있었던 셈이었다. 수개월째 빵을 굽지 않았으니까 말이다.

모든 게 뒤바뀌는 동시에 아무것도 변하지 않는 순간

돌이켜보면 베르겐의 말이 맞았다. 과거 내 신체의 생물학적 시계가 나이 들어감을 알리며 째깍댈 때마다, 나는 늘 같은 말을 되풀이하며 베르겐을 재촉했다.

"우리 이제 아기 가져요."

"그 말은 골칫덩이 십 대 아이를 가지잔 말이지."

그러면 베르겐은 한 박자도 놓치지 않고 바로 이렇게 대꾸했다. 물론 내 말은 그 뜻이 아니었지만 결과적으로 그렇게 된 셈이었다. 그것도 생각했던 것보다 더 빨리. 게다가 그 십 대 아이는 또래를 대표하는 모든 특징을 갖추었다. 여드름과 자신만의 걱정, 도전적인 태도 그리고 성욕까지 포함해서 말이다. 비록 30년 전 일이긴 하지만 나 역시 한때는 성적 호기심으로 충만한 십 대 소녀였다. 그리고 십 대의 성은 꾸밈없이 마냥 아름다우며 또한 불가피한 거라고 믿고 있었다. 그래서 성에 관한 한 우리 집에는 단 한 가지 규칙만이 존재했다. 그 누구도 베르겐과 나보다 더 즐겁고 유쾌한 시간을 가져서는 안 된다는 것이었다. 그렇게 따지면 파킨슨병 때문에 내 성욕이 한쪽 구석으로 잠시 밀려난 지금, 나오미가 즐겁고 유쾌한 시간을 보낼 가능성은 더 낮아진 셈이었다. 당시 성과 관련된 내 관심사라곤 건강 기록서의 성별 구분란에 체크 표시를 하는 정도가 전부였다. 하지만 어찌 되었든 규칙은 여전히 규칙이었다.

걱정은 하지 않으려고 했다. 이전에도 내 성욕은 건강이나 상황에 따라 급격히 줄어들거나 불현듯 샘솟았기 때문이었다. 나오미를 낳고 나서도 태반이 떨어져나가듯 성욕이 줄어든 적이 있었다. 하지만 얼마 지나지 않아 욕구는 다시 정상적으로 되살아났다. 그러니까 이전에 그랬던 것처럼 이번에도 후일을 기약하며 희망을 품어보았다. 베르겐도 마찬가지였다. 머지않아 내 욕구는 돌아올 것이었다.

나오미에 대해서도 마냥 걱정하지만 않으려고 애쓰는 중이었다. 세상에서 하나뿐인 내 딸 나오미는 베르겐과 나를 골고루 닮았다. 발 모양과 웃는 모습, 사교성은 아빠, 그리고 눈과 몸매, 예술적 성향은 내게서 물려받은 것이었다. 그런데 이렇게 많은 면에서 부모를 닮은 나오미가 행여 파킨슨병까지 가지고 태어났다면 어떻게 할까? 만일 그렇다면, 난 그것이 우연인지 아니면 아빠와 나의 병이 유전된 것인지 가려내고 싶어질 것이었다. 하지만 그때는 그것보다 우선 향후 딸아이의 건강에 위험 요인을 제공했다는 점에서 유전적 책임감을 느꼈다. 딸아이마저 이 병에 굴복하는 일이 없도록 무슨 수를 써서라도 보호해 줄 것이었다. 아직은 백신이나 만병통치약이 없다는 게 안타까울 뿐이었다. 적어도 아직은…….

이런 식으로 생각에 빠져들다 보면 걱정을 아예 접어둘 수만은 없었다. 하지만 관리할 수 있는 선에서 최선을 다해 위험 요인을 줄이겠노라 다짐하고 여기에 집중하다 보면 강박적인 걱정은 잠시 내려놓을 수 있었다. 우리 부부는 딸아이에게 비타민과 채소를 먹이고 수학 과외를 시켰다. 또 직접 운전해서 딸아이가 안전하게 등하교할 수 있게 하고 항상 연락이 되도록 휴대전화도 사 주었다. 그리고 부모로서 염려 섞인 조언도 아끼지 않았다. 가령 내가 딸아이에게 늘 강조하는 '한 방울의 위험'이 그랬다. 단 '한 방울'만 실수하더라도 여자아이들은 쉽게 임신할 수 있으며, 단 '한 방울'만 질에 닿아도 우려하던 일이 발생할 수 있다는 논리였다. 딸아이에게는 다소 생소한 내용이었지만 그래도 처음 이야기할 당시 이미 남자친구가 있던 터라 알아두어야 하는 부분이라고 판단했다. 그런데 그 전날에는 나오미가 선수를 쳤다. 그 애가 생각하기에 우리 부부가 알아두어야 할 부분을 말해준 것이었다. 사실 그 내용은 다분히 개인적인 것이라 다른 사람에게 알리려면 정말 큰 용기가 필요했을 것이다. 여하튼 나오미가 말하는 동안 베르겐과 나는 딸아이의 얼굴을 빤히 쳐다보며 집중했다. 나오미는 한마디 한마디 또박또박 선언했다.

"나, 양성애자예요."

아무렇지도 않은 듯 쉽게 말을 내뱉는 딸아이의 모습에 우리 부부는 그저 놀랄 따름이었다. 열네 살의 나이에 그렇게 거리낌 없이 고백할 수 있다니……. 우리는 주변과의 관계에 대해 나오미의 생각을 듣고 함께 이야기를 나누었다. 모든 게 뒤바뀌는 동시에 아무것도 변하지 않는 순간이었다. 그날 딸아이의 잠자리를 돌보아주면서 나는 그동안의 걱정이 어느새 경탄으로 바뀌어 있음을 깨달았다.

지루하긴 하지만 싫어하지 않는 것

계속 영 박사와 진찰 약속을 잡고 있었다. 세 번쯤 면담하고 나니 박사의 상담 방식에 어느 정도 적응할 수 있게 되었다. 박사와의 상담은 마음속으로 탁구 경기를 하는 것과 같았다. 먼저 그가 질문을 던지면 내가 대답해 반격했다. 그렇게 우리는 아슬아슬하게 공 주고받기를 계속했다. 그러다 결국 박사가 내 상태를 파악해내는 것이었다. 내가 어떤 기분인지, 잠은 잘 잤는지, 일상생활은 어떤지, 상황에 어떻게 대처하는지, 약을 복용하는 문제는 어떻게 처리하고 있는지, 그리고 가족들은 어떻게 지내고 있는지까지……. 분명히 이 경기의 승자는 영 박사였다. 이제 그는 나에 관한 모든 걸 알고 있었다. 반면 내가 박사에 관해 알아낸 건 하나도 없었다. 영국 출신에 머리가 벗겨진 기혼 남성이란 것이 내가 아는 전부였다. 나는 갑자기 경쟁 심리가 발동했다.

"수집품이 참 독특하네요."

나는 진료실 문에 붙은 걸고리에 아무렇게나 걸린 채 서로 엉켜 있는 이름표들을 가리키며 말했다. 박사는 체념한 듯 한숨을 내쉬며 대답했다.

"올해 참석했던 회의장에서 받은 것들입니다."

"그런 자리에 참석하는 걸 즐기는 편이세요?"

"솔직히 여행은 질색입니다. 하지만 회의 자체는 약간 지루하긴 하지만 싫어하지 않습니다. 어쨌든 그것도 제 일이니까 참석하는 거죠."

우리는 잠시 대롱거리며 힘없이 매달려 있는 수십 개의 이름표들을 빤히 쳐다보았다. 이름표 하나하나에는 박사의 직위와 회의 장소가 찍혀 있었다. 나는 속으로 생각했다.

'그렇게 여행이 싫다면 이 전리품들은 왜 굳이 진료실에 가져다 둔 거지? 여행 당시의 기억을 되살리는 물건들을 매일같이 마주해야 하는 셈인데……. 그렇다면 이건 일종의 자기학대적 성향이 아닐까? 틀림없이 정신장애의 진단 및 통계 편람에 자학성 여행 장애 정도로 분류되어 있을 것이다. 불쌍한 영 박사……. 박사 역시 전문가의 치료가 필요한 건지도 모르겠다.'

불현듯 박사는 기록해 둔 진료 차트를 확인하더니 시계를 한번 쳐다보았다. 그러고는 상담이 끝날 무렵이면 매번 하는 질문을 다시 건넸다.

"더 말씀하시고 싶은 건 없나요?"

나는 이 질문이 정말 싫었다. 괜히 죄책감이 들기 때문이었다. 마치 내가 중요한 정보를 일부러 숨기기라도 한 양, 털어놓으려면 바로 지금이 기회라고 말하는 것 같았다. 다 말하라고, 가슴속 가장 깊은 곳에 숨겨둔 비밀일랑 다 공개하라고……. 하지만 그건 말도 안 되었다. 그런 이야기를 박사에게 털어놓을 생각은 눈곱만큼도 없었다. "아니오, 없어요"라고 나는 대답했다. 박사에게 인사하고 나오면서 문득 깨달았다. 누구든 수집품은 갖고 있지 않은가. 개중에는 대롱대롱 매달린 것도 있고, 그렇지 않은 것도 있을 것이었다. 어쨌건 우리는 이런 소장품들을 보며 뭔가를 떠올리게 된다. 그러다 보면 가끔은 한동안 잊고 지냈던 게 생각나는 법이다.

아직은, 몸의 왼쪽만 불편할 뿐이다

왼손이 움직이지 않았다. 손가락도 죄다 돌로 변한 듯했다. 마치 튀기기 직전인 해동되지 않은 감자튀김처럼 보였다. 이런 모습은 내 안의 울보를 울리는 데 효과가 아주 그만이었다. 물론 울보의 슬픔에 공감하지만 나의 반응은 확실히 과장된 것이었다. 오른손은 여전히 민첩하게 움직일 수 있었다. 그래서 이 점을 최대한 울보에게 상기시키고 내가 얼마나 행운아인지도 일깨워주었다. 그러니까 아직은 몸의 왼편만 불편할 뿐이었다. 그리고 파킨슨병이 더 넓은 부위로 전파되려면 수년이 더 걸린다. 게다가 그때껏 어떠한 약물도 복용하지 않았다. 이 점들을 알아차린 울보는 어느 정도 진정했지만 그래도 여전히 동요하는 게 느껴졌다. 내 안의 울보와는 딴판으로 정작 나 자신은 점점 악화되어가는 낯선 내 모습에 뜻밖에도 잘 적응하는 중이었다. 그동안 한 가지 깨달은 점이 있는데 바로 대부분의 일상적인 활동은 한 손으로 가능하다는 것이었다. 가령 식기세척기에서 그릇 꺼내기, 컴퓨터 작업하기, 빨래하기, 머리 감기 등은 한 손으로도 문제없었다. 거기다 강아지도 산책시킬 수 있었다. 채소 썰기나 수건 개기같이 도움이 필요한 부분이 생기면 요술지팡이를 휘두르기만 하면 되었다. 그러면 부주방장 베르겐과 여비서 나오미가 등장했다. 이 두 사람은 너무도 자상하고 헌신적이었다. 그리고 왠지 그즈음 들어 옆집의 치과의사인 윌에게 치실을 가져다 달라고 하는 공상을 많이 했다. 나도 모르게 윌에게 의지하고 있었던 것일까? 아니면 나 혼자서는 더 이상 할 수 없는 치실질에 대한 강박관념이었을까?

05

숨은 존재의 발견

가슴에서 두 혹이 싸우고 있었다

발견이 유쾌한 것이었으면 얼마나 좋았을까?

오늘 넬리가 10달러짜리 지폐를 발견했다. 그 지폐는 반으로 접힌 채 공원 근처 잔디밭 위에 떨어져 있었다. 지폐에서 달콤한 냄새가 난 건지 아니면 제초제를 흠뻑 머금은 잔디에서 악취가 풍겼는지 그건 모르겠다. 어쨌건 넬리는 한 번 냄새를 맡고 나더니 낮게 으르렁거리면서 계속 킁킁댔다. 나는 어쩔 수 없이 절뚝거리며 다가가 지폐를 들어 올렸다. 안 그러면 넬리가 쭈그리고 앉아 지폐 위에 실례를 해버릴 게 뻔했기 때문이었다.

넬리가 지폐를 발견한 건 이번이 처음이었다. 사실 나로서는 뾰족한 막대기나 음식물 찌꺼기, 징그러운 곤충들, 쓰고 버린 티슈 조각들보다는 지폐를 더 자주 물어 왔으면 했다. 어떨 때는 넬리의 입속에서 티슈 조각을 끄집어낸 적도 있었다. 하지만 내가 그런 걸 바랄 입장인가? 나야말로 10달러는 고사하고 동전 하나 주워본 기억도 까마득했다.

그런데 얼마 전에 나는 꽤 대단한 것을 발견했다. 기왕이면 평소 정확히 집어내기 어려웠던 지스팟이라든지 아니면 나오미가 잃어버렸다던 아이팟 등의 유쾌한 것이었으면 좋았겠지만 그런 것은 아니었다. 유쾌하기보다는 우울한 쪽이었다. 오른쪽 가슴에서 혹 두 개가 만져졌던 것이다. 둘 중 더 작은 쪽은 조약돌을 만지는 것처럼 단단하고 둥근 느낌이었다. 그리고 큰 혹은 뚜렷한 형태가 느껴지지 않았고 푹신했다. 두 혹은 불과 몇 센티미터밖에 떨어져 있지 않았지만 분명히 서로 정식으로 인사를 나눈 적은 없었을 것이다. 그래서 나는 행사 주최자라도 된 양 두 혹을 둥글게 만지작거리며 각각의 이름을 물어보았다. 큰 혹은 내 유두 바로 뒤쪽에 자리한 듯했다. 작은 혹에 비하면 아주 큰 편이었다. 처음에는 두 혹이 얌전히 지내지 못하고 서로 문제를 일으킬까 봐 염려도 되었다. 하지만 알고 보니 한쪽이 다소 저돌적인 데 반해 다른 한쪽은 좀 더 소심했다. 어쨌건 브래지어 착용 시 서로 더 편해보겠다고 싸우는 일 따위는 전혀 바라지 않았다. 그래서 단속에 나서기로 하고 각각의 혹과 이야기를 나누었다. 결국 두 혹 모두 서로 싸움을 걸지 않겠다고 다짐했다. 하지만 작은 혹은 여전히 겁을 내고 있었다.

글렌다 고모가 유방암으로 돌아가시고 나서부터 나는 늘 가슴을 유심히 관찰해왔다. 항상 덩어리나 혹 아니면 다른 심상치 않은 징조가 있는지 살펴왔던 것이다. 그래서 이제는 어떤 양상이 무엇을 의미하는지 잘 파악할 수 있게 되었다. 그건 민츠 박사도 마찬가지였다. 나처럼 유방 조직에 덩어리가 있는 사람들이라면 정기검진과 X선 촬영을 해보아야만 안심할 수 있었다. 나 역시 그런 이유로 이렇게 민츠 박사의 진료실을 다시 찾았다. 마음의 안정을 찾기 위해……. 민츠 박사가 내 가슴의 덩어리들을 검진하는 동안 나는 그의 표정을 해석해내려고 애썼다. 그 어떤 단서나 조그만 신호라도 찾아내고 싶었던 것이다. 과연 두려워할 만한 일일까 아닐까?

"아마 별거 아닐 겁니다. 그래도 X선 촬영은 해보는 게 좋겠어요. 그냥 확실히 해두자는 차원에서요."

민츠 박사의 음성을 듣다가 왠지 모르게 불안해진 나는 미리 한번 물어보고 싶어졌다.

"암이 의심되나요?"

"아뇨, 그런 것 같지 않아요."

박사가 대답했다. 하지만 내 귀에는 "아마 그럴걸요"라고 말하는 것처럼 들렸다. 나중에 집에 돌아와서 베르겐에게도 내가 발견한 혹들에 대해 알려주었다. 가만히 듣고 있던 베르겐은 나를 안심시키려고 했다.

"있잖아, 걱정한다고 해결되는 건 없어. 먼저 그게 뭔지 알고 봐야지."

"맞아요. 그래서 나오미에게도 아직 말하지 않을 거예요."

대신 나는 친구 리사에게 전화를 걸었다.

"어쨌건 검사해본 건 잘한 일이야. 아마 걱정 안 해도 될 거야."

다정한 리사……. 역시 영원한 낙관주의자였다.

구원의 손길만 기다리며 꿈틀대는 지렁이 한 마리

어느 날 죽기 직전의 지렁이 한 마리를 구해준 적이 있었다. 그날 나는 넬리를 산책시키다가 보도 한가운데서 꿈틀대는 생물체를 발견했다. 그 미물은 작열하는 태양 아래서 타들어가고 있었다.

넬리는 킁킁대며 냄새를 맡더니 금세 나를 올려다보았다. 나는 새 변 주머니를 꺼내어 조심스레 지렁이를 들어 올렸다. 그렇게 이글대는 콘크리트 바닥에서 지렁이를 구조해낸 다음 인근의 정원으로 가져가 그늘진 잔디 위에 놓아주었다.

"이제 조심해라, 지렁이야. 아무 데나 있으면 안 돼. 아무 데나 있으면 안 돼. 아무 데나 있으면 안 돼."

나는 그렇게 속삭였다. 곧이어 넬리도 지렁이를 향해 세 번 짖었다. 벌레를 구해준 건 그때가 처음이었다. 너무 자주 길바닥을 살피다 보니 이런 일도 생기는 것 같았다.

사실 이런 일은 나처럼 무직에다 우울증에 파킨슨병까지 걸려 발을 질질 끌고 다니는 사람에게나 벌어질 법했다. 게다가 같이 다니는 강아지는 뭐든 집어삼키는 데만 정신이 팔려 있었다.

뜨거운 태양으로 달구어진 보도 한가운데서 구원의 손길만 기다리며 꿈틀대는 지렁이 한 마리……. 언젠가 자신도 그런 신세로 전락할 수 있다고 생각하는 사람들이라면 아마 내 구조 행위에 공감할 것이었다.

수년간 나는 내 작품과 많은 걸 교환해왔다. 사진 수업, 치과 진료, 장난감 배, 수제 인형, 옷, 모자, 보석 등등……. 하지만 상담 치료와 작품을 교환해보기는 그때가 난생처음이었다. 테레사의 사무실을 찾은 나는 갈색 포장지로 싼 커다란 직사각형 액자를 내밀었다. 테레사가 웃으며 물었다.

"이 그림 저 주시는 거예요?"

"괜찮으시다면요."

"그럼요, 분명히 마음에 들 거예요. 지금 봐도 될까요?"

우리는 같이 포장지를 벗겨냈다. 곧 다채로운 색상들이 어우러진 콜라주가 모습을 드러냈다. 손을 잡은 세 아이와 고양이 한 마리가 가로수 길을 걷는 그림이었다. 하늘에는 무수한 점이 모여 소용돌이를 이루고 있고, 나뭇잎을 도려내어 색을 입힌 자그마한 조각들이 나뭇가지에 흘러넘칠 듯 달려 있고, 배경의 집들은 단순한 사각 모양으로 창문에는 레이스 커튼이 달려 있었다. 나는 내 작품을 벽에 기대어 놓고 말했다.

"작품명은 〈손잡고 걷는 사람들〉이에요. 이 그림을 고른 건 보라색이 많이 섞여 있어서예요. 선생님께서 보라색 옷을 즐겨 입으셔서요. 그리고 이건 제 〈댄서〉 시리즈 작품 중 하나랍니다. 포트폴리오에도 나와 있는데, 선생님도 보시면 좋아하실 만한 스타일이에요."

"정말 아름답네요. 즐거운 기운이 넘쳐나요. 고마워요, 로빈.

얼른 집에다 걸어 두고 싶네요."

내가 소파에 올라가 웅크리고 앉자 테레사도 자기 의자에 자리를 잡았다.

"요즘은 어떻게 지내요?"

"잘 모르겠어요……. 최근에 가슴에서 혹 두 개를 발견했어요. 그리고 길에서 지렁이를 주워 올리기 시작했죠. 그리고 이웃 남자가 치실질을 해주는 공상에 빠져서 지내요."

나는 죄어오는 가슴을 오른손으로 누르며 대답했다. 테레사의 표정이 심각해졌다.

"그 혹을 의사에게 보여봤어요?"

"네, X선 촬영과 초음파 검사를 해보자고 해서 예약해뒀어요. 어쨌건 걱정은 되네요."

우리는 각종 검사를 하고 결과를 기다리는 게 얼마나 힘겨운 일인지에 대해 이야기를 나누었다. 그리고 일이 잘 풀렸을 경우와 그렇지 못한 경우, 즉 최악의 사태가 닥쳤을 때 어떻게 할 것인지 시나리오를 짰다. 동시에 나는 마음속으로 과연 이 일이 어떻게 풀려나갈지 떠올려보았다. 또 박사와 나는 극단적으로 비관적인 내 성향을 누그러뜨릴 만한 여러 기법을 검토했다. 그러다 내가 점차 지쳐갈 때쯤 그동안 알지 못했던 벌레에 대한 내 애착과 치과의사 윌 그리고 점차 악화되는 손놀림 등에 관해 이야기를 나누었다. 문득 벽에 기대어 세워 놓은 그림에 시선이 머물렀다. 새삼 꽤 오랫동안 붓을 잡지 않았다는 생각이 들었다.

그날 테레사와 면담을 한 뒤 얼마 지나지 않아 나만 빼놓고 베르겐과 나오미가 여행길에 올랐다. 둘은 브리티시컬럼비아 주에 있는 윌리엄스 레이크Williams Lake로 가서 베르겐의 사촌을 만나고 로데오 축제를 즐길 계획이었다. 남편과 딸아이는 오늘 아침에 떠났다. 나오미의 여름방학이 시작되는 날이었다. 처음에 둘은 나도 같이 가길 원했지만 내가 가지 않을 거라는 것은 모두가 아는 사실이었다. 그즈음 나는 쉽게 지치는데다 낮잠도 자야 하고 매일같이 적정량의 운동도 해주어야 했다. 그래서 나는 넬리와 함께 익숙한 내 생활 터전에 남기로 결정했다. 두 사람은 2주 동안 집을 비울 것이었다. 여행의 즐거움을 실컷 만끽하고 내게 얽매였던 일상에서 벗어나 피로를 풀기에 충분한 시간인 것 같았다. 처음에는 며칠 동안 혼자서 생활했는데 얼마 지나지 않아 손님들이 한 사람씩 찾아왔다. 먼저 루시가 찾아왔고 그 다음이 아빠였다. 사람들은 보통 루시가 도착하기 전부터 그녀를 기다렸다. 루시는 전 세계에 친구를 두고 있는데 특히 이곳 밴쿠버에 많았다. 누구나 그녀를 조금씩 필요로 하기에, 루시는 적당히 시간을 쪼개어 친구들을 만나고 다녔다. 그날은 바로 내 차례였다. 루시는 선물도 가져왔다. 나는 너무도 반가워 눈물이 났다. 넬리가 곁으로 오더니 잘 손질된 루시의 발을 핥기 시작했다.

"무슨 강아지가 이러니?"

루시가 웃으며 말했다. 그리고 몸을 숙여 넬리의 배를 쓰다듬었다.

"그래, 너희 집 개에 비하면 넬리는 크루톤crouton. 수프나 샐러드에 넣는 바삭하게 튀긴 작은 빵 조각이나 마찬가지야."

루시네 개 이름은 마야Maya였다. 마야는 커다란 그레이트데인Great Dane. 덴마크 종으로 털이 짧고 몸집이 아주 큰 개 종이었다.

"마야는 잘 지내?"

나는 지나가는 말로 마야의 안부를 물었다.

"이제 많이 늙었어. 요즘 관절염에 시달리는 중이야. 여행 갈 때마다 부탁하는 친구네 집에 맡겨 두고 왔어."

보나마나 그 친구는 아주 좋은 사람일 것이었다. 사실 루시는 집을 자주 비웠다. 여행에 빠져 살기 때문이었다. 그녀의 그런 생활 패턴은 외모에서도 배어났다. 어딘지 모르게 이국적이고 육감적인 분위기가 풍기는데다 가무잡잡하게 탄 피부도 자연스럽게 어울렸다. 나는 마치 여신 앞에 선 추녀처럼 잠시 움츠러들었다. 루시와 나는 고등학교 때부터 친구였다. 우리는 만나자마자 친해졌다. 그리고 그 또래 십 대 청소년들이 심취할 만한 건 뭐든 같이 시도해보았다. 섹스와 마약, 로큰롤 그리고 집에서 독립해서 나오는 것마저도. 그러다 곧 알게 된 사실 한 가지는 루시가 전혀 평범하지 않다는 거였다. 그녀는 뭐든지 남들을 앞질렀다. 열여섯 살 때쯤 내가 겨우 독립할 계획을 세우고 있을 때 루시는 이미 자기 소유의 아파트를 가지고 있었고 정규직으로 취업도 한 상태였다. 누가 보아도 루시는 청소년에서 성인으로 훌쩍 성장해 있었다. 열여덟 살이 되어서도 나는 여전히 부모님과 함께 살았지만 루시는 여러 나라로 여행을 다녔다.

7년의 여행 끝에 마침내 집으로 돌아왔을 때, 루시는 이미 가슴 한가득 세상을 담고 있었다. 그녀는 만족한 듯 보였고 한동안 정착하는 것 같았다.

루시는 이동 주스 판매소를 운영하기 시작했는데, 나중에는 사업이 성장하면서 '프레시Fresh'라는 채식 전문 레스토랑 체인으로 발전했다. 루시가 여행에 심취한 동안 나 역시 탈출구를 찾아냈다. 부모님의 집으로부터, 대학교로부터 그리고 토론토로부터 탈출을 단행했던 것이다. 나는 밴쿠버에 정착한 뒤 미술 시장에서 경력을 쌓았다. 어쨌건 이제는 우리 둘의 삶도 너무 많이 바뀌었다. 하지만 우리의 우정은 이렇듯 꾸준히 이어지고 있었다.

"그런데 무슨 일이야? 네가 몇 가지 검사를 받는다고 리사가 얘기하던데."

"가슴에 혹이 두 개 만져져서 다음 주에 X선 촬영을 해보기로 했어. 암이면 어쩌지? 그럼 어떻게 해야 할까?"

"넌 이겨낼 거야. 그럼 되는 거야. 알겠지? 싸워보는 거야."

어느새 내 볼을 타고 눈물이 흘러내렸다. 그래도 아직은 선뜻 확신이 서지 않았다. 내 마음 한편에서는 유방암 정도야 행운인 셈이라고 달래는 목소리가 들렸다. 좀 우울하긴 하지만 그래도 파킨슨병에 대한 강박증에서 잠시 벗어날 수 있지 않을까. "너라면 어떻게 할 거 같아?"라고 대뜸 루시에게 물어보았다. 그러자 1초의 망설임도 없이 루시가 대답했다.

"뭐가 되었든 싸워 이길 거야."

루시의 초록색 눈동자가 나를 똑바로 바라보았다. 그리고 곧 그녀의 씩씩한 목소리가 울렸다.

"맞서 싸워. 우리가 도와줄게."

온종일 눈물이 맺혀 있었다. 넬리를 산책시킬 때도, 밖에서 점심을 먹으면서도, 그리고 차를 마시며 루시의 여행과 남편 그리고 유산에 대해 이야기하는 동안에도 나는 줄곧 눈물을 찔끔댔다. 그러는 동안 어느덧 루시가 떠날 시간이 가까워졌다. 시간은 언제나 너무도 빨리 흐르는 법이다. 나는 코를 훌치고는 루시와 작별의 포옹을 나누었다. 그리고 문 앞에 나가 친구를 배웅했다. 추녀는 여신에게 키스를 건넸다. 렌터카에 탄 루시가 점점 멀어져 갔다.

아빠를 기억해두고 싶었다

아빠는 오래 여행하지 않는 편이었다. 하지만 여행길에 오를 때면 항상 우스운 이야깃거리와 농담을 한 아름씩 준비했다. 그렇다고 해서 막 유행하기 시작한 새로운 농담은 전혀 아니었다. 대개는 유대인들 사이에서 인기 있는 이야기들로 유명 인사들이 남긴 말을 따라 하는 수준이었다. 사실 아빠의 이야기는 벌써 수백 번도 더 들었지만, 다시 듣는 것도 그리 나쁘지 않았다. 아빠가 농담을 많이 한다는 건 그만큼 기분이 좋다는 뜻이기도 했으니까. 공항에서 만나 집으로 가는 길, 차 안에서 본 아빠는 더는 우울해 보이지 않았다.

"피곤해요 아빠?"

"난 원래 피곤하게 태어났어."

"자리는 편하세요?"

"얹혀 지내는 주제에 가릴 게 있겠니?"

재치 있는 빈정댐이 돌아왔다. 나중에 아빠는 소파에서 일어나려다 통증이라도 느낀 듯 움찔했다. 그래서 난 또다시 "괜찮으세요?"라고 물었다.

"일어서려고 할 때마다 등이 아프다고 의사에게 말했지. 의사가 그러더구나. '그럼 일어나지 마세요'."

아빠는 크게 웃었다. 일흔이 되셔서도 그 옛날 농담을 모두 기억하셨다. 엄마 없이 아빠 혼자서 우리 집에 머무는 건 수년 만에 처음 있는 일이었다. 엄마는 토론토에 남아 남동생과 여동생의 아이들을 돌보는 중이었다. 엄마는 활달한 분위기를 좋아하시는 편인데 이곳은 그런 분위기와는 거리가 멀었다. 이제 도와줄 사람 하나 없는 집 안에서 아빠와 나는 서로 의지하며 지내야 했다. 우리는 파킨슨병이라는 콩깍지에 가지런히 담긴 두 알의 완두콩인 셈이었다. 두 사람 다 느릿느릿 움직이다가 소파에 파묻히길 좋아했다. 그러다 신문을 보거나 낮잠을 즐겼다. 아무 데도 나가지 않고 그냥 집에서 쉬어도 불평하는 법이 없었다. 우리가 귀찮음을 무릅쓰고 외출을 단행할 때는 강아지를 산책시키거나 장을 보거나 아니면 저녁을 먹으러 나가야 할 경우였다.

"휴가를 즐기는 기분이야."

잠깐 눈을 붙이고 일어난 아빠가 말했다. 하여튼 아빠는 쉽게 기분이 좋아지는 편이었다. 마침 아빠를 위해 깜짝 이벤트를 준비해둔 터였다. 그 이벤트는 반짝이는 파란색에다 좌석이 두 개였다. 미끈하게 빠진 그 물체가 유혹이라도 하듯 갓길에 멈추어

서더니 경적을 울려댔다.

"얼른 타요! 드라이브시켜드릴게요."

치과의사 윌이 외쳤다. 아빠는 완전히 넋이 나갔다. 안 그래도 재규어Jaguar, 영국제 고급 스포츠카라면 사족을 못 쓰는 편인데, 더구나 이건 1967년식 컨버터블 빈티지였다. 아빠는 금세 미끄러지듯 차에 올라탔다. 윌의 민첩한 손이 핸들을 거머쥐었다. 엔진이 부르릉댄다 싶더니 곧 두 사람은 저녁놀 속으로 멀어져 갔다. 내 옆에는 윌의 아내 헬렌이 서 있었다. 그녀는 잔뜩 들떠서 멀어지는 차를 향해 손을 흔들어 보였다.

"이렇게 또 한 번 드라이브할 기회를 뺏겼네요. 그래도 아버님께서 한동안 계셨으면 좋겠어요. 윌 옆자리에 다른 사람도 좀 태워보게요."

헬렌은 미소를 띤 채 말을 이었다.

"로빈 씨도 다음에 한번 타보세요."

안 그래도 잠깐 그런 생각을 해보았다. 윌이 치실질과 운전을 동시에 해줄 수 있다면 한번 고려해볼 만했다.

"조만간 그럴 수 있을지도 모르겠네요."

오후 늦게 아빠가 돌아왔다. 이제 하나만 더 하면 되었다. 나는 미니 카세트와 마이크를 들고 왔다. 사실 지난 수년간 아빠는 가끔가다 한 번씩 자신의 인생 이야기를 풀어놓곤 했다. 하지만 나는 중요한 부분들을 곧잘 잊어버리거나 날짜를 자주 혼동했다. 어떨 때는 아빠가 이야기하지도 않은 걸 기억에 담아두기도 했다. 그래서 이번에는 제대로 녹음을 한번 해보자고 마음먹었던 것이다. 나는 아빠의 어린 시절과 어릴 적 아끼던 물건들, 사업, 자선 활동 등에 대해 하나씩 물었다.

아빠를 기억해두고 싶었다. 그리고 아빠가 나보다 먼저 돌아가실 때에 대비해 뭔가 추억할 만한 걸 가졌으면 했다. 아빠를 생각할 때면 쉽게 떠오르는 전형적인 물건이나 감상을 불러일으키는 것이면 좋겠다. 그렇게 여러 번 고심한 끝에 마침내 이런 조건에 딱 들어맞는 물건을 하나 생각해냈다. 그래서 모처럼 용기를 내어 아빠에게 부탁했다.

"나중에 아빠 머리빗은 저한테 남겨 주세요, 네?"

아빠는 크게 한번 웃더니 '진담이야?' 하는 표정을 지었다. 그래서 나는 이보다 더 진지할 수 없다는 걸 확인시켜드렸다. 사실 아빠의 머리빗은 반세기는 족히 될 만큼 오래된 것으로 아빠의 머리만큼이나 숱이 없었다. 아빠는 열아홉 살 때 5달러를 주고 그 빗을 샀다고 하셨다. 그때까지만 해도 아빠도 빗도 둘 다 생생하고 튼튼했다. 양쪽 다 숱이 많았음은 물론이었다. 당연히 남성 탈모와 반복해서 사용했을 때 발생할 위험 따위는 안중에도 없었을 것이다. 어쨌건 아빠는 나중에 매일같이 새 빗을 살 만한 형편이 되었을 때도, 그 빗 하나만을 줄곧 사용했다.

"이게 너한테 그만큼 중요한 거라면 오늘이라도 당장 줄 수 있다. 여태 그런 걸 원한 사람은 한 명도 없었어."

물론 그랬을 것이다.

"아뇨, 그냥 나중에 유품을 남기실 때 제 몫으로 정해주시면 돼요."

"그렇게 하마."

아빠가 대답했다.

괜찮은 것만은 아닌 듯한 조짐

아빠가 돌아간 뒤 집은 다시 조용해졌다. 그래도 외롭다거나 혼자라는 느낌은 들지 않았다. 넬리가 내 옆을 지키고 있었으니까 말이다. 게다가 가슴에는 크고 작은 혹들도 있었다. 알고 보니 이 두 개의 혹은 장난기가 다분했다. 어제 X선 촬영을 하는데 혹들이 숨바꼭질을 너무 잘한 탓에 금세 찾아낼 수 없었다. 하지만 초음파 검사가 시작되자 혹들은 더 이상 숨지 못했다. 병원에서는 이제 두 혹 중 큰 덩어리의 성분을 파악하기 위해 조직 검사를 해보고 싶어했다. 왠지 상황이 마냥 흥미진진하다거나 다 괜찮은 것만은 아닌 듯한 조짐이 느껴졌다.

그날은 큰 덩어리의 조직 검사가 있는 날이었다. 검사실 침대에 누운, 파킨슨병에 걸린 중년 여성은 심한 감정 기복을 느끼는 와중에도 애써 상황을 무시하려는 듯 음울한 농담을 쏟아냈다. 의사가 길고 끝이 뾰족한 바늘을 꺼내어 들자 간호사는 손을 잡아주며 안심하라고 했다. 의사는 내부 타박상의 기미가 아주 조금 보인다고 말했다. 동시에 스트레스 수치 상승 주의보가 발령되었다. 반나체 상태로 천장을 보고 누운 나는 두려움으로 뻣뻣하게 굳어 있었다. 검사실은 너무 작고 비좁았다. 최첨단 검사기기의 깜빡이는 불빛과 삑삑대는 소리, 윙윙거리는 작동 음에 둘러싸여 있다 보니 흡사 의사들이 운전하는 조종석에 앉아 있는 듯한 기분이 들었다. 조직 검사가 시작되고 나서 얼마 지나지 않아 의사가 끼어들었다.

"지금 그대로 계세요."

어느새 농담은 자취를 감추고 눈물만 흐르기 시작했다.

"아픈 부위가 있나요?"

무시무시하게 생긴 바늘을 내 유두에 겨눈 채 의사가 물었다.

"아뇨……. 방금 제 방어 메커니즘이 무너졌어요. 이제 더는 우습지도 않네요."

"알고 있어요. 무서워하시는 게 당연해요. 그래도 그대로 가만 계셔야 해요, 알았죠? 약간의 압박이 느껴질 거예요."

정말 그랬다.

"크게 딸깍거리는 소리도 들릴 거고요."

소리가 났다. 샘플을 세 개 채취하고 나서 검사는 종료되었다. 당황스러운 과정이었지만 그래도 안심이 되었다. 크리스틴의 말을 듣고 같이 오길 잘했다. 안 그랬으면 베르겐이 돌아올 때까지 일주일을 더 기다려야 했으니까. 이제 베르겐이 돌아올 때쯤이면 큰 덩어리의 성분이 확실히 드러날 것이었다.

파킨슨병에 유방암까지 걸리다

남편과 딸아이는 온갖 이야깃거리와 사진, 선물 그리고 빨랫감을 품고 왔다. 나오미는 왠지 키가 더 큰 것 같았다. 베르겐은 그새 까맣게 탔다. 두 사람은 내가 더 편안해 보이고 넬리는 더 지저분해졌다고 했다. 그렇게 말하긴 했지만 아마 사실 그 반대였을 것이다. 여름날의 일상이 다시 시작되었다. 집 안은 깨끗하다가도 금세 난장판이 되곤 했다. 전화벨은 여전히 오래 울렸다. 가족들도 줄곧 들르고 친구들도 한 번씩 찾아왔다. 그리고 언제나 그랬듯 되돌아갔다. 아침에 담당 의사 사무실로 전화를 걸었더니 드디어 조직 검사 결과가 나왔다고 했다. "전화로 결과를 알 수 있을까요?"라고 나는 민츠 박사의 조수인 페기Peggy에게 물어보았다.

"아뇨, 직접 오셔야 해요. 민츠 박사님 진료를 다시 예약하셔야 합니다."

"그럼 이거 하나만 알려주세요. 어깨라도 빌려서 울 수 있게 베르겐을 데려가는 편이 나을까요? 아니면 그냥 저만 가도 될까요?"

"아무래도 남편분과 같이 오시는 편이 좋을 거예요."

모름지기 위대한 인물 뒤에는 위대한 여성이 있게 마련이다. 민츠 박사의 경우에는 페기가 든든한 버팀목이 되어주고 있었다. 그녀는 20년 동안 민츠 박사의 충실한 조수로서 소임을 다해왔다. 페기의 업무는 끝이 없었다. 환자들의 말동무 되어주기, 전화 받기, 필요 시 환자와 다른 진료소 연결해주기, 표본 모으기, 파일 관리하기, 진료 예약, 거기다 민츠 박사 포식시키기까지……. 마지막 두 가지 업무는 대개 연동해서 이루어졌다. 그리고 그 결과 종종 점심시간 바로 직전에 먹음직스런 음식이 갑자기 등장하기도 했다. 가령 이런 식이었다. 약간의 운과 요령을 더해 페기는 가끔 특정 환자의 예약을 12시에서 1시 사이로 잡아두었다. 이 환자들은 보통 야야스Yayas라고 하는 그리스 출신의 노부인들이나 동인도 계통 여성들이었다. 이들은 만성 통증이나 아픔을 자주 호소하는 편이지만 그래도 진심으로 감사한 마음을 표현할 줄 알았다. 게다가 모두 민츠 박사의 팬이기에 그가 뭘 좋아하는지도 잘 파악하고 있었다. 그래서 가끔은 집에서 직접 만든 스파나코피타spanakopita, 그리스식 시금치 파이나 사모사samosa, 인도 전통 요리, 바클라바baklava, 견과류, 꿀 등을 넣어 파이같이 만든 중동 음식, 우조ouzo, 아니스 열매로 담근 그리스 술, 와인 등을 가져왔다. 그리고 2주에 한 번씩 금요일에는 버터 치킨이 등장했다. 오늘도 남편과 함께 병원에 도착하자 대기실이 온통 계피 향으로 가득했다.

"어떤 분이 커피 케이크를 구워 왔어요. 민츠 박사님 진료실로 들어가시면 돼요. 안 그래도 기다리고 계세요."

페기가 말했다. 베르겐은 내 손을 잡고 진료실로 들어갔다. 빈 의자 두 개가 마련되어 있었다. 마치 한 편의 부조리극이라도 관람하는 양 모든 게 비현실적이고 아득했다. 내가 자리에 앉는 게 느껴졌다. 민츠 박사가 입을 움직이는 것도 보였다. 하지만 박사의 입에서 나온 말은 내 마음속에서 엉망으로 뒤엉켜버렸다.

"조기에 발견했어요……. 유방암이 막 시작된 거예요. 1기입니다. 우수한 팀이 있으니까 괜찮아요."

진료실 밖으로 나오는데 페기가 종이 한 장을 쥐어 주었다.

"정Chung 박사님 진료를 내일로 예약해뒀어요. 제 수술도 담당하셨던 분이세요. 급한 케이스라고 말씀 드렸더니 로빈 씨도 대기 명단에 끼워 넣어주셨어요."

페기는 정말 좋은 사람이었다. 그녀가 두 번의 유방암을 이겨냈단 사실을 잠시 잊고 있었다. 어쨌건 페기가 그 외과의사와 친분이 있어 얼마나 다행인지 몰랐다. 나는 "어떤 분이세요?"라고 물었다.

"시내에서 가장 바쁜 최고의 의사죠. 저를 보세요. 아직 이렇게 멀쩡히 살아 있잖아요."

"좋은 분이신가요?"

"아주 진지한 사람이에요. 일단 만나보면 아실 거예요."

불현듯 안도감이 밀려왔다. 엄청난 병에 걸린 건 끔찍한 일이지만 이렇게 갑자기 관심을 받는 것도 나쁘지 않다고 생각했다.

뭉크처럼 입을 쫙 벌리고 절규하고 싶어

그 외과의사와의 진료 예약은 다음 날 오후 느지막이 잡혔다. 부담 없는 시간대였다. 내가 술꾼이었다면 아마 칵테일 몇 잔으로 기분 전환을 한 뒤 가슴의 큰 덩어리도 진정시켰을 만큼 시간적 여유가 있는 셈이었다. 하지만 난 술고래가 아니었다. 나는 걷기 좋아하는 사람이었다. 그래서 마음을 다잡고 천천히 넬리를 산책시켰다. 넬리와 나는 온 동네를 누볐다. 잔디 깎는 기계를 피해 가며 아이들을 향해 짖어도 보고 벌레들도 구제해가면서 말이다. 고갯길까지 와서는 왼편으로 방향을 틀어 던바 스트리트Dunbar Street로 향했다. 이 지역은 상업 지구였다. 다이앤의 미용 관리실에서 가게 몇 곳을 지나 조금 더 내려가면 아동을 대상으로 하는 미술학원이 있었다. 나는 이곳을 자주 지나쳤다. 그리고 그때마다 바깥쪽으로 전시된 생동감 넘치는 그림들을 보며 감탄했다. 전시된 그림들은 항상 한 가지씩 주제를 담고 있었다. 며칠 전에는 빈센트 반 고흐Vincent Van Gogh의 〈해바라기Sunflowers〉를 주제로 한 그림들이 걸려 있었다. 그전에는 끌로드 모네Claude Monet의 〈수련Water Lilies〉이, 또 그 이전에는 레오나르도 다 빈치Leonardo da Vinci의 〈모나리자MonaLisa〉가 주제였다.

걸작을 그대로 모방한 아이들의 조잡한 그림은 항상 나를 미소 짓게 했다. 그런데 오늘은 에드바르 뭉크Edvard Munch의 〈절규The Scream〉를 다양한 버전으로 그려낸 그림들이 전시되어 있었다. 물론 평소처럼 웃음도 났지만 한편으로 등줄기가 오싹해지기도 했다. 사실 밖에 내걸린 그림들은 원작을 군데군데 변형해 단순화하고 만화처럼 희화화시킨 상태였다. 어찌할 바를 모르는 듯 뼈만 남은 머리를 감싸 쥔 손과 거칠게 요동치는 오렌지빛 하늘, 탁한 물 위로 보이는 기분 나쁜 다리까지……. 하지만 밑바탕에 깔린 감정적 고뇌만큼은 선명하게 느껴졌다. 벌린 입 사이로 흘러나오는 날카로운 비명도 그대로 들려오는 것만 같았다. 어쨌건 이 유아적인 그림들은 우스꽝스러우면서도 무시무시한 게 꼭 내 인생을 닮았다. 외과의사의 진료를 앞두고 우연히 마주친 그림치고는 꽤 안성맞춤이라고 생각했다.

그곳은 그때껏 보아온 대기실 중에서도 가장 서글픈 공간이었다. 가지런히 열을 맞추어 정돈된 스무 개가량의 의자는 전부 유방암 환자들과 그 가족들로 들어차 있었다. 사람들이 더 몰려들수록 대기실은 점점 입석이 되어갔다. 차례가 되어 외과의사를 만나기까지는 서너 시간가량이 걸렸다. 실내 분위기는 왠지 모르게 황량했다. 나를 비롯한 대기자들은 바닥에서부터 천장까지 이르는 높이의 서류 정리용 캐비닛들에 둘러싸여 있었다. 캐비닛은 색색의 수천 개 서류철로 넘쳐났다. 순간 내 정보가 기록된 파일은 무슨 색깔일지 궁금해졌다. 아마 우측 가슴에 관한 내용은 빨간색이지 않을까? 그리고 큰 덩어리 쪽은 파란색 정도? 세 시간 반이 지나서 드디어 내 파일의 색깔을 확인할 수 있었다. 빨간색과 노란색 라벨이 붙은 흰색 파일이었다. 정 박사는 오래 기다리게 해서 미안하다고 하며 말을 이었다.

"로빈 씨가 오늘의 마지막 진료 환자예요. 제가 내일부터 휴가라 추가로 봐달라는 환자분들이 많았어요."

베르겐과 나는 이해한다는 표정을 지어 보였다. 우리는 박사가 내 기록을 훑어보는 동안 맞은편에 조용히 앉아 있었다. 박사는 섬세한 손놀림으로 파일을 넘겼다. 그녀의 짙은 눈동자가 아래위로 바삐 움직였다. 아담한 체구의 그녀는 앉아 있는 동안에도 줄곧 바른 자세를 유지했다. 잠시 후 박사는 파일에서 눈을 떼고 나를 쳐다보며 다소 사무적인 투로 말했다.

"부인은 8개월 전에 파킨슨병으로 진단받으셨군요. 그리고 얼마 전에 유방암 진단이 떨어졌고요."

"그래도 최소한 고환암에 걸리진 않았으니까요."

"무슨 말씀이시죠?"

박사가 물었다. 내 농담을 못 알아들은 게 분명했다. 베르겐은 금세 알아챘지만 말이다. 베르겐은 못마땅한 표정을 지어 보이며 "지금은 좀 그렇잖아"라고 속삭였다. 그리고 손으로 목을 베는 듯한 시늉을 했다. '우울한 농담 따윈 그만둬'라는 신호였다. 베르겐이 "로빈은 유쾌하지 못한 농담을 잘해요. 더군다나 초조해지면 더 그렇답니다"라고 박사에게 일러주었다.

혹시나 내 농담이 박사의 신경을 건드렸다 해도 베르겐이 그만큼 변명했으니 어느 정도 수습은 되었을 거라 생각했다. 우리는 곧 신체검사 단계로 넘어갔다. 정 박사의 손은 직감이 뛰어난 기계 같았다. 박사는 민첩하게 손을 놀려 내 가슴과 겨드랑이, 목 주변을 구석구석을 누르거나 찔러보았다. 또 꽉 쥐거나 쿡쿡 찔러보기도 하고 살짝 두드려도 보았다. 이렇게 가슴이 두근거렸던 적도 없었다. 박사는 큰 덩어리의 크기에 꽤 신경이 쓰이는 모양이었다. 그리고 작은 혹에 대한 조직 검사는 받지 않았다는 말을 듣고 놀란 듯했다. 그리고 나무라는 투로 말했다.

"작은 혹도 같이 검사하셨어야죠."

박사는 종이철로 손을 뻗어 신청서를 꺼내면서 말을 이었다.

"이쪽 혹도 바로 조직 검사를 받아볼 수 있도록 예약을 잡아드릴게요. 또 양쪽 가슴 모두 MRI 검사를 해봐야 해요. 작은 쪽 혹의 조직 검사 결과를 봐서 종양 절제나 유방 절제에 들어갈 겁니다. 림프절도 좀 잘라낼 수 있어요. 3주 후 괜찮으시겠어요?"

전혀 믿기지 않는 박사의 소견은 터무니없으면서도 무시무시했다. 너무 이른데다 지독하게 현실적이었다. 하지만 어쩔 수 없었다. 내가 괜찮다고 하니 박사는 달력에 내 이름을 적어넣었다. 순간 나는 대뜸 질문을 던져보았다.

"제 고모 글렌다도 유방암으로 돌아가셨어요. 이것도 유전일까요?"

"혹시 유대계인가요?"

"네, 그런데요. 왜 그러시죠?"

"특정 혈통을 물려받은 유대계 여성들에게서 유방암 발생률이 더 높게 나타나긴 하거든요. 부인께서는 아슈케나지Ashkenazi, 독일과 폴란드 그리고 러시아계 유대인계인가요 아니면 세파르디Sephardic, 스페인과 포르투갈계 유대인계인가요?"

원래는 어느 쪽인지 알고 있었다. 하지만 막상 대답해야 할 순간이 닥치자 잘 기억이 나지 않았다. 그래서 좀 망설이다가 대충 짐작해서 말해버렸다.

"세파르디계예요. 조부모님께서 동유럽 출신이니까요."

"그럼 아슈케나지계시네요."

내 말을 정정한 박사가 가만히 웃었다.

"재미있네요. 본인 혈통을 못 맞히셨어요."

나도 곧 따라 웃기 시작했다. 그러자 베르겐도 합세했다. 진료가 거의 끝날 무렵 박사는 두꺼운 서류철을 나에게 건넸다. 그리고 유용한 정보가 가득 담긴 팸플릿도 나에게 주었다. 나에겐 일종의 과제물인 셈이었다. 진료를 마치고 베르겐과 차에 오른 뒤 서류철을 확인했다. 각종 팸플릿과 함께 《현명한 환자를 위한 유방암 가이드》라는 책자도 들어 있었다. 바보같이 그만 유방절제술에 관한 내용을 읽어 내려가기 시작했다. 시술 절차와 관련 합병증에 대한 자세한 설명은 물론 수술 후 흉터 사진도 포함되어 있었다. 설명과 사진은 모두 너무 생생해서 소름이 돋을 지경이었다. 그렇게 곧 다가올 수술을 걱정하느라 속이 울렁거렸다. 일단 수술을 신청해두긴 했지만, 과연 그날 병원에 갈 만한 배짱이 생길까?

가슴을 절제했는데도 남편은 날 사랑해줄까?

포근한 일요일이었다. 남편과 딸아이와 함께 커머셜 드라이브Commercial Drive, 이탈리아인들이 캐나다로 이주해 오면서 형성된 마을. 밴쿠버 다운타운 동쪽에 있으며 전 세계의 다양한 음식과 문화가 공존하는 곳로 가서 좋아하는 레스토랑 테라스에 앉아 점심을 먹었다. 우연의 일치겠지만 내 손목시계의 분침은 나오미 쪽을, 그리고 시침은 내 가슴을 가리키고 있었다. 째깍째깍……. 이제는 나오미에게도 알려야 할 때였다. 그래서 디저트가 나오기 전에 아무렇지도 않은 듯 가볍게 말을 꺼냈다. 나오미는 먼저 나를 응시했다. 그리고 베르겐을, 그다음에는 자기 손을 내려다보았다. 결국 초조한 듯 앉아 있던 의자에서 이리저리 몸을 움직여댔다.

"엄마가 유방암이래."

놀란 딸아이의 얼굴에 크게 동요하는 기색이 역력했다.

"유방암에도 걸렸대요?"

나오미는 신음하듯 내뱉었다. 나오미의 물음은 너무도 슬픈 동시에 익살맞았다. 역시 이 아이는 뼛속까지 내 딸이었다.

"그래도 아직 초기라니 운이 좋아. 그러니까 다 괜찮을 거야. 걱정하지 마, 알았지?"

"왜 좀 더 일찍 얘기 안 했어요?"

"엄마도 이틀 전에 알았어."

그리고 우리는 아무 말 없이 눈앞에 놓인 파이와 케이크를 먹었다. 슬픔에 약간의 달콤함을 가미하니 그런 대로 견딜 만했다. 그날 밤도 여느 때처럼 베르겐과 나란히 잠자리에 들었다. 서로 더듬는 손가락과 몸이 욱신거리는 느낌 탓에 우리 두 사람의 속삭임은 오래가지 못했다. 나는 한꺼번에 찾아온 두 가지 병과 그에 수반될 모든 일에 대한 생각으로 적잖게 당황한 상태였다. 하지만 베르겐의 손길이 닿자 그 많은 생각도 어디론가 흩어져버렸다. 그래도 흩어졌던 신경은 곧 다시 되돌아왔다. 혼란스러운 와중에도 난 온갖 질문을 떠올렸다. 파킨슨병으로 만신창이가 되었건만 베르겐에게는 아직도 내가 매력적으로 보일까? 가슴을 절제하고 나면 남편은 어떤 반응을 보일까? 나는 어떤 모습으로 변할까? 그건 어떤 느낌일까? 그럼 나는 누가 되는 거지?……. 어느덧 눈물이 뺨을 타고 흘러 베르겐의 어깨를 축축이 적셨다.

"이젠 내가 싫어요?"

남편에게 대뜸 물었다. 베르겐은 웃으며 대답했다.

"당신이 그렇게 말할 때가 좋아. 왠지 더 가까워지는 느낌이야."

그는 곧 나를 감싸 안고 말을 이었다.

"당신이랑 함께할 수 있어서 얼마나 행운인지 몰라. 있잖아, 당신은 정말 섹시해."

"난 내가 섹시하다고 느껴지지 않아요."

"그래도 정말 섹시한걸 뭐."

스코틀랜드 억양이 섞인 베르겐의 음성이 들렸다.

"내 가슴이 하나뿐이라도 그런 말이 나올까 모르겠네요."

"당연히 그럴걸. 당신은 영원히 내 사랑이니까."

우리는 키스를 나누었다. 나는 온갖 걱정들로 가득했던 마음을 돌려 곧 다가올 즐거움에 집중하기로 했다. 그때껏 긴 시간을 함께해왔어도 우리는 여전히 서로에게 가슴 뛰는 존재였다. 이런 상황에서도 말이다. 그런 걸 보면 가슴 한쪽이 없어진다고 해서 크게 달라지는 건 없을 것 같았다.

줄곧 태연한 척했던 나는
그제야 하늘이 무너진 듯 허물어졌다

며칠 후 테레사와 면담을 했다. 그녀는 새 사무실로 자리를 옮겼고 나는 새로운 병을 얻었다. 두 사람 다 아직은 낯선 환경에 적응해야 할 것이었다. 이번 사무실은 이전보다 좀 더 크고 밝은 편이었다. 내가 새로 얻은 병은 먼저 발견된 병보다 더 치명적이었다. 두 가지 모두 꽤 생소해서 당황스러울 정도였다. 하지만 어쨌건 테레사는 내 정신적 지주였다. 그래서 새로 받은 진단에 대해서도 모두 털어놓았다.

"너무 안됐어요, 로빈. 그래도 현재 상황에 비하면 놀랍도록 침착하네요."

그녀가 말을 이었다. 나는 '헤드라이트에 놀란 사슴'처럼 너무 놀라고 당황스러워 할 말을 잃은 것과 침착한 건 엄연히 다른 상태라고 생각했다. 하지만 테레사는 그걸 구분하지 못했다.

"맞아요. 아주 이상한 기분이에요. 내 안의 울보조차도 숨어서 모습을 드러내지 않아요. 물론 울긴 했지만 그래도 과장은 전혀 없었어요. 요즘은 거의 멍한 기분으로 살아요."

"당연히 충격이 클 거예요."

테레사가 대답했다.

"만약 내가 수술 중에 죽으면 어떡하죠?"

나는 문득 큰 소리로 물었다, 의사가 아닌 테레사에게.

"그런 경우는 거의 없어요. 가능성이 아예 없진 않지만요."

"많은 여성들이 유방암 수술 중에 목숨을 잃는다고 들었어요."

"맞아요. 하지만 또 다른 많은 여성들이 살아남죠."

"처음 혹을 발견하고 조직 검사 결과를 기다리면서 생각했어요. 이런 식으로 죽는 것도 행운이겠구나 하고요. 그럼 파킨슨병에 관해서는 더 이상 걱정 안 해도 될 테니까요. 가족들에게 짐이 되고 싶지 않은 마음도 있었어요. 그런데 정작 암이란 걸 알고 나니까 죽고 싶지 않아졌어요. 아직은 말이에요. 우선 살고 싶어요."

이렇게 말하는 동안 가슴이 조여와 숨을 쉬기 어려웠다. 불안 발작anxiety attack, 불안으로 인해 혈압 상승, 입 마름, 발한, 빈뇨, 설사, 어지러움, 구토 등의 증상이 발작적으로 나타남이 찾아왔던 것이다. 그래도 테레사는 평정을 잃지 않고 내 말에 귀를 기울였다. “이렇게 해봐요”라고 말한 테레사는 양손을 가슴으로 가져간 다음 깊이 심호흡을 했다. 그리고 크게 숨을 내쉬었다. 동작을 따라 하다 보니 돌연 찾아왔던 공포감이 조금 진정되었다.

“두려워해도 괜찮아요. 제가 여기 있으니까요.”

순간 내 몸은 그 어떤 원초적 힘에 굴복하고 말았다. 나는 거리낌 없는 원시인이라도 된 양 천둥같이 전율하며 모든 걸 내려놓은 채 통곡했다. 그리고 신을 간구했다. 줄곧 태연한 척했던 나는 그제야 하늘이 무너진 듯 허물어졌다.

울고 말았다, 꼴사납게

해변의 여인이자 내 친구인 보니Bonnie가 찾아왔다. 그녀는 막판에 아슬아슬하게 비행기 표를 구했다고 했다. 다행히 보니를 태운 비행기가 도착했을 때쯤에는 어제 상담하면서 소진했던 기운을 회복한 상태였다.

“헤이, 해변의 여인!”

짐 찾는 곳에서 보니를 본 나는 다짜고짜 소리쳤다. 몇 사람이 내 쪽으로 고개를 돌렸다. 물론 내 부름에 답한 건 한 사람뿐이었다. 보니는 미소를 머금은 채 짐을 챙겨 다가왔다.

“잘 지냈니, 로빈?”

보니는 양팔을 한껏 벌려 나를 껴안아주었다. 나는 원래 계획대로 일단 친구를 따뜻이 맞이했다. 하지만 서로 껴안고 있노라니 눌러앉혔던 감정이 파도처럼 밀어닥쳤다. 그 바람에 원래 계획 따위는 맥도 못 추고 어디론가 사라져버렸다. 그래서 난 "나 유방암이래"라고 불쑥 내뱉고 말았다. 그리고 곧장 울음을 터뜨렸다. 바로 그곳, 밴쿠버 국제공항 국내선 도착장에서.

그리고 나는 차 안에서 보니에게 선물을 주었다. 포장을 푼 그녀가 물었다.

"병원놀이 세트야?"

"사실 이번 주에 예약이 몇 개 잡혀 있어. 혈액 검사랑 X선, 조직 검사를 해봐야 하거든. 네가 같이 가줬으면 해. 너라면 든든한 간호사 역할을 잘해낼 것 같아. 넌 캘커타의 나병 환자 봉사 경험도 있잖아. 물론 그때만큼은 재밌지는 않겠지만."

"너와 함께 시간을 보내고 싶을 뿐이야. 장소는 상관없어."

보니가 그렇게 말해주었다.

중심핵 생체검사 대신
척출 생체검사를 받아야 한단다

또다시 병원을 찾았다, 내 전담 간호사 보니와 함께. 보니는 주변 시선 따위는 아랑곳하지 않고 병원놀이 기구로 내 상태를 점검하느라 바빴다. 가령 노란색 아동용 온도계로 내 체온을 재는가 하면 파란색 청진기를 가슴에 대고 심장박동에 귀를 기울이기도 했다. 또 소형 팽창식 밴드를 내 팔에 두르고 혈압도 검사했다.

"다 됐어. 전부 정상이야."

보니는 한껏 미소를 띠고 가져온 의료 기구를 다시 챙겨 넣었다. 정상이라고? 그 말이 사실이라면 얼마나 좋을까. 혹 하나의 차이가 병의 깊이를 다르게 만들 텐데 말이다. 간호사가 마침내 내 이름을 불렀다.

두 번째 조직 검사를 기다리고 있자니 첫 번째보다 더 신경이 곤두섰다. 이제는 검사가 어떻게 진행될지 정확히 아는데도 말이다. 하지만 막상 의사가 들어와 시술 절차를 알려주자 상황은 반전되었다. 결국 걱정할 필요는 하나도 없었던 셈이었다. 작은 혹이 흉벽에 너무 인접해 있었던 것이다.

"부인은 중심핵 생체검사 대신 척출 생체검사를 받으셔야 합니다."

의사가 설명했다.

"목사님이라도 모셔 와야 할까요?"

의사는 내 질문을 못 들었거나 아예 무시한 듯한 눈치였다.

"담당 외과의사분께 연락하셔야 해요. 아마 그분이 생체검사를 진행할 겁니다."

두려움 없이 변함없는 사랑을 주는 친구

"점심은 남Naam에서 먹자."

보니가 제안했다. 남은 밴쿠버 내에서도 보니가 가장 좋아하는 레스토랑이었다. 나도 마찬가지였다. 서비스는 좀 느리지만 음식 자체는 나무랄 데 없었다. 어쨌건 오늘은 음식이 좀 지체되더라도 상관없었다. 그동안 서로 쌓아둔 이야기가 너무 많았기 때문이었다. 먼저 보니의 어린 두 아들과 남편에 관한 소식이 궁금했다. 또 전 세계 무대 제작에 적용하려고 보니가 작업 중인 멋들어진 조명 디자인에 관한 이야기도 듣고 싶던 참이었다.

보니를 알게 된 건 고등학교 때지만 우리는 졸업한 뒤에야 가까워졌다. 보니와의 친분은 토론토 시내에서도 영 스트리트와 블로어Bloor 스트리트가 교차하는 코너 지점에서 시작된 걸로 기억하고 있었다. 그날은 한여름이었고 우리는 둘 다 길거리에서 수공예 보석류를 팔고 있었다. 빛나는 은과 반짝이는 구슬로 만든 보니의 귀고리는 한눈에 보기에도 우아했다. 예식에 써도 될 만큼 아주 예쁜 귀고리들이었다. 반면 내가 팔았던 귀고리는 우아함이나 예쁜 것과는 거리가 멀었다. 한마디로 '왠지 과장되고' '기묘'하거나 아니면 '조잡하고' '우스꽝스러운' 모양새였다. 그밖에 나는 특수 점토에 조그맣게 사람 모양을 새겨넣어 팔기도 했다. 수영복 차림의 사람, 알몸인 사람 등 차림새는 다양했다. 이 제품들은 꾸준히 판매되었지만 최고로 인기몰이를 한 건 검비Gumby, 1950년대 디자이너 아트 클로키(Art Clockey)가 만든 클레이 애니메이션 캐릭터를 본떠 만든 상품이었다. 레트로풍의 초록색 이 점토 인형은 당시 대중적 인기를 한 몸에 받던 중이라 도저히 수요에 부응할 수 없었다. 어쨌건 그때는 미니 검비를 수천 개씩 만들어냈다. 대부분의 검비 인형은 수수한 반바지형 수영복이나 비키니 차림이었다. 하지만 나는 알몸 모형도 거리낌 없이 척척 만들었다. 아무것도 걸치지 않은 모습이었지만 해부학적으로는 아무런 문제도 없었다. 보니와 나는 종종 각자 판매할 상품들을 서로 나란히 붙여서 진열했다. 또 한쪽이 화장실에 가야 한다거나 점심을 먹기 위해 자리를 비워야 할 때 남은 사람이 자리를 지켜주었다. 그리고 물건을 파는 중간중간 우리는 수다를 떨었다. 그렇게 여름이 다 갈 무렵 우리는 친구가 되어 있었다. 그러다가 보니는 UBCUniversity of British Columbia에서 극장 조명 디자인을 공부하기 위해 토론토를 떠났다.

그렇게 우리는 한동안 서로 떨어져 지냈다. 다시 재회한 건 토론토 대학교에서 심리학을 전공하던 내가 이듬해 여름 UBC 미대로 편입한 뒤였다. 어느 날 나는 아슬아슬하게 관계를 유지하고 있던 당시 남자친구와 그의 단짝과 함께 차를 몰고 캐나다를 횡단하고 있었다. 결론부터 이야기하자면 그와 나는 중간에 헤어지고 말았다. 트랜스 캐나다 하이웨이Trans Canada Highway, 넘버 원 하이웨이라고도 불리는 고속도로, 캐나다의 동서를 가로지르는, 7천821킬로미터에 달하는 매우 긴 고속도로를 막 벗어난 초원지대였던 걸로 기억한다. 비가 퍼붓던 그날 우리는 어느 커피숍 주차장에서 남남이 되기로 합의했다.

지금 생각해도 '그냥 친구로 남자' 정도로 점잖게 헤어졌으면 좋았을 뻔했다. 하지만 당시 상황은 그렇지 못했다. 나는 그의 마음을 발기발기 찢어놓았다. 그날 그 남자친구는 한쪽 부츠와 식욕 그리고 목욕에 관한 흥미를 죄다 잃어버렸다. 어쨌건 우리는 그 꼴로 밴쿠버에 있는 보니의 집을 찾았다. 그때 보니는 다른 학생들과 함께 그 집을 빌려 생활하고 있었다. 나의 전 남자

친구는 한쪽 부츠만 신은 상태였다. 상황이 그토록 기묘했음에도 불구하고 보니는 거리낌 없이 동정심을 발휘해주었다. 물론 내 동의가 있긴 했지만 보니는 내 전 남자친구가 다른 거처를 마련할 때까지 며칠 더 그곳에 머물도록 배려해주었다.

처음부터 그 집에 눌러앉을 작정은 아니었다. 처음에는 보니 방에서 같이 지내다가 다른 방 사람이 이사 가자 그쪽으로 옮겼다. 대학교를 졸업할 때쯤 우리 사이는 더욱 가까워졌다. 그리고 그즈음 각자의 삶도 크게 바뀌었다. 정신적으로 보니와 나는 자매나 마찬가지였다. 보니는 직장을 좇아 핼리팩스Halifax, 캐나다의 항구도시로 또 한 번의 이사를 단행했다. 나 역시 밴쿠버에 아파트를 얻어 이사를 갔다. 하지만 예전과 달리 우리는 계속 연락을 주고받았다. 보니와 나는 장거리 전화를 이용했고 가끔 대륙을 가로질러 서로의 집을 방문했다. 보니는 항상 내 곁을 지켜왔다. 두려움 없이 변함없는 사랑으로 무장한 보니는 가끔 내게 이렇게 속삭였다.

"어떤 일이 벌어지든, 네가 어디에 있든, 너와 함께할 거야."

그렇다. 그때만 해도 보니는 이 암의 소굴에서 내 옆자리를 지키고 있었다. 아마 내가 나병 환자 마을에 살았더라도 보니라면 기꺼이 함께했을 것이다.

그는 유부남이다, 나도 유부녀다

고백할 게 있다. 그즈음 나는 거의 매일 저녁 외간 남자에게 한눈을 파는 중이었다. 그 사람은 해맑은 푸른 눈을 가졌고 남성미 넘치는 문신을 뽐냈다. 게다가 매력적이고 재미있는데다 섹시하고 똑똑하기까지 했다. 그 사람의 이야기를 들을 때면 나도 모르게 두 눈을 반짝이며 집중하게 되었다. 그는 유부남이었다. 나도 유부녀였다. 그는 음흉하고 나는 그런 그에게 푹 빠져버렸다. 이런 일이 벌어질 거라고는 생각조차 못했다.

처음 그 사람을 소개해준 장본인은 바로 아빠였다. 베르겐과 나오미가 한동안 집을 비웠을 때였다. 아빠와 나는 저녁 뉴스를 보던 중이었다. 어느 순간 아빠가 갑자기 채널을 돌렸는데 바로 그 사람이 나타났던 것이다. 그는 그윽이 내 눈을 바라보며 앞으로 팔을 뻗었다. 그리고 유혹적인 미소를 지어 보였다.

"〈더 레이트 레이트 쇼The Late Late Show, CBS의 유명 토크쇼〉에 오신 걸 환영합니다. 저는 여러분의 진행자 크레이그 퍼거슨Craig Ferguson, 영국 출신의 배우입니다."

그의 감미로운 음성은 내 마음을 녹이기에 충분했다. 나는 원체 스코틀랜드 억양이라면 맥을 못 춘다. 그런 그의 매력은 내 마음을 죄다 앗아갔다. 그러다 마침내 그가 인형puppet, 손을 넣어 조작하는 인형을 꺼내어 들었을 때 나는 그에게 푹 빠져버렸다.

"오늘 미국은 정말 아름답군요!"

매일 저녁 크레이그는 짓궂게 나를 놀려대었다. 그러면 나는 불륜이라도 저질러버리고 싶어졌다. 사실 그런 욕정이 영원할 순 없지만, 어쨌든 당시로선 그 정도면 만족스러웠다. 그래서 나는 저녁마다 내 병든 가슴을 부여안고 크레이그를 기다렸다. 그가 국경을 넘어와 이 이국땅에 깃대를 꽂는 그날을 그리며……. 이

왕이면 내 가슴 한쪽이 잘려나가기 전에 그런 날이 왔으면 했다. 그리고 드디어 그날이 왔을 때, 나는 이렇게 외칠 것이었다.

"오늘 캐나다는 정말 아름답군요!"

나쁜 소식을 전할 때가 왔다

이제는 나쁜 소식을 싣고 본격적으로 달려야 할 시점이었다. 그동안 미룰 만큼 미루었다. 아직도 모르고 있는 사람들에게 알려야 하지만 그때껏 전화 거는 걸 마냥 겁내고만 있었다. 혹시나 더 쉬운 방법이 없을까 궁리하면서 말이다. 결국 이메일을 보냈다.

실시간 보도

중년 부인, 질병의 다각화

2008년 7월, 밴쿠버에 거주하는 로빈 미셸 레비는 뜻하지 않게 유방암을 얻었다. 이로써 그녀의 질병은 다각화된 셈이다. 그녀는 최근 이미 파킨슨병으로 진단받은 터였다. 사실 이전에 그녀의 부친 고든 레비Gordon Levy가 파킨슨병을 단독 소유한 바 있다. 로빈은 생존 전략의 일부로 여름맞이 여행을 연기할 계획이며 오른쪽 가슴을 절제할 것이다. 무엇보다 자기 연민에 빠지지 않도록 노력할 작정이다. 또 로빈은 이번 일로 가족과 친구, 애완견에게 심려를 끼치게 되어 깊은 유감을 표시하고 있다. 한편, 로빈의 오른쪽 가슴은 브래지어와 V-넥 상의, 전 남자친구들에게 폐가 될 수 있음을 자각하고 애석해하는 바다.

임무를 완수했다. 잘 처리한 것 같았다. 이제 남은 게 있다면 주변 사람들의 비통한 눈물에 절여지는 것뿐이었다. 그들의 우려와 개운치 않은 충고, 도움의 손길에 대비해야 했다. 불쌍한 아빠……. 아빠는 이미 이런 일을 한 번 겪었다. 글렌다 고모도 유방암으로 돌아가셨기 때문이었다. 수화기 너머로 통화하면서도 우리 두 사람은 한 번도 고모를 언급하지 않았다. 둘 다 고모와의 추억은 침묵 속에 고이 모셔두기로 한 듯했다.

"수술하는 날 나도 같이 있으마. 비행기 편을 알아볼게. 엄마도 아마 가서 도와주고 싶어할 거야."

아빠는 애써 두려움을 밀쳐내고 희망을 거머쥐려 했다. 아빠의 제안이 과연 우리 두 사람에게 좋은 것일까? 나는 아빠의 제안이 내 무릎에 떨어진 뜨거운 감자라도 된 양 순간 움찔했다. 그토록 오랜 시간이 흘렀건만, 아빠는 여전히 엄마와 내가 더 친해질 수 있도록 노력하셨다. 물론 아빠를 탓하진 않았다. 아빠는 단지 당신의 관점에서 최선을 다하실 뿐이었으니까. 어쨌건 그때는 유방절제술을 떠올리는 것만으로도 너무나 무서웠다. 내가 지금 이렇게 겁에 질려 상처받기 쉬운 상태라는 걸 감안할 때, 가슴을 절제하고 나면 심리 상태가 더 악화될 가능성이 컸다. 또 그렇게 심약한 회복기에는 충분한 안정과 보살핌이 필요할 것이었다. 하지만 엄마의 방문은 나에게 안정을 주지는 못할 것이었다. 그 생각을 떠올리기만 해도 벌써부터 불안해지는 것이 그 증거였다. 결정을 내리기도 어려웠고 결심한 바를 아빠에게 전달하는 건 더 어렵게 느껴졌다.

하지만 아빠와 계속 대화하다 보니 점점 더 아빠의 심정이 가슴에 와닿았다. 그리고 아빠가 굳이 내 곁을 지키려는 이유도 이해할 수 있었다. 그래서 나는 마침내 수술 당일 오셔도 좋다고 아빠에게 말했다. 하지만 엄마의 방문은 끝내 사양했다. 아빠는 수술 바로 전날, 그러니까 2주 후에 우리 집에 오시기로 했다. 한편 보니는 집으로 돌아갔다. 보니는 자신이 사용했던 병원놀이 세트를 남겨 두고 떠났다.

"이거 가지고 있어. 필요할 때가 있을 거야."

병원놀이 세트 안에는 너무나 깜찍한 노란색 플라스틱 메스가 들어 있었다. 나는 그날 조직 검사를 받으러 갈 때(작은 혹이 곤욕을 치르는 날이다)도 병원놀이 세트를 들고 가고 싶었다. 하지만 베르겐은 집에 두고 가는 편이 좋을 거라고 말했다. 베르겐 말이 맞을 수도 있었다. 사실 정 박사에게는 바른 인상만 남기고 싶었다. 조직 검사 외에 뇌수술까지 필요한 환자라는 인상은 심어주고 싶지 않았다. 나는 평정을 유지하고 싶었기에 베르겐에게 같이 가달라고 부탁했다. 남편은 물론 그러겠다고 했다.

병원에 도착하고 나서 조금 뒤 정 박사의 얼굴이 우리를 반겼다. 그녀의 아담한 신체 중에서도 우리에게 보이는 건 얼굴뿐이었다. 초록색 수술 가운과 라텍스 장갑, 헤어네트hair net, 머리카락이 흘러내리지 않도록 쓰는 머리 덮개, 장화가 박사의 몸을 완전히 가리고 있었기 때문이었다. 다른 외과의사들과 간호사들도 하나같이 이런 차림이었다. 너무 헐렁하고 따분해 보이는 복장이었지만 정 박사만은 예외였다. 그녀는 그 와중에도 우아하고 세련되어 보였다.

"오르되브르Hors d'oeuvre, 식전에 나오는 전채 요리로 하시겠어요? 샴페인? 아니면 양쪽 유방 절제로 해드릴까요?"

수술실에서 박사와 나는 잡담을 나누었다. 박사의 눈부신 미소와 그 눈에 가득한 기대감을 마주하고 있자니 왠지 긴장이 되었다. 어서 수술하고 싶은 마음이 그녀의 표정에 고스란히 드러났다. 박사는 서류를 좀 넘겨보다가 간호사를 향해 고개를 끄덕이고는 입을 뗐다.

"시작합시다."

수술실은 환하고 서늘했다. 내 손을 붙잡은, 단단하고 따뜻한 베르겐의 손이 느껴졌다. 위에서 내려다보는 박사의 얼굴을 향해 물었다.

"수술을 즐기세요?"

"그럼요, 제일 좋아하는 일인걸요."

마스크를 쓴 박사가 대답했다. 박사는 내 피부에 소독제를 바르는 중이었다.

"이제 국소 마취에 들어갈 거예요. 그러니까 절대 움직이면 안 돼요."

"전 파킨슨병 환자인걸요. 그 정도야 문제없어요."

수술이 진행되는 내내 나는 베르겐의 손을 꼭 붙잡고 있었다. 그리고 박사가 환부를 절개하거나 무언가를 도려낼 때도 일부러 보지 않으려고 애썼다. 만일 그런 광경을 목격했다가는 무례하거나 바보 같은 짓을 저지르고 말까 봐 걱정이 되었기 때문이었다. 사실 나는 평소에도 극도의 스트레스를 받으면 방귀를 뀌거나 기절하는 성향이 있었다. 그래서 여기 모인 사람들 중 누군가 쓰러져 인공호흡을 하는 일이 없게끔 하려고 나는 줄곧 베르겐의 눈만 쳐다보고 있었다. 베르겐은 마스크를 착용한 채 내 곁을 조용히 지켰다. 소독제 냄새가 감도는 실내에서 우리 둘은 조용히 호흡을 계속했다.

한편, 박사는 환부를 계속 파헤치고 찌르고 면봉으로 뭔가를 발라대고 문질렀다. 마침내 박사는 마취 처리된 내 가슴에서 작은 혹을 떼어냈고, 곧바로 그걸 들어 보여주었다. 완두콩만 한 그 물체는 핀셋 사이에서 반짝이고 있었다. 그건 심각한 고민거리라기보다는 눈곱만큼이나 하찮기 그지없는 모양새를 하고 있었다.

"이건 암 덩어리처럼 보이지 않네요. 그래도 일단 확실히 해둬야 하니까요."

그런 이유로 내 가슴에서 나온 작은 혹은 멸균 처리된 용기에 담겨 조직검사실로 보내졌다. 그리고 나는 '걱정의 마을'로 향했다. 내 오른쪽 가슴의 운명을 결정지을 검사 결과를 기다려야 했기 때문이었다.

웰컴 유방절제술, 굿바이 상한 가슴

요새는 피곤함이 싹 가신다거나 눈물이 한 방울도 나지 않는 날이 없었다. 나는 하염없이 울면서 정신을 못 차리고 허둥댔다. 수술을 받기 열흘 안에 '수술 전 해야 할 일' 목록을 작성해야 했던 것이다. 선뜻 엄두가 나지 않았지만 그래도 불가능한 일은 아니었다. 파킨슨병에 걸려 발을 질질 끌 때도 한 번에 한 걸음씩이라고 마음먹었던 것처럼, 이 일도 그렇게 해낼 수 있을 거라는 생각이 들었다. 목록을 구성하는 항목은 이미 익숙한 세 개의 카테고리로 나누었다. 바로 '하기 싫은 일', '해야 할 일' 그리고 '하고 싶은 일'이었다.

하기 싫은 일

X **암센터 방문하기** — 양쪽 가슴 MRI

X **지역 보건소 방문하기** — 수술 전 혈액 검사

X **신경과 전문의 스티슬 박사와 긴급 면담 하기** — 수술 및 회복 중인 파킨슨병 환자가 복용하지 말아야 할 약물 및 마취제 검토

X **정 박사와 후속 면담 하기** — 작은 혹의 조직 검사 및 MRI 결과 듣기, 종양절제술과 유방절제술 중 박사가 추천하는 방법 확인하기

X **병원 가기** — 마취과 의사와 수술 전 면담

X **수술 전날 병원 가기** — 전초 림프절 생체검사에 대비한 핵의학 주사

다행스러운 점은 결국 내가 이 모든 절차를 다 거쳤으며 MRI 검사 때 크게 당황하지 않았다는 사실이었다. 사실은 검사가 진행되는 동안 헤드폰을 끼고 존 레논의 편안한 음성에 집중했다. 그리고 혈액 검사 중에 기절하지도 않았을뿐더러 약물에 대해서도 걱정할 필요가 없었다. 스티슬 박사는 내가 피해야 할 약물이 무엇인지 정확히 알고 있었다. 정 박사와 농담을 하거나 마취과

의사와 같이 자지도 않았다. 또 핵의학 주사 후 감정이 복받친 적도 없었다. 사실 난 이 모든 일이 벌어질 수도 있다고 생각했다.

이렇듯 다행스러운 부분이 있는 반면 나쁜 소식도 있었다. 바로 작은 혹이 암이라는 것이었다. 침윤성 유관암암세포가 유관을 뚫고 주변 지방 조직으로 침윤함 3기였다. 물론 큰 덩어리보다 작긴 하지만 훨씬 더 치명적이었다. 이쯤 되면 이제 내 상반신 상태에 대해 글을 써도 될 지경이었다. 목록의 두 번째 카테고리에 속하는 '해야 할 일' 항목은 조금 더 간단했다.

해야 할 일

X 마사지사 제시카Jessica 지정 예약해두기

X 테레사와의 상담 일정 잡기

X 파트타임 가정부 구하기

제시카는 공인 마사지치료사였다. 나는 매주 큰맘 먹고 시내로 나가 제시카 앞에 엎드렸다. 그러면 제시카의 축복받은 억센 손가락과 솜씨 좋은 손놀림의 하모니가 시작되었다. 이 훌륭한 마사지 덕에 뻣뻣하게 경직된 내 근육들도 금세 긴장을 털어버릴 수 있었다. 하지만 이러한 과정은 우리 두 사람 모두에게 쉬운 일이 아니었다. 오히려 힘든 육체노동이라고 보아야 할 것이었다. 그것은 누르고 눌리는, 당기고 당겨지는, 주무르고 주물러지는 일련의 과정이었다. 그리고 당시, 나는 그 어느 때보다 그녀가 필요했다. 그녀는 내 인생에서 꼭 필요한 존재였다. 유방암에 걸렸다고 말하자 제시카는 "아, 저런"이라고 내뱉었다. 그리고 수술 후 왕진을 신청해보라고 권했다. 잠시 후 제시카는 내 애달픈 육신 위에 치유의 손가락을 가만히 올려놓았다. 평소보다 더 오래 천천히 마사지를 받는 동안 눈물이 났다.

드디어 청소해줄 사람을 구했다. 그녀의 이름은 루르드Lourdes였다. 주변에서 많이 추천한 만큼 믿고 선택한 사람이었다. 루르드는 2주마다 한 번씩 월요일에 청소하러 왔는데, 매일 나를 위해 기도해주겠다고 약속했다.

통증도 전혀 없었는데 내 가슴은 어느새 그토록 병든 것일까? 그리고 그토록 조그만 것이 어떻게 그만큼이나 비극적일 수 있는 걸까? 두려움과 슬픔 그리고 불신……. 테레사와 유방암에 대해 이야기를 나눌 때도 가장 두드러졌던 주제들이었다. 그리고 마지막으로 내가 '하고 싶은 일' 항목란에는 이런 내용이 들어갔다.

하고 싶은 일

X 다리 제모하기

X 수염 뽑기

X 머리카락 자르고 염색하기

이렇게 해두면 혹시 수술 중에 사망하더라도, 머리카락만큼은 윤이 나고 깔끔하게 정돈되어 있을 것이었다.

06

내 가슴골에 굿바이 키스를 보내며

유방을 절제할 날이 하루 앞으로 다가왔다

《현명한 환자를 위한 유방암 가이드》를 꼭 읽어야 하나요? 난 현명하고 싶지 않아요!

수술을 하루 앞두고 한차례 큰 난리를 예상했는데 조용했다. 딸은 심야 여름 캠프에 참가하느라 집을 비웠고, 넬리는 이웃집의 만찬 파티에 초대되었다. 내리치는 장맛비 같던 가족과 친구의 전화도 뚝 그쳤다. 난 내 오른쪽 가슴이 아직 제자리에 붙어 있을 때 해야 할 일을 찾아야 했다. 내 몸을 위해 마지막으로 뭔가를 한 건 14년 전이었다. 당시 나는 나오미를 임신한 상태였고 출산일이 임박했다. 어쨌건 나는 너도나도 치르는 출산 축하 파티 따위는 원하지 않았다. 대신 나는 '질 찬미 파티'를 열었고, 결국 그편이 실생활에 훨씬 더 도움이 되었다. 내 질이 건강하지 못하다면 아기 용품이나 담요 같은 선물이 무슨 소용이란 말인가? 내가 정말 필요로 했던 건 내 은밀한 부위를 위해 기도해줄 한 무리의 여성 동지였다. 그래서 나는 동네 친구들을 집으로 초대했다. 우리는 한데 모여 북을 치고 주문을 외우며 마치 마법 같은 저녁시간을 보냈다. 그리고 곧장 효과가 나타났다. 딸아이가 태어난 것이었다. 당연히 내 질은 무사했다.

하지만 당시 상황으로 보아 파티를 계획하기엔 너무 늦었다. 맛깔스러운 음식과 나름의 형식 그리고 와인이 필요한 자리였다. 하지만 미리 준비했더라도 아마 취소했을 것이다. 기분이 파티보다는 장례식 쪽에 걸맞았기 때문이었다. 식사도 대충 간단하게 해결했다. 그리고 내 몸을 위해 무엇을 할 것인지 좀 더 생각해보았다.

내 몸을 위해 해야 할 일

X **한쪽 유방 모양의 금도금 트로피 만들기** — '34년간의 봉사를 기리며'라는 문구 새겨넣기

X 최초로 사용한 스포츠 브래지어에 청동 입히기

X 36C컵 브래지어들 태우기

세 가지 옵션 중 선뜻 이행할 수 있거나 당장 적절해 보이는 건 없었다. 지난 3주 동안 쌓인 걱정과 피로 때문에 밤이 깊어갈수록 나는 점점 지쳐갔다. 이젠 그저 잠자코 운명에 순응해야 했다. 베르겐이 팔을 둘러 내 가슴을 감싸 안았다. 잠자리에 들기 전에 우리는 그렇게 함께 울었다.

한밤중에 일어나 화장실에 다녀와서는 곰곰이 생각에 잠겼다. 심장질환이 사인死因이 될 수 있다면, 유방 절단으로 죽는 일도 충분히 있을 법했다. 마침내 이전에 유명을 달리한 이들의 그룹에 동참할 수 있을 만큼 중차대한 일이 목전에 닥친 것이었다. 그 시점에서 나는 가슴 아파할 가족들을 염두에 두고 간단

히 사망 기사를 작성해보았다.

로빈 미셸 레비

2008년 8월 6일 이른 아침, CBS 방송국 TV쇼 진행자 크레이그 퍼거슨은 열성 팬 한 사람을 떠나보냈다. 담당 의사와 마취과 의사 그리고 간호사들이 지켜보는 가운데, 로빈은 그녀의 오른쪽 가슴과 더불어 숨을 거두었다. 이제 그녀는 늘 애용하던 리모컨과 소파 구석 자리를 다른 이들에게 내어주게 되었다. 헌화는 사양하는 바다. 대신 크레이그 퍼거슨의 뱀 모양 머그잔이 훼손될 때를 대비해, 그의 뱀 모양 머그잔 교체 기금 재단에 기부할 것을 권장하는 바다.

난 의사를 믿었고, 또 그럴 수밖에 없었다

아침에 베르겐과 아빠와 함께 차에 올라 병원으로 향했다. 병원에 도착해서 접수를 마치고 나서 보니, 수술자 안내 전광판에 내 이름이 커다랗게 떠 있었다.

로빈 레비, 오전 7:45

물론 이곳에서 영원히 지속되는 건 없었다. 내 오른쪽 가슴과 마찬가지로 전광판에 뜬 내 이름도 좀 있으면 사라질 것이었다. 간호사를 따라 복도를 걷다 보니 수술 준비 구역이 나타났다.

"여기서 준비시켜드릴게요."

이렇게 말을 건넨 간호사는 곧 침대 주변에 커튼을 둘러쳤다.

그런 다음 얇은 가운으로 갈아입는 걸 도와주고 나서 오늘 아침 내가 애써 껴입었던 옷을 커다란 플라스틱 가방에 집어넣었다. 마침내 침대로 올라가 환자용 시트를 덮고 나서 보니 베르겐과 아빠가 임시로 마련된 공간에 들어와 있었다. 두 사람과 이곳에 함께 있다는 건 내키지 않으면서도 한편으론 안심되는 일이었다. 목숨을 구하기 위해서 꼭 거쳐야 하지만 고통스럽기도 한 유방절제술과 마찬가지로 말이다. 이윽고 간호사가 커튼을 열어젖히고 일러주었다.

"좀 있으면 차트가 도착할 거예요."

안내를 마친 간호사는 문 옆에 모인 사람들을 향해 걸어갔다. 곧이어 또 다른 간호사가 수술 도구 등을 준비해서 나타났다. 그리고 내게 몇 가지를 물어보았다. 나는 위와 창자, 방광이 모두 빈 상태라고 대답했다. 간호사는 흡족한 듯 내가 말해준 내용을 차트에 기록했다. 또 체온과 혈압, 심장박동, 기존의 의료기록 등도 함께 기재했다. 파킨슨병이라는 기록에 간호사는 잠깐 놀라는 기색을 보였지만 곧 평소의 표정을 되찾았다. 다행스럽게도 나는 내 표정을 볼 수 없었다. 아마 거슬릴 정도로 깜짝 놀란 얼굴을 하고 있었을 것이다. 마치 곧 처형될 사형수의 두 눈을 마주한 사람처럼 말이다. 간호사는 "의사 선생님께서 곧 오실 거예요"라는 말을 남기고 커튼을 쳤다. 아빠는 복도에서 기다린다며 나가셨고, 베르겐이 내 곁을 지켰다. 그래도 왠지 뭔가 허전하고 혼자가 된 듯한 기분이었다.

오래지 않아 초록색 수술 가운을 입은 우아한 정 박사가 조용히 내 쪽으로 다가왔다. 박사의 얼굴에 돌연 미소가 피어오르더니 뺨까지 번졌다. 그녀의 짙은 눈동자는 '나를 믿어요'라고 말하는 듯했다. 그것은 굳센 전사의 눈빛이었다. 그랬다. 나는 박사를 믿었고, 또 그래야만 했다.

"이제 시간이 거의 다 되었어요."

박사는 시트를 들어 내 가운을 열어젖혔다. 곧바로 내 가슴이 드러났다. 붉은 펜 뚜껑을 열어 든 박사가 내 상반신 여기저기에 곡선과 점, 기호 등을 그려댔다.

박사가 표시를 끝낸 내 오른쪽 가슴은 유치원생이 그려놓은 것 같은 그림으로 뒤덮였다. 아이를 자랑스러워하는 자상한 부모가 냉장고에 붙여 둔 그림 같은 것 말이다. 박사의 작품은 그만큼 볼 만했다.

박사는 내 가슴 위로 시트를 다시 덮은 다음 시계를 쳐다보며 물었다.

"마지막으로 다른 질문은 없어요?"

'마지막이라고?' 심란한 마음에 질문거리는 넘쳐났다. 하지만 온갖 희망을 앗아가는 우울한 질문이나 환자 수송용 침대 위에서 묻기에는 적합하지 않은 질문이 많았다. 유방절제술을 앞두고 담당 의사를 똑바로 쳐다보며 마음의 준비를 하는 사람에게는 분명히 어울리지 않는 질문들이었다. 그래서 대신 이렇게 물었다.

"지금으로선 재건 수술을 원하지 않아요. 하지만 몇 년 후에라도 마음이 바뀌면 인공 유방확대술을 받을 수 있는 건가요?"

정 박사는 내 질문에 깜짝 놀란 듯했다.

"《현명한 환자를 위한 유방암 가이드》 34장을 아직 안 읽어보셨어요? 지난번에 드린 책 말이에요."

당황한 나는 그 장을 건너뛰었다고 시인했다. 사실 새 보형물로 빈자리를 대신할 생각은 없었다. 박사는 숙제를 안 해놓고 변명을 늘어놓는 학생을 바라보는 선생님 같은 표정을 지었다. 그리고 시계를 한 번 더 쳐다보더니 재빨리 설명을 덧붙였다. 향후 인공 유방확대술을 원할 경우를 대비해서 환부 바로 옆에 다소 느슨하게 처진 형태의 피부를 남겨 둘 수 있다는 것이었다. 그렇게 하면 가슴 부위가 완전히 납작해지는 것도 피할 수 있다고 했다.

'그렇군.' 어느덧 수술실로 옮겨 갈 시간이 되었다. 이제 결정을 마무리 지을 수 있는 시간은 겨우 몇 초뿐이었다. 굳이 재건수술을 받지 않더라도, 남겨 둔 처진 모양의 피부가 유용해질 수도 있었다. 그런데 도대체 어떤 식으로? 글쎄, 잘 모르겠다. 어쨌건 가능성을 열어둔다는 건 좋은 일 아닌가? 그러다 조언을 구하는 표정으로 베르겐을 한번 쳐다보았다.

순간 나는 즉시 깨달았다. 이 수술 후에는 그 어떤 수술도 다시 받고 싶지 않았다. 완전히 새로운 유방을 넣는다 하더라도 말이다. 그렇다면 나중에 활용할 것도 아닌 부위를 일부러 남겨 둘 필요도 없지 않은가? 느슨하게 처진 모양의 피부를 남겨 두고 싶어지면 박사를 다시 찾아오면 될 일이었다.

드디어 결정을 내렸다. 처진 피부 따위는 잊어버리고 그냥 평평한 가슴으로 지낼 것이었다.

정 박사가 간호사를 향해 고개를 끄덕이자 누워 있던 침대가 복도를 따라 천천히 움직이며 스윙도어 쪽으로 향했다. 흐르는 눈물 사이로 남편과 아빠의 모습이 녹아들었다. 그렇게 나는 어느 여름날 이른 아침부터 슬픔에 잠겼다. 마취나 수술이 시작되기도 전부터, 그리고 그 무언가가 멋들어진 내 가슴을 떼어내기 훨씬 전부터 말이다.

드디어 가슴이 잘려나가다

왠지 섬뜩한 기분이 들어 깨어나보니 눈앞이 흐릿하고 주변은 약간 소란스러웠다. 구석구석 안 아픈 곳이 없었고 뭔가 떨어져나간 듯한 느낌이 들었다. 없어진 게 뭔지는 나중에 베르겐과 함께 찾아볼 참이었다. 우선은 소변부터 보아야 했다. 머리카락이 짙은 여자가 너무 가깝다 싶을 정도로 내 얼굴 쪽에 다가와 말하기 시작했다.

"천천히 해요. 서두를 것 없어요."

분명히 나한테 이야기하고 있었다. 여기가 어딘지는 잘 모르겠지만 말이다. 이번에는 베르겐이 내게 얼굴을 가까이 대며 "안녕, 내 사랑"이라고 말했다.

다음은 아빠였다. 아빠는 그냥 미소만 짓고 있었다. 두 사람이 흐릿하게 보였다. 둘 다 괜찮았으면 좋겠다. 그리고 나도 괜찮은 거면 좋겠다. 상태는 아주 나빴다. 메스껍고 두통이 왔다. 가슴 위로 믿기지 않을 정도의 압박이 느껴졌다. 왜 그런지는 전혀 몰랐다. 앉으려고 버둥대자 짙은 머리칼의 여자가 서둘러 내 옆으로 왔다. 그녀는 간호사 복장을 하고 있었다. "화장실에 갈 건가요?"라고 묻는 그녀의 음성에서 어떤 기미가 엿보였다. 단순한 질문이라기보다는, 그녀 자신도 내가 취할 행동과 연관되어 있다는 걸 암시하는 듯한 투였다.

"천천히 움직이세요. 침대 가장자리로 엉덩이를 틀어봐요."

침대라고? 또 하나의 단서를 얻었다. 나는 침대 위에 있었던 것이다. 주변에서는 삐삐 소리가 나고 팔에는 긴 튜브가 연결되어 있었다.

간호사가 옆에서 도와주었지만 화장실까지의 여정은 참혹했다. 쇼크와 마취, 진통제 기운이 한데 어우러져 파킨슨병 증상들을 더 악화시켰던 것이다.

내 몸은 너무 뻣뻣하고 느리게 움직였다. 마치 〈오즈의 마법사Wizard of Oz〉에 등장하는 양철 나무꾼이라도 된 듯했다. 온통 녹이 슨 탓에 움직일 수 없어서 터질 듯한 방광을 부여안고 있다가 도로시의 안내로 노란 벽돌 길을 걷는 신세 같았다.

"잘할 수 있어요. 거의 다 온걸요."

간호사는 그렇게 말했다. 나는 소변이 나올 때쯤 기적적으로 화장실에 도착해 볼일을 본 다음 의식을 잃었다. 이후 착란 상태에서 벗어나 제정신을 찾으면서 깨어났다. 나는 그제야 내가 가슴을 절제한 환자라는 사실을 깨달을 수 있었다. 그리고 새삼 도로시가 왜 하필 노란 벽돌 길을 택해야 했는지 그 이유도 알 것 같았다. 노란 벽돌 길이 낯설고 힘든 장소였기 때문이리라.

비어버린 내 가슴 한쪽에 붕대를 갈아 끼워주던 간호사들은 그런 심리가 정상이라고 알려주었다. 마음의 준비가 되었을 때 보겠다고 하자 모두 그렇게 하라고 말했다.

박사는 회진이 끝날 무렵 들러 내 상태를 확인했다. 그리고 수술이 순조롭게 잘 진행되었으며 모든 부위가 연구실로 보내져 분석을 기다리는 중이라고 자랑스럽게 발표했다.

"제 한쪽 가슴이 누군가의 책상 위에 놓여 있단 말씀이시죠?"

정 박사가 미소를 지으며 말을 이었다.

"이론적으로 보면 그런 셈이죠. 하지만 유방을 절제하는 건 복잡한 과정이에요. 아시겠지만 단번에 전체를 들어낼 수 있는 게 아니랍니다."

순간 조각조각 나뉜 내 가슴을 떠올려보았다. 암 연구실 작업대 위에 볼품없이 펴져 있을 모양새를 말이다. 하지만 내 가슴도 결국 정 박사가 정복하고 처리한 수많은 대상 중 하나에 불과했다. 어떤 사람들은 가슴을 떼어낸 빈자리를 새 보형물로 채워 넣겠지만 나 같은 사람은 비어 있는 그대로 놓아둘 것이었다. 어느 쪽이 되었건 이전과는 다른 느낌일 것이었다. 조만간 용기를 그러모아 한번 보아둘 참이었다. 정 박사는 내 차트를 읽는 중이었다.

"혈압이 꽤 낮네요. 기분은 어때요?"

"완전히 녹초예요. 일어설 때마다 어지러워요."

"그럼 하루 더 입원하는 게 좋겠어요. 혈압이 정상으로 돌아오는 걸 보고 퇴원하는 편이 좋을 거예요."

수술 바로 다음 날 퇴원한다는 건 다소 무모한 일이었다. 그때부터 퇴원하기 전까지는 순전히 모르핀의 힘으로 버텼다. 매번 "좀 더"를 연발했던 것 같다. 모르핀을 맞으면 찌르는 듯한 통증이 완화되면서 좀 더 수월하게 잠들 수 있었다.

잠에서 깨어보면 내 곁을 지키고 있는 베르겐이나 아빠가 보였다. 가끔 두 사람 다 자리를 지킬 때도 있긴 했다. 아빠가 보이지 않을 땐 대기실에서 낮잠을 주무시거나 아니면 내 기분을 전환해줄 만한 먹을거리를 사러 나가신 거였다. 대개는 갓 짜낸 채소 주스나 쌀로 만든 생강 머핀, 각종 과일과 채소를 가져다 주시곤 했다.

한편, 베르겐은 수술 후 자택 간호와 관련된 부분을 조율하느라 분주했다. 수술 후 자택 간호를 받게 되면 일단 지역의 담당 간호사가 매일 방문하고 가끔 자택 간호 조수도 찾아올 것이었다. 나는 왠지 가능한 모든 도움의 손길을 취해야겠다는 생각이 들었다. 현재로선 왼손은 파킨슨병에 점령당했고, 오른손은 수술로 인해 림프절 열한 개가 제거되었다. 결국 나는 양손을 모두 쓰지 못하게 된 셈이었다.

유방절제수술을 받은 지 이틀 만에 모르핀 주사가 중단되었다. 자연히 나도 퇴원 절차를 밟았다. 내 몸은 그대로인데 가슴 한쪽만 없어졌다. 그런데 어쩐 일인지 퇴원 후 집에 머무는 동안 모든 게 불편하게 느껴졌다. 늘 입던 잠옷도, 매일같이 눕던 침대도, 소파도, 심지어 내 이름조차도 본래 내 것이 아닌 것 같았다.

그럴 때면 인생의 변화를 존중할 줄 아는 문화권에서 살고 싶은 마음이 간절했다. 주술사나 연장자들이 사회 구성원들에게 경건한 새 이름을 부여해주는 그런 곳 말이다. 그런 이름들은 대개 변화의 기운을 품고 있으며 힘을 드러내는가 하면 조상의 기운을 불러일으키는 법이다. 문득 내게는 어떤 이름이 붙여졌을까 궁금해졌다.

마음속 깊은 곳에서부터 뭔가 용솟음쳤다. 나는 마음껏 툴툴댔다. 갑자기 다시금 원시인의 모습으로 돌아간 듯했다. 텅 빈 가슴을 부여잡은 원시 여성. 그녀를 가운데 두고 빙글빙글 도는 건 입을 모아 숭배의 노래를 불러대는 부족 사람들이었다. 신께서 내 가슴을 제물로 받으셨고 나 역시 섬뜩한 검사를 무사히 치러냈기에 부족은 나를 찬미하는 중이었다. 우리는 다 함께 노래하고 춤추며 그 모든 일을 치러낸 나를 축하했다. 동시에 나는 새 이름이 발표되길 기다렸다.

부족 사람 중 제일 연장자가 내게 다가왔다. 그녀의 눈동자가 빛나는가 싶더니 딱한 내 사정을 말하듯 이 빠진 입 사이로 으르렁거림과 신음을 내뱉었다. 그리고 마침내 내 이름이 들려왔다. "으-오-후". 내가 받은 새 이름이었다. 바로 '성한-한쪽-가슴'이라는 뜻이었다. 일단 지금으로선 적절한 이름인 것 같았다.

알고 있니? 시끄러운 음악도 위안이 된다는 것을

수술을 받기 전에 베르겐이 MP3를 사 주었다. 그리고 내가 제일 좋아하는 노래 몇 곡을 저장시켜놓았다. 438호 병실에 머무는 동안 그 MP3는 꽤 유용했다. 병원에서 나는 온갖 소음 때문에 짜증이 날 때마다 파이스트Feist, 캐나다 캘러리 출신의 싱어송라이터, 조니 미셸Joni Michell, 케이 디 랭K. D. Lang, 캐나다 출신의 컨템퍼러리 팝 가수의 달콤하고 경쾌한 음성이 내 피난처가 되었던 것이다.

창문을 꼭꼭 닫아거는 겨울이었다면, 퇴원해서 내 방 침대로 자리를 옮기고 나서도 그 MP3를 계속 들었을 것이다. 하지만 마침 여름이어서 창문은 늘 열려 있었다. 그래서 시원한 바람과 더불어 귀에 거슬리는 온갖 잡음이 창문으로 들어왔다. 가령 잔디 깎는 기계 소리라든지, 개 짖는 소리, 아이 울음소리, 차 시동 거는 소리 같은 것들 말이다. 그런데 어느 순간 그런 소음들과 신선한 공기 사이로 드럼 치는 소리, 전자 기타 소리, 아름다운 건반 악기 선율과 힘 있는 보컬의 음성이 새어 들어왔다. 집에서 보내는 내 첫날을 축하라도 하는 듯, 이웃의 한 밴드가 라이브로 사운드트랙을 토해내고 있었다. 〈브라운 슈거Brown Sugar〉, 〈머스탱 샐리Mustang Sally〉, 〈백 인 더 유에스에스알Back in the Ussr〉, 〈핫 블러디드Hot Blooded〉, 〈올 라이트 나우All Right Now〉를 비롯해서 수많은 클래식 로큰롤 송이 들려왔다.

당시 나는 진통제를 잔뜩 털어 놓고 침대에 드러누워 있던 참이었다. 아무리 생각해보아도 이웃 중 어느 집인지 또는 어느 집 차고에서 이런 음악 소리가 나는지 알 길이 없었다. 다만 노래를 부르는 밴드가 멋지다고 생각될 따름이었다. 그리고 싫든 좋든 간에 이 구역 내에서 한쪽 가슴이 없는 팬은 나뿐일 것이었다.

밴드에 관한 그 외 사항들은 순전히 내 상상에 맡기는 수밖에 없었다. 그래서 이십 대 초반의 잘생긴 남성들을 그려보았다. 아마 이들은 헝클어진 머리에 반항적 분위기를 풍기며 청바지와 티셔츠를 즐겨 입는 인디 로커들일 것이었다. 또 피자 상자와 맥주병이 나뒹구는 아직 덜 지어진 지하실에서 리허설 하는 모습도 떠올랐다. 그들은 결혼식이나 바르미츠바를 전전하며 근근이 생활할 수도 있을 것이었다.

어쨌건 그들은 까맣게 모랐을 것이다. 자신들이 막 유방절제 수술을 받고 퇴원한 어느 중년 부인을 위해 연주했다는 사실을 말이다.

틀림없이 그들이 보고 싶어질 것이다

벡Beck과 콜Call은 나를 도와주러 집에 들르는 사람들이었다. 이 두 사람은 아빠와 베르겐을 많이 닮았다. 키가 크고 머리가 벗겨진 벡은 농담을 즐겼다. 그리고 갓 짜낸 주스와 테이크아웃 음식, 내가 너무 읽고 싶어하던 책들을 사다 주었다.

한편, 콜은 은발의 요술쟁이였다. 그는 가정부이자 믿음직한 친구, 개인 운전사, 비서, 소셜 필터social filter. 좋은 정보를 가려내어 전달하고 부적절하다고 판단한 정보를 차단하는 역할, 도그 워커dog walker. 바쁜 사람들을 대신해 전문적으로 애완견을 산책시켜주는 사람들, 간호사였다. 그리고 그의 수완과 언제든 재빨리 요리해내는 솜씨는 늘 감탄스럽기 그지없었다.

벡과 콜은 이상적인 한 팀이지만 두 사람이 함께 방문하는 날은 손꼽을 정도였다. 벡은 그날 오후 늦게 집에 가려고 비행기편을 예약해두었다. 그는 떠나기 전에 마지막으로 건강 식품점에 들렀다. 식품점에서 돌아온 벡은 짐을 꾸려 문 앞에 가져다 두었다. 그래도 벡은 아직 좀 더 도와줄 시간이 남았다고 생각한 듯했다. 그는 주변을 둘러보더니 세탁된 옷을 넣어 둔 바구니 쪽으로 다가갔다. 그동안 나는 베개로 목을 받친 채 침대에 누워 벡이 사다 준 새 책들을 읽고 있었다. 또 한 페이지를 넘기려다 고개를 들었더니, 벡은 차곡차곡 개어 층층이 쌓은 수건들을 천천히 위층으로 옮기는 중이었다. 쌓인 수건들 너머로 그의 반짝이는 대머리가 보였다.

"이건 어디다 둘까요?"

벡이 물었다.

"그건 아래층에 둘 거예요."

나는 며칠 만에 처음으로 웃으며 대답했다. 틀림없이 벡이 보고 싶어질 것이었다.

다음 날 캠프에 갔던 나오미가 돌아왔다. 모기에 잔뜩 물린 나오미는 정신없이 이야기를 늘어놓았다. 베르겐과 내가 굳이 따로 이야기를 나눈 건 아니지만 어쨌거나 우리 둘 다 그동안 나오미가 캠프에 참여해서 다행이라 생각했다. 나오미는 기분 전환이 되었을 테고, 나 역시 엄마 역할에서 잠시나마 벗어날 수 있었기 때문이었다.

딸아이는 내가 입원해 있는 동안 몇 번 베르겐에게 전화를 걸어 내 상태를 물었다고 했다. 그때마다 베르겐은 수술이 무사히 끝났으며 내 상태가 괜찮다고 확인해주었다. 뿐만 아니라 퇴원 후에 상태가 어떨 것이라는 점도 미리 일러두었다. 때문에 캠프에서 돌아와 나를 처음 보았을 때 나오미는 이미 마음의 준비가 된 상태였다. 놀라거나 움찔하는 기색은 전혀 없었다.

사실 그나마 보아줄 만한 모양새로 나오미를 맞이할 수 있었던 건 전부 노라Nora 덕택이었다. 그녀는 이학理學 학위까지 있는 자택 간호사로 필리핀 출신이었다. 노라는 몸집이 내 절반밖에 안 되지만 힘은 거의 두 배였다. 뿐만 아니라 놀라울 정도로 유능했다. 노라가 마음만 먹으면 한 시간 내로 정말 많은 일을 해낼 수 있었다. 가령 내 머리를 감긴 뒤 매만져주고 목욕을 시킨 다음 로션도 발라준다. 그리고 옷을 입히고 내 침대를 정돈한다. 그런 다음 수북이 쌓인 빨래를 하고 욕실을 청소한다. 그것도 모자라 넬리를 산책시킨다.

이 모든 일을 다 하고 나서도 노라는 내 기분을 좋게 해주려고 애썼다. 노라 덕분에 즐거워진 나는 동네 밴드가 음을 잡지 못해 몇 번이고 〈프리티 우먼Pretty Woman〉을 불러대자 웃음을 터뜨렸다. 나중에 수전Susan에게 연락해보았다. 수전은 내 목소리를 듣고 좀 더 안심하는 눈치였다.

나도 한때는 무엇이든 잘게 자를 수 있었다

회복하는 동안 정말 진이 빠졌다. 어쨌건 실제로 내 몸에서 빠져나가는 게 있긴 했다. 내 옆구리에는 보기 흉한 주머니가 대롱거리며 매달려 있었다. 정 박사가 내 겨드랑이에서 림프절을 제거한 뒤 이걸 달아 두지 않았더라면, 엄청난 양의 체액이 밖으로 샜을 것이다. 좀 불편하긴 했지만 그래도 팔이 풍선처럼 부풀어 오르는 것보다는 그런 장치라도 달고 있는 편이 나았다. 하지만 내게 그건 여전히 보기 힘들 만큼 끔찍한 모습이었다. 그래서 혈액이 섞인 그 내용물을 보지 않으려고 나는 주머니를 양말로 덮어두었다. 비록 눈에는 보이지 않게 되었지만, 그 모습을 아예 마음에서 밀어내지는 못했다. 사실은 그 주머니를 계속 관찰해야지만 몇 시간마다 소변을 내보낼 수 있었던 것이다. 또 가끔 주머니도 비워주고, 체액이 얼마나 찼는지 높이도 재야 했다. 그런 일은 전부 자택 간호사가 능숙히 처리해주었다.

간호사들은 외모도 몸집도 모두 달랐다. 이름만 해도 데비Debbie나 쇼나Shawna, 바버라Barbara 등으로 다양했다. 이 간호사들은 유니폼이나 수술 가운 같은 건 입지 않았다. 대신 매번 편안한 여름 평상복 차림으로 우리 집을 방문했다. 대개는 7부나 8부 바지에 짧은 소매 블라우스를 입었다.

간호사들은 한 명씩 돌아가며 매일 우리 집을 방문했다. 그리고 올 때는 반드시 의료 장비 상자와 기타 보조 도구들을 가져왔다. 내 상태를 확인하고 상처 부위가 넓어지거나 벌어지는 것을 방지해주는 특수 반창고를 갈고 체액 주머니를 관리하려면 그런 보조 장비들이 필요했다.

이렇게 간호사들이 나를 돌보다 보면 자연히 내 쪽으로 상체를 기울이거나 위에서 나를 쳐다보아야 할 경우가 생겼다. 솔직히 말하자면 텅 빈 내 가슴을 바라보는 것보다 이런 식으로 간호사들의 블라우스 속을 들여다보는 편이 훨씬 더 기분 좋은 자극이 되었다. 그래서 남자보다 여자가 더 반가웠다. 그렇게 훔쳐볼 때마다 더 이상 내게는 없는 그걸 떠올리게 되었지만 말이다.

간호사들 외에도 나를 도우려는 사람들은 많았다. 이웃집 헬렌만 해도 종종 근사한 과일 샐러드를 만들어 주었다. 제철 베리와 복숭아, 파인애플, 포도, 사과, 배 등을 잔뜩 넣고 만든 샐러드 말이다. 모든 재료를 아주 작게 잘라 넣었기에, 한 숟가락씩 뜰 때마다 여러 가지 다채로운 맛이 느껴졌다. 나도 한때는 뭐든 이렇게 잘게 자를 수 있었다.

며칠 후 헬렌이 안부 인사를 건네려고 잠시 들렀다. 나는 샐러드를 보내 주어서 고맙다는 말을 잊지 않았다. 그리고 몸에 좋은 음식을 먹고 충분히 낮잠을 자기에 하루하루 컨디션이 더 좋아지는 중이라고 알려주었다.

"윌 때문에 잠을 설치는 일이 없었으면 좋겠어요."

헬렌은 눈을 굴려가며 마음에 들지 않는다는 표정으로 이렇게 말했다. 순간 심장이 좀 뛰었다. 괜히 죄스러워 뺨까지 붉어졌다. 헬렌은 알까? 내 공상 속에서 매번 자신의 남편이 나를 위해 치실질까지 해준다는 것을? 만일 이미 알고 있다면 어떻게 알아냈을까? 뭐라고 대답할지 몰라서 나는 그 자리에 잠자코 서 있었다. 그런데 헬렌이 곧 이렇게 덧붙였다.

"그래도 몇 년째 윌이 지금처럼 행복해 보인 적은 없었어요. 그러니까 그 밴드가 우리 집 거실을 차지했다 해도 전 괜찮아요."

"밴드요? 그 밴드에 윌이 있어요?"

"아, 네. 남편이 드럼 담당이에요."

헬렌은 미소를 지어 보였다.

"꼭 한번 보셔야 해요. 멤버들이 전부 치과의사들이에요. 다들 윌 또래에다 퇴직을 거의 앞두고 있죠. 그리고 모두 UBC 대학 치의학부 임직원들이래요. 아, 싱어만 빼고요. 그 여자는 행정 직원이에요."

문득 온화한 성품의 윌을 떠올려보았다. 평소 유순하지만 드럼과 함께라면 열정적으로 변해버리는 그를 말이다. 윌은 아마 전자 기타와 건반에 몰입한 대머리 단짝 친구들과 함께 레드 제플린Led Zepplin, 영국의 록 밴드의 〈천국의 계단Stairway to Heaven〉을 점점 거세게 연주했을 것이었다.

그런데 문득 떠오른 어색한 장면만큼은 좀체 받아들이기 어려웠다. 다름 아니라 나는 한순간 평소 누워 있을 때 머릿속으로 그려보곤 했던 귀여운 인디 로커들을 떠올리던 참이었다. 그런데 바로 다음 순간에는 급작스런 심장마비로 고꾸라지는 치과의사 한 사람을 상상했다. 어느새 나타난 윌은 전자 기타를 제세동기심장박동을 정상화시키기 위해 전기 충격을 가하는 데 쓰는 의료 장비로 활용해 쓰러진 치과의사를 구했다.

헬렌에게도 내가 상상한 장면에 대해 이야기해주고 싶어 입이 근질거렸지만, 억지로 참아냈다. 그녀가 어떤 반응을 보일지 뻔했으니까……. 헬렌의 성질을 돋우고 싶진 않았다. 언제 또 어느 부위가 잘려나갈지 모르는 판국에 아직은 헬렌의 과일 샐러드를 먹어두어야 할 테니까 말이다.

힐디 같은 친구는 꼭 필요한 법이다

나를 도와주는 걸로 치자면 내 친구들도 빼놓을 수 없었다. 단짝 친구 중 한 사람이라도 없었다면 나는 평정을 유지하고 못하고 우왕좌왕했을 것이다. 특히 당시에는 더 그랬다. 친구들은 내 영혼의 GPS와 같은 존재들이었다. 그들은 파킨슨병이라는 미지의 영역과 여기저기 퍼져 있는 우회로, 막다른 곳에 대처할 수 있도록 나를 도와주었다.

밴쿠버 지역에 사는 다이애나Diana와 베티나Betina, 조이Joey, 질리언Gillian, 린다Linda, 이본Yvonne은 가끔 우리 집을 방문했다. 글로리아Gloria도 여기 있었다면 당연히 나를 보러 왔겠지만, 당시에는 스페인에서 여름을 보내던 중이었다.

힐디Hildi도 빼놓을 수 없다. 힐디는 제일 오래 사귄 친구로 그들 중에서도 가장 재미있고 순진한 아이였다. 우리는 6학년 때 처음 만났다. 당시 힐디는 우리 반 광대 역할에 푹 빠져 있었다. 사실 그 아이는 공부보다 광대 흉내를 낼 때 훨씬 진지해 보였다. 나는 전학생이었는데, 광대 분장을 한 힐디가 늘 따라다니며 겁을 주었다. 그래서 나는 그녀와 반목하기보다는 친해지는 쪽을 택했다.

수년간 우리는 늘 달라붙어 다녔다. 소위 말하는 베스트 프렌드였던 것이다. 그러다 세월이 흘러 성장해가면서 서로의 존재가 더는 인생의 전부가 아님을 깨닫게 되었다. 또 각자의 생활에 열중하다 보니 차츰 둘 사이의 거리도 멀어져갔지만 연락을 멈추진 않았다.

내가 유방암에 걸렸다는 소식을 듣자마자 힐디는 곧장 전화를 걸어왔다. 그리고 굳이 거절하고 싶지 않은 제안을 했다. 밴쿠버까지 날아와서 수술을 마친 나를 돌보겠다는 거였다.

집에 들어서는 순간부터 힐디는 모든 상황과 사람들을 지휘하기 시작했다. 원래 힐디가 그런 쪽으로 소질이 있긴 했다. 직장에서도 그렇고(힐디는 인테리어 디자이너 겸 건설업자였다), 또 가정에서도 마찬가지였다(남편과 세 딸, 유모, 강아지 두 마리, 기니피그 한 마리, 친칠라 한 마리가 전부 그녀의 손안에 있었다).

나를 한번 힘껏 껴안아준 힐디는 우선 장을 보아달라고 하며 베르겐을 내보냈다. 그리고 새로 구한 청소부 루르드에게도 할 일을 일러주었다. 그런 다음 팔을 걷어붙이고 점심때 먹을 샐러드를 넉넉히 장만했다. 나오미와 친구들이 먹을 수 있도록 초코칩 쿠키도 구웠다. 또 저녁때 먹기로 한 치킨수프도 미리 요리해 두었다. 그리고 곧장 냉장고와 부엌의 서랍들을 청소했다. 베르겐에게 잠깐 나가서 쉬고 오라고 말하는 것도 잊지 않았다. 마침내 베르겐도 오랜만에 쉴 수 있게 된 것이었다.

베르겐은 숲으로 조깅을 나갔다가 잡무를 처리한 뒤 자신의 사무실에서 시간을 보냈다. 저녁때쯤 남편은 한결 개운하고 편안해 보였다.

저녁식사를 마치고 힐디는 차를 준비했다. 우리는 거실 소파에 편안히 기대앉았다. 발코니 쪽으로 난 문이 열려 있었고 힐디는 내 발을 주물러주었다. 어디선가 비틀스Beatles의 〈헤이 주드Hey Jude〉 선율이 흘러들어왔다.

"어디서 음악 소리가 들리는 거야?"

블랙베리를 확인하며 잠시 발 주무르는 걸 멈춘 힐디가 물었다.

"건너편 이웃집 밴드야. 전부 치과의사들이래. 사실 밴드 이름도 모르겠어. 그래서 그냥 '오버바이트overbite, 아랫니보다 윗니가 훨씬 튀어나온 상태'라고 부르기로 했어."

"실력이 꽤 좋은데?"

다시 내 발을 주무르기 시작하며 힐디가 말했다. 그런데 힐디의 얼굴에 언짢은 듯 찡그리는 표정이 잠시 떠올랐다. 힐디는 뭉툭하게 자라난 내 다리털을 손으로 쓸며 말했다. "괜찮으면 다리의 털 좀 밀어줄게"라는 그녀의 제안은 마다할 수 없는 것이었다. 힐디의 마사지를 계속 받을 거면 특히나 더 그래야 할 것 같았다.

나오미는 힐디가 머무는 게 좋은 눈치였다. 단지 쿠키를 구워주었기 때문만은 아닐 것이었다.

사실 힐디는 여러 가지 반대되는 성향들을 한꺼번에 지니고 있었다. 유행에 민감하면서도 본래 모습을 잃지 않았고, 톡톡 튀는 성격임에도 불구하고 믿음이 갔다. 또 흥분을 잘하면서도 침착한 성품을 유지했고 우스꽝스러운 한편 철학적인 면모도 지녔다. 무엇보다 힐디는 뭔가를 잊어버리는 법이 없었다. 특히 주변 사람들의 성생활과 관련된 이야기라면 전부 기억해두고 있었다. 그래서 설령 내가 옛날 일기장들을 전부 태워버린다 해도, 나오미에게 과거를 들키지 말란 보장은 없었다. 힐디의 머릿속에 일급비밀들이 고스란히 저장되어 있을 테니 말이다. 힐디는 내가 무엇을 누구와 언제 어디서 했었는지 속속들이 다 알고 있었다. 그런 까닭에 조금 염려되는 게 사실이었다. 어쨌건 누구에게나 힐디 같은 친구는 한 명씩 필요한 법이다.

가슴 절제가 점점 이상해지는 뇌세포를 앞지르다

집에서 지낸 지 겨우 일주일밖에 안 되었지만 가족과 친구들에게 써야 할 감사 카드의 수는 나날이 늘어만 갔다. 비록 한쪽 가슴을 잃었지만, 넘쳐나는 격려로 마음만은 벅찼다. 낭만적인 꽃다발과 선물 바구니, 책, CD, 잠옷과 슬리퍼, 모자, 스카프, 집에서 만든 요리, 노화를 방지해주는 주스, 동종요법, 상품권, 마사지 등등……. 정성이 묻어나는 선물이 끊이지 않았다. 그리고 나와 글렌다 고모를 대신해 유방암연구센터에 후한 기부금을 내주는 사람들도 있었다. 이처럼 선물이 쇄도하자 나는 당황스럽기도 하고 마음이 푸근해지기도 했다.

한편, 파킨슨병 진단이 떨어졌을 때는 이런 지원이 거의 없었다는 사실이 새삼 떠올랐다. 인지도 면에서 경쟁이라도 했다면 유방암이 단연 파킨슨병을 압도적으로 앞질렀을 것이었다. 그러면 헤드라인 기사 제목이 아마 이쯤 되었을 것이었다.

'가슴, 뇌세포를 이기다 _ 병상의 중년 부인, 위로 선물의 양극화'

그렇다고 해서 불평하는 건 아니었다. 그저 극명한 차이를 지적해보았을 따름이었다. 사람들은 확실히 유방암 쪽에 더 공감하고 있었다. 그도 그럴 것이 가슴은 매혹적인 상징물인데다 실체적이었다. 온 세상이 다 쳐다볼 수 있도록 쑥 튀어나와 있지 않은가. 게다가 유방암은 이제 너무도 잘 알려졌고 수많은 사람에게 영향을 미쳐왔다. 자연히 유방암을 지원해야겠다는 생각쯤은 누구나 쉽사리 하는 편이었다. 반면 뇌세포 분야는 그때까지 베일에 싸여 있었다. 파킨슨병만 해도 단지 뇌를 갉아먹는 불가사의하고 무서운 병으로 알려져 있을 뿐이지, 이렇다 할 주목은 받지 못하고 있었다. 물론 아직 채 알려지지 않은 미지의 대상에 공감하기란 쉽지 않은 일이었다. 그래서 주변에 환자를 둔 사람들에게 조금이나마 도움이 되고자, 파킨슨병 환자에게 적합한 선물 목록을 나름대로 작성해보았다. 특히 조발성 파킨슨병으로 진단받은 환자를 타깃으로 작성했다. 그럼 내게도 유용할 거라고 판단한 선물 몇 가지를 소개하겠다.

X **플란넬 재질의 잠옷** — 세 겹 클리넥스 티슈를 뽑아 쓸 수 있는 장치가 내장된 것

X **백미러** — '주의! 실제 모습보다 더 형편없어 보일 수 있음'이라는 문구가 새겨진 것

X **자가 조작 가능한 자살 도구 모음 세트** — 따로 빈칸이 마련된 유서 및 사망 기사 작성지는 물론 영구 보증서가 딸린 제대로 된 밧줄도 포함되어 있을 것

정말이지 거창할 것도 없는 선물이지 않은가. 하지만 정작 내가 파킨슨병으로 진단받았을 때 취할 수 있었던 거라곤 기대어 울 수 있는 어깨들이 전부였다. 결국 따지고 보면 그렇게 어깨를 빌려준 사람들이 있었기에 이렇게 살아 있는 건지도 모르겠다.

잘려나간 가슴을 처음으로 응시하다

마치 서커스 공연 단원이라도 된 듯했다. 신호가 떨어지기만을 기다리며 뛰어내릴 채비를 하고 있는 곡예사 말이다. 이윽고 감독의 목소리가 울려 퍼졌다.

"신사 숙녀 여러분, 서커스에 오신 걸 환영합니다. 이제 다들 손수건을 준비하십시오. 오늘의 오프닝 공연이 시작될 테니까요. 여기 비탄에 잠긴 로빈 씨를 소개합니다. 로빈 씨가 마침내 겨우 용기를 내어 밋밋해진 가슴을 처음으로 쳐다보기로 했답니다. 안전망이 필요한 위험한 묘기죠. 잊지 마십시오, 신사 숙녀 여러분. 한쪽 가슴이 없는 우리의 로빈 씨가 울음을 터뜨릴 때까지 곡예는 멈추지 않습니다."

힐디가 있어 정말 다행이었다. 힐디는 내가 바닥으로 주저앉기 직전에 내 팔을 잡아 올려 안아주었다. 힐디라면 서커스 감독이 팔을 흔들어대며 인사를 하고 내려갈 때쯤 엿 먹으라는 듯이 손가락을 들어 보였을 것이다. 만약 힐디가 옆에 없었더라면, 나는 벌써 부고란에 오른 고인들 대열에 합류했을지도 모를 일이었다.

슬프게도 자신의 풍만한 가슴을 잃어버린 뒤, 비탄에 잠겼던 로빈은 결국 하늘 곡예를 선택해 뛰어내렸습니다. 예전에 쓴 일기장과 미처 다 쓰지 못한 감사 카드가 그녀의 빈자리를 대신하는 가운데, 그녀가 평소 보고 싶어했던 오버바이트의 공연이 며칠 앞으로 다가왔습니다. 로빈의 가족과 친구, 이웃집 사람들 그리고 그녀의 애완견이 그녀를 영원히 기릴 것입니다. 헌화는 사양합니다. 대신 로빈이 생전 아끼고 지원해왔던 자선단체 '나오미의 두유 라테 신용기금'에 기부해 주시면 감사하겠습니다.

수술 결과도 A+, 의사도 A+

드디어 내 가슴이 떨어져나간 빈자리까지 대범하게 확인했다. 그럼 이제 다음 날로 예약된 정 박사와의 후속 면담에만 대비하면 될 것이었다. 드디어 면담일이 다가왔고 나는 베르겐과 함께 검사실에서 박사를 기다렸다. 이윽고 노크하는 소리가 나더니 박사가 들어왔다. 박사는 가지고 들어온 클립보드를 세면대에 놓더니 미소로 우리를 맞이했다.

"조직 검사 보고서가 나왔어요. 결과가 나쁘지 않아요."

"다행이네요"라고 내답한 나는 예전에 받았던 학교 성적표를 떠올렸다. 내 성적표는 매번 수많은 A와 칭찬으로 도배되었다. 내 가슴에 대한 조직 검사 보고서는 아마 이쯤 되지 않을까 싶었다.

로빈 씨의 우측 가슴을 저희 연구소에 둘 수 있어 영광이었습니다. 다름 아니라 모든 검사 항목에서 평균치를 뛰어넘는 결과가 나와 매우 인상 깊었습니다. 그중에서도 특히, 서로 다른 지점에서 두 가지 암이 발견되어 다른 견본들과는 확연히 구분되었습니다. 둘 중 더 큰 종양은 초기 예상과 달리 그 크기가 더 큰 것으로 확인되었습니다. 또 두 종양 사이에 암을 전달하는 통로가 뚫려 있어 종양 간 소통이 뛰어났던 것으로 드러났습니다. 두 종양이 깔끔하고 신중히 자리 잡았던 탓에, 제거 후에도 열한 개 림프절에는 아무런 병도 옮지 않았습니다. 따라서 로빈 씨의 우측 가슴은 개성과 야망, 소통, 구성 항목에서 A+를 받을 자격을 획득한 바입니다. 이에 로빈 씨의 우측 가슴을 영예 졸업자로 임명합니다.

베르겐이 나를 붙잡은 손에 힘을 주었다. 우리 두 사람은 안도의 한숨을 내쉬었다. 정 박사도 자랑스럽다는 듯 환하게 웃으며 말했다.

“가슴 전체를 제거한 건 잘한 일이에요. 자 그럼 이제 현재 상태를 한번 봅시다.”

나는 검사대로 올라가 다리가 아래쪽으로 내려오게 가장자리에 걸터앉았다. 정 박사는 조용히 다가와 밋밋해진 가슴 부위를 덮고 있던 거즈를 살며시 들추었다. 검사가 시작된 것이었다. 박사는 섬세한 손놀림으로 하얀 특수 반창고 아랫부분에 숨어 있는 내 흉터 주변을 진찰했다.

“전혀 부어오르지도 않았고 감염된 징후도 없어요. 아주 좋아요.”

그러더니 박사는 내 옆구리 밖으로 나와 있는 튜브로 눈을 돌렸다.

"이쪽도 상태가 좋네요. 회복 속도가 빨라요. 팔은 어때요?"

"아프고 당겨요."

나는 어깨 높이로 손을 들어 올리려고 애쓰며 대답했다. 어쨌건 움직이기는 했다. 정 박사가 내 팔을 만지며 물었다.

"안내 책자에 소개된 운동을 하고 있나요?"

"네, 매일 몇 번씩 해요."

"좋아요. 계속 그렇게 하셔야 해요. 그러면 움직임이 차차 나아질 거예요."

검진이 끝나자 박사가 따로 물어왔다.

"따님은 어떻게 지내요?"

나는 나오미가 꽤 잘 적응하고 있으며, 다행히 여름방학 기간 대부분을 집 밖에서 보냈다고 알려주었다. 박사는 웃으며 파일을 덮었다. 집에 갈 시간이 된 것이었다.

나는 박사에게 감사 카드를 건네며 베르겐이 직접 만든 키위 잼도 함께 안겼다. 물론 박사에게도 A+를 수여했다. 내 목숨을 살렸으니 그만한 자격이 있었다.

가슴의 통증이 느껴지지 않을 만큼 행복했어

전화기가 울렸다. 평소처럼 베르겐이 대신 전화를 받았다.

"글로리아래. 스페인에서 돌아왔다는군. 받아볼래?"

"전해줄래요? 글로리아에게 그동안의 경과를 좀 얘기해줘요. 아마 나중에 직접 찾아오려고 할 거예요."

당연히 글로리아와 이야기를 나누고 싶었다. 하지만 전화로는 어림없었다. 저런, 충격을 받은 것이었을까. 금세 초인종이 울렸고, 난 단박에 글로리아인 줄 알았다. 베르겐과 넬리가 먼저 글로리아를 맞이했다. 나는 발을 끌며 현관으로 향하는 중이었다. 글로리아는 나와 눈이 마주치자마자 하염없이 눈물을 흘렸다. 나를 꽉 껴안은 그녀의 입에서는 깊은 탄식이 흘러나왔다. 그러다 한 순간 글로리아가 팔에서 힘을 뺐다. 나는 드디어 이 극적인 포옹신에서 벗어나 남은 한쪽 가슴을 보존할 수 있게 된 거라고 생각했다. 글로리아는 내 눈을 똑바로 쳐다보며 믿을 수 없다는 듯 고개를 흔들었다. "아, 로빈"이라면서 글로리아는 다시 나를 당겨 안았다. 내 왼쪽 가슴은 하는 수 없이 다시 그녀 품 안에 끼어야 했다. 이번에는 체액 주머니가 우리 갈비뼈 사이에 끼는 바람에 내가 몸을 흔들어 글로리아의 품에서 빠져나와야 했다. 글로리아는 눈물을 훔쳐내더니 어중간한 미소를 지으며 입을 뗐다.

"이거 네 거야."

서로 껴안고 있는 동안 글로리아가 꽉 쥐고 있던 꽃다발이었다. 달리아와 프리지어, 거베라가 한데 어울려 있었다. 글로리아는 몇 번 더 눈물을 훔쳤다. 순간 나는 스스로 의아해했다. '내 눈물은 어디로 간 거야?' 징징대며 우는 쪽이 아니라 눈물 한 방울 흘리지 않고 말짱하게 쳐다보는 입장이 되고 보니 기분이 이상했다.

나는 그녀에게 힐디를 소개했고, 우리는 TV 시청실로 향했다.

금세 우리 셋은 맨발바닥으로 소파에 기대어 수다를 떨기 시작했다. 넬리는 내 무릎에 몸을 뉘었다. 대화의 초점은 글로리아와 나의 첫 만남에 맞추어졌다. 우리는 서로 번갈아가며 힐디에게 이야기를 늘어놓았다.

"나는 점심시간에 그랜빌 아일랜드에 있는 시장에 들러서 쉬던 중이었어. 그러다 우연히 길거리에 전시된 로빈의 그림을 봤지. 친구들 결혼 선물로 안성맞춤이라고 생각했어."

"그래, 글로리아가 따로 값을 지불하면서까지 친구 커플의 그림을 부탁했지."

"이젠 더는 부부도 아닌데 말이야."

그렇게 덧붙인 글로리아가 크게 웃었다.

"하여튼 그렇게 그림을 부탁하면서 글로리아가 나를 점심에 초대했어."

"그때부터 친구가 되고 싶었어."

글로리아가 미소를 지으며 나를 보았다. 나는 글로리아와 힐디와 있으면서 가슴과 팔 쪽의 통증 따윈 잊었다. 순간 우정의 여정이 제자리를 찾은 듯했다. 친구들이 나를 보러 하나 둘씩 몰려오고 있었던 것이다. 그렇게 친구들끼리도 서로 재회했다. 나는 그늘의 사랑에 둘러싸여 호사를 누리고 있었다.

특별한 게 없어지면 너무 허전해

힐디가 떠나기 전날 저녁, 우리는 그녀를 데리고 인도 레스토랑에 가서 저녁을 먹었다. 식당은 온통 가족들과 커플들로 북적거렸다. 우리는 칸막이가 둘러쳐진 앞쪽 빈 식탁에 자리를 잡았다.

베르겐과 나오미 그리고 나는 무제한 채식 뷔페를 주문했다. 힐디는 메뉴에 없는 버터 치킨을 시켰다. 음식은 훌륭했다. 특히 내가 좋아하는 달과 바스마티 쌀basmati, 인도와 파키스탄 지역에서 생산되는 길쭉하고 향기로운 쌀이 나와서 더 그랬다.

나는 식당 뒤편에 있는 뷔페 코너를 몇 번 왔다 갔다 했다. 그리고 그때마다 나를 향한 다른 손님들의 태도가 놀랍도록 정중하고 사려 깊어 한층 더 기분이 좋아졌다. 대부분의 손님들이 미소를 지으며 내게 순서를 양보해주었고 일부는 완강한 태도로 한사코 내가 먼저 음식을 집도록 했다. 모두 하나같이 내가 접시에 양껏 담을 때까지 뒤에서 기다려주었고, 내가 물러서고 나서야 제각기 음식을 담았다.

식사를 마치고 웨이트리스가 접시를 치웠다. 계산은 베르겐이 했다. 나는 천천히 자리에서 일어나 핸드백을 어깨에 걸쳤다. 순간 핸드백의 끈 부분이 내 셔츠 바깥에 고정된 체액 주머니 줄에 감겼다. 수치심이 온몸을 휘감았다. 주머니를 안쪽으로 숨기거나 아니면 하다못해 양말이라도 덮어씌워야 했는데 그만 깜박했던 것이다. 얼마나 꼴사나웠을까! 혈액으로 가득한 이 우스꽝스러운 주머니를 내건 채 온 식당 안을 누볐으니. 뷔페 코너에서 사람들이 그렇게 친절했던 것도 무리는 아니었다.

돌아오는 차 안에 앉아 있노라니 한껏 당황했던 기분도 조금씩 가라앉기 시작했다. 오히려 일종의 성취감마저 들었다. 이제부터 줄 앞쪽에 서려면 어떻게 해야 하는지 알아냈으니 말이다. 혈액으로 가득한 체액 주머니만 내밀면 만사형통이었다.

집에 돌아온 뒤 힐디와 나오미는 각자 가방을 꺼내어 짐을 꾸리기 시작했다. 둘은 제각기 다른 비행기 편으로 내일 토론토로 향할 것이었다. 각기 다른 이유로 말이다. 힐디는 자신의 가족과 일터가 있는 곳으로, 나오미는 방학을 맞아 친척들과 친구들이 있는 곳으로. 원래는 나도 같이 가려고 했지만 유방암이 발견되는 바람에 취소했다.

두 사람이 짐 꾸리는 걸 마치고 나서 우리는 다 함께 식탁에 둘러앉았다. 과일을 앞에 두고 모두 차를 마셨다. 어느새 주방은 눈부시게 빛났고 세련되게 꽂은 꽃꽂이가 멋들어졌다. 전부 인테리어 디자이너 힐디의 솜씨였다.

길고도 바쁜 하루였다. 그래서 마침 크레이그 퍼거슨 쇼나 보면서 긴장을 풀자고 말하려는 찰나, 힐디가 의자에서 일어섰다. 그러더니 큰 소리로 선포했다.

"나 초콜릿 먹고 싶어."

힐디는 이쪽저쪽을 왔다 갔다 하며 싱크대 서랍을 여기저기 뒤지더니 우리 쪽을 돌아보며 물었다.

"누가 핫 초콜릿 상자 본 사람 없어? 내가 분명 이 서랍 안에 뒀는데."

힐디는 씩씩대며 여러 항아리와 베이킹 도구가 든 가방을 뒤졌다. 힐디는 "제기랄, 여기도 없어. 그게 정말 어디로 숨었을까?"라고 소리를 질러대며 싱크대에 바닐라 통을 쾅 내려놓았다. 해바라기 씨와 호박씨가 든 가방도 아무렇게나 옆으로 던져버렸다. 물론 그 초콜릿이 어디에 있는지는 힐디만이 알 것이었다. 힐디는 이틀 전쯤 우리 집 주방을 속속들이 익혔다. 베이킹 도구와 참치 캔, 시리얼 통이 어디에 있는지까지 전부 파악해버린 것이었다. 주변인들의 성적 비밀까지 모두 잊지 않고 기억하는 그녀였지만 그런 뛰어난 기억력이 음식에는 미치지 못하는 모양이었다. 하지만 흥분한 힐디의 상태를 볼 때 굳이 이런 견해까지 말할 필요는 없을 것이었다. 베르겐도 같이 찾아보겠다고 일어섰지만 힐디는 스스로 찾아내겠다고 선언했다.

그래서 우리는 크레이그 퍼거슨의 〈더 레이트 레이트 쇼〉 대신 힐디가 등장하는 '강박증 쇼'를 시청하게 되었다. 그녀는 미친 듯이 찬장과 서랍을 뒤졌다. 하지만 고급 핫 초콜릿 상자는 기어코 발견되지 않았고, 싱크대만 난장판이 되었다.

"뭔가 특별한 게 없어지면 너무 속상해."

힐디가 신음하듯 내뱉었다.

"그건 나도 그래."

하지만 나는 초콜릿을 두고 말한 게 아니었다.

다들 가야만 했다, 나만 빼고

나는 공항에서 작별하는 일에 서툴렀다. 비행기 탑승은 곧 재앙으로 이어질 수도 있는 문제였다. 비행에 대한 내 두려움은 항상 가족과 친구들에게까지 어김없이 번졌다. 그날만 해도 힐디와 나오미가 토론토로 날아가려 했다. 나는 일찍부터 제정신이 아니었다. 집 앞 보도에서 두 사람은 안심하라는 듯 나를 껴안고 입맞춤을 해주었다. 하지만 답으로 건넨 내 포옹과 입맞춤에는 불안과 초조가 묻어 있었다. 베르겐이 두 사람의 짐을 차 트렁크에 실었다. 차에 탄 두 사람이 뒤쪽 창문으로 고개를 돌려 열심히 손을 흔들었다. 그렇게 수 주 만에 처음으로 나는 혼자가 되었다. 모퉁이 옆에서 눈물을 훔치며 나는 속으로 외쳤다.

"가지 마! 사고 나면 안 돼! 죽지 말고 돌아와야 해! 도착하면 전화해!"

몸속에 꽂은 튜브를 뺀 순간 역겨웠다

나는 잔뜩 예민해져 오르락내리락하는 기분으로 남은 몇 주의 여름날들을 보냈다. 그나마 기분이 좀 나은 날은 시들시들하던 꽃이 한순간 소생하는 것 같다가도, 조금만 기분이 나빠지면 악취를 풍기며 썩어가는 퇴비로 전락한 듯한 느낌이었다. 오른팔은 조금씩 회복되고 있었지만 그래도 여전히 노라가 도와주어야 머리를 감고 집안일을 돌볼 수 있었다.

간호사들은 매일 꾸준히 우리 집을 찾아와주었다. 그들은 밖으로 새는 체액의 양이 줄어들고 있다면서 기뻐했다. 그리고 체액 주머니도 곧 떼게 될 거라고 장담했다. 드디어 주머니를 떼어내는 날, 담당 간호사는 침대에 수건을 깔았다. 나는 수건

위에 초조하게 누워 있었다. 그녀는 의료 장비를 꺼내더니 최대한 나를 안심시키려 했다.

"제가 하는 걸 보지 마세요. 느낌이 조금 이상할 수 있어요."

간호사는 내 옆구리에 삽입된 튜브를 끌어당기기 시작했다. 그러더니 결국엔 내 피부라고 느껴지는 곳에서 튜브가 분리된 듯했다. 하지만 눈을 꼭 감고 있었기에 정확히 무슨 일이 벌어졌는지는 알 수 없었다. 간호사는 잠시 동작을 멈추더니 곧 다른 작업에 착수하는 것 같았다. 뭔가 이상한 물체가 온 내장을 꿈틀대며 휘젓는 것만 같아 한바탕 메스꺼움이 일었다. 그러더니 그 물체가 내 흉부 밖으로 나왔다.

"자, 이제 다 나왔어요. 이제 봐도 돼요."

간호사가 말했다. 나는 고개를 간호사 쪽으로 돌렸다. 역겨움으로 잠시 몸서리가 쳐졌다.

"튜브가 정말 기네요. 그게 내 몸속에 있었다니 믿기지 않아요."

"네, 로빈 씨 몸 안에 있던 거예요."

간호사가 미소를 띠며 말했다. 그녀는 곧장 튜브를 감아 말더니 따로 마련해 온 쓰레기 처리 가방에 넣었다. 그리고 내 옆구리에 난 구멍에 붕대를 감아주며 말했다.

"기분이 이상할 수 있다고 말했잖아요."

간호사들뿐만 아니라 친구들도 꾸준히 들러주었다. 그중에는 아르헨티나 출신인 베티나Betina도 있었다. 11년 전 그녀를 처음 만났을 때는 마치 오래전에 잃어버렸던 여동생을 찾은 것 같은 느낌이었다. 다이애나는 망고스틴 주스 여러 병과 유방암 관련

책, 그리고 예쁜 블라우스를 가져다주었다. 사서로 일하고 있는 브라이언Brian과 질리언은 직접 만든 음식과 더불어 여행지에서 있었던 에피소드를 한 보따리 가져왔다.

또 질리언은 나를 데리고 쇼핑을 나가주었다. 처음으로 가슴 패드를 사기 위해서였다. 패드는 조그만 발포 고무 재질로 면 캐미솔 안에 끼워 넣게 되어 있었다. 패드를 하고 헐렁한 셔츠를 입으면 어느 정도 부피감이 살아났다. 하지만 딱 맞는 상의를 입고 있으면 패드 모양이 우스꽝스럽게 도드라졌다. 마치 조금 큰 달걀을 단단히 삶아 반으로 쪼개 놓은 듯한 모양이었다.

패드는 옷 속에서 탈출이라도 하고 싶은 양 위쪽에 가 있기도 하고 왼쪽이나 오른쪽으로 쏠리거나 꼿꼿이 서 있기도 했다. 하지만 패드를 탓할 일만은 아니었다. 빈 내 가슴팍의 한쪽이 그리 편하지만은 않았을 테니 말이다.

동정을 받는 것에도 질려가다

나는 어느새 진절머리 나는 비교 대상이 되고 있었다. "어떻게 지내세요?"라고 사람들에게 물으면 으레 "그쪽에 비하면 전 아주 잘 지내는 편이죠."라는 식의 대답이 돌아왔다. "오늘은 기분이 어때요?"라고 물었을 때도 거의 마찬가지였다. 상대방은 어깨를 한 번 정도 으쓱한 다음 이렇게 말하기 마련이었다.

"로빈 씨 상황을 생각하면 전 이러니저러니 불평할 처지가 못 되죠."

정말이지 그럴 때마다 단번에 맞받아치고 싶었다. '그럼 애정이라곤 없는 당신 결혼 생활은 어쩌고요? 당신이 매일 전전긍긍하는 빚은 또 어떻고요? 지긋지긋한 신경통도 있잖아요? 치질은 잊으셨나요? 그리고 그렇게 아끼던 강아지도 죽어가고 있잖아요? 실직하신 거 아니었어요? 요샌 사는 것도 영 재미가 없다면서요? 원인 모를 통증은 어떻게 할 건가요? 목뼈도 늘 아프죠? 뽑아도 뽑아도 자라는 콧수염 때문에 골치를 앓으시잖아요? 하지 정맥류도 신경 쓰이시죠?'

하지만 나는 어쩔 수 없이 꾹 눌러 참고, 대신 머릿속에 새 명함을 한번 그려보았다.

로빈 미셸 레비
진절머리 나는 비교 대상
'지긋지긋한 주목의 대상' 공인 전문가
저급 건강 상태 및 비교 행복 부서

마음만 받을게요, 지금으로선 그 수밖에 없어요

몇 달째 마그를 만나지 못했다. 하지만 우리는 이메일로 계속 연락을 주고받았다. 지난번에는 마그가 차를 마시자고 초대했다. 늦게나마 답장을 쓰기로 했다.

마그 씨께.

참고로 말씀드려요. 파킨슨병에는 신경도 못 쓸 정도로 확실한 주의 전환거리가 생겼어요. 별로 추천할 만한 건 못 되지만요. 유방암이래요. 7월 중순경에 진단이 떨어졌답니다. 그리고 8월 초에 오른쪽 가슴을 들어냈어요. 지금은 집에서 요양 중인데, 앞으로 화학 치료나 방사능 치료를 받을지 아니면 둘 다 받아야 할지 지켜봐야 해요. 이것 때문에 파킨슨병은 한동안 잊을 수 있었어요. 사실 아직 제정신인 게 신기할 정도랍니다. 그런데 왠지 한편으론 이 모든 상황이 우스워 죽겠어요. 세상일이 다 씁쓸하긴 하지만 그래도 웃어넘기는 수밖에 도리가 없잖아요? 다과 초대 감사합니다. 꼭 찾아뵙고 싶네요. 차는 한 잔만 마실게요. 지금으로선 그걸로 충분하니까요. 몸조리 잘하세요.

로빈으로부터

로빈에게.

너무 놀랐어요. 암이라니……, 너무 유감이고 화가 나네요.

곧 차 마시기로 해요.

마그로부터

07

말해줘, 나 어떻게 해야 해

배울 게 많긴 했지만 썩 유쾌하지만은 않았다

한쪽 가슴만 달린
중년여자가 씩씩대는 것은……

9월이 왔다. 종양학자의 조언이 빗발치고 불안감이 밀려들 것으로 예상되는 계절이었다. 유방암 생존자들의 정기 후원도 있을 것이었다. 생각이 갈래갈래 흩어져 뭐든 단번에 결정하지 못하고 망설일 가능성도 80퍼센트 정도로 전망되었다.

수전이 한동네에 살고 있어 편리한 건 사실이었다. 유방암 생존자인 수전은 그것에 관해서라면 모르는 게 없었다. 자연히 넬리와 함께 매일같이 나서는 산책길도 화학요법과 방사선요법, 호르몬 치료에 관한 야외 지도 시간이 되기 일쑤였다. 사실 그런 내용은 담당 종양학자와 면담할 때도 들을 수 있는 것들이었다.

물론 배울 게 많긴 하지만 유쾌한 내용은 하나도 없었다. 오늘처럼 수전이 화학요법에 대해 이야기를 늘어놓으면 나는 속으로 필기를 해두곤 했다.

“이건 알아두라고. 화학요법을 택할 거면 치료에 들어가기 전에 꼭 메스꺼움 방지약을 먹어둬야 해. 제일 좋은 제품은 개당

100달러 정도 될 거야. 그래도 그만한 효과는 있어. 그걸 먹지 않으면 죽을 것처럼 고통스럽단 말이야. 물론 약을 먹더라도 고통스럽긴 하지만 그래도 통증이 좀 줄어들 거야. 그리고 매번 치료 전후에 물을 많이 마셔둬. 가능한 한 빨리 화학물질을 몸 밖으로 내보내야 하니까. 특히 간 쪽에 독소가 쌓이기 쉬우니까 주의해야 해. 참, 그리고 잘 때 쓰는 모자를 하나 장만하는 게 좋을 거야. 대머리가 되면 얼마나 추운지 몰라. 당연히 면역체계도 무너져. 그러니까 나오미 친구들을 집에 들이지 않는 편이 좋을 거야. 나라면 그렇게 하겠어. 아이들은 항상 병균을 달고 다니니까. 감기라도 걸리면 정말 고생이니 미리 조심해."

나오미는 최근 학교를 옮겼다. 그리고 문예반에 들어갔는데 재미있는 모양이었다. 게다가 새 친구도 많이 사귀었는지 자주 친구들을 데려왔다. 아이들은 보통 저녁을 먹고 갔는데 그중 몇 명은 아예 주말 내내 머물기도 했다. 매일 아침 학교 가는 길에 들르는 아이도 있었다. 나오미와 새 친구들은 위층 화장실을 아예 미용실 대용으로 쓰는 듯했다. 그 아이들은 그곳에서 얼굴 가득 분칠을 하고 아이라이너와 아이섀도, 마스카라를 칠해댔다. 그것도 모자라 나오미의 청바지에 제일 잘 어울린다고 생각하는 티셔츠를 찾아낼 때까지 옷장을 몽땅 뒤지기도 했다. 물론 꺼내 놓은 나머지 셔츠들은 마구 구김이 간 채 바닥에 한 아름씩 쌓이게 마련이었다.

그래도 나는 아이들과 나의 건강을 위해 가능한 한 참견하지 않고 침대에 머무르려고 애쓰는 편이었다. 한쪽 가슴만 달린 괴

팍한 여자가 씩씩대며 등장하는 건 아이들도 원하지 않을 것이었다. 나 역시 그런 꼴은 되고 싶지 않았다. 아침은 항상 난리법석이었다. 베르겐은 아이들을 깨워 제시간에 스쿨버스를 태워야 했다. 시간에 맞추지 못하면 아이들을 전부 차에 밀어 넣고 학교까지 데려다주기도 했다. 모두 나가고 현관문이 쾅 하고 닫히면, 나는 그때서야 집에 없는 듯 연기하던 걸 관두고 침대에서 나왔다. 나의 하루는 그렇게 시작되었다.

예전의 멀쩡했던 모습이 그리웠다

어릴 때부터 나는 직감적으로 알았다. 우리가 변하는 것을 피할 수 없다는 사실을. 시간이 갈수록 발이 신발보다 커지고, 식물도 화분보다 커진다. 그리고 우리들은 점점 성장해 어느 순간 가족의 해체가 이루어진다. 우리 세대뿐만 아니라 다음 세대도 이는 마찬가지다. 그리고 변함없는 질문도 이어진다.

"넌 커서 뭐가 되고 싶니?"

이 질문을 받을 때면 나는 항상 혼란스러웠다. 다른 아이들의 뻔한 대답을 들을 때도 마찬가지였다. 소방관, 발레리나, 우주 비행사, 선생님, 의사, 간호사, 파일럿, 영화배우……. 마치 어떤 공식이라도 정해져 있는 듯했다. 결국엔 나도 화가와 시인, 작곡가, 미술 선생님 등 아예 몇 가지 답안을 지정해 외워버렸다. 사실 모두 흥미로운 직업이긴 했지만, 내가 정말 꿈꾸던 일들은 아니었다. 사실 내가 남몰래 꿈꾸었던 미래는 자라서 나 이외의 다른 누군가가 되는 거였다. 황당한 얘기이긴 하지만, 어렸을 때 나는 디즈니 영화를 정말 많이 보아서 그런 일이 실제로 가능하며 꼭 이루어질 거라고 믿었다. 이런 꿈을 꾸게 된 것은 나 자신에 대한 불만 때문이었다. 내가 보기에 나에 관한 모든 것은 잘못되어 있었다. 잘못된 것은 고쳐야 한다. 내 머리카락은 너무 굵고 구불거렸기에 몇 시간씩 드라이를 해야 가까스로 펼 수 있었다. 또 밤에는 철제 머리핀을 몇 개씩 꽂아서 머리카락을 눌러두어야 했다. 그럴 때면 못이 수북이 박힌 베개 위에 누운 듯한 느낌이어서 잠을 청하기 어려웠다. 그리고 당시 내 몸은 사춘기로 접어들어 왠지 익숙하지 않았다. 게다가 막 멍울이 맺히기 시작한 가슴 때문에 남성들의 추파를 견뎌내야 했다. 언어적 재능 역시 쓸모가 없었다. 단순한 성적 농담도 분간 못 하는 주제에 사랑의 시 같은 걸 어떻게 쓸 수 있었겠는가? 당시도 그때만 생각하면 얼굴이 붉어졌다. 어느 눈 내리는 겨울날이었다. 어떤 남자가 불쑥 다가오더니 내게 물었다.

"한 번에 얼마씩 받아?"

무슨 말인지 언뜻 이해하지 못한 나는 이렇게 대답하고 말았다.

"글쎄요. 5달러 주시면 진입로에 쌓인 눈을 치워드릴게요."

어쨌든 내 최대 결함은 어떻게 손을 쓸 수 없을 정도로 심하게 수줍음을 타는 성격이었다. 내가 얼마나 수줍음을 잘 타는 사람인지 떠올릴 때마다 나는 내가 너무 싫었다. 어쩔 도리 없이 그런 성격의 틀에 갇힌데다 탈출구라고는 전혀 보이지 않는 것처럼 느껴졌기 때문이었다. 이런 성격 탓에 나는 삶을 제대로 즐기지 못했을 뿐 아니라, 자신을 사랑하는 법도 몰랐다. 여하튼 이러한 이유로 나는 다른 사람이 되고 싶었던 것이다.

사실 그즈음도 이루지 못했던 어렸을 적 꿈에 대해 자주 생각하는 편이었다. 따지고 보면 그리 말이 안 될 것도 없었다. 그즈음 같아서는 본래 내 모습과는 전혀 딴판인 다른 사람이 되어가는 수순을 착착 밟아나가는 듯했다. 거울에 비친 나 자신이 보기 싫어진 지 이미 오래였다. 이러다 아예 내 모습을 못 보게 될 수도 있지 않을까?

가끔은 친구들도 나를 알아보지 못했으면 하고 바랄 때도 있었다. 특히 울고 싶지도 않고 건강에 신경 쓰기도 귀찮은 날이면 더 그랬다. 정말이지 고독한 시간이었던 것이다. 그럴 때는 오히려 낯선 이들이 도움이 되었다. 원래 내 모습이 어땠는지 전혀 모르고 거리낌 없이 행동하는 그들은 한껏 고립되어 있던 내게도 참으로 신선하게 다가왔다. 가령 낯선 이들과 처음 만나게 되면 그들은 당시의 내 모습을 토대로 나라는 사람을 판단했다. 그 순간 그들의 눈에 비친 모습이 바로 나인 것이었다. 비교의 대상이 될 과거 모습 따위는 그들 머릿속에 없었다. 그러므로 언제 어떤 모습이었는지 기억해낼 필요 없이 그저 상쾌한 마음과 우호적인 태도로 새로 시작하면 되는 관계였다. 그런데 또 한편으로 모르는 사람들과의 만남이 실망스러울 때도 있었다. 사람들은 한 사람의 외모와 화법, 걸음걸이 등을 보고 온갖 추측과 판단을 하게 마련이었다. 물론 드러내놓고 말하진 않지만, 나는 그들의 표정에서 많은 걸 읽을 수 있었다. 그런 상황에 맞닥뜨릴 때마다 나는 그 사람들에게 '첫인상 정정' 카드를 나누어 주고 싶어졌다.

참고로 알려드립니다.

지금 당신 눈앞에서 한쪽 가슴만 단 채 느릿느릿 절뚝대며 걷는 중년의 여성도 한때는 너무도 활기차고 기운 넘치는 건강한 사람이었답니다.

사실 나도 예전의 멀쩡했던 내 모습이 그립긴 했다. 동시에 그때 내가 도대체 어떤 사람이 되어가는 건지 궁금해지기도 했다.

내 딸이 레즈비언이라는 게 뭐 어때서?

눈부신, 색다른 멋이 있는, 아름다운……. 사람들이 나오미를 두고 하는 말들이었다. 욕실 세면대 앞에 선 그 아이를 옆에서 보고 있노라니, 그런 말조차 부족하다는 생각이 들었다. 나오미는 창조적인데다 통찰력까지 겸비했다. 게다가 정도 많고 쾌활한 아이였다. 그리고 이건 최근에 알아차린 건데 자신만만한 태도도 갖추었다. 거울을 보고 이를 닦으면서 옆에 같이 서서 이를 닦는 나를 쳐다보는 나오미……. 내 마음은 터질 듯한 기쁨으로 가득 차 하늘로 날아오를 것만 같았다. 딸아이에게는 그렇게 자신감 넘치는 모습이 잘 어울렸다. 그새 나오미는 한층 더 자랐고 좀 더 자주 웃게 되었다. 그리고 그즈음처럼 자신 있고 편안해 보인 적이 없었다.

우리는 다 씻고 나서 아래층으로 내려갔다. 둘 다 아직 잠옷 차림이었다. 베르겐은 주방에서 한 번에 여러 가지 일을 소화해 내느라 한창 바빴다. 그러니까 아침으로 팬케이크와 커피, 과일 샐러드를 준비하면서 토요 신문을 읽고 BBC 뉴스도 듣는 중이었다. 귀에는 아빠가 사다 준 특수 헤드폰을 꽂고 있었다. 그걸 꽂고 있으면 팬케이크를 뒤집으면서 TV 화면을 시청하는 게 가능했다. 어쨌건 그때껏 경험한 바로는 아침에 베르겐이 이렇게 헤드폰을 꽂고 있을 때 너무 가까이 다가가는 건 이롭지 못했다. 처음에는 그랬다가 둘이서 한 번 부딪쳤고 두 번째에는 마냥 쑥스럽기만 했다. 그다음부터는 그냥 베르겐이 헤드폰을 뺄 때까지 기다렸다가 아침 키스를 했다.

아침을 먹고 나서 우리는 모두 거실에서 편안한 시간을 보냈다. 나오미는 소파에 웅크리고 앉아 책을 읽었고, 나는 바닥에서 늘 하던 스트레칭에 전념했다. 베르겐은 넬리를 무릎에 올린 채 의자에 앉았다. 우리는 나오미의 선생님들과 주말 과제 등에 대해 이야기를 나누었다. 물론 새 친구들에 대해서는 말할 것도 없었다. 나오미는 누가 이성애자고 누가 게이고 또 누가 양성애자인지 아주 세세히 보고했다. 그러더니 대뜸 이렇게 덧붙였다.

"지난번에 양성애자라고 말씀드린 거 기억하시죠? 그때는 제가 곧바로 레즈비언이라고 하면 반응이 어떨까 염려되어서 그렇게 말한 것뿐이었어요."

베르겐은 1초도 머뭇거리지 않고 곧장 대답했다.

"그래, 그거 멋지구나!"

나도 곧바로 대답했다.

"이성애자든 양성애자든 또 레즈비언이든 그건 상관없어. 그렇다고 바뀌는 건 없을 테니까. 엄마 아빠는 항상 널 사랑해, 나오미."

나오미는 잠시 침착한 표정으로 우리를 쳐다보더니, 베르겐과 나를 차례로 껴안았다. 사실 우리 부부는 진작 알고 있었지만 굳이 나오미에게 먼저 알리지 않았다. 그저 딸아이가 준비되었을 때 스스로 '그 소식'을 공개하도록 기다렸던 것이다.

"친구들에겐 벌써 다 얘기했어요."

나오미가 웃으며 말을 이었다.

"GSA에도 가입했고요."

"그게 뭐니?"

나는 곧바로 물었다.

"게이 이성애자 연합이요. 학교에 있는 모임이에요. 고등학교마다 하나씩 다 있어요."

그렇게 우리는 성적 정체성에 대한 이야기를 좀 더 이어나갔다. 게이인 친구나 동료도 언급해가면서 말이다. 이런 시간을 가짐으로써 우리 가족이 더 가까워진 느낌이었다. 눈물이 날 것만 같았다. 딸아이와 나는 각자 인생의 새 단계에 접어들고 있었지만 서로 너무나 달랐다. 나오미의 성은 이제 막 피어나려 하는 반면, 나의 성은 해체되고 있었으니 말이다.

종양학자와의 면담

내 몸의 패닉 알람panic alarm, 위험한 상황이 발생했을 때 알려주는 장치이 고장 났다. 그래서 어떻게 꺼야 할지도 모르겠다. 잠잘 때나 일어났을 때, 책을 읽거나 먹거나 걸어 다닐 때도 내 안의 알람 소리가 윙윙대며 계속 들려왔다. 전화 다이얼을 돌릴 때조차 그 소리는 멈추지 않았다. 결국 나는 수년간 서로 연락이 뜸했던 오랜 지인에게 전화를 걸었다.

시슬리Cicely는 암 종양학자로 패닉 알람을 구성하는 버튼에 대해서도 속속들이 알고 있었다. 그녀는 최근에 퇴직했지만 암 협회에서 있을 종양학자와의 면담에 대비할 수 있도록 도와주겠다고 제안한 적이 있었다. 어느 조용한 일요일 아침, 베르겐과 나는 내 상태가 기록된 파일과 온갖 질문들을 가득 안고 시슬리의 집으로 차를 몰았다.

'화학요법과 방사선요법에 따르는 위험 요소와 이점은? 화학요법 때문에 파킨슨병이 악화될 수 있는지? 절제한 림프절에서 암세포가 발견되지 않았다는 사실로 말미암아 권장 치료법이 달라지는지? 화학요법이나 방사선요법의 유무에 따른 암 재발 위험도는? 작은 혹과 큰 혹 모두 에스트로겐 양성 반응을 보이는데, 그렇다면 적용 가능한 호르몬 치료로는 어떤 것들이 있는지? 호르몬 치료의 득과 실은? 피해야 할 에스트로겐 함유 식품은? 다른 병원에서 재검을 받아보고 싶다면?'

시슬리는 내 모든 질문에 정확하게 일일이 답해주었다. 시슬리가 설명한 바로는 향후 내 담당 종양학자는 화학요법과 방사선요법, 타목시펜Tamoxifen, 항종양 약제로 유방암 치료제 호르몬 치료, 폐경 유도화학요법, 약물 투여 또는 시술을 통해 시도한다 등을 시도할 가능성이 크다고 했다. 또 그가 어떤 방법을 추천하든 결국 선택은 내 몫이라는 점도 상기시켜주었다. 즉 내가 직접 치료법 중 몇 가지든 아니면 그 전부를 수용하거나 거절할 수 있다는 말이었다.

그리고 한때 암협회에서 근무한 사람으로서 시슬리는 내부 정보 몇 가지도 덤으로 일러주었다. 가령 협회에서는 금요일마다 종양학자들이 모여 특이하거나 난해한 케이스를 서로 의논한다고 했다. 사례 발표라는 회의였다. 내 경우엔 파킨슨병이 있는데다 각기 다른 단계로 번진 종양까지 가졌으니, 나 역시 사례 발표 회의를 소집해서 좀 더 고차원적인 이차 소견을 들어볼 수 있을지도 모른다고 했다.

거의 헤어질 시간이 되자 나는 시슬리에게 감사의 인사를 전했다. 또 이번 만남을 통해 우리 부부가 얼마나 안심이 되었는지도 알려주었다. 종양학자와의 면담이 어떻게 진행될지 좀 더 명확히 알게 되자 주체할 수 없었던 두려움도 어느 정도 완화되었다. 포옹으로 인사를 나누며 시슬리는 내게 잘 지내라고 당부했다. 동시에 내 파일을 읽으면서 기록해 둔 소견서를 건넸다. 차를 타고 나오면서 뒤돌아보니 시슬리가 현관 앞에 서 있었다. 우리를 향해 손을 흔드는 그녀의 다른 손에는 베르겐이 선사한 수제 키위 잼이 들려 있었다.

종양학자와의 면담을 하루 앞둔 저녁이었다. 걱정에 휩싸인 나는 뭔가 주의를 돌릴 만한 거리가 절실했다. 베르겐은 재미난 영화를 보러 나가는 게 어떻겠느냐고 제안했다.

"우디 앨런의 새 영화가 나왔다는군. 〈비키 크리스티나 바르셀로나Vicky Christina Barcelona〉 어때?"

"그럼 잠옷을 벗고 제대로 된 옷으로 갈아입어야 한다는 말이네."

내가 살짝 투덜댔다.

"그렇긴 하지. 내가 도와줄게."

나는 앞으로 수술 후에 입는 유니폼처럼 자주 입게 될 복장을 갖추어 입기 시작했다. 그러니까 청바지와 헐렁한 블라우스를 입고 목 주변에 스카프를 교묘히 둘러 가슴 부위를 가릴 수 있도록 한 것이었다. 수술 후 처음으로 시도하는 둘만의 저녁 데이트였다. 우리는 일단 표를 사서 극장 안으로 들어갔다. 군침이 돌게 하는 팝콘 향기가 로비에 가득했다. 순간 정신이 번쩍 들었다.

'내가 여기서 뭘 하는 거지? 이건 미친 짓이야!'

사람들과 팝콘이 쉼 없이 내 옆을 스쳐 지나갔다. 나는 베르겐 쪽으로 바싹 붙었다. 낭만적인 기분이 들어서가 아니라 신경이 곤두서고 왠지 쑥스러웠기 때문이었다. 누군가 우연히 팔꿈치로 내 가슴을 치기라도 하면 어쩌지? 아는 사람과 맞닥뜨려 내 안의 울보가 난리를 치기라도 하면? 베르겐에게는 내 심정을 굳이 말하지 않았다. 하지만 그는 내가 초조해하는 걸 이미 눈치 채고 있었다.

"걱정하지 마. 아무 일도 없을 거야."

베르겐이 말했다. 나는 크게 한번 심호흡을 했다. 그리고 곧장 숨을 내쉬는데 저 멀리 미셸Michelle과 허니Honey가 보였다. 그 사람들은 베르겐의 오랜 친구들이었다. 표정으로 보아서는 둘 다 내가 살아 있다는 사실에 다소 놀라는 것 같았다. 어쨌건 우리는 서로 껴안고 안부 인사를 나누었다. 그리고 얼마 되지 않아 베르겐이 "금방 올게"라고 하며 잠시 자리를 피했다. 화장실에 가는 것 같았다. 그렇게 결국 여자들만 남게 되었다. 미셸은 주머니에 손을 꽂은 채 잠자코 초조한 미소를 보이더니 대뜸 이렇게 물어왔다.

"그래, 그동안 어떻게 지냈어요? 진단 결과에 대해서는 들었어요."

"괜찮게 지내고 있어요."

나는 눈이 좀 따끔거리는 것을 느끼며 대답했다.

"수술은 언제 받았어요?"

허니가 궁금해했다.

나는 "한 달 반 전쯤에요. 8월 초였어요"라고 대답하면서 울지 않으려고 애썼다. 미셸이 "와! 정말 좋아 보이네요"라고 말했다. 고맙다고 답해주었다. 대답과 동시에 나는 어떻게 하면 원치 않는 눈물바람을 피할 수 있을까 궁리했다. 눈을 찔러버릴까? 아니지, 그건 아냐. 아이처럼 소리를 질러볼까? 그럴 기분은 아닌 것 같았다. 그럼 장난이라도 쳐봐? 장난 정도면 한번 시도해볼 만했다. 마침 저 멀리 베르겐이 보였다. "저기 그이가 오네요"라고 나는 말했다. 우리는 모두 로비 뒤쪽으로 고개를 돌렸다. 베르겐이 사람들을 헤치며 우리를 향해 걸어오고 있었다. 나는 정색을 하고 미셸과 허니에게 속삭였다.

"부탁 하나 들어줘요. 유방절제수술을 했다고 남편에게 말하지 말아줘요. 아직 그이한텐 얘기 안 했거든요."

미셸과 허니는 그 자리에 얼어붙은 채 내 눈을 바라보더니 서로 한 번씩 쳐다보았다. 그리고 다시 나를 뚫어져라 응시했다. 그들이 마음속으로 어떤 생각을 했을지 거의 알아맞힐 수 있을 것 같았다. '남편에겐 왜 말하지 않았을까? 부인의 가슴이 없어졌는데도 남편이 모른단 말이야?' 잠시나마 이렇게 그들을 놀려먹고 나니 한결 기분이 좋아졌다. 가슴이 두 개 다 있을 때와 마찬가지로 여전히 내 수법이 통한다는 사실이 위안이 되었던 것이다. 어쨌건 베르겐이 우리 곁으로 다가서자 어색한 침묵이 흘렀다. 나는 웃음을 터뜨렸다.

"뭐가 그렇게 재밌어?"

베르겐이 알고 싶어했다. 그러자 미셸이 대답했다.

"로빈은 너무 재밌어. 물론 너는 이미 알고 있었겠지만 말이야."

수술만 하면 다 나을 줄 알았는데……

암협회의 유리문을 밀고 들어가는 건 마치 인자한 괴물의 입 안으로 빨려 들어가는 것과 같다. 겁에 질려 있으면서도 동시에 어느 정도 안심이 되기 때문이었다. 협회 안쪽으로 들어가니 명랑한 자원봉사자들이 들어오는 사람들을 맞이했다. 사람들에게 묻은 병균을 씻어내려는 듯 손을 소독할 수 있는 공간도 따로 마련되어 있었다. 미소 짓는 모양으로 꾸며진 안내 데스크도 보였다. 나는 로리쉬Lohrisch 박사의 사무실이 있는 2층으로 올라가기 위해 엘리베이터 앞에 섰다. 그 주위에는 틀림없는 암 환자들이 있었다. 휠체어에 앉아 있거나 대머리인 사람들, 정맥 주사를 맞고 있는 사람들. 하지만 분명히 암 환자들은 더 있을 것이었다. 건강한 사람들 틈에 섞여 두드러지지 않을 뿐이었다.

엘리베이터가 도착하자 사람들이 차곡차곡 다 탈 때까지 자원봉사자가 문을 잡아주었다. 문이 닫히고 우리는 마치 각자의 프라이버시라도 지키려는 듯 서로 눈을 피해가며 입을 다물었다. 암이 각자의 삶을 침범한 뒤 이렇게 공공장소로 내몰린 신세들이니 어느 정도의 프라이버시가 필요할 법도 했다. 엘리베이터에 탔던 사람들 중 대부분은 2층에서 내렸다. 그리고 하나같이 프런트 데스크에서 접수를 마친 뒤 흡사 공항 대기실을 연상시키는 좁은 공간에서 차례를 기다렸다. 한 사람씩 이름이 불릴 때마다, 나는 제각기 다른 목적지로 향하는 비행기를 연상해보았다. 그럴 때면 고통스러움과 두려움, 희망이 한데 뒤섞인 복잡한 감정이 일었다.

대기실에서 기다리고 있는데 나이 지긋한 한 여성이 스테인리스 운반대를 천천히 끌고 지나갔다. 운반대에는 무료로 나누어 주는 커피와 차가 놓여 있었다. 기부금으로 마련된 간식이라고 했다. 운반대가 우리 옆으로 오자 베르겐은 읽고 있던 《사이언티픽 아메리칸》을 내려놓더니 커피 한 잔을 집어 들었다. 나는 별로 먹고 싶은 생각이 없었다. 사실 집에서 내가 먹을 간식거리를 따로 준비해 온 터였다. 내 면담은 오전 8시 15분으로 예약되어 있었는데, 시간은 이미 8시 30분을 넘어서고 있었다. 나는 가방에 손을 집어넣어 준비해 온 건포도를 꺼내어 먹으며 잡지를 뒤적였다. 얼마 지나지 않아 클립보드를 든 간호사가 내 이름을 불렀다. 나는 손을 들어 답한 뒤 베르겐과 함께 소지품을 챙겼다. 그리고 곧장 간호사를 따라 검사실로 들어갔다. 누군가 얌전히 개어 검사대 위에 둔 얇은 가운이 보였다. 나는 곧 가운으로 갈아입었다. 문득 오늘 면담을 위해 일부러 다리나 겨드랑이 털을 면도하지 않길 잘했다는 생각이 들었다. 검사실이 너무 서늘해서 체모의 단열 효과마저 없었더라면 가슴이 얼어붙을 지경이었다.

그렇게 준비를 마치고 조금 더 기다리다 보니 또 다른 간호사가 들어왔다. 간호사는 키와 몸무게를 재고 혈압과 심장박동을 확인한 뒤 현재 내 건강 상태와 관련해 몇 가지 기본적인 질문을 했다. 틀림없이 종양학자와 면담할 시간이 임박했다는 생각이 들었다. 잠시 후 큰 키에 머리카락이 검고 가슴이 둘 달린 여성이 팔을 흔들면서 들어왔다. 말쑥한 양복 차림에 가죽 구두를 신은 그녀가 자신을 소개했다.

"안녕하세요, 전 로리쉬 박사예요."

순간 "전 원시인이에요"라고 말하는 나를 상상했다. 하지만 나는 태연하게 남편을 소개했다.

"이쪽은 제 남편 베르겐이에요."

잠시 문명인들끼리의 악수가 오갔다. 로리쉬 박사는 곧바로 내 수술 부위와 나머지 한쪽 가슴을 검진했다. 검사를 마친 박사가 이렇게 말했다.

"이제 옷을 입으셔도 좋아요. 곧 돌아올게요."

남은 시간 동안 우리는 내 병력을 검토했다. 로리쉬 박사는 내 기록을 모두 숙지하고 있었다. 또 우리는 치유 가능성을 높이고 유방암 재발을 방지할 수 있는 여러 요법에 대해 의견을 나누었다.

"제가 추천해드리고 싶은 접근법은 이래요."

박사는 클립보드를 무릎에 놓고 메모를 해가며 설명했다.

"우선은 화학요법이에요. 그다음엔 호르몬 치료로 넘어가고요. 호르몬 치료에는 타목시펜과 난소 억제제를 쓸 거예요. 일단 화학요법에 들어가면 폐경이 앞당겨질 겁니다. 만일 그렇게 되지 않으면 다른 접근법도 세 가지 정도 있어요. 난소 방사선요법을 시도하거나 특수 호르몬 억제제를 매월 주사해도 돼요. 아니면 수술로 난소를 제거할 수도 있고요."

대화 주제는 꽤 심각했지만, 어쩐 일인지 나는 이례적으로 침착성과 집중력을 유지했다. 면담에 대비해 시슬리와 사전 상담을 해둔 덕택이었다. 그래서 갑자기 놀란다거나 하는 일은 없었다. 면담 절차도 시슬리가 예상했던 것과 거의 동일했다. 단 한 부분만 빼고 말이다.

"가슴 쪽에는 왜 방사선요법을 안 권하시는 거죠?"

"왜냐하면 가슴을 절제하고 남은 부분, 그러니까 종양 주변 부분에서는 암의 흔적이 하나도 발견되지 않았기 때문이에요. 림프절도 마찬가지고요. 그래서 제 소견으로는 굳이 방사선요법까지 적용할 필요가 없을 것 같았어요."

베르겐과 나는 박사가 말하는 내용을 주의 깊게 들으면서 여러 가지 질문을 하고 온갖 우려도 표시했다. 특히 화학요법이 내 지친 몸과 삶의 질에 미칠 부정적 영향에 대해 집중적으로 관심을 드러냈던 것 같다. 사실 유방암 진단이 떨어지기 전까지만 해도 그해 가을쯤에는 파킨슨병과 관련해 약물 투여를 시작하려고 했다. 하지만 결국 유방암 치료를 마칠 때까지 기다리는 것으로 계획을 수정했다. 나는 타목시펜과 난소 억제제를 특별히 의심하는 건 아니지만 화학요법 자체에 대해서는 아직 마음이 혼란스럽다고 말했다.

"박사님이 저라면 어떻게 하시겠어요?"

"저라면 일단 화학요법에 들어가겠어요. 생각만큼 부작용이 심하진 않을 거예요. 그리고 중간에라도 언제든 요법을 중단할 수 있으니까요."

"화학요법은 언제 시작하게 되나요?"

"몇 주 안으로요."

"케이스 회의를 요청할 수 있는 걸로 알고 있습니다만. 종양학자들로 구성된 팀을 통해서 좀 더 다양한 의견을 구할 수 있지 않을까 해서요."

베르겐이 박사의 견해를 물었다.

"정말 좋은 생각입니다. 제가 회의를 소집하죠."

박사가 미소를 지으며 말을 이었다.

"그동안 화학요법을 3주 후에 시작할 수 있도록 제가 계획을 잡아보면 어떨까요? 몇 가지 검사를 예약해드릴게요. 그리고 정맥에 포트도 심어 넣을 수 있도록 하고요. 메스꺼움을 방지하는 약도 처방해드릴 수 있어요."

잠시 후 면담이 끝나고 우리는 사무실 밖으로 나왔다. 화학요법을 떠올리기만 해도 메스꺼움이 올라왔다. 북적대는 암 환자들과 보호자들을 간신히 뚫고 로비를 통과했다. 그들 모두 힘겨운 치료 과정이라는 거센 물살에 휩쓸린 사람들이었다.

세상에서 가장 매력적인 정원에 묻히고 싶어

집 근처 도로가 자전거 통근 구간으로 지정되어 공사에 들어갔다. 인부들은 교차로 정중앙에 서행 유도 서클을 설치했다. 넬리와 나는 그 과정을 지켜보았다. 먼저 지도를 확인한 인부들이 아스팔트를 파낸 다음 콘크리트를 부었다. 끝으로 기본적인 둥근 형태의 정원을 꾸미고 중앙 부분을 다졌다. 원예에 관심이 있는 일부 이웃 주민들은 그 정원을 본인들 것인 양 여겼다. 우리에게 이 정원은 세상에서 가장 매력적인 정원이었다.

나 역시 정원의 일부를 이용해볼까 생각하는 중이었다. 우리 집에서 가까운 쪽을 골라 키 큰 해바라기를 심어보고 싶었다. 바람이 불면 흔들리는 그런 해바라기 말이다. 내가 죽으면 달

밝은 밤에 그곳에 유골을 묻을 수도 있을 것이었다. 그러면 넬리는 비석에다 오줌을 누겠지.

로빈 미셸 레비, 그녀의 대부분이 여기 잠들다
사랑하는 아내이자, 어머니, 딸, 자매, 친구였던 그녀
이제 오줌과 더불어 편히 잠들길.
아멘

여성 암 지원회에 가입했다. 우리는 매주 월요일 오후 2시에 모임을 가졌다. 회원 중 여덟 명은 이렇게 정기적으로 모였다. 회원 대부분은 유방암 환자들인데 회장 샌탈Chantal 역시 그랬다. 샌탈은 사십 대 초반의 여성으로 고작 스물다섯 정도로밖에 보이지 않았다. 그녀는 수년 전 처음으로 암 진단을 받은 이후 수술과 치료를 거듭하며 한동안 차도를 보였으나, 전이성 암으로 판명되어 치료받는 중이었다. 샌탈을 보고 있노라면 사람 일은 정말 모른다는 말이 와닿았다. 그녀는 아름답고 생기가 넘쳤다. 또 부드럽게 무리를 이끌었다. 첫 모임에서도 샌탈의 접근방식은 너무도 부드러웠다. 그런 나머지 하마터면 그녀의 의도를 오해할 뻔했다.

첫 모임의 출발은 순조로웠다. 우리는 돌아가며 자신을 소개하면서 각자가 처한 어려운 상황도 털어놓았다. 말하는 중간에 끼어드는 일 따위는 없도록 모두 합의해둔 터였다. 하지만 우리의 신성한 규칙은 곧 무너졌다. 툴툴대기 좋아하는 한 여자가

시도 때도 없이 지껄여댔기 때문이었다. 중간에 샌탈이 부드러운 태도로 끼어들지 않기 규칙을 상기시켜 그나마 소란은 잦아드는 듯했다. 하지만 그것도 잠시, 그때까지 잠자코 앉아 졸고 있던 한 여성이 깨어나더니 더듬거리며 떠들기 시작했다. 약 기운에 몽롱해진 그 여성은 독후감을 읊듯 두서없이 이야기를 늘어놓았다. 물론 앞서 투덜댄 여자의 입에서 나온 말이나 토론의 주제와는 아무 상관도 없는 이야기였다. 어쨌건 누구도 그 여성을 말리려 들지 않았고, 결국 다시 잠에 빠질 때까지 여성의 주절거림은 계속되었다. 나는 터져나오려는 웃음을 애써 참았다. 그렇게 샌탈은 다시 한동안 모임을 이끌어갔다. 하지만 얼마 지나지 않아 툴툴대기 좋아하는 여자가 다시 분위기를 망쳤고 이번에는 겨우 잠에 빠졌던 여성까지 깨우고 말았다. 다시 잠에서 깬 여성은 이전에 말하다 관둔 부분부터 다시 이야기를 이어가기 시작했다. 그녀의 주절댐은 오후 내내 계속되다가 또다시 잠들고 나서야 멈추었다.

어이없는 코미디 같은 첫날이었지만 그래도 회원 중 몇 사람과는 교감을 느낄 수 있었다. 그중에서도 특히 수Sue와 셰릴Cheryl과 그랬다. 그 두 사람은 나와 마찬가지로 최근 유방암 진단이 떨어져 치료를 받고 있었다. 수는 활동적인데다 모험을 좋아하고 의지가 굳었다. 암은 수의 늑골까지 번진 상태였지만 그래도 그녀 앞에서는 기를 못 펴는 듯했다. 그녀는 화학요법을 다 마치고 방사선요법을 준비하는 중이었다. 또 난소 제거와 양쪽 유방 절제도 앞두고 있었다. 그런 다음에는 곧바로 재건 수술을 받을 계획이라고 했다. 한편, 셰릴은 열정적으로 일하면서도 인생을 즐길 줄 아는 사회복지사였다. 그녀 역시 방사선 치료를 받는 환자로 차후 한쪽 유방 절제와 재건 수술을 받을 참이었다. 우리 셋은 서로 이메일을 교환하고 가끔 식사도 같이했다. 내가 두 사람과 암 지원회를 통해 깨달은 점이 있다면, 힘을 합치면 더 강해질 뿐 아니라 희망도 더 많이 보인다는 사실이었다.

하지만 그 와중에 앙갚음이라도 하듯 다시금 두려움이 찾아 들었다. '화학요법'이라는 단어만 떠올려도 뼛속까지 떨림이 전해졌다. 화학요법 때문에 내 몸에 어떤 변화가 올지 알 게 뭔가? 뇌는 또 어떻고? 아직 경험하지 못한 미지의 과정에 대한 불안감이 엄습했다. 이런 종류의 공포는 예전에 단 한 번 느껴보았을 따름이었다. 바로 임신 8개월째, 출산을 앞두고 있을 때였다. 당시 나는 조사에 열을 올렸고 출산 경험이 있는 주변 여성들에게 궁금한 점을 일일이 묻고 다녔다. 안면이 있든 없든 상관없이 말이다. 겁에 질린데다 미처 준비도 못했던 나는 출산 당시의 기분을 한 사람씩 짤막하게 이야기해보라고 하기도 했다. 끔찍한 경험담을 미리 자세히 들어두어 장차 닥칠 두려움에 대비하고 싶었기 때문이었다. 대부분의 경험자는 친절하게 요청에 응했지만, 일부는 얼굴을 잔뜩 찌푸리기도 했다. 또 개중에는 겁에 질린 나를 재미있다는 듯 바라보는 사람들도 있었다.

당시 나는 조사에 응한 여성들의 반응을 기록해두었는데, 그중 일부를 추려보면 이런 식이었다.

"태풍이 내장을 휘젓고 지나가는 기분이었어요."

"아이가 엉덩이를 비집고 나오려는 것 같았어요."

"다들 아는 그곳에 타이거 밤Tiger Balm, 멘톨이 함유된 고약을 발라놓은 느낌이었죠."

"아랫도리에서 폭탄이 터진 것 같았어요."

"내 질이 스스로 목숨을 끊나 싶었어요."

"생리할 때의 느낌 같았어요. 단, 거의 죽을 지경으로 생리통이 찾아올 때의 느낌이요!"

"걱정하지 마세요. 잘해낼 거예요. 그런데 유서는 써 뒀어요?"

"명상을 배워보는 건 어때요? 정말 죽도록 아플 테니까요!"

그래도 미리 조사해둔데다 베르겐과 산전 수업에도 참여해본 터라, 출산 당일이 되어서도 무턱대고 두렵지만은 않았다. 대신 이미 알고 있는 사실들에 대해서 불쑥 겁이 났다. 출산에 따르는 고통과 죽음의 가능성 등이 그랬다. 그래도 최소한 이미 터득한 내용을 염두에 두고 상황에 맞닥뜨릴 수 있어 다행이었다. 단, 하반신 마취제를 맞고 영원히 몸이 마비되는 100만 명 중의 한 명이 될까 봐 겁에 질려서 마취는 하지 않았다.

예나 지금이나 위기가 닥칠 때면 미지의 대상에 대해 두려움을 느끼지만 과거와 현재는 그 차이가 확연했다. 가령 선택의 문제를 들 수 있었다. 그러니까 임신했을 때 출산은 피할 수 없는 일이었던 반면 화학요법은 적용 여부를 내가 선택할 수 있었다는 말이다. 또 사전 조사 활동만 해도 그랬다. 임신했을 당시만 해도 나는 튼튼하고 건강했다. 집중도 잘했을 뿐 아니라 행동도 민첩했다. 조사의 달인이기도 했다. 하지만 이젠 옛이야기였다. 파킨슨병은 내 정신을 온통 흩뜨려놓았고 심경에 변화를 가져왔을 뿐 아니라 내 몸까지 망가뜨려놓았다. 자연히 폭넓은 조사 능력 따위는 급격히 떨어진 상태였다. 이제는 뭘 하든 더 많은 시간과 노력이 요구되는 것이었다. 그러니까 인터넷 사이트 뒤지기, 관련 자료 발견하기, 연구 결과 조합하기, 메모하기, 여러 내용 비교 분석하기, 조사한 내용 정리하기 등도 예외는 아니었다. 화학요법에 들어가기까지 채 3주가 남지 않은 시점에서도 그랬다. 그도 그럴 것이 우선 나는 꽤 당황스러워하고 있었다. 동시에 화학요법과 파킨슨병에 따르는 모든 위험 요소를 철저히 조사해나갈 엄두가 나지 않았다. 화학요법을 시행하면 현재 상태가 악화되지 않을까? 그러면 혹시 또 다른 증상이 나타나는 건 아닐까? 파킨슨병이 더 빨리 진전되지는 않을까? 파킨슨병 약제의 효능이 경감될 수도 있지 않을까? 나는 분명히 도움이 필요했다. 그래서 다짜고짜 수화기부터 들었다.

"잘 지냈니, 조이? 나 로빈이야."

약간의 쑥스러움과 다급함이 내 목소리에서 묻어났다.

"안녕, 로빈. 정말 오랜만이야. 어떻게 지내?"

마지막으로 조이와 연락한 것도 벌써 수년 전이었다. 바쁘게 지내느라 서로 관심을 쏟지 못했다. 하지만 나는 그렇게 다시 그녀에게 향하고 있었다.

"사실은 그다지 잘 지내지 못해. 이야기할 시간 있어?"

조이는 충분히 시간이 있다고 말했다. 내가 단숨에 그동안의 경과를 보고하자 조이는 충격을 감추지 못하고 유감스러워했다. 나와 조이는 14년 된 친구 사이였다. 아이들이 어렸을 때는 조이가 우리 가족을 초대한 적도 있었다. 초대받아 간 곳은 어린아이를 둔 가족들의 모임으로, 각자 가져온 음식을 차려 식사하고 정신적 후원을 나누고 있었다. 그 무리에 섞인 조이 역시 평범한 엄마는 아니었다. 그녀는 양육에 대한 본능을 타고났을 뿐 아니라 그런 본능에 충실할 배짱도 겸비한 여성이었다. 또 자녀 양육에 관한 지식을 습득하고 공유하는 문제만큼은 유별난 관심과 재능을 보였다. 그렇게 서로 왕래하며 수년 동안 우정을 다지던 중, 조이가 전이성 유방암 판정을 받았다. 그 순간부터 조이는 자신의 뛰어난 조사분석기술을 활용해 암을 짓밟아버리겠다고 마음먹었다. 유방절제술과 방사선요법, 대체치료법까지 조이는 그 모든 과정에 차분히 임했고, 다행히 암은 소멸되었다.

화학요법 단행을 눈앞에 두고 심란해진 마음을 털어놓았더니, 조이가 무한한 동정을 표시했다. 그리고 예전에 조사를 진행하면서 터득한 내용을 알려달라고 부탁했더니, 조이는 대뜸 이렇게 말했다.

"너 대신 내가 한번 조사해볼까? 아마 도움이 될 것 같아."

"정말이니?"

어느새 눈물이 뺨을 타고 흘렀다.

"그럼, 정말이지."

조이는 확신에 찬 음성으로 대답했다. 심호흡을 하자 그동안 나를 짓눌렀던 두려움도 조금씩 가벼워지기 시작했다. 풍선에서 천천히 바람이 빠지는 것처럼 말이다.

"그렇게만 해준다면 정말 많은 도움이 될 거야."

그렇게 말하고 보니, 여태 조이에 관한 이야기는 조금도 나누지 않았다는 생각이 퍼뜩 들었다.

"넌 어떻게 지내니, 조이?"

"아이들은 잘 있어?"

조이는 십 대에 접어든 아들과 아직 어린 딸아이 이야기를 해주었다. 그러다 잠시 조용하더니 머뭇거리며 말을 이었다.

"사실 암이 재발했어. 그래서 요즘 다시 치료받는 중이야."

뒤통수를 세게 얻어맞은 듯했다.

"나 대신 조사해주는 건 좋은 생각이 아닌 것 같아. 먼저 너부터 추슬러야겠구나."

"하지만 늘 내 병에만 신경 쓰고 있기도 진절머리가 나. 그래서 어쩌면 지금 너를 도와주는 게 나한테도 가장 필요한 일일지 몰라. 기분 전환도 되고 내가 아직 쓸모 있는 사람이라고 생각할 수 있을 테니까. 이번 일은 너는 물론이고 나를 위해서도 정말 해보고 싶어."

더 이상의 논쟁은 소용없을 것 같았다. 조이는 이미 결심을 굳혔다. 그래서 어쩔 도리 없이 조이의 제안을 겸허히 받아들였다.

"그럼 일단 조사해보고 며칠 내로 이메일 줄게."

"고마워, 조이. 우리 조만간 강아지들 데리고 산책 한번 가자."

조이가 흔쾌히 내 제안에 응했다. 아마 강아지들도 좋아할 것이었다. 며칠 후, 어김없이 조이의 이메일이 도착했다.

*안녕, 로빈.

우리 그동안 각자 바쁘게 사느라 연락이 뜸했지만, 지난번을 계기로 다시 마음이 통했다고 믿어. 네가 다시 전화해줘서 정말 기뻤어. 그날 전화를 끊고 나서 인터넷 사이트를 좀 뒤져보긴 했는데, 이렇다 할 자료가 없더구나. 그래서 우선 지인들에게 이메일을 보내놨어. 요즘 나를 담당하는 자연요법 의사분도 포함해서 말이야.

참, 그리고 의사학회에서 이제 막 근무하기 시작한 사람이 있는데, 내가 부탁했더니 화학요법이 파킨슨병 증상에 어떤 식으로 영향을 미칠지 알아봤나 봐. 하지만 그런 내용을 주제로 한 조사 결과는 찾을 수 없었대. 대신 네가 암협회 도서관에 가서 관련 자료를 찾아봐 달라고 한번 물어보래.

자연요법 의사도 드문 축에 속하는 자료라서 찾기 어려울 거라고 했어. 그분은 네가 담당 종양학자에게 뇌 손상을 보호할 수 있는 보완요법complementary therapy, 전통적 의학 치료와 함께 작용해 질병과 부상을 치료 및 예방. 약초, 미네랄, 비타민, 동종요법 및 영양 보조제 등을 사용이 있는지 문의해보라고 하더구나. 그리고 글루타티온 IVglutathione intravenous도 고려해보래. 항산화 효과가 뛰어나다고 하더구나.

아직 이렇다 할 정보가 없어서 정말 유감스러워. 하지만 늘 네 생각을 한단다. 어려운 결정을 앞둔 너에게 앞으로도 도움이 되고 싶구나.

친구 조이로부터

**안녕, 조이.

고맙고 또 고마워.

나 역시 지난번 우리 마음이 서로 통한 거라고 믿어. 그리고 무엇보다 네 건강이 다시 나빠져서 너무 안타깝구나. 나 때문에 일부러 시간 내어서 알아봐준 거 정말 고마워. 곧 강아지들이랑 산책하러 나가자꾸나.

사랑하는 로빈으로부터

결국 전부 헛수고였다. 화학요법이 파킨슨병에 미치는 유해한 영향과 관련된 자료는 어디에도 없는 듯했다. 그래서 아무런 확증도 없이 결정을 내려야 할 판이었다. 화학요법을 시작하기 전까지 채 2주도 남지 않은 시점에서, 나는 무엇보다 명확한 정보가 절실했다.

그러던 중 우연히 베르겐과 함께 '화학요법 101'이라는 강좌를 접하게 되었다. 암협회에서 마련한 개별 특강으로 간호사가 진행하는 수업이었다. 강사 본인이 간호사라고 하니 우리는 그저 그렇게 받아들일 따름이었다. 하지만 나는 교묘히 간호사로 위장한 여자에게 속아넘어가지 않았다. 사실 금세 눈치를 챌 수 있었는데, 그 여자는 이찐지 개운치 못한 느낌이 드는 혼합 약제를 보여주며 설명에 열을 올렸던 것이다. 그 모습을 보니 그녀의 실체를 알 것 같았다. 아마도 사신이 보낸 외판원 정도로 보면 될 듯했다. 부디 그 여자가 수수료를 받고 강의하는 사람이 아니기만 바랄 뿐이었다. 화학요법의 부작용까지 멋지게 포장해 수다스럽게 늘어놓으며 화학요법 판매에 열을 올렸지만 하나도 먹혀들지 않았으니까. 그 간호사는 지저분한 털 한 올 없이 매끈한 다리와 깔끔한 가랑이, 제모한 듯 말끔한 겨드랑이를 갖게 될 거라고 장담했지만, 나는 그런 것에 무턱대고 매료되지 않았다. 털이 하나도 남지 않을 거라니…… 생각만 해도 끔찍했다.

마침내 강의가 끝나고, 나는 화학요법이 나와 맞지 않을 거라는 확신이 섰다. 하지만 아직 결론을 내리지는 않을 참이었다. 그 전에 로리쉬 박사의 견해도 들어야 했고, 케이스 회의 후 종양학자들이 권장하는 방향도 참고해야 했기 때문이었다.

왼쪽 가슴 절제 수술도 고려해보라고? 왜?

몇 달 동안 테레사와 만나지 않았다. 유방절세술을 받은 뒤 전화로 메시지를 남겨 무사하다는 걸 알리긴 했지만 말이다. 일부러 상담 치료를 피한 건 아니었다. 그동안 굳이 상담받을 필요를 못 느꼈을 따름이었다. 오랜만에 나는 테레사와 긴 이야기를 하나씩 풀어갔다. 하지만 상담이 끝날 무렵까지도 난 화학요법의 수용 여부를 고심했다. 다만 옳은 선택이란 없다는 사실 하나만큼은 받아들일 수 있게 되었다. 그러니까 나 자신에게 가장 적합한 방향으로 결정하면 될 일이었다. 그리고 테레사는 기쁜 소식을 전해왔다.

"저 임신했어요. 5개월 후면 출산이랍니다. 몇 주 있으면 출산 휴가에 들어갈 거예요. 상담이 필요하면 저 대신 다른 치료사를 소개해드릴게요."

테레사로서는 정말 잘된 일이었지만 나는 마냥 안타까웠다. 지난 한 해 테레사는 내 삶의 중심인물이었다. 온갖 문제에 직면할 때마다 대처해나갈 수 있도록 이끌어준 사람이었던 것이다. 나는 테레사를 대신할 사람은 찾기 어려울 거라 생각했지만 사실 굳이 그래야 할지도 의문스러웠다. 왜냐하면 테레사와 함께한 여정이 이제 거의 마무리되었다고 느꼈기 때문이었다. 거기에 지난번 상담에 대한 사례로 선사한 그림이 아기 방에 안성맞춤일 거라는 생각이 떠오르자 문득 마음이 즐거워졌다. 그로부터 며칠 후 금요일 오후에 드디어 로리쉬 박사에게서 연락을 받았다.

"케이스 회의와 관련해서 전해드릴 소식이 있어요."

나는 초조한 마음으로 전화를 받았다. 불안 지수가 상승하는 게 느껴졌다. 박사의 동료들은 어떤 조언을 했을까? 나는 과연 그 조언을 받아들일 것인가?

"오늘 오전에 로빈 씨가 받을 만한 치료요법에 대해 의논해봤어요. 회의에 참석한 종양학자들 대부분이 화학요법은 권하지 않았어요."

"대부분이요?"

놀라웠지만 한편으로 안심이 되었다. 사형수에게 관대한 처분이 내려졌을 때처럼 말이다.

"네, 그렇답니다."

박사가 대답했다.

"박사님께서는 아직 화학요법을 권장하시는 쪽이고요?"

"네, 저는 그래요. 하지만 어디까지나 로빈 씨 선택에 달린 문제예요. 아직 결정할 시간은 있잖아요."

"남편과 상의해볼게요. 내일 다시 전화 드려도 될까요?"

"사실 몇 주 동안 휴가를 얻었어요. 그러니까 일단 결정되시면 제 비서에게 연락해서 알려주세요, 아시겠죠?"

"네, 그럴게요. 전화 주셔서 감사해요. 참, 휴가 잘 보내시고요."

전화를 끊자마자 나는 아래층에 있는 베르겐의 사무실로 허겁지겁 향했다. 박사에게서 들은 내용을 알려야 했기 때문이었다. 베르겐은 기뻐하면서도 한편으로 궁금해했다.

"그러니까 화학요법을 권장하지 않는 이유는 뭐래?"

"그 부분에 대해서는 아무 말도 없었어요."

나는 주저하며 대답했다.

"이유도 물어보지 않았다고? 그럼 월요일에 암협회로 연락해서 케이스 회의에 참석했던 종양학자 한 사람에게 물어보자고."

저녁을 먹으면서 베르겐과 나는 질문 사항을 요약해보았다. 화학요법을 권장하지 않는 이유는? 파킨슨병 환자라는 점이 권장 여부에 영향을 미쳤나? 화학요법을 택하지 않은 유방암 생존자들에 관한 최근의 추적 조사 결과는?

월요일 아침이 되자 나는 우선 로리쉬 박사의 사무실로 전화를 걸었다. 박사의 비서는 케이스 회의를 주관했던 종양학자와 면담 예약을 잡아주었다. 점심을 먹고 나서 베르겐과 나는 암협회로 향했다. 간호사가 우리를 검사실로 안내했다. 이윽고 반쯤

열린 문을 노크하는 소리가 들렸다. 빛나는 푸른 눈이 돋보이는 잘생긴 얼굴이 방 안을 둘러보았다.

"기다리시게 해서 죄송합니다. 케네케Kennecke 박사입니다."

드디어 완전히 방으로 들어선 그는 먼저 우리와 악수를 했다. 박사는 흠잡을 데 없이 딱 맞는 양복에 근사한 넥타이를 매고 있었다. 잠깐이었지만 암에 관해 상담하러 온 게 아니라 패션 화보 촬영장을 찾은 듯한 기분이 들 정도였다.

"케이스 회의와 관련해서 궁금한 점이 있다고 들었습니다."

맞은편에 앉으면서 박사가 운을 뗐다. 그 순간에도 나는 박사가 착용한 화려한 문양의 양말과 멋들어진 가죽 구두에 눈이 갔다.

"사실 저도 화학요법을 피하고 싶긴 해요. 그래서 마침 박사님과 다른 종양학자분들이 화학요법을 권하지 않으신다고 해서 반가웠답니다. 제가 파킨슨병까지 앓고 있어서 권장하지 않으신 건가요?"

"아뇨, 사실은 그렇지 않아요. 그렇게 결정한 이유는 로빈 씨의 암이 조기에 발견되었기 때문이에요. 또 유방절제술 결과를 봐도 림프절에 암이 침투한 흔적이 없었으니까요. 게다가 종양이 에스트로겐 양성 반응을 보였죠. 이렇게 최근에 수집된 자료들을 놓고 볼 때, 난소 억제와 타목시펜 호르몬 치료로 충분할 거라는 결론을 내린 겁니다. 그러니까 로빈 씨 경우에는 화학요법을 추가한다고 해서 기대할 수 있는 이점이 없습니다."

박사의 설명에 이어 우리는 난소 억제에 대해 좀 더 이야기를 나누었다. 수년에 걸쳐 매월 약물을 주사하면 난소 기능이 억제

된다고 했다. 하지만 나는 차라리 수술을 통해 난소를 제거하는 편이 더 낫겠다고 일러주었다. 하지만 타목시펜은 곧바로 투여하기로 합의했다.

다음으로 케네케 박사는 내 가슴 부위와 겨드랑이, 림프절을 검사했다. 상처 주변을 건드려보던 박사가 대뜸 이렇게 물었다.

"혹시 다른 쪽 가슴 제거도 고려해보셨나요?"

"아뇨, 사실 그 방법을 언급하신 분은 박사님이 처음이세요. 생각해봐야 할 문제인가요?"

"앞으로 차차 고려해보시면 될 거예요."

옷을 걸치는 동안 베르겐이 케네케 박사에게 질문을 던졌다.

"유방암 관련 연구 분야에서 최근에 주목할 만한 돌파구가 발표된 적은 없나요?"

케네케 박사는 미소를 띠고 유럽에서 진행되고 있는 연구 과제 중에 기대를 걸어볼 만한 케이스들이 있다고 소개해주었다. 이어 자신도 거기에 참여하고 있으며 암협회에서도 본인 주관하에 연구를 진행하고 있다고 일러주었다. 박사의 설명에 완전히 동요한 나는 곧바로 이렇게 물었다.

"박사님께서 제 담당이 되어주시겠어요?"

그는 공손히 웃으며 그래도 좋다고 대답했다.

"사실 다음 주부터 화학요법에 들어가기로 되어 있었어요."

"그럼 제가 로빈 씨의 화학요법 예약을 취소해드리죠."

며칠 동안은 가족과 친구들에게 면담 결과를 알리느라 바빴다. 그러니까 종양학자들 대부분이 화학요법을 권장하지 않았다는 사실과 결국 그들의 견해를 받아들이기로 했다고 말이다. 내 결정에 이의를 제기한 사람은 아빠뿐이었다. 아빠는 수화기 너머에서 잠시 생각에 잠기는 듯하더니 말을 이었다.

"정말 그래도 되겠니? 화학요법은 다들 거치는 거잖아."

사실 아빠가 그렇게 말할 만도 했다. 토론토에 거주하는 연세 드신 친척들과 아빠 친구들만 해도 다들 화학요법으로 치료하는 중이었다. 그래서 나는 화학요법을 선택하지 않은 이유에 대해 자세히 설명했고, 아빠도 마침내 내 뜻을 이해하셨다. 어쨌건 나는 최선을 다해 설명한 셈이었다. 그러니까 이제부터는 내 결정에 대해 또다시 의심이 가더라도 그건 오로지 아빠 몫일 따름이었다.

08

돌로레스와의 여행

하나밖에 없는 내 가슴에 이름을 붙이다

감상에 빠져 그런 것은 아니다

양쪽 가슴이 다 있을 때는 특별히 가슴에 이름을 붙여야겠다고 생각한 적이 없었다. 그저 '오른쪽 가슴'이나 '왼쪽 가슴'으로 부를 따름이었다. 하지만 이제 '왼쪽 가슴'만 남고 보니 진작 따로 이름을 지어주지 않았던 게 마냥 안타까웠다. 괜히 감상에 빠지거나 우울해져서 이런 생각이 든 건 아니었다. 그저 신중하게 이름을 지어놓으면 내 가슴에 대한 진지한 사랑과 애정을 더 잘 드러낼 수 있지 않을까, 여길 뿐이었다. 사실 내 양쪽 가슴은 그만큼 제 몫을 다해왔다. 그들은 조숙했고(발육이 일렀다) 야심 찼으며(브래지어 사이즈는 나날이 커졌다) 분위기를 잘 탔다(세상에나……). 그뿐인가. 늘 생기 넘치고(내 여성성에 찬사를 보낼 따름이다) 성실했으며(아이를 길러내지 않았는가) 경계를 늦춘 적도 없었다(가슴 레이더는 먼 곳에서 발생한 위험도 감지한다). 물론 용감한 자질도 빼놓을 수 없을 것이었다(암에 맞서 싸우고 있으니까). 그토록 자랑스러웠건만,

이제 양쪽 가슴은 영영 갈라서버렸다. 이렇게 되고 보니 이름이라도 다시 지어서 가슴을 제대로 대우해주고 싶어졌다. 하지만 아직은 꼭 맞는 이름이 떠오르지 않았다.

그동안 가슴 패드가 다 닳아버렸다. 유방절세술을 받고 나서 바로 구매했던 그 패드 말이다. 삶은 달걀 모양에서 벗어나 정말 가슴처럼 보이는 패드로 한 단계 업그레이드시킬 때가 된 듯했다. 속옷 가게의 점원은 보형물로 자연스러운 모습을 연출하는 게 자신의 특기라고 호언장담했다.

"제가 가슴을 한번 봐도 될까요?"

점원이 먼저 양해를 구했다.

나는 탈의실로 들어가 상의를 벗었다. 점원은 내 가슴 높이로 몸을 낮추고, 이쪽저쪽에서 내 가슴을 관찰하더니 이렇게 말했다.

"부인에게 뭐가 필요한지 확실히 알겠어요."

곧장 창고로 향한 점원은 잠시 후 네모난 상자 하나를 들고 나왔다. 그 안에는 유방을 절제한 사람들이 착용하는 브래지어가 몇 종류 들어 있었다. 그 보형물은 실제 살결같이 약간 분홍빛을 띤데다 폭신했다. 시각적 효과를 더하기 위해 젖꼭지 부분이 약간 튀어나와 있었고, 또 실제 유방과 흡사한 무게감도 느껴졌다. 브래지어 안쪽 포켓에 그 보형물을 집어넣으면 되는 식이었다. 이윽고 나는 셔츠 아래쪽에 보형물을 착용한 채 삼면거울 앞에 섰다. 양쪽 가슴이 모두 붙어 있는 듯한 형상을 마주하니 금세 기분이 좋아졌다. 점원도 뿌듯해하는 듯했다.

"참 잘 맞네요."

신이 난 점원이 옆에서 치켜세웠다. 사실 나도 그렇게 생각하던 참이었다. 이처럼 가짜 형상을 만들어내는 데 만만치 않은 돈이 들었지만 나는 눈 하나 깜짝하지 않고 태연히 신용카드를 내밀었다. 돈으로 마음의 행복을 살 순 없지만 가슴 보형물 정도라면 충분히 커버할 수 있었다. 플라스틱 보형물에 이름을 붙여보아야겠다고 생각한 적은 없었다. 그저 우연히 일이 그렇게 되었을 뿐이었다. 어느 날 리사와 통화하던 중 가슴 보형물을 새로 샀다고 말했더니, 리사가 그 이야기를 들려주었다.

"내 지인 중에도 유방절제술을 받은 사람이 한 명 있는데 말이야. 그 사람도 밖에 나갈 땐 꼭 보형물을 착용해. 하지만 일단 귀가하면 보형물을 떼어내서 아무 데나 던져 놓는대. 그래서 외출하려고 차려입을 때면 그 보형물을 찾아 미친 듯이 헤매는 거지. 그때마다 이렇게 외치고 다닌다더구나. '돌로레스Dolores, 돌로레스, 너 어디 숨은 거니?'"

그 이야기를 듣다 보니 별안간 웃음이 터져나왔다. 한동안 웃음을 잃고 살았는데 말이다. 그래서 나는 그 순간을 긍정적인 계기로 받아들여 내 보형물도 돌로레스라고 부르기 시작했다. 그 이름은 꽤 잘 들어맞는 것 같았고, 발음할 때 혀에서 구르는 듯한 느낌이 좋았다.

돌로레스는 슬픔이라는 뜻이래

돌로레스. 왠지 사색적이었다. 돌로레스. 음악적이기도 했다.

그런데 며칠 전 행크Hank라는 친구와 이야기를 나누던 중이었다. 행크의 아내 이름이 돌로레스였다. 그의 말에 따르면 돌로레스는 스페인어로 '슬픔'을 뜻한다고 했다. 따지고 보면 지금 내 상태를 묘사하기에 적합한 표현이었다. 홀로 남겨진 내 '왼쪽 가슴'만 해도 그렇지 않은가. 행크는 내가 또다시 보형물을 구매하게 되면 그때는 그 보형물에 자기 이름을 붙여달라고 부탁했다. 나는 그렇게까지 나를 생각해주는 행크의 마음이 고마워서 행크를 힘껏 포옹했다. 그리고 새 보형물 이름 후보 명단에 행크를 제일 먼저 집어넣겠다고 일러주었다.

이참에 토론토로 건너가서 가족과 친구들을 만나기로 했다. 오랜만의 만남인데 빈손이나 빈 가슴으로 간다는 건 말이 안 되었다. 그래서 선물과 돌로레스를 가져갈 생각이었는데 일단 탑승 전에 목록을 만들어 모든 사항이 준비되었는지 확인했다.

X 정신과 의사 영 박사와 면담하기

X 암협회에서 본 스캔radioactive bone scan. 미량의 방사성동위원소를 정맥에 주사한 뒤 뼈에 방사성동위원소가 분포하면 방사선 검출기로 촬영하기

X 암 지원 회의 참석하기

X 담당 의사와 예방적 난소 제거 의논하기

X 제시카에게 마사지 받기

X 테레사와 상담하기

X 콧수염 정리하기

X 머리 다듬고 염색하기

다행히 떠나기 전에 모든 준비를 마칠 수 있었다. 비행기 사고로 죽는다 해도 신경이 덜 쓰일 것 같았다. 약물 투여도 마쳤고 마음도 평온해진데다 콧수염도 다 제거했으니까. 그리고 방사선요법도 거쳤고 사전에 모든 대책을 강구해두기까지 했다. 하다못해 머리 손질까지 했으니 안심이었다.

돌로레스는 비행을 즐기는 듯했다. 탑승하기 전에도 비행기가 충돌할 거라는 생각에 사로잡힌 나는 불안하다 못해 속이 메스껍기까지 했다. 반면 돌로레스는 샴페인에도 지지 않을 만큼 거품까지 잔뜩 품고 있었다. 비행기가 활주로를 달리기 시작하자 돌로레스가 키득대는 것 같았다.

이윽고 엔진이 굉음을 내고 기내가 흔들렸다. 승무원들도 전원 착석했다. 곧 이륙할 일만 남은 것이었다. 그런데 어떻게? 어떤 식으로 이륙이 이루어질지 전혀 감이 오지 않았다. 하지만 어디선가 '추진력'이라든지 '조절판' 따위의 전문 용어라도 튀어나왔다면 이야기가 달라졌을지도 모르겠다. 베르겐이 옆에 있었다면 아마 비행의 물리적인 원리에 대해 전문적 설명을 늘어놓았을 것이다. 그러면 나는 여느 때처럼 이해하는 척하며 들어주었겠지. 베르겐은 이해하는 척하는 내 연기에 일부러 속아넘어가주면서 최신판 《사이언티픽 아메리칸》에서 읽은 기사를 언급할 것이었다. 하지만 뭉게구름 속으로 비행기가 치솟던 그 순간, 내 옆을 지킨 건 돌로레스와 구토 봉지 그리고 몰래 숨겨 온 아티반Ativan, 정신안정제이 전부였다.

그렇게 마냥 불안하기만 했던 이륙의 순간도 지나고 비행기는 어느덧 순항 고도에 이르렀다. 흔들리던 기내가 차분해지자 나 역시 안정을 찾아갔다. 동시에 메스꺼움을 밀어내고 시장기가 고개를 들었다. 돌로레스가 잠든 사이 나는 가만히 간식거리를 더듬었다. 그리고 책을 좀 보다가 위성 TV로 눈을 돌렸다. 잠시 후 기장의 목소리가 기내에 울려 퍼졌다.

"안녕하십니까. 저는 오늘 여러분을 모시게 될 기장입니다. 난기류가 다소 예상되오니, 손님 여러분의 안전을 위해 좌석에서 일어나지 마시고 안전벨트를 착용해주시기 바랍니다."

순간 기장의 안내가 내 귀에는 이렇게 들리는 것 같았다.

"승객 중에 로빈 미셸 레비 씨가 계신다면 가져오신 아티반을 지금 당장 복용하시기 바랍니다."

어쨌든 나는 아티반을 꺼내어 삼켰다. 여기저기서 안전벨트 채우는 소리가 났다. 나는 한참 전부터 준비를 마쳤지만 확실히 해두기 위해 다시 한 번 안전벨트를 점검했다. 이윽고 본격적으로 비행이 시작되었다. 다들 음료수를 들이켜는 가운데 프레첼pretzel 과자가 복도를 굴러다녔다. 머리 위쪽 짐칸이 덜컹거리고 깜빡대던 조명은 꺼지고 켜지길 반복했다. 올 것이 왔다. 이제 우리는 끝장이다. 그런 생각에 사로잡힌 나는 초조하게 입술을 물어뜯고 턱을 문질러댔다. 불안해하는 기운을 감지한 돌로레스가 잠에서 깨더니 가만히 타일렀다.

"걱정 안 해도 돼. 조금만 있으면 다 괜찮아질 거야. 아주 안전한 비행이 될 거라고."

패드 따위가 뭘 안단 말인가? 자신이 사람이라도 된 줄 아나

봐? 아니면 보형물계의 예언자라도 되나? 그렇게 턱을 만지며 생각에 잠겨 있는데 문득 손가락에 닿는 게 있었다. 턱 아래쪽에 털이 하나 삐져나와 있었던 것이다. 이런! 미용 관리사가 이건 보지 못했군. 턱수염이 자라기 시작한 상태로 죽긴 싫단 말이야. 그런데 순간 난기류가 잠잠해지더니, 안전벨트 착용을 알리던 불빛이 꺼졌다. 곧 착륙이 시작될 모양이었다. 이번에는 돌로레스가 잘난 척 떠들기 전에 미리 핀잔을 주었다.

"굳이 말하지 않아도 돼. 착륙도 무사히 할 거라는 거 다 알아."

좋아 보이지 않아도, 좋아 보이고 싶어요

아빠가 공항까지 마중 나와 있었다. "좋아 보이는구나"라고 말한 아빠는 나를 껴안고 입맞춤을 해주었다. "네, 아빠도요"라고 나도 말해주었다. 아빠는 한사코 짐 카트를 밀겠다고 고집을 피우며 자꾸만 팔꿈치로 나를 밀어냈다. 우여곡절 끝에 차를 세워 둔 곳까지는 무사히 도착했다. 하지만 아빠가 트렁크 문을 여는 순간부터 한바탕 법석이 시작되었다. 파킨슨병의 세계란 그런 것이었다.

"신사숙녀 여러분, 짐 가방들과의 전쟁터에 오신 걸 환영합니다. 먼저 왼쪽 미등 부근에 보이는 짐은 그 무게만 70킬로그램에 달하는군요. 70년 동안이나 써먹은 이 가방은 지금 이 순간 뻣뻣한 어깨와 신경통에 시달리는 다리를 골탕 먹이는 중입니다. 지난 세기를 통틀어 짐 옮기기를 세상에서 가장 귀찮아하는 사람, 바로 돌도 없는 아빠 고든 씨입니다. 아, 그리고 우측 미등 부근에 놓인 건 57킬로그램짜리 짐이네요. 이쪽은 44년밖에 써먹지 않았답니다. 이번에는 곧 제거될지도 모르는 양쪽 난소와 한쪽 가슴을 지닌 여성이 애를 먹고 있군요. 이쪽은 가족 중에서도 짐 옮기는 데 가장 서툰 병든 딸이랍니다. 제자리에……, 준비……, 출발! 천천히…….”

아빠와 나는 굼뜨긴 했지만 포기하지 않고 짐 가방들과 씨름을 계속했다. 결국 우리 둘은 묵직한 내 가방을 들어 트렁크에 집어넣는 데 성공했다. 일단 쑤셔 넣어 두긴 했지만 리사 집에 들르면 씨름이 또 시작될 게 뻔했다.

리사의 집은 또 다른 내 집이기도 했다. 나는 토론토에 올 때마다 이곳에 머물렀다. 차를 세우자마자 리사가 현관을 박차고 뛰어나왔다. 셔츠 깃 주변으로 리사의 파마머리가 춤을 추었다. 밴쿠버처럼 토론토에도 약하게 비가 내렸지만 이쪽이 더 서늘해 겨울이 다가옴을 더 실감할 수 있었다. 리사는 오들오들 떨면서도 나를 힘껏 껴안아주었다. 북슬북슬한 리사의 머리카락에 턱까지 파묻힐 지경이었다. 리사는 다시 한 번 껴안은 팔에 힘을 주고는 돌아서서 아빠와 인사를 나누었다. 경쟁심 많은 우리 아빠는 리사와 내가 인사를 나누는 틈을 타 그새 혼자서 내 짐을 끌어내려 두셨다(덕분에 또 한 번 낑낑대며 짐을 끌어내리는 수고는 건너뛸 수 있었다). 어느새 저녁때가 다 되어 아빠는 집에 가고 싶어 안달이 나셨다.

“아침에 전화해라.”

아빠는 그 말만을 남기고 떠나셨다. 리사는 손님방에 짐 푸는 걸 도와주었다. 잠자리에 들 채비까지 마치고 나자 리사가 차를 내왔다. 우리는 서로 얼굴을 맞대고 수다를 떨기 시작했다. 둘 다 간절히 원했던 일이었다. 잠옷 상의가 헐렁하긴 했지만 달라진 모습은 충분히 표시가 났다. 수술 부위 쪽으로 손을 가져가다가 리사의 시선이 그곳에 머무는 걸 느꼈다. 리사는 내가 어떻게 회복해가고 있는지, 어떻게 지내는지 궁금해했다. 그러다 문득 리사가 두리번거리며 물었다.

"돌로레스는 어디 뒀니?"

나는 침대 옆 선반을 가리켰다.

"쉿, 돌로레스는 벌써 잠들었어."

나는 돌로레스를 넣어 둔 상자 뚜껑을 들어 리사가 들여다볼 수 있게 했다. 리사가 몸을 기울여 안쪽을 훔쳐보았다.

"잘 자, 돌로레스."

리사가 소곤댔다.

"그리고 너도, 로빈. 아침에 보자."

가족들은 각자의 일로 매우 분주했다

엄마는 질약에 능한 사람이 아니었다. 그리고 뭔가 잘못한 게 있어도 너그럽게 넘어가는 편이었다. 특히 그 상황이 재미있다면 더 그랬다. 단숨에 한 가지 요리를 뚝딱 해내는 법도 없었다. 대신 한번 하면 상다리가 부러질 정도로 온갖 종류의 음식을 차려냈다. 하루 저녁 밥상으로 엄마가 준비한 건 이랬다. 연어 데리야키와 달콤 쌉쌀한 미트볼, 비프 립 졸임, 구운 감자와 야채, 라이스 필라프, 라자냐, 치킨 누들 수프, 누들 푸딩, 빵가루 입힌 치킨, 데친 브로콜리와 콜리플라워, 샐러드 두 종류, 거기다 디저트로 초콜릿 케이크와 블루베리 파이, 과일 샐러드까지 준비했던 것이다. 나와 동생, 제부, 동생의 두 아이들, 아빠, 엄마 이렇게 일곱 명이 먹을 음식이었다. 우리는 실컷 먹어댔고 결국은 한 숟가락도 더 뜨지 못할 지경이 되었다. 남은 음식만으로도 토론토 전역의 굶주린 사람들을 먹일 수 있을 것 같았다.

생각했던 것보다 분위기는 좋았다. 모두 하나같이 점잖게 행동했다. 단지 나 혼자만 속으로 긴장을 늦추지 않았을 따름이었다. 나는 식구들이 한층 악화된 내 모습을 보고 놀라서 얼어붙지나 않을까 그동안 줄곧 걱정해왔다. 하지만 가족들은 각자의 일로 마냥 분주한 눈치였다. 청소하는 사람, 장난감에 정신이 팔린 사람, TV를 보는 사람 등등……. 다리를 절고 한쪽 가슴을 잃어버린 걸로는 이 사람들의 관심을 끌기에 역부족이었다. 불편한 이야기를 하는 사람도 없었다. 하긴 아빠 엄마와 나, 세 사람 모두 건강상에 문제가 있으니 내 경우만 특별한 것도 아니었다. 문득 아빠가 운을 뗐다.

"금방 떠오른 건데 넌 평생의 절반을 여기서 보낸 셈이구나. 또 다른 절반은 밴쿠버에 있었고."

"아, 그런가요?"라고 대답하면서 머릿속으로 셈을 해보았다. 나는 1964년에 태어나 1986년에는 집을 떠나 독립했고 어느덧 2008년이 되었다.

"그러네요. 토론토와 밴쿠버에서 각각 22년씩 살았어요."

"객지 생활이 길었구나."

아빠가 한숨을 섞어 말했다.

멀리 떨어져 지내면서 딸과 언니, 이모, 친구 역할을 해낸다는 건 쉬운 일이 아니었다. 세월이 흐를수록 그만한 대가도 따랐다. 가끔 옛 기억을 떠올릴 때면 어김없이 가슴이 아려왔던 것이다.

다음 날 하루는 온전히 남동생과 여동생을 위해 쏟아부었다. 그들과 시간을 보낼 기회가 좀체 없었기 때문이었다. 동생들은 1년에 한두 번씩 집에 올 때만 볼 수 있었다. 그래서 이렇게 한 번씩 만날 때면 벼락치기 공부를 하는 느낌이었다. 짧은 시간 안에 정도 쌓고 어떻게 지내는지, 아이들은 잘 자라는지 전부 파악해야 했기 때문이었다.

그날 오후는 줄곧 조너선의 집에 머물렀다. 올케 아리엘라Ariella가 점심을 준비하는 사이 조카 개비Gabby는 집 안을 어지르고 다녔다. 두 살배기 개비와 포옹하고 입맞춤하면서 조너선의 어릴 적 모습을 묘하게 닮은 그 생김새에 어느덧 마음이 녹아내렸다. 큰 다갈색 눈과 입매, 곱슬머리, 왕성한 식욕은 전부 조너선을 꼭 빼닮았다. 스시와 샐러드로 든든히 배를 채운 우리는 거실에 모여 '디 그레이트풀 데드The Grateful Dead, 1965년 미국 샌프란시스코에서 결성된 그룹'의 음악을 감상했다. 개비는 리모컨을 찾아 손에 쥐더니 볼륨을 높였다. 개비와 조너선은 빙글빙글 돌고 머리를 흔들며 카펫 위에서 신나게 춤을 추어댔다. 한바탕 부자의 쇼가 끝나고 나는 개비와 블록 놀이를 했다. 개비가 블록 놀이에 싫증 낼 때쯤 나는 조너선과 함께 소파에 나란히 앉았다. 조너선은 몸을 기울여 내 뺨에 입맞춤을 해주고는 어깨와 목 쪽을 주물러주기 시작했다.

"항상 근육이 이렇게 뭉쳐 있는 거야?"

"응, 불행히도 그래. 그렇게 마사지해주니까 좋구나."

나는 이렇게 중얼거렸다.

"누나가 와 있으니까 참 좋아. 이렇게 우리와도 어울리고."

"나도 너희 집에 와서 기뻐."

"확실히 지난번에 왔을 때보다는 기분이 좋아 보여."

"맞아. 항우울제 덕분이기도 하지. 훨씬 일찍부터 약을 복용할걸 그랬어."

목 쪽을 계속 마사지하면서 조너선이 말을 이었다.

"누나랑 아빠가 둘 다 파킨슨병이라니 신기한 일이야."

굳이 말하진 않았지만 동생이 무슨 생각을 하는지 알 것 같았다. 자신이 다음 타자가 아니길 바랐던 것이다. 하지만 동생은 간접적인 방식으로나마 이미 이 병마에 대처하고 있었다. 동생은 아빠와 함께 보험업에 종사했는데, 두 사람 모두 각자 고객을 확보하고 있었다. 하지만 아빠가 편찮으시고부터는 동생이 아빠의 고객 파일까지 관리했던 것이다.

"요즘 일은 어떠니?"

"꼼짝도 못할 지경이야. 밤 10시까지 집에 못 올 때도 있어."

"스트레스가 심하겠구나. 아빠 몫까지 처리해야 해서 그런 거야?"

"그런 이유도 있긴 해. 하지만 가끔 아빠가 사무실에 들르면 어쩔 수 없이 늦어질 때도 있어. 몹시 불안해하시니까 내가 도와드려야 해. 진정하실 때까지 같이 있어드리다 보면 몇 시간이 훌쩍 가버려. 그 후에도 집까지 바래다드리거나 아니면 모셔다 드릴 다른 사람을 알아봐야 하니까. 좀 힘든 건 사실이야. 그래도 자주 돌봐드릴 수 있어서 다행이지 뭐야. 업무 효율성이 좀 떨어지긴 하지만 말이야……."

"그래, 그렇겠다. 할 일이 참 많구나."

"다들 그렇게 지내는 거지 뭐."

이윽고 아리엘라까지 거들면서 세 사람이 대화를 이어나갔다. 개비와 일과 가정 사이에서 균형을 찾는 문제, 밴쿠버에서의 내 생활, 베르겐과 나오미가 화제의 중심을 이루었다. 그렇게 오후도 막바지에 이를 무렵, 나는 그 어느 때보다 충만감으로 마음이 벅찼다. 누나와 시누이 그리고 고모로서의 한때를 보낸 것이었다.

그냥 웃어줘, 이렇게라도 하지 않으면 눈물을 달고 살 것 같으니까

슬슬 2라운드를 준비해야 할 때였다. 아리엘라와 개비에게 포옹으로 작별 인사를 나눈 다음 조너선의 차를 타고 여동생 펀의 집으로 향했다. 펀은 현관까지 나와 우리를 반기며 힘껏 포옹을 건넸다. 곧 케일라Kayla와 조시Josh가 달려 나왔다. 잇단 포옹과 입맞춤 끝에 조시가 대뜸 물었다.

"큰개자리VY Canis Majoris, 북반구에 있는 별자리로 겨울철 저녁 하늘에서 관찰할 수 있음 보여드릴까요? 빨간색 별인데 무지 커요! 이제 큰개자리 보실래요?"

"그럼 우리 우주선 타러 가는 거야?"

순간 조시가 의아하다는 듯한 표정을 지었다.

"로빈 이모가 농담하시는 거야. 언니, 조시는 천문학에 관해서만큼은 농담을 하지 않는 편이야. 아주 진지하게 받아들이거든."

동생이 조시와 내 쪽을 번갈아 보며 말했다. 조시는 내 손을 잡아끌며 거실에 놓인 컴퓨터로 향했다. 겨우 네 살인 조시는 태양계나 블랙홀에 대해 베르겐보다 더 잘 알고 있었다. 몇 번 클릭해대더니 조시는 나사 웹사이트로 들어갔다. 그러자 마침 내 큰개자리가 모습을 드러냈다. 뿌연 무지갯빛으로 둘러싸인 행성이 눈부신 빛을 발하고 있었다.

"이것 좀 봐요, 로빈 이모! 큰개자리가 이렇게 생겼어요. 지구에서 5천 광년이나 떨어져 있대요. 그리고 별 중에서는 제일 크대요! 태양보다 600배에서 1천200배는 더 커요!"

"이야! 정말 대단하구나!"

나는 행성 사진과 조카를 동시에 가리키며 감탄사를 내뱉었다. 막 자라나기 시작한 천문학자가 눈앞에 있었다.

"큰개자리는 아주 불안정해서 10만 년 안에 이 초행성이 폭발할 수도 있대요. 그거 아셨어요?"

"아니, 전혀 몰랐네. 무슨 말인지도 잘 모르겠는걸."

조시는 내 무지함에도 전혀 아랑곳하지 않는 눈치였다. 그러더니 곧장 미리 그려 둔 그림 한 장을 뽑아 들었다. 종이에는 여러 행성과 별들이 크기별로 그려져 있었다.

"이건 목성, 이건 토성 그리고 이게 지구예요."

조시가 화성을 가리켰을 때 케일라가 다가와 이렇게 물었다.

"저도 뭐 하나 보여드려도 돼요?"

"조시, 우리는 잠깐 쉬어도 될까? 케일라가 보여줄 게 있대."

조시의 허락이 떨어졌다. 케일라와 나는 소파에 등을 기대고 바닥에 앉았다. 케일라가 공책을 꺼내더니 입을 열었다.

"이 이야기들 전부 제가 쓴 거예요."

"그림도 네가 그린 거야?"

"네, 나중에 크면 작가 겸 일러스트레이터가 되고 싶어요."

"분명히 그렇게 될 거야. 계속 글을 쓴다면 더 가능성이 커지겠지. 써놓은 것 중에 하나만 읽어줄래?"

케일라는 한 2학년 반 선생님에 대한 이야기를 읽어주었다. 그 선생님은 학생들에게 온갖 교칙을 설명하느라 수업 시간도 다 써버리는 그런 사람이었다. 그런데 어느 날 이 선생님이 농담 경연대회가 있을 거라고 발표해서 모두를 깜짝 놀라게 했다. 학생들은 전부 신이 났다. 하지만 즐거움도 잠시, 선생님은 대회의 규칙을 설명하느라 결국 그날 하루를 다 잡아먹었다는 이야기였다.

"혹시 너의 학교도 이러니?"

"아뇨, 그런 건 아니에요."

케일라가 분명히 대답했다. 조금 있으려니 제부 밥Bob이 귀가했다. 그래서 펀과 나는 함께 저녁을 먹으려고 밖으로 나왔다. 우리는 레스토랑 내에서도 조용한 쪽으로 안내되었다. 잘된 일이라고 생각했다.

"너무 소란스럽지 않아서 좋다. 서로 목에 핏대를 세우지 않아도 편하게 대화할 수 있겠어."

내가 말했다. 그러자 펀이 "귀찮게 구는 아이들도 없으니 너무 좋아"라고 입을 떼었다. 그때 날카롭게 울리는 소리가 들렸다. 우리는 귀를 막고 주위를 둘러보았다. 아무 데서도 연기는 나지 않았고, 소방관들이 출동한 낌새도 없었다. 알고 보니 경보 장치가 고장 난 것이었다. 펀이 "집에 갈까?"라고 물었지만 나는 "뭔가 잘못 돌아간다는 게 왠지 푸근하게 느껴져. 어쨌건 우리 음식이 나올 때쯤이면 저 소리도 멈출 거야"라고 답했다. 그러나 그건 내 바람일 뿐이었다. 경보음은 그 후로도 족히 30분은 더 울려댔고, 식사를 어느 정도 마쳤을 때쯤 멈추었다. 때맞추어 펀이 질문을 했다.

"그런데 왜 가족들 얼굴 보기가 초조해?"

"내가 너무 달라 보일 테니까. 몸은 로봇처럼 뻣뻣해졌고 가슴도 한쪽이 없잖아."

"내가 보기에 언니는 그다지 달라 보이지 않아. 그만하면 충분히 멋져. 사실 아무 말 안 하고 있으면 수술을 한 건지도 잘 모르겠어."

"돌로레스야 고맙다."

나는 미소를 띠고 가슴을 토닥이며 말했다. 그리고 펀에게 돌로레스의 정체를 알려주었다. 재미있다는 듯 웃던 펀은 불현듯 손가락 사이에 뱃살을 끼고 꽉 눌러 쥐며 말했다. "난 이걸 '냠냥 우웩'이라고 불러. 아침마다 팀 호턴Tim Horton, 캐나다의 대표 커피 전문점 브랜드에서 먹는 샌드위치 덕분에 생긴 거야. 이것 봐. 배가 꼭 잉글리시 머핀같이 생겼잖아!"

펀의 얘기에 웃은 뒤 난 "재미있는 거 보여줄까?"라고 하며 양손을 돌려댔다. 그러다 왼손이 순식간에 멈추었고 오른손은 돌아갔다.

"난 재미없어."

"그럼 이건 어때?"

나는 왼팔을 쭉 뻗고 팔이 덜덜 떨릴 때까지 기다렸다.

"그것도 별로야."

"좋아. 그럼 이게 마지막이야. 아마 곧 이렇게 될 것 같아."

나는 물컵을 들고 일부러 손을 심하게 떨면서 마셨다. 사방에 물이 튀었다.

"하나도 재미없어."

동생이 눈물을 글썽이며 말했다. 그런 동생을 보며 난 말했다.

"이렇게라도 하지 않으면 눈물을 달고 살 것 같아서 그래. 그냥 웃어줘."

쇼핑하면서 우는 것은 어린이나 하는 행동이야

리사는 쇼핑을 좋아했다. 그리고 이번에는 나에게 선물을 사 주고 싶어했다. 우리는 시내에 있는 견본 의류 할인 행사장으로 향했다. 행사장은 산처럼 쌓인 옷더미 사이를 누비며 이곳저곳 뒤적

여대는 여성들로 발 디딜 틈이 없었다. 셔츠, 치마, 스웨터, 바지, 재킷, 스카프 등 의류의 종류도 다양했다. 나는 우선 입구에 서서 행사장 안쪽을 살폈다. 처음에는 마냥 어수선해 보이기만 하다가 차츰 나름의 질서가 눈에 들어오기 시작했다. 먼저 이 선반 저 선반을 바쁘게 오가는 직원들이 보였다. 그리고 벽 쪽 진열대만 둘러보는 사람들이 있는가 하면, 똑같이 차려입고 무리 지어 다니는 사람들도 있었다. 또 혼자 쇼핑 나온 사람들은 옷을 골라 한쪽 팔에 걸어 늘어뜨린 채 어슬렁댔다. 문득 리사 쪽을 쳐다보았더니 얼굴에는 땀이 맺히고 두 눈은 목적의식으로 이글대고 있었다.

"준비됐어?"

리사가 물었다.

비록 몸은 양철 나무꾼처럼 둔탁했지만 나는 확신에 찬 듯 힘차게 고개를 끄덕여 보였다. 사실 옷을 사러 나온 게 얼마 만인지 몰랐다. 마지막으로 쇼핑한 물건이 돌로레스였다. 어쨌건 돌로레스는 주변을 에워싼 수많은 가슴들을 보고 한껏 들뜬 상태였다. 리사가 앞장섰다. 나는 뒤에서 발을 끌며 치열한 군중 사이로 천천히 들어갔다. 모두 셔츠와 스웨터를 걸쳐보느라 정신이 없었다. 공동 탈의실로 가보니 팬티와 브래지어만 걸친 여성들로 붐볐다. 돌로레스에게는 천국, 내게는 지옥이었다. 내가 블라우스 단추를 푸느라 낑낑대는 와중에 리사는 재빨리 옷을 벗었다. 내가 겨우 옷을 벗고 셔츠 하나를 걸쳐보려고 할 때, 리사는 이미 몇 벌이나 입어본 뒤였다. 우여곡절 끝에 오른팔을 한쪽 소매에 찔러 넣었다. 하지만 다른 쪽 소매에 뻣뻣한 왼팔을 집어

넣으려다 한심하게 몇 번이나 실패하고 말았다. 리사는 곁눈질로 나를 바라보고 있었다. 리사의 망설임이 그대로 느껴졌다. 아마 나를 도와주어야 할지 모르는 척해야 할지 결정을 못 내리고 있을 것이었다. 이윽고 리사가 용기를 내어 손을 내밀었다. 하지만 이미 때는 늦었다. 내가 이성을 잃고 만 것이었다.

불쌍한 리사. 분명히 리사는 나와 쇼핑하고 싶었던 거지 내 안의 울보를 원했던 게 아니었다. "집에 갈래?"라고 리사가 물었다. 당연한 질문이었지만, 내 안의 울보는 얼토당토않은 고집을 피웠다.

"아니!!"

리사는 지갑을 뒤져 티슈를 꺼내어 주었다. 뻣뻣한 내 왼팔을 소매에 넣어주면서 아마 리사도 깨달았을 것이다. 내 안의 울보가 깨어 있을 때 옷을 입히는 건 눈물에 흠뻑 젖은 마네킹을 단장시키는 셈이라는 걸 말이다. 울보는 눈물을 찔끔대고 코를 훌쩍여가며 우는 중이었다. 리사는 여기저기 흩어진 티슈 조각을 치우고 맞지 않는 옷을 개어 정리했다. 그 와중에도 내 안의 울보는 이렇게 내뱉고 있었다.

"난 이게 마음에 들어."

큰 단추가 달린 스웨터가 눈에 들어왔다. "그래, 나도 그게 좋아 보여"라고 리사가 거들었다.

"잘 어울려. 그걸로 사자."

나도 한때 쇼핑 중에 우는 건 말이 안 된다고 생각한 적이 있었다. 사탕이나 장난감을 사 달라고 울며 졸라대는 어린아이가 아니라면 말이다.

주말 동안 토론토 삼총사와 어울렸다. 우리는 400번 고속도로를 타고 북쪽으로 향했다. 이곳은 별장이 많이 들어선 머스코카Muskoka, 캐나다 온타리오 주 남동부에 있는 구역라는 지역인데 우리는 터부Taboo, 금기라는 스파센터를 찾아갔다. 그런 이름에는 왠지 약간 변태적인 서비스 메뉴가 어울릴 것만 같았다. 가령 '여 지배인의 진한 티슈 희롱'이나 '손이 닿지 않는 발 페티시fetish, 특정 물건을 통해 성적 쾌감을 얻는 행위와 관리' 또는 '안면 마사지와 정액' 같은 식의 명칭 말이다. 하지만 실제 서비스 명칭은 단조롭기 그지없었다. 루시와 리사는 둘 다 '핫 스톤 마사지'를 받기로 했다. 거기다 루시는 '화이트 머드 토닝 랩' 코스까지 예약해두었다. 리사는 전통 페디큐어만 추가로 받기로 했다. 보니는 아로마 마사지와 '코코아 버터 랩'을, 나는 반사요법과 전통 페디큐어를 신청해둔 터였다.

우리는 라운지에 모이기로 되어 있었다. 곧 마사지가 시작될 참이었다. 우리 넷은 일단 탈의실 밖에서 만나 복도를 거쳐 라운지로 나가기로 했다. 그래서 우리는 가운과 샌들 차림으로 다 함께 복도를 출발했다. 하지만 얼마 지나지 않아 루시와 리사, 보니보다 내가 훨씬 뒤처지고 말았다. 친구들이 야속하고 내 꼴이 한심스러웠다. 뻣뻣한 팔을 흔들어대며 걷는 꼴이라니! 나도 한 때는 걸음이 빠른 사람이었다. 먼지가 날릴 정도로 빨리 걷는 바람에 친구들도 자주 앞질렀다. 그런데 이제는 전부 저 앞에서 나를 기다리고 있었다. 루시는 나를 위해 문까지 잡고 있었다. 친구들은 절뚝대며 다가오는 나를 잠자코 지켜보았다. 왼쪽 발가락들이 자꾸만 샌들 밖으로 튀어나왔다가 제자리로 들어가길 반복했다. 수치스러우면서도 우스꽝스러운 사투였다. 나는 발이 꼬여 넘어지기 전에 샌들을 벗어 던지고 아예 맨발로 걸었다.

라운지는 널찍하고 편안해 보였다. 우리는 다 함께 소파에 앉아 차례를 기다렸다. 이윽고 우리 이름이 하나 둘씩 불리고, 한 사람씩 개인실로 안내되었다. 나를 안내한 사람은 젊은 미용 관리사로 미용 학교를 갓 졸업한 여성이었다. 그녀는 내가 침대에 자리할 수 있도록 거들어준 다음 손가락으로 내 지친 발을 누르기 시작했다. 그리고 다른 부위로 넘어갈 때마다 자세한 설명을 덧붙였다. 기말시험을 준비하며 외웠을 법한 교과서적인 정의를 그대로 인용할 때도 있었다. 하지만 너무 수다스러워 마사지를 받으며 기분이 좋아졌다가도 금세 언짢아지곤 했다. 그녀는 쉬지 않고 줄곧 떠들어댔다. 물론 조용히 해달라고 부탁할 수도 있었을 것이다. 아니면 수술한 부위를 슬쩍 보여주거나. 아마 그렇게만 해도 그녀는 겁에 질려 입을 다물었을 것이다. 하지만 그 정도로 무례하거나 강하게 나갈 생각은 없었다. 차라리 그냥 흘려듣고 무시하는 편이 더 수월했다. 마침내 마사지가 끝나고, 내 기분도 홀가분해졌다.

조금 있으려니 리사가 들어왔다. 핫 스톤 마사지를 받고 나서 더 편안해진 모습이었다. 리사는 내 옆자리에 앉아 따뜻한 물에 발을 담갔다. 그리고 등받이에 기대더니 스르르 눈을 감았다. 나는 이미 발을 담그고 있었다. 둘이서 조용히 관리사를 기다리는 동안 나는 제발 입이 무거운 관리사를 보내 달라고 기도했다. 내 기도는 어느 정도 효과가 있었다. 이번 관리사는 말이 거의 없었다.

우리는 다시 하나 둘씩 라운지로 모여들었다. 다들 허브 차와 레몬 탄 물을 홀짝이며 마셨다. 그런 다음 전부 식당으로 가서 점심을 먹었다. 식당은 극진한 마사지를 받고 기분이 좋아진 사람들로 북적였다. 하나같이 흰색 가운 차림이었다. 안내원이 우리를 식탁으로 안내했다. 나는 몸의 움직임을 자각하며 천천히 의자에 앉았다. 거의 알몸 상태였기에 괜히 무방비라는 느낌이 들었다. 여신들 틈에 낀 괴물 같은 기분이기도 했다.

리사와 루시가 한방을 쓰고 나는 보니와 다른 방에 머물렀다. 샤워를 마치고 나오자 보니가 아무렇지도 않게 물었다.

"흉터는 좀 어떠니?"

"보여줄까?"

"네가 내킨다면 그래도 좋아."

내가 수건을 내리자 보니의 두 눈이 빛났다.

"이야, 로빈. 네 흉터는 정말 예쁘게 자리 잡았어. 하나도 흉하지 않아."

"정말 그러니?"

"그럼. 여태 수없이 흉터를 봐왔지만 네 건 정말 예쁘구나."

그 순간 자부심이 온몸을 감쌌고 동시에 눈물이 맺혔다. 마치 보니가 내게 왕관을 씌워준 기분이었다. 방금 나는 유방절제술 아가씨 진으로 임명된 것이었다. 마이크를 향해 한발 앞으로 다가가 소감 발표에 열중하는 내 모습을 그려보았다.

"먼저 하느님께 감사드립니다. 정말 멋진 일이에요. 이런 자리에 서게 될 줄은 꿈에도 몰랐답니다. 뭐라고 표현해야 할지 모르겠어요. 한결같은 손재주와 뛰어난 기술을 겸비하신 최고의 외과의사 정 박사님께 감사드릴 따름입니다……."

전화가 울리는 바람에 내 공상은 오래가지 못했다.

"나 루시야. 오늘 저녁 8시에 저녁을 예약해뒀어. 그거 알려주려고."

"좋아, 완벽해."

나는 일부러 그렇게 말했다. 사실 그 무렵이면 소파에 파묻히거나 침대로 기어 올라가 쉴 시간이었다. 하지만 정말로 크게 상관없긴 했다. 낮잠 잘 시간은 충분했으니 말이다.

누군가는 먼저 밟아야 할 길이다

원래 이곳 음식이 훌륭할 거라는 건 알았지만 역시 실망스럽지 않았다. 우리 네 사람 모두 음식이 나오기 전부터 군침을 흘렸다. 애피타이저만 해도 예사롭지 않았다. 앙트레도 더할 나위 없이 훌륭해 보였다. 우리는 일단 웨이트리스에게 결정할 시간이 좀 더 필요하다고 일러주었다. 이곳 주방장을 만난 적은 없지만, 메뉴를 보니 어느 정도 성격이 파악되었다. 먼저 주방장은 과일로 장식하길 좋아하는 사람이었다. 오리 요리에는 구운 복숭아를, 랍스터 라비올리에는 살짝 튀긴 포도를 곁들였고 들소 요리에는 블루베리 소스를 뿌렸다. 메뉴를 읽어 내려가다 보니 주방장은 뭐든 손으로 직접 만들어내야 직성이 풀리는 사람 같기도 했다. 요리는 온통 손으로 말았다거나 손으로 잘랐다거나 수제라는 것들이 많았다. 또 직접 따거나 손으로 갈았다는 음식도 눈에 띄었다. 강박적으로 손을 씻어대는 사람은 아닐까 생각해보았다.

주문을 마칠 무렵 우리는 이미 와인 한 병을 비웠다. 그래서 애피타이저가 도착했을 때쯤에는 신나게 두 병째 와인을 마셔댔다. 그을린 고추를 곁들인 참치와 야생 버섯 리조토, 오리 가슴살과 파스트라미pastrami, 듬뿍 양념한 훈제 소 가슴살, 메이플 샬럿 드레싱을 뿌린 적상추 샐러드를 가운데 차려 놓고 우리는 다 같이 애피타이저를 즐겼다. 음식은 아주 맛있었고 같이 있는 친구들도 매우 좋아하는 이들뿐이었다. 나는 좀 취해 있었는데 한순간 소변이 급해졌다. 나는 테이블 끝을 잡고 의자에서 몸을 일으켰다.

"괜찮아?"라고 보니가 물었다. 내가 정말 괜찮은지 알 수가 없었다. 그래서 굳이 대답하지 않았다. 대신 나는 몸의 균형을 유지하는 데 더 집중했다. 술을 마셔대며 늦게까지 잠자리에 들지 않았더니 파킨슨병 증상이 악화되고 있었다. 팔다리는 훨씬 더 뻣뻣해졌고 등은 굳어 있었다. 목도 잘 돌아가지 않았다. 나는 마치 바람을 맞으며 꽁꽁 얼어붙어 있는 어린 나무 같았다. 기우뚱거리며 몇 발짝을 뗐다. 나무둥치가 레스토랑에서 넘어진다면 사람들이 알아차릴까? 다행히 돌아보는 사람은 없었다. 결국 보니가 부축해주어서 화장실에 다녀왔다. 그 후에도 음식과 와인은 잇달아 나왔고 화장실도 몇 번 더 다녀와야 했다. 우리는 점점 목소리를 높였다. 그러다 마침내 내 안의 울보가 등장하자 토론토 삼총사도 그만 일어설 때라는 걸 알아차렸다. 나오면서 보았더니 우리가 마지막 손님이었다.

토론토에서의 마지막 며칠은 가족과 친구들 집을 오가면서 지냈다. 동생 식구와 스시 바에서 점심을 먹고 부모님과 고모들과 함께 델리에서 저녁을 먹었다. 또 사촌들과도 점심을 함께하고 힐디네 집에서 저녁 시간을 보냈다. 떠나기 바로 전날 밤, 리사가 작별 만찬을 차려 주었다. 사실 어느 정도 내게 어울리는 자리라고 생각했다. 안 그래도 그즈음의 내 삶은 작별에 익숙해 있었으니까. 처음에는 뇌세포, 그다음에는 한쪽 가슴, 그리고 이제 곧 난소와 나팔관까지 내게서 떨어져나가려는 참이었다.

나와 리사, 보니, 루시, 펀, 다이앤Diane, 키미Kimmie, 도나Donna 이렇게 여덟 사람이 식탁을 에워쌌다. 우리는 전부 사십 대에 접어들었고 다들 한 군데쯤은 아픈 곳이 있었다. '활액낭염'이라든지 '관절염' 따위의 단어들이 대화 중간 중간에 튀어나왔다. '시험관 수정'이나 '개대 및 소파술dilation and curettage, 15주 이하의 원치 않는 임신을 했을 경우 시행하는 시술' 같은 어구도 합세했다. 하지만 '암'과 '퇴행성 신경질환'이라는 말을 꺼낸 사람은 내가 처음이었다. 모임의 분위기는 한층 더 고조되었다. 모두가 이렇게 모이는 건 정말 드문 일로, 내가 토론토에 와야지만 가능했다.

"너야말로 '소셜 마그넷'이로구나."

리사는 언제나 이렇게 말했다. 하지만 이제 내 위상은 그 이상이었다. 마음속으로 명함을 새로 찍어내보았다.

로빈 미셸 레비
소셜 마그넷 & 사망 멘토
중년 부인 여러분, 운명을 받아들일 수 있도록 도와드립니다.

내키지 않는 위치긴 하지만, 누군가는 먼저 밟아야 할 길이었다. 지금 당장이든 나중이든, 좀 이르든 늦든, 신체를 온전히 보존하든 어딘가 한 군데 부러지든 차이야 있겠지만 결국엔 모두 최후를 맞는 법이다.

우린 한배를 탔지만 몸 상태는 제각기 달랐다

집을 떠나 열흘은 긴 시간이었다. 사실 베르겐은 너무 길다고 했다. 매일 전화로 안부를 전하긴 했지만 그래도 베르겐은 내가 보고 싶은가 보았다. 그건 나오미도 마찬가지였다. 두 사람 모두 만나자마자 나를 따뜻하게 안아주고 입맞춤을 퍼부었다. 인상적인 환영식이었다. 이윽고 넬리도 조금 창피할 정도로 나를 반기며 달려들었다.

넬리는 거의 제정신이 아니었다(내가 죽었다 살아난 줄 아는 모양이었다). 나는 쭈그리고 앉아 넬리의 배를 만져주었다. 그러다 갑자기 쇼타임이 시작되었다! 넬리는 돌연 라이자 미넬리Liza Minnelli, 1946~ , 미국의 여배우이자 가수에 빙의했다. 탭 댄스를 하듯 계단을 뛰어 내려와 거실에서 빙글빙글 돌더니 있는 힘껏 짖어대는 것이었다. 나는 모두에게 사랑받는 존재였다. 이렇게 집에 돌아오니 정말 기뻤다. 그날은 내 인생의 쇼타임이나 매한가지였다.

그 주의 나머지 날들은 온통 약속들로 가득 채워졌다. 먼저 케네케 박사와 후속 면담이 잡혀 있었다. 박사는 스캔 결과가 좋다고 흐뭇해했다. 암이 뼈까지 전이되진 않았던 것이다. 다음으로 제시카에게 마사지를, 다이앤에게는 전기분해요법을 예약해두었다. 그리고 난소 제거 수술을 앞두고 전화로 사전 면담을 해야 했다. 끝으로 암 지원회 모임에도 참석하기로 되어 있었다.

회원들은 다들 나를 보고 반가워했고, 나 역시 돌아온 게 기뻤다. 투덜대는 여자도 시간이 지날수록 조용해졌다. 아마 자다 깨다 하던 사람이 탈퇴했기 때문이기도 했을 것이었다. 샌탈은 여전히 아름답고 참을성이 많았다. 이번엔 기타를 들고 나타난 샌탈은 음악 명상을 지도할 참이었다. 항상 느꼈지만 부드러운 그녀의 음성에는 치유의 힘이 깃들어 있었다. 어쨌건 그날도 우리는 빙 둘러앉아 차례로 이야기를 이어나갔다.

우리는 모두 한배를 탔지만, 몸 상태는 제각기 달랐다. 자연히 화학요법에서부터 주변 사람들에게 자신의 죽음을 준비하도록 하는 일까지 화제의 폭이 넓었다. 그러다 간혹 음식에 대한 이야기로 빠져들 때도 있었다. 아니면 각종 요리법이나 영양소, 정원 가꾸기 등에 대해 이야기하기도 했다. 전부 우리 식대로 희망을 키워나가는 과정이 아닐까 생각해보았다.

09

엄마로 복귀, 아내로 복귀, 딸로 복귀, 친구로 복귀

잘라내고, 또 잘라내도 난 아직 살아 있다

자궁 속 난소만큼이나 연약한 존재가 된 기분이었다

12월도 다 지났다. 집 안은 온통 톱밥 가루투성이인데다 하드웨어 장비 대리점을 찾는 일이 잦아졌다. 태평스러운 친구들의 방문이 예상되었으며, 수술이 미루어져 불안한 나날을 보내는 중이었다. 오버바이트의 데뷔 공연에 참석할 가망은 50퍼센트 정도였다. 월이 치실질이라도 해준다면 생각해 볼 만했다.

올해는 연말 파티를 생략하기로 했다. 크리스마스트리나 하누카hanukkah, 11월이나 12월에 8일간 진행되는 유대교 축제 촛대, 칠면조 구이, 감자 팬케이크 따위도 장만하지 않았다. 그리고 서로 선물을 교환하는 대신 가족 전체를 위한 선물을 사는 데 돈을 몽땅 쏟아붓기로 했다. 바로 대형 평면 TV를 장만한 것이었다. 언뜻 보면 아주 단순한 결정이었지만, 사실 그렇지 못했다. 소동의 발단은 힐디였다. 지난여름 힐디가 우리 집에 와 있을 때, 베르겐이 힐디에게 전문적인 자문을 구했다. 아직 완공되지 않은 가족실을 어떻게 꾸밀지 몰랐던 것이다. 힐디는 곧바로 남편에게 해야 할 일들을 지시했다.

"먼저 소파를 180도로 돌려놓으세요. 뒤쪽 벽이 아니라 벽난로를 바라보는 위치로 말이에요. 그리고 저 우스꽝스러운 벽난로도 교체하시는 게 좋을 것 같아요. 심플하면서도 클래식한 분위기로 바꿔요. 벽난로 위에는 평면 TV를 설치하시고요."

베르겐의 얼굴은 금세 기쁨으로 빛났다. 만능 재주꾼의 귀에 힐디의 조언은 아름다운 음악 선율이었다. 마치 위엄 있는 천사가 그에게 명령이라도 내린 듯했다. "어서 일어나 가족실을 손봐요"라고. 베르겐은 바로 다음 날부터 작업에 착수해서 몇 달 동안 그 일에 전념했다. 먼저 베르겐은 보기 흉한 낡은 벽돌을 무너뜨리고, 삼나무로 만든 벽난로 선반을 달았다. 매끄러운 검정 타일도 붙이고 벽에는 단열 처리를 했다. 전기 배선을 마치고 나서는 TV를 사러 다녔다. TV를 설치하고 보니 아직 인테리어가 다 완성되지 않았지만 아주 근사했다. 50인치 스크린에 비친 크레이그 퍼거슨은 더 멋져 보였다.

수술받기 전날, 병원에서 전화가 왔다. 수술 순서에서 밀려난 것이었다. 병원에서는 다음 주로 다시 일정을 잡아주었다. 하지만 또 밀렸다. 결국 3주를 더 기다려야 했다. 나는 내 자궁 속 난소만큼이나 연약한 존재가 된 기분이었다. 수술이 순조롭게 진행되기만을 바랄 뿐이었다.

수술을 기다리는 3주 동안 나는 일부러 바쁘게 지냈다. 글로리아와 쇼핑을 하고 린다와 저녁을 먹었다. 브라이언과 질리언과도 저녁 약속을 잡았다. 또 다른 날은 조이와 점심을 먹고 다이애나와 베티나를 만났다. 여전히 제시카에게 마사지를 받고 다이앤에게 전기분해요법을 받으러 갔다. 민츠 박사에게 진찰도 받고 정 박사와 후속 면담을 했다. 정신과 의사 영 박사의 진료도 예약했다. 나는 그때도 두 달에 한 번씩 영 박사에게 진찰을 받는 중이었다. 박사는 내 상태를 확인하고 항우울제를 처방해 주었다.

그날도 예약을 잡아둔 터라 영 박사를 만났다. 그런데 그만 엘리베이터 안에서 기억상실증에 걸리고 말았다. 박사의 진료실이 몇 층인지 기억나지가 않아 엘리베이터를 타고 이 층 저 층을 오르락내리락 한 것이었다. 진료실 안내판은 로비 벽에 걸려 있었다. 은색 톤의 대형 금속판에 의료진들의 성명과 직위가 검은 글자로 새겨져 있었다. 마침내 맨 윗줄에 있는 박사의 이름을 발견했다. 그런데 이름을 나타내는 알파벳 중 첫 세 글자만 찍혀 있었다. Dr. You. 4층.

진료실에 들어서자 박사가 반겼다.

"오늘은 어때요, 로빈 씨?"

"괜찮은 편이에요. 그런데 성함을 바꾸셨더군요. 로비 안내판에 표시된 철자 중에 n과 g가 빠져 있었어요. 그러니까 유 박사님Dr. You이 된 셈이죠."

"아, 그거요. 누가 그걸 빼먹었더군요."

"고쳐 넣으실 건가요?"

"아뇨, 뭐 하러 귀찮게 그러겠어요? 붙여 넣으면 또 누군가가 빼놓을 텐데요."

그렇게 말하면서 박사는 한숨을 쉬었다. 나는 그만 "오늘 들은 말 중에 제일 슬픈 말이네요"라고 말할 뻔했다. 하지만 박사가 곧 화제를 전환하기 위해 "지난번 면담 후로 어떻게 지내셨나요?"라고 물었다. 그래서 나는 그동안의 경과를 간단히 읊었다. 수술 연기와 토론토 방문 그리고 돌로레스 이야기까지 말이다. 그 후에도 우리는 내 기분 변화와 약물에 대해 이야기를 주고받았다. 상담이 끝나갈 때쯤 박사는 여느 때처럼 처방전을 건넸고 나는 엘리베이터를 타고 1층으로 내려왔다. '불쌍한 유 박사.' 로비 안내판을 지나면서 나는 혼잣말로 중얼거렸다. 다음번에는 빠진 n자와 g자를 가져다주어볼까, 라고 생각했다.

이제는 남편과 공유했던 영역에 들어서지 못하게 되었다

베르겐과 나는 한집에 살면서 함께 잠자리에 들고 같은 라디오 프로그램을 들으며 똑같은 신문을 읽는 사이였다. 하지만 가끔은 우리가 각자 완전히 다른 삶을 사는 듯한 기분이 들었다. 신체적으로, 정신적으로 그리고 감정적으로까지 말이다. 어떻게 보면 그렇게 느끼는 게 당연하긴 했다. 결국 난 파킨슨병 환자니까. 그래도 어쩌다 가끔 베르겐의 세계로 발을 들여놓으려다 새로운 장애물에 부닥칠 때면 충격을 감출 수 없었다. 지금은 남편만의 세계지만 한때는 함께 공유했던 영역이 아니었던가.

며칠 전에도 그런 장애물과 맞닥뜨린 적이 있었다. 장을 보러 나갔던 베르겐이 음식을 넣어 두는 플라스틱 용기 세트를 사 왔다. 용기 뚜껑의 실용적인 디자인이 남편의 마음을 사로잡았던 것이다. 그러니까 네 면에 날개 모양으로 고정 장치가 되어 있어서 내용물을 신선하게 보관하고 새는 걸 방지할 수 있었다. 우리는 그날 저녁식사를 마친 뒤 곧장 용기를 사용해보았다. 베르겐은 남은 파스타를 용기에 담았고, 나는 브로콜리를 집어넣었다. 베르겐이 뚜껑을 닫는 걸 보고 나 역시 뚜껑을 닫아보려고 했다. 하지만 뚜껑을 제대로 덮지도 못할뿐더러 손가락에 충분히 힘이 들어가지도 않았다. 도와주고 싶었던 베르겐은 뚜껑의 날개를 어떻게 사용하는지 설명해주었다. 나 역시 남편에게 도움이 되고 싶었기에 설명대로 하려고 애썼다. 하지만 나는 굼뜨게 뚜껑을 집어 든 채 서툰 손놀림으로 뚜껑을 만지작거릴 따름이었다. 마침내 자존심 강한 마흔다섯 살의 여성이라면 누구나 그랬을 법한 행동을 하고 말았다. 그만 울음을 터뜨리고 만 것이었다.

"이런, 이런."

베르겐이 나를 다독이며 꼭 껴안아주었다.

"당신, 내 손가락 상태를 잊어버렸군요."

내가 흐느끼며 말했다.

"그래, 알아. 미안해."

나도 사과했다. 그리고 용기들이 가지런히 쌓여 있는 아래쪽 서랍을 내려다보며 말을 이었다. "이제 이 병도 정말 진절머리가 나! 이 통들도 전부 마음에 안 들어!"라고. 나는 성한 쪽 다리로 서랍을 걷어찬 다음 욕실로 가 코를 풀었다. 그런데 나 자신도 깜짝 놀랄 정도로 코 푸는 소리가 크게 나고 말았다. 마치 새해가 밝기 전날 거리에서 울려대는 경적 소리만큼이나 크고 불쾌한 소리였다.

"무슨 소리야?"

베르겐이 소리쳐 물었다.

"별거 아니에요. 내 소리예요. 내 집에서 벌어지는 그릇 파티니까 울고 싶으면 맘껏 울래요."

나는 욕실 거울에 비친 내 모습을 응시하며 대답했다. 뺨을 타고 눈물이 흘렀다.

난소와 나팔관을 잘라내면
바로 폐경이 찾아올 것이었다

밸런타인데이가 코앞으로 다가왔다. 모든 일이 계획대로 흘러간다면 내가 그날 어떤 꼴을 하고 있을지 정확히 예측할 수 있었다. 문란한 초콜릿이나 매끈거리는 란제리 따위는 어림도 없었다. 안락한 스파 마사지권 같은 선물도 내 몫은 아니었다. 그럴 수밖에 없는 것이 그해 밸런타인데이에 나는 '침대에 누워 모르핀을 맞는 신세'일 테니까. 나는 2월 12일에 난소와 나팔관 제거 수술을 받을 예정이었다. 수술 자체는 수월하고 안전하게 재빨리 마무리될 거라고 들었다. 그리고 인접한 주요 장기에 손상이 갈 가능성도 거의 없다고 했다. 연달아 서명한 수술 동의서 세 부에 기재되어 있던 내용이었다.

이 수술을 지칭하는 공식 임상 용어는 '난소절제술oophorectomy'이었다. 프랑스 악센트를 섞어 이 단어를 발음해보면 그렇게 유혹적일 수가 없었다. '오프-르-이크-투므-미.' 물론 수술 후에는 곧바로 폐경이 올 것이었다. 하지만 그것 역시 섹시하지 않은가?

삶이 뒤바뀔 정도의 수술을 받고 살아남은 친구는 전부 세 명이었다. 먼저 조이가 있었다. 한번은 조이에게 수술이 자신에게 어떤 영향을 미쳤는지 물어보았다. 조이는 수술 직후 찾아온 폐경 때문에 3년가량 괴로운 시간을 보냈다고 했다. 두 번째 친구는 수Sue다. 지난해 유방암 진단을 받은 수는 내 경우와 마찬가지로 에스트로겐 양성 반응을 보였다. 그녀는 한 달 전에 난소절제술을 받았다. 수는 당시 수술이 순조롭게 진행되었다고 했다. 수술 담당의가 실수로 그녀의 방광을 건드리기 전까지만 해도 말이다. 다행히 수는 수술을 잘 견뎌냈다. 그리고 의도치 않은 의료 사고까지. 게다가 몇 주 후에는 양쪽 유방절세술까지 거쳤다.

원래대로라면 적잖이 공포와 혼란에 빠져 지냈겠지만 세 번째 친구가 내 곁을 지킨 탓에 비교적 평온하게 지낼 수 있었다. 그 친구는 바로 난소가 제거된 강아지 넬리였다. 넬리 덕분에 나는 긍정적인 기분을 되찾았다. 넬리는 난소절제술뿐만 아니라 자궁절제술까지 이겨낸데다 한 주 내내 우스꽝스러운 전등갓을 머리에 쓴 채 바깥을 활보하며 온갖 수치를 감당해냈다.

가끔은 그런 넬리를 모른 척하고 싶을 정도였다. 어쨌건 나만큼은 수술 부위를 핥지 않겠다고 맹세할 수 있었다.

역시 인생은 항상 계획대로 풀리지만은 않는 법이었다. 수술 날짜가 세 번이나 연속해서 밀려날 가능성이 생겼기 때문이었다. 자연히 내 생식기를 건드리지 않고 조금 더 버틸 수 있게 되었다. 아니면 50인치 플라스마 TV 화면 밖으로 그레고리 하우스Gregory House, 의학 드라마 〈하우스(House M. D.)〉에서 배우 휴 로리가 열연한 주인공. 진단의학 과장으로 신장 및 전염병 전문의 박사가 튀어나와 내 손을 잡아끌고 복잡한 진단 의학의 세계로 나를 인도할지도 모르겠다. 박사는 바이코딘Vicodin, 하우스 박사가 처음에 진통제로 복용하다가 중독되어 심심풀이로 복용하던 약에 잔뜩 취한 채 난소절제술을 시행할 것이었다. 수술이 마무리되고 나면 우리 둘은 흐느적거리는 걸음걸이로 고해상도 화면 너머 할리우드의 일몰 뒤로 사라질 것이었다. 어느 쪽이 되었든 한 가지는 확실했다. 파킨슨병과 유방암이 태풍이라면 수술 후 찾아올 폐경 정도야 산들바람에 불과하다는 사실 말이다.

그동안 같이 있어줘서 고마웠어, 내 난소들아

수술일은 더 밀리지 않았다. 모두 제대로 돌아가는 중이었다. 수술 순서는 이미 훤히 꿰차고 있던 터였다. 가운을 걸치고 나면 곧장 누군가 내 난소를 쑤시고 찔러댈 것이었다. 그 전에 베르겐에게 마지막 당부의 말을 남겨야지.

"혹시 내가 죽게 되면 옛날 일기장을 찾아내어서 태워버리겠다고 약속해줘요."

"약속할게. 하지만 당신은 죽지 않아."

베르겐이 내 손을 꼭 쥐면서 대답했다. 내 안의 울보는 이미 대기 중이었다. 큐 사인이 떨어지기만을 기다리며 티슈를 움켜쥐고 있었다. 머리카락 색이 짙은 의사가 걸어 들어오자 울보는 흰 티슈를 흔들어대며 항복을 선언했다.

"안녕하세요, 전 마즈가니Mazgani 박사예요. 오늘 부인의 수술을 담당할 겁니다. 오늘이 처음은 아니시겠죠?"

"안녕하세요. 그럼요. 벌써 여러 번 해봤어요."

나도 인사를 건네며 답했다. 박사의 둥근 얼굴이 친근해 보였다. 박사가 걸친 가운은 잠옷처럼 편안해 보였다. 박사는 내 어깨에 손을 얹고 눈을 마주치며 "이제 곧 시작할 거예요"라고 말했다. 당번 간호사가 침대 곁으로 다가서더니 바퀴의 잠금쇠를 하나씩 풀었다. 베르겐이 입맞춤을 해주는 가운데 침대가 천천히 움직였다. 이윽고 침대는 복도를 지나 수술실에 도착했다. 안녕, 내 난소들……. 잘 가요, 내 나팔관……. 작별은 달콤한 슬픔이었다.

베르겐은 난소가 없는 내가
여전히 아름답다고 했다

어지럽고 온통 쓰라리고 합판처럼 뻣뻣한 상태로 의식을 회복했다. 침대 한쪽에는 간호사가, 또 다른 쪽에는 마즈가니 박사가 서 있는 게 보였다. 박사가 내 쪽으로 몸을 기울이더니 말을 걸어왔다.

"안녕하세요, 로빈 씨. 전부 잘 끝났어요."

"잘됐네요."

나는 신음을 토하듯 대답했다. 약간 메스꺼웠다. 의식이 들었다 나갔다 했다. 사람들이 말하는 소리도 드문드문 끊겨 들렸다. 누군가 저혈압에 대해 언급하고 있었다. 어느 순간 눈을 떴더니 웃으며 내려다보는 베르겐이 보였다. 베르겐이 "내가 그랬잖아. 당신은 죽지 않는다고"라고 말해주자 안도의 물결이 밀려들었다. 여태 살아 있을 뿐 아니라 사람들은 여전히 나를 알아보았다.

"나 어때 보여요? 이제 가슴도 한쪽밖에 없고 자궁도 온전하지 않아요."

"여전히 아름다워."

베르겐이 말했다. 유방절세술에 비해 난소절제술은 그 타격이 경미한 편이었다. 의료진은 우선 내 배를 살짝 절개하고 복강경이라고 하는 작은 지팡이처럼 생긴 카메라를 삽입했다. 그런 다음 난소와 나팔관을 들어냈던 것이다. 대개 이 시술 절차는 하루 만에 다 마무리된다고 알려졌으며 환자들은 수술 후 몇 시간 동안 안정을 취하고 곧장 귀가 조치되었다. 하지만 내 경우는 조금 달랐다. 혈압이 꽤 낮았던 것이다. 그래서 일어섰을 때 쓰러지지 않을 정도로 혈압이 회복될 때까지 입원해 있기로 했다. 퇴원 허락이 떨어졌을 때는 이미 날이 저물어 있었다.

드디어, 한 번도 울지 않던 남편이 울었다

수술 직후의 형편없는 모습을 보이기 싫어서 나오미를 친구 집에서 하룻밤 머물게 했다. 나는 양철 나무꾼처럼 뻣뻣하고 세상이 끝난 듯 우울했다. 진통제 효과가 나타날 때를 기다리며 TV를 시청했다. 베르겐은 우리 두 사람분의 저녁을 준비하는 중이었다. 식사가 준비되자 베르겐은 위층까지 나를 부축했다. 아직도 어지럽고 다리가 떨렸다. 나는 "식탁이 아주 근사하네요"라고 한마디 거들었다. 베르겐은 촛불을 켜고 음식을 접시에 덜어 담았다. 수저와 냅킨도 전부 세팅되어 있었다. 바이올린 연주자만 있으면 완벽할 뻔했다. 수술 후에 받아본 저녁상 중에서 가장 로맨틱하다고 생각했다.

나는 브로콜리를 한 입 베어 물고 포크로 밥을 떠먹었다. 베르겐도 같은 동작을 했다. 순간 감정이 쓰나미처럼 몰려와 주체할 수 없이 눈물이 흘러내렸다. 흐느낌이 잔물결처럼 밀려들었다. 호흡을 가다듬기도 어려웠다.

"내가 왜 이렇게 우는지 모르겠어요."

나는 헐떡이며 겨우 말을 내뱉었다. 내심 베르겐이 위로해주길 바라면서 말이다. 하지만 베르겐은 별안간 입술을 떨더니 의자에 파묻혀 울기 시작했다. 내가 뭔가를 전염시켰나 보았다. 곧 지켜보던 넬리가 다가오더니 큰 다갈색 눈을 굴리며 분홍빛 혀를 내밀고 규칙적으로 헐떡대기 시작했다. 뭐가 그리 즐거운지 연신 짤막한 꼬리를 흔들었다. 우리의 흐느낌은 계속되고 음식은 식어갔다. 갑자기 넬리가 모습을 감추었다. 그러더니 식탁 아래쪽에서 뭔가 찍찍거리는 소리가 들려왔다. 바로 넬리가 내는 소리였다. 남편과 내가 흐느끼는 동안 넬리는 장난감을 입에 물고 씹어댔던 것이다. 우리의 울음소리가 커질수록 넬리가 찍찍대는 소리도 더 빨라졌다. 결국 우리는 한꺼번에 울고 웃기를 반복했다. 몇 주씩이나 꾹꾹 눌러왔던 긴장과 스트레스가 단번에 터져나오는 느낌이었다. 나중에는 넬리도 장난감을 놓고 우리 발치에 웅크리고 앉았다. 평온하고 만족스러운 모습이었다. 그제야 우리는 제대로 식사를 시작했다.

남편이 있어서, 남편이 있어서, 다행이다

이번에는 지난번 유방절세술을 받았을 때보다 회복 과정이 더 수월하게 느껴졌다. 적어도 내 경우에는 그랬다. 아마 베르겐은 입장이 달랐을 것이다. 어쨌건 수술 후에 큰 흉터도 남지 않았고 거추장스러운 체액 주머니를 달고 다닐 일도 없었다. 또 팔다리도 멀쩡했다. 하지만 어쩐 일인지 나는 녹초가 되어 있었고 끝없는 피로감이 몰려왔다. 자연히 하루 중 대부분을 안정을 취하며 보냈고 웬만한 일은 베르겐에게 부탁했다. 스크램블 에그와 아몬드 버터를 바른 토스트, 치킨 누들 수프, 감자튀김, 로스트 치킨, 콩을 곁들인 쌀밥, 샐러드와 과일, 주스와 차, 물 등 내 요구는 끝이 없었다. 나는 믿기지 않을 정도로 베르겐을 부려먹었다. 음식뿐만이 아니었다. 베르겐은 온종일 울려대는 전화도 일일이 다 받아야 했다. 게다가 손님이 오면 도어맨 역할을 톡톡히 해냈다. 꽃이나 선물 바구니, 책 꾸러미 등 손님이 가져온 물건도 전부 베르겐이 정리해 넣었다.

이렇게 베르겐이 곁에 있어서 얼마나 감사한지 몰랐다. 그래서 베르겐에게도 항상 고맙다는 말을 건네는 편이었다. 하지만 왠지 그것만으로는 부족한 느낌이 들었다. 베르겐은 더 나은 대접을 받을 자격이 있었다. 신체 기관의 제거가 선물 세례로 이어질 줄 미리 알았더라면, 아마 '홈 데포Home Depot, 미국의 가정용 건축자재 유통회사'의 선물등록센터에 등록이라도 해두었을 것이다. 그러면 지인들은 굳이 '회복 기원' 꽃다발이나 고급 간식을 보내지 않아도 될 뻔했다. 대신 베르겐 앞으로 '당신의 노고에 감사드리며'라는 문구와 함께 각종 도구나 충전용 배터리, 못과 나사 세트를 전달할 수 있었을 것이다. 부인을 돌보는 일과 별개로 만능 재주꾼이 원하는 물건이라면 뭐든 좋았다. 그때서야 그런 이벤트를 마련하는 것은 너무 늦은 감이 있었다. 하지만 다시 신체 일부를 제거해야 할 경우가 생긴다면 꼭 그렇게 할 것이었다.

헬렌의 과일 샐러드에는 질서가 서려 있다

아침에 이웃에 사는 헬렌이 잠시 들렀다. 헬렌은 이번에도 근사한 과일 샐러드를 만들어 왔다. 나는 가지각색의 과일 믹스에 감탄하며 "매번 정말 고마워요"라고 인사를 건넸다. 사과와 배, 파인애플, 바나나, 포도, 딸기를 잘게 썰어 넣은 샐러드였다. 이 순간에도 나는 일종의 질서를 발견했다. 신체 일부가 더 떨어져 나갈수록 헬렌의 과일 샐러드도 더 자주 먹을 수 있다는 점이었다. 불현듯 이런 식의 잇따른 징크스가 지겨워졌다. 그래서 마음속으로 한 가지 결심을 했다. 나중에 홈 데포를 통해 보낼 선물을 등록하라고 사람들에게 요청할 일이 생기면 헬렌은 명단에서 제외해줄 것이었다.

"좀 어때요?"

헬렌이 먼저 물었다.

"꽤 좋은 편이에요. 천천히 기운을 되찾는 중이랍니다."

"윌의 밴드 공연이 다음 주라는 거 알고 있어요? 치대 연감제작회에서 주관하는 밴드 배틀 모금 행사예요."

"경쟁 상대는 어느 팀이에요?"

"아, 치대 학생 밴드라고 들었어요. 재미날 것 같아요."

"정말 가봤으면 좋겠네요."

"그때쯤이면 컨디션이 더 나아질지도 모르죠."

헬렌이 웃으며 말했다.

"그러면 좋겠어요."

한쪽 가슴만 달린 팬도 쓸모가 있다면 가고 싶었다.

괜찮다고, 이 정도는 버틸 수 있다고 알려줘야 했다

다들 내가 어떻게 지내는지 궁금해서 안달이었다. 답해주어야 할 이메일과 전화만 해도 수십 통이 밀려 있었다. 하지만 수많은 친인척과 친구들에게 개별적으로 일일이 답하기에는 너무 기운이 없었다. 그래서 이메일 한 통을 간추려 보내기로 결심했다.

모두 안녕하세요.

난소절제술을 받고 무사히 살아남았습니다. 이번 수술을 계기로 몇 가지 터득한 점이 있습니다.

1. 흔히들 "낯선 사람을 믿지 마라"라고 합니다. 하지만 외과의사에게만큼은 이 말을 적용하지 않아도 될 듯합니다. 저는 목요일 오전에 마즈가니 박사를 만났습니다. 이 낯선 사람(공인된 사람이긴 합니다만)은 한 시간도 채 되지 않아 제 배에 구멍을 내고 감쪽같이 난소와 나팔관을 끄집어냈습니다.

2. 지난번 암 진료소에서 흘려들은 소문과 달리, 난소 요정 따위는 없답니다! 며칠 전 잠자리에 들기 전에 내장 기관을 베개 밑에 밀어 넣어 두었는데, 아침에 일어나 보니 그대로 거기 있었기 때문입니다(사실 이번에 횡재를 했으면 하고 내심 바랐습니다. 지난여름 유방절제술을 받고 나서 유방 요정이 꽤 후했기 때문이죠).

3. 수술 후 곧장 시작된 폐경도 그리 나쁘지만은 않습니다. 가끔 몸이 화끈거리고 변덕을 부리게 된 게 좀 걸리긴 하지만요……. 사실 턱과 코 밑에 수염이 자라는 것도 거슬리긴 합니다…….

4. 의사 선생님과 약속했습니다. 수술 부위를 핥지 않겠다고요. 그런데 아마 누군가 내 수술 부위를 핥게 하지 않겠다고 약

속할 걸 그랬습니다. 누구든, 그 무엇이 되었든 말입니다. 어쨌건 우리 집 강아지 넬리는 용서하기로 했습니다. 그리고 만약에 한 번만 더 그랬다가는 우스꽝스러운 전등갓을 머리에 씌워버리겠다고 겁을 줘놓았습니다.

5. 평소에는 서로 자유롭게 말하는 분위기를 지향하는 편입니다. 하지만 이제 난소를 제거한 내 상태를 감안해서 집 안에서 알egg이라는 단어를 못 쓰도록 금지했습니다. 베르겐과 나오미는 두말 않고 내 제안에 응했습니다. 두 사람은 내 기분만 좋아진다면 뭐든 괜찮다는 식이니까요. 모든 일에는 긍정적인 면이 있나 봅니다. 말 한마디 내뱉는 것도 통제하는 이런 상황에서조차 말입니다.

6. 유방암 생존자로서 첫 밸런타인데이를 맞았습니다. 비록 한쪽 가슴을 잃긴 했지만, 무한한 사랑과 따뜻한 정에 둘러싸여 감사한 마음으로 지내고 있습니다. 덕분에 좀 더 살고 싶어졌습니다.

동시에 파킨슨병과 유방암에 걸린 사람은 무지 바쁘다

두 가지 병을 한꺼번에 얻어서 좋은 점이라면 한쪽에 너무 신경을 쓴 나머지 허둥대지 않아도 된다는 것이었다. 나는 진찰과 수술 일정에 규칙적으로 따르면서 유방암과 파킨슨병 사이를 오갔다. 그날은 신경과 전문의 스퇴슬 박사와 후속 면담이 잡혀 있는 날이었다. 이미 6개월 전에 예약을 잡아두었는데 그 전날 박사의 비서가 전화를 걸어 면담 날짜를 상기시켜주면서 박사는 늦는 것을 안 좋아한다고 귀띔했다. 순간 나는 늦게 온 환자 때문에 실명에 이른 박사의 모습을 상상했다. 불쌍한 사람 같으니라고. 어쨌건 나는 제시간에 도착하겠다고 비서에게 일러두었다. 실제로 나는 예약 시간보다 일찍 진료실에 도착했다.

오색 장식이나 풍선, 케이크, 아이스크림은 없지만 이 신경과 전문의와의 면담은 어쩐지 어린아이들의 생일 파티를 연상시켰다. 다양한 게임과 놀이가 준비되어 있어서 그런지도 모르겠다. 게다가 그 누구도 아닌 바로 내가 주목의 대상이니까 말이다! 우리는 '환자의 손상된 반사신경 확인해보기'라든지 '뻣뻣하게 굳은 환자의 왼팔 움직여보기' 따위의 놀이를 시작했다. 손과 눈을 동시에 활용해야 하는 게임도 있었다. 가령 '의사 선생님의 움직이는 손가락 만져보기'나 '의사 선생님이 미리 꼬아둔 손 모양 따라 하기' 같은 놀이가 이 부류에 속했다. 사실 이쯤 되면 생일 파티에 참석한 듯한 들뜬 느낌은 사라지고 약간 씁쓸한 기분이 되었다. 이런 게임에서 나는 항상 지는 쪽이고 의사 선생님이 승자의 자리를 차지하기 때문이었다. 하지만 곧 이어진 우울증 진단 테스트에 정신이 팔린 탓에 그런 기분에서 잠시 벗어날 수 있었다. 테스트 질문은 객관식으로 이런 식이었다.

다음 네 문장 중에서 지난 며칠 동안 귀하의 기분을 가장 잘 표현한 항목을 고르시오.

X 패배자라고 느낀 적이 없다.

X 다른 사람들보다 더 자주 패배를 맛본 것 같다.

X 돌이켜보면 내 인생은 실패투성이다.

X 한 인간으로서 나는 완전히 패배자다.

테스트를 마친 뒤 우리는 마지막 게임을 하기 위해 복도로 걸어 나왔다. 바로 '한쪽으로 치우친 환자의 걸음걸이 관찰하기' 게임이었다. 사실 이건 '환자가 균형을 잃게 만들고 넘어지기 직전에 잡아주기' 게임만큼이나 재미있었다. 게임을 끝내고 다시 진료실로 들어선 박사는 만면에 웃음을 띠고 자랑스럽다는 듯 말했다.

"제가 그렇게 세게 잡아당길 줄은 몰랐죠?"

안타깝지만 파티는 끝났다. 스퇴슬 박사는 경품 뽑기 주머니 대신 처방전을 내밀었다. 그리고 치료를 거듭하면서 삶의 질도 차차 개선되어갈 거라고 용기를 주었다. 처방전에 표시된 건 내가 처음 복용하는 파킨슨병 약이 될 것이었다. 좀 지치긴 했지만 어느 정도 희망을 되찾은 나는 코트를 집어 들었다. 그리고 곧장 소매에 팔을 집어넣기 위한 사투가 시작되었다. 스퇴슬 박사도 거들어주려고 일어섰다. 역시 쉬운 일이 아니었다. 결국 소매는 접혀버리고 왼팔은 어중간하게 소매 중간에 끼어버렸다. 게다가 등은 잔뜩 구부린 상태였다. 순간 어색한 기분과 바보 같다는 생각에 사로잡혔다. 그리고 약간 심술도 났다. 다행히 박사가 기사도 정신을 발휘해 코트 소매를 잡아당겨주었다. 그런데 갑자기 왼팔이 격렬하게 흔들리며 스퇴슬 박사의 몸 쪽으로 기울어졌다. 팔은 계속 흔들렸다. 결국 나는 '의도치 않게' 박사를 몇 번 후려치고 나서야 간신히 코트를 껴입을 수 있었다. 그래도 박사는 자랑스럽다는 듯 미소를 띠었다. 그리고 나는 그 날 처음으로 완전한 패배자라는 느낌에서 벗어날 수 있었다.

다음 날 넬리를 산책시키다가 집 앞에 나와 있던 헬렌과 마주쳤다. 헬렌은 다소 지쳐 보이는데다 혈색이 좋지 않았다. "괜찮아요? 아파 보이는데요?"라고 하면서 내가 먼저 말을 걸었다. "아픈 건 아니에요"라고 헬렌이 거의 신음하듯 말했다.

"어제가 결전의 날이었어요. 밴드 배틀 말이에요."

"아, 맞아요. 저도 가고 싶었지만 어제는 너무 피곤했어요."

"안 오길 잘했어요. 저만 해도 간 걸 후회했답니다."

"왜요? 무슨 일 있었어요?"

"음악 소리가 너무 커서 나중에는 속까지 울렁거렸으니까요."

"저런. 안됐어요. 윌은 어때요?"

"그 사람은 귀가 먹었어요. 오늘 아침에 일어나서는 소리를 못 듣는 것 같더라고요."

헬렌이 목소리를 낮추어 이야기했다. 나는 적어도 치실질 정도는 할 만한 상태였으면 좋겠다고 생각하면서 급하게 "손은 어땠던가요?"라고 물어보았다.

"아, 손은 괜찮아요. 어쨌건 그 사람 밴드가 이겼답니다. 딸아이들은 아주 좋아했어요. '우리 아빠가 밴드 단원이에요'라고 적힌 티셔츠까지 만들어 입고 나갔다니까요."

"너무 귀엽네요."

나는 양쪽 가슴이 두드러지는 셔츠를 입은 채 두 팔을 흔들어 대며 무대를 뛰어다니는 윌의 세 딸을 그려보았다. 물론 아이들은 신이 났을 것이다. 만약 내가 그 자리에 참석했다면 아마 셔츠에 이렇게 써서 입고 나가지 않았을까. '내 꿈에 나왔던 이웃집 남자가 밴드 단원이에요.' 그리고 모든 사람이 그걸 읽을 수 있도록 밤새도록 무대 바로 앞에 꼼짝 않고 서 있었을 것이다. 물론 내가 미쳤다고 생각하는 사람들도 있었겠지만 그런 시선 따위는 신경 쓰지 않았을 것이다. 나는 더는 도파민도 만들어내지 못하는데다 한쪽 가슴만 달린 팬이기 때문이었다. 그런 팬은 원래 그런 법이다.

약의 부작용으로 재미나 누려볼까?

약에 빠져 살았다. 더는 숨길 수 없을 정도로 사태는 공식화되어버렸다. 그렇다. 나는 약 중독이었다. 매일같이 약상자에서 한 움큼씩 약을 꺼내어 삼키고 있었다. 항우울제는 물론이고 에스트로겐 억제제, 항산화제, 소염제, 각종 비타민제와 보조제 그리고 이제 항파킨슨제까지 복용하는 중이었다. '도파민 작용제'로 분류되기도 하는 이 약들은 가히 제약계의 영웅이라 할 만했다. 흰색의 작은 알약들은 생각보다 강력한 효과를 발휘했다. 고갈된 도파민 기능을 복구시키기 위해 개발된 이 작은 전사들은 어린이 보호용 캡까지 쓰고 있었다. 이들은 조정 기능과 운동성, 운동 속도 개선을 목표로 지루한 전투에 임했다. 신기하게도 3주째 약을 복용했을 뿐인데 벌써 이 작은 존재들의 초능력을 실감하는 중이었다. 마냥 뻣뻣하기만 했던 왼팔이 기적처럼 풀리고 절뚝대던 다리도 어느 정도 내 의지로 조종할 수 있게 된 것이었다. 하지만 안타깝게도 내 왼손은 여전히 어정쩡한 모양새로 굳어 있었다. 어떻게 보면 수음手淫 태세를 갖춘 것 같기도 해서 유흥업계에 종사하는 여성이 보았다면 뜻밖의 횡재를 한 여자라고 생각했을지도 모를 일이었다. 어쨌건 이제는 폴댄싱을 출 나이는 지났으니, 도파민 작용제의 힘으로나마 내 굽은 손가락들이 어서 펴졌으면 좋겠다. 그러면 인생도 좀 더 수월해질 것이었다. 조금 덜 창피해질 테니까 말이다.

그렇지만 제아무리 대단한 영웅이라도 단점은 있는 법이다. 도파민 작용제 역시 예외는 아니었다. 스퇴슬 박사는 이 약들을 처방하면서 몇 가지 부작용을 경험할 수 있다고 했다. 가령 메스꺼움(차츰 약해지는 중이다)이나 환각(아직 이 정도는 아니다), 졸음(두말할 필요도 없다), 경련(어쩌다 한 번씩 그럴 때도 있다), 앉았다 일어설 때 나타날 수 있는 경미한 두통(가끔 그렇다) 등이 그것이었다. 또 박사는 특이한 역효과도 관찰될 수 있다고 조심스럽게 경고했다. 강박성 도박이나 지나친 쇼핑욕, 과식, 남장, 과다 성욕 등의 현상이 나타날지도 모른다는 것이었다. 나는 조금이라도 이상 징후가 관찰되면 그 즉시 박사에게 연락하겠다고 다짐했다. 하지만 과연 그렇게 할 것인가? 사실 박사가 언급한 역효과 중에는 꽤 재미있을 것 같은 현상도 있었다. 여태 그토록 심한 역경을 감내해왔는데, 이제 조금 즐겨도 되지 않을까? 더군다나 무슨 짓을 하든 약 핑계만 대면 될 테니까…….

조이가 아프지 않았으면 좋겠다, 그리고 나도……

만난 지 꽤 오래된 조이와 강아지 공원에서 만났다. 조이의 강아지는 새디로 넬리와 처음 만났다. 우리가 인사를 나누는 동안 강아지들도 상대방의 얼굴을 익히는 듯했다. 조이는 암의 전이와 계속되는 화학요법, 부작용 그리고 개인적 문제 몇 가지를 언급했다. 이어서 나는 파킨슨병의 증상들과 복용하기 시작한 약, 난소절제술, 수술 후 즉시 찾아온 폐경 등에 관해 이야기했다. 대화를 나누며 함께 걷는 동안 너무 마르고 약해진 조이의 모습에 가슴이 아려왔다. 화학요법은 조이의 살과 뼈를 갉아먹는 것도 모자라 머리카락까지 죄다 앗아갔다. 조이 역시 나를 관찰하고 있다는 게 느껴졌다. 아마 몰라보게 쇠약해졌다고 여길지도 모르겠다. 조이가 집에 갈 시간이 되자 우리는 다시 한 번 서로 껴안았다. 그토록 오랜 시간이 지났는데도 우리가 어색하지 않게 재회할 수 있다는 사실이 새삼 충격으로 다가왔다. 이전에도 서로를 소중하게 여겼지만 건강을 잃은 지금 우리의 마음은 더 깊고 강렬해졌다.

가슴을 빼앗긴 게 아니라 더 큰 가슴을 얻은 거야

그즈음은 무엇이든 쌓이고 있었다. 건강 관련 서적과 이웃집

마당에 드문드문 피어나는 아네모네와 크로커스 그리고 면도하지 않은 내 다리에 난 고혹적인 검은 털도 마찬가지였다. 무엇보다 한쪽 가슴만 달고 살아가는 데도 익숙해졌다. 나는 거의 8개월 전, 그러니까 2008년 8월 6일에 가슴 한쪽을 떠나보냈다. 그리고 남은 건 수평 방향으로 비스듬히 기울어진 흉터가 전부였다. 처음에는 흉터를 쳐다볼 엄두가 나지 않았다. 어쩌다 우연히 언뜻 흉터를 보게 되는 날에는 잦아들었던 우울증이 도지곤 했다. 어떻게 보면 그 흉터는 입 모양을 연상시키기도 했다. 공포를 느낀 순간 터져나오려는 외침을 억지로 참느라 양쪽으로 한껏 당겨 꼭 다문 그런 입매 말이다. 어쨌건 이제는 그런 두려움도 어느 정도 가라앉았다. 그즈음은 거대한 눈꺼풀의 가장자리 모양으로 진화한 흉터가 옷을 갈아입을 때마다 의기양양하게 윙크를 보내왔다. 약간 주저하긴 했지만 가끔은 나도 윙크로 답할 때가 있었다. 물론 그렇지 않을 때도 있었지만 말이다. 다른 유방암 생존자들은 거울을 마주할 때마다 과연 무엇을 볼지 궁금해졌다.

그즈음 유방암 생존자들을 하나 둘씩 알아가는 중이었다. 그들 중 대다수는 재건 수술을 했거나 아니면 앞으로 재건 수술을 받을 사람들이었다. 반면 나처럼 그냥 밋밋한 가슴을 고수하는 여성들도 있었다. 어느 날 넬리를 산책시키다가 크리스틴이 소개해준 코리Corry라는 여성을 만났다. 그녀는 전직 유치원 교사로 정원 가꾸기와 여행이 취미라고 했다. 셋이서 수다를 떨며 걷던 중 불현듯 그런 생각이 들었다. 그러니까 우리 세 사람을 통틀어 온전히 남아 있는 가슴이라곤 단 두 개뿐이라는. 가슴 여섯 개 중에 두 개만이 살아남은 셈이었다. 그중 하나는 내 것이고 다른 하나는 코리의 가슴이었다. 코리는 10년 전에 유방 절제술을 받았지만 한 번도 재건 수술을 희망한 적이 없다고 했다. 코리 역시 한때는 자신만의 돌로레스를 차고 다녔지만 곧 보형물에 싫증이 나버렸다고 했다. 그래서 사람들의 눈에 좀 띄긴 하더라도 현실을 받아들여 '한쪽 가슴만 지닌 여성'으로 살아가기로 결심했다는 것이었다. 그 후 코리의 주변 사람들도 서서히 그런 그녀의 모습에 적응해갔다. 가족과 친구들, 동료들은 차츰 코리의 비대칭 가슴에 익숙해졌다. 결과적으로 코리는 이전보다 삶에 더 감사하고 좀 더 배려할 줄 아는 성격으로 변했다고 했다. 나는 그런 코리를 존경했다. 코리는 한마디로 '유방암 선배'인 셈이었다. 나는 그녀의 지혜로운 조언에 힘입어 가슴의 상실과 좌절, 현실의 수용 과정을 거쳐 마침내 '한쪽 가슴'의 세계를 받아들일 수 있게 되었다.

참으로 기묘한……, 생각지도 못했던……, 불완전하고……, 비뚤어진……, 꿈만 같은……, 그러면서도 본래 내 것인……. 한쪽 가슴의 세계는 그러했다.

처음 만나는 사람이 자꾸 상기시켰다

누가 뭐라고 하든 나는 절뚝댈 수밖에 없었다. 그것도 눈에 띌 정도로 심하게 절뚝대는 편이었다. 사실 나는 그런 내 움직임에 너무 익숙해진 나머지 내가 절뚝댄다는 사실조차 잊어버리곤 했다. 불행인지 다행인지 그럴 때마다 사람들은 내가 절뚝댄다는 걸 상기시켰다. 대개는 생전 처음 보는 낯선 사람들이 그런 역할을 담당했다. 아니면 오랜만에 보는 친구들일 수도 있었다. 그들은 대체로 점잖게 질문을 건넸다. 보통 "발목을 접질렸나요?"라든지 "다리가 어떻게 된 거예요?"라는 식이었다. 그러면 나는 그날의 기분에 따라 매번 다르게 대답했다. 어떨 때는 "난치성 퇴행성 신경질환에 걸렸답니다. 어떤 병인지 맞혀보실래요"와 같이 정확한 듯하면서도 모호한 대답이 튀어나왔다. 또 어떤 날은 모호하면서도 구체적인 정보를 제공하기도 했다. 가령 "제 흑질에서는 이제 도파민이 생성되지 않아요"라는 식이었다. 이도 저도 아닌 날은 그냥 곧장 본론으로 들어가 이렇게 말해버렸다.

"파킨슨병에 걸렸어요."

그런 대답을 들었을 때 사람들이 보이는 반응은 무척 흥미로웠다. "그래도 당신은 파킨슨병에 걸리기엔 너무 젊잖아요!(이건 신경과 전문의에게 꼭 일러줘야겠다)"라는 항의 식의 반응에서부터 "정말 안됐어요. 그런 병에 걸린다면 정말 끔찍할 거예요" 등 사람들의 반응은 가지각색이었다. 또 좀 더 섬세한 성격을 지닌 사람들은 약간 다른 반응을 보이기도 했다. 예를 들어, "그럼 한동안 집안일에서 벗어날 순 있겠네요"라든지 "전생에 나쁜 짓을 저질렀는지도 모르겠네요" 정도로 표현하는 것이었다. 하지만 무엇보다 최악의 경우는 친구나 동료가 지나친 동정을 내비칠 때였다. 그런 경우에는 상대방이 너무 슬퍼하는 모습을 보여서 오히려 내가 그들을 위로하는 꼴이 되고 말았다.

"저런저런. 생각만큼 그렇게 심각하진 않아. 이보다 훨씬 더 끔찍한 병도 많단 말이야. 적어도 루게릭병이나 나병에 걸린 건 아니잖니."

이렇게 말하면 대개 지인들은 어느 정도 평정을 찾는 편이었다. 하지만 정작 나는 그렇지 못했다. 한 사람의 질병을 다양한 방식으로 표현하는 게 어렵지 않음을 알기 때문이었다. 며칠 전 강아지 공원을 거니는데 한 남자가 발을 끌며 다가오더니 이렇게 말했다.

"얼마 전에 고관절 치환 수술을 받았답니다. 그쪽은 왜 그래요?"

왠지 그저 둘러대고 싶었던 나는 이렇게 대답했다.

"올림픽에 나가려고 훈련 중이에요. 올림픽!"

그 남자의 얼굴에 혼란스러운 표정이 스쳤다. 그는 미소를 지어 보이고는 불편한 엉덩이를 문지르며 자리를 떴다. 사람들이 자주 물어오는 대표적인 질문 중 또 하나는 바로 "어떻게 파킨슨병에 걸리게 되었어요?"라는 것이었다. 이 질문은 다양하게 변형도 가능했다. 가령 "유전인가요?" "식단에 문제가 있었던 건가요?" "바이러스 때문인가요?" "살충제나 노인들과 너무 자주 접촉한 건 아니에요?"라는 식으로 말이다. 전부 탁월한 질문인 건 사실이었다. 실제로 나 역시 나 자신이나 전문의에게 이런 종류의 질문들을 던져보았다. 하지만 불행히도 내 경우는 특이한 파킨슨병에 속했다. 물론 내 나이에 이런 병을 얻었다는 게 어처구니없는 일이긴 했다. 사실 여기서 '어처구니없다'라는 건 병의 원인이 명확하지 못하거나 아직 밝혀지지 않았다는 뜻이었다. 다시 말해 '잘 모르겠다'라는 말이었다. 누가 보아도 속 시원한 대답은 아니었다. 그래서 나조차도 가끔 엉뚱한 이유를 대며 둘러대곤 했다. "그냥 공원에서 강아지를 산책시키다가 파킨슨병에 걸렸어요"라든지 "남편과 잠자리를 가지다가 파킨슨병에 걸렸지 뭐예요" 등의 대답으로 때워버리는 것이었다. 재미있는 건 두 가지 대답 모두 사람들을 즐겁게 만든다는 사실이었다. 더군다나 그렇게 대답하고 나면 확실히 화제를 전환할 수 있었다. 내 건강 상태가 아닌 뭔가 다른 방향으로 말이다.

아마도 나이 많은 남편보다
내가 더 먼저 갈지도 모르겠다

식구들의 생일은 봄에 몰려 있었다. 나오미의 생일이 제일 빠르고 그 다음이 나, 마지막이 베르겐이었다. 나오미는 열다섯 살 생일을 친구들 몇 명과 조촐하게 보내기로 한 모양이었다. 아이들은 저녁을 만들어 먹고 설거지를 한 다음 둘러앉아 공포영화를 보았다. 다행히 아이들 중 대부분은 집으로 돌아갔다. 남은 아이들은 우리 집에서 밤을 보냈다. 모두 얌전하고 예의 바른 아이들이었다.

몇 주 후 베르겐과 나는 우리 둘의 생일을 한꺼번에 축하했다. 두 사람의 나이를 더하면 백열한 살이 되었다. 틀니나 기저귀를 찬 사람이 아직 없다는 게 기적이었다. 생일 파티에 참석한 친구들도 다들 크게 안심하는 눈치였다. 물론 우리 식구들에게 또 다른 불행이 닥칠 거라고 예상해서 그런 건 아니었다. 다만 다시 불미스러운 일이 발생했다고 하더라도 크게 놀라진 않았을 것이다. 사실 친구들이 어떻게 지내느냐고 물을 때마다 그들이 최악의 상황에 대비해 마음의 준비를 하고 있다는 걸 느낄 수 있었다. 그래서 나는 새로 발견된 병도 없고 더 제거해야 할 곳도 없다고 확실히 일러주었다. 다행히 친구들은 그 말을 전적으로 믿는 것 같았다. 나 자신이 그럴 거라고 믿는 것보다 더 확실하게 말이다. 손님들이 돌아간 뒤 베르겐과 나는 집 안을 정돈하기 시작했다. 나는 "생일 파티 하길 잘했어요. 아주 재미있었어요"라고 베르겐에게 말했다.

"나도 그래. 전에는 자주 파티를 열었는데 말이야."

"그때는 뇌세포도 많이 살아 있었어요. 요즘에 비하면 힘도 넘쳤고요."

"오늘 애썼어. 이제 좀 쉬지 그래? 나머지는 내가 정리할게."

나는 곧장 거실로 나가 TV를 켰다. 크레이그 퍼거슨 쇼가 막 시작되려던 참이었다.

Love me for me, 마법 같은 일이 벌어지려고 해

글로리아는 삶 자체가 파티인 것처럼 매 순간 즐기며 살았다. 또 절묘하게 멋진 기회를 잡는 재주도 있었다. 한번은 저녁에 친구들과 모인 적이 있었는데 글로리아 덕분에 다들 VIP 대접을 받으며 마음껏 즐길 수 있었다. 우리는 으리으리한 리무진을 타고 샴페인을 마시며 스탠리 파크를 가로질렀다. 그리고 글로리아의 친구가 운영하는 고급 프랑스풍 바에 들러 멋들어진 음식과 와인을 즐겼다. 더욱 놀라운 것은 이 모든 게 공짜였다는 사실이었다. 그뿐인가. 글로리아는 누가 뭐라든 어쩔 수 없이 낙천적인 사람이었다. 한번은 글로리아와 이제 막 고급화 단계로 공사가 진행되기 시작한 주택 단지를 지나게 되었다. 그런데 방심한 글로리아가 누군가 토해놓은 오물을 밟아버리고 말았다. 누구라도 불쾌해할 상황이었지만 글로리아는 아랑곳하지 않고 쇼윈도 안쪽을 들여다보며 예쁜 드레스를 칭찬하는 데 열을 올렸다. 또 글로리아는 다정한 성품을 지녔다. 누구든 그녀와 있다 보면 마음이 편안해질 것이었다. 초인종만 울리면 이성을 잃는 넬리조차도 글로리아 앞에서는 유순해졌다. 그날도 글로리아는 집 안으로 한 발짝 들어서며 나와 따뜻한 포옹을 나누는 동시에 넬리에게 한쪽 발을 내밀었다. 발을 핥을 수 있도록 허락한 것이었다. 그러면 곧 마법과 같은 일이 벌어졌다.

글로리아와 스파에 가기로 한 날. 안내 데스크에 도착해 접수를 마친 다음 글로리아가 생일 선물로 준 상품권을 내밀었다. 곧 접수 직원이 늘 보아왔던 유니폼을 건넸다. 바로 하얀색 가운과 플라스틱 샌들이었다. 탈의실은 아래층이었고, 글로리아와 내 사물함은 서로 붙어 있었다. 옷을 벗는 동안 나는 지나칠 정도로 내 모습을 의식하며 돌로레스가 숨어 있는 브래지어를 풀곤 말했다.

"너 아직 내 흉터 못 봤지? 그렇지, 네가 싫으면 안 봐도 돼.

기분 나빠하지 않을게."

"충격일 수도 있지만 난 별로 상관 안 해. 그냥 흉터일 뿐이야."

글로리아가 대답했다. 나는 거울에 비친 글로리아의 표정을 한번 훔쳐본 다음 텅 빈 내 가슴을 내려다보았다.

"좀 추해. 그리고 이상하기도 하고. 가슴이 한쪽밖에 없다는 거."

글로리아는 눈 한 번 깜빡이지 않고 내 가슴을 내려다보았다. 그러더니 내 눈을 똑바로 바라보며 "웬만한 가슴 두 쪽보다 네 왼쪽 가슴이 더 예뻐"라고 또박또박 말해주었다. 나는 "고마워"라고 조용히 내뱉은 다음 가운을 걸쳤다. 그리고 머릿속으로는 글로리아가 한 말을 되뇌었다. 그녀의 말은 너무도 확신에 차 있었기에 정말 그렇게 믿고 싶을 정도였다. 그건 내 왼쪽 가슴도 마찬가지였을 것이다. 나와 내 왼쪽 가슴은 그날 종일 글로리아의 말을 마음속에 새겼다. 그렇게 글로리아와 시간을 보낸 뒤 집에 돌아왔는데, 신기한 일이 벌어졌다. 갑자기 나 자신이 아름답게 보이기 시작한 것이었다. 발가락 끝에서부터 하나만 남은 가슴까지 전부 말이다.

그녀가 제발 유방암에 걸리지 않기를 빌고 싶었다

수와 셰릴을 만나 마을 레스토랑에서 저녁을 먹은 적이 있었다. 내가 조금 더 예민했다면 유방암 생존자들과의 식사를 꺼렸을 것이다. 약속 시간에 맞추어 레스토랑에 도착했더니 지배인이 일행이 있다고 알려주었다. 홀을 가로질러 가다 보니 뒤쪽 구석 자리에서 나를 향해 손을 흔드는 두 여자가 보였다. 가까이 다가서자 둘의 벗겨진 머리가 한눈에 들어왔다. 나는 내심 화학요법을 피하길 잘했다고 생각했다. 우리는 식사를 하면서 가벼운 일상에 대해 이야기를 나누다 돌연 질병 쪽으로 화제가 넘어갔다. 우아했던 저녁 만찬 자리도 냉철함이 감도는 수술실 분위기로 바뀌고 말았다. 그러니까 웬만한 사람들이라면 식욕을 잃을 만한 그런 상황이었다. 하지만 우리는 전혀 굴하지 않았다. 우리로 말하자면 완전히 숙련된 암 생존자들이었던 것이다. 그러니까 각종 의학적 치료법에 관한 전문가적 지식으로 무장한데다 변모된 신체 양상에도 적응을 마친 터였다. 자연히 식사 중에 그런 쪽으로 화제가 바뀌었다고 해서 식욕을 잃는 일은 없었다. 오히려 당시 우리는 심한 시장기에 시달리던 중이었다.

샐러드를 집어 먹고 수프를 마시고 구운 닭고기와 대하를 뜯으면서 우리는 끝도 없이 수다를 늘어놓았다. 한쪽 또는 양쪽 유방절제술과 몸에 삽입했던 튜브를 제거할 때의 고충, 유방 재건 시술의 절차, 난소 및 나팔관 제거술, 림프절 제거 등이 중심 화제였다. 우리는 이 모든 주제에 대해 마치 그림을 그리듯 상세히 짚고 넘어갔다. 중간 중간 친절한 웨이트리스는 물컵을 채워주며 음식이 괜찮은지 몇 번이고 물어왔다. 나는 그녀가 유두 모양을 문신으로 새겨넣는 과정이나 점진적 유방 확대, 화학요법에 따른 부작용 중에는 섹시한 것도 있다는 셰릴의 비밀스러운 고백, 브라질리안식 제모음모 대부분을 밀어 없애거나 가운데만 조금 남기는 제모 스타일 등에 대해 굳이 애쓰지 않아도 자동으로 엿들었을 것이라고 생각했다. 그 이야기가 재미있었느냐고 묻고 싶었지만 참았다. 하지만 그녀가 반짝이는 치아 교정기를 드러내며 미소를 보였을 때 나는 그녀의 천진난만함에 그만 할 말을 잃고 말았다. 왠지 오히려 그녀를 보호해주어야 할 것만 같았다. 더불어 짓궂은 질문 따위는 쑥 들어가버리고 어린 웨이트리스가 잃어버린 가슴에 대한 재건이 아니라 매력적인 영화배우에 대한 공상에만 빠져 있었으면 하고, 우리와 비슷한 처지가 되지 않기를 바랐다. 행여 유방암에 걸리더라도 조기에 발견해 우리처럼 살아남았으면 좋겠다고 생각했다. 물론 우리도 그 또래였을 때는 마흔이 넘어 유방암에 걸릴 거라고는 꿈에도 생각하지 못했다.

따뜻한 젤에 위안을 받다

외출이 항상 스파나 레스토랑과 직결되는 건 아니었다. 그날은 암센터에서 왼쪽 가슴을 진단하는 날이었다. 그래서 유방 X선 촬영과 초음파 검사를 예약해두었다. 정기 검진과도 같은 것이었다. 그런데 그날 웬일인지 병원으로 향하는 차 안에서 평소보다 더 불안감을 느꼈다. 구슬땀이 흘러내려 가슴 아래쪽까지 축축하게 젖은데다 그렇게 좋아하던 비욘세의 〈싱글 레이디스Single Ladies〉가 라디오에서 흘러나와도 흥얼대고 싶지 않았다. 이럴 줄 알았더라면 동무라도 삼게 돌로레스를 끼워 넣고 나올걸 그랬다. 하지만 당시에는 시간에 쫓겨 몹시 허둥댔던 터라 특수 브래지어를 착용할 겨를이 없었다. 보형물 안쪽 주머니에 돌로레스를 집어넣으려면 한참이 걸렸기 때문이었다. 더욱이 검사 시간이 한 시간 반이나 늦어져 더 신경이 곤두섰다. 탈의실에서 강도가 약한 진정제를 복용했다. 그것이 효과를 발휘한 것일까? 찍어 누르는 듯한 고통이 수반되는 유방 X선 촬영 중에도 왼쪽 가슴은 불평 한번 하지 않고 그 과정을 견뎌냈다.

그다음은 초음파 검사 차례였다. 검사 담당자는 친절한 중년 남성으로, 검사 중 초래될 수 있는 통증이나 불편함에 대해 미리 양해를 구했다. 검사대 위에 자리를 잡고 누워 있으려니 담당자가 컴퓨터 장비를 조절한 다음 초음파 기기와 젤 통을 집어 들었다. 그가 내 쪽으로 몸을 기울이자 왼쪽 가슴은 곧 엄청나게 차가운 기운이 엄습할 거라는 생각에 잔뜩 움츠렸다. 그런데 정작 담당자가 젤 통을 비틀어 짰을 때는 예상외로 따뜻한 젤이 흘러나와 왼쪽 가슴을 기쁘게 했다. 초음파 검사가 끝나자 나는 젤을 닦아내고 옷을 입은 다음 집으로 향했다. 검사 결과가 나오려면 몇 주 더 기다려야 했다. 하지만 내 왼쪽 가슴은 벌써 걱정이 태산이었다. 예상치 못했던 종양이나 림프절 관련 문제, 암세포가 발견될 가능성에 대해 예민해진 탓이었다. 이렇듯 왼쪽 가슴은 분명히 기분 전환거리가 필요했지만 농담할 기분은 아니었다. 대신 나는 옷장을 열고 특수 브래지어를 꺼내어 착용해보았다. 돌로레스에게 귀 기울이다 보니 왼쪽 가슴이 킥킥대며 웃는 소리가 들리는 듯했다. 뭐가 그다지도 재미있는지는 모를 일이었다. 하지만 그 무언가가 왼쪽 가슴을 즐겁게 했다. 결국 그보다 더 중요한 건 없었다.

남편이 날 닮아간다

이 세상 수많은 부부가 경험하게 되는 일이 있다. 같은 배우자와 오랜 시간을 함께하다 보면 벌어지는 일들이다. 말을 다 끝내지 않았는데도 의도를 정확하게 간파한다든가 옷 취향이 비슷해지다든가 둘 다 콧수염이 자란다든가 하는 식이다. 베르겐과 나만 해도 17년을 함께해왔기에 우리 역시 그런 현상을 피해갈 수 없었다. 하지만 이건 경우가 좀 다른 것 같았다. 어느 날 아침식사를 마친 베르겐이 대뜸 이렇게 말했다.

"미처 당신한테 말하지 못했는데 약간 당황스럽기도 한 게……나도 모르게 걸을 때 왼쪽 다리를 끄는 것 같아, 당신처럼."

"다리나 발을 다친 건 아니에요?"

"전혀."

"아니면 당신도 저처럼 올림픽 출전 준비를 하는 거예요?"

"그럴지도 모르지. 하지만 무의식적으로 당신을 따라 하는 게 아닌가 싶어. 의식을 하면 정상적으로 걷지만."

"그나마 다행이네요."

식사한 뒤, 우리는 넬리를 산책시키러 나갔다. 예상했던 대로 보도를 걷던 베르겐과 나는 둘 다 다리를 절뚝댔다. 조금 뒤 베르겐은 걸음걸이를 똑바로 고쳤지만 곧 다시 나처럼 왼발을 끌기 시작했다. 재미있기도 했지만 한편으론 당혹스러웠다. 하지만 최소한 둘이 똑같이 팔자수염을 기른 건 아니니 다행이었다.

아직까진 견딜 만하지만 언제까지 가능할지……

다소 느린 감이 있긴 하지만 나는 확실히 차도를 보이는 중이었다. 항파킨슨제도 본격적으로 효능을 발휘하기 시작했다. 전보다 더 기운이 솟고 신체 강직도도 떨어진데다 운동성도 향상되었다. 무엇보다 정신이 더 맑아지고 있었다. 이제 좀 더 민첩하고 활동적으로 살아갈 수 있을 것 같았다. 집안일도 조금씩 거들기 시작했고 딸아이 양육에도 다시 힘쓰고 있었다. 어떤 날은 꽤 일찍부터 일어나 나오미의 등교 준비를 거들기도 했다. 딸아이의 이를 닦아주거나 머리를 땋아주었던 건 벌써 옛날 이야기가 된 지 오래였다. 다만 내가 어떻게 하느냐에 따라 나오미의 하루 기분이 달라졌다. 가령 딸이 세면대에 몸을 기댄 채 거울을 바라볼 때 가만히 다가가 껴안아주면 나오미는 미소를 지어 보였다. 가끔 나오미는 베개에 눌려 코르크 마개 뽑개처럼 두드러지게 바깥으로 삐져나온 머리카락 뭉치를 바라보곤 했다. 그럴 때면 나는 "자는 사이 감전된 것뿐이야"라고 말하곤 했다. 어떤 날은 "지금 네가 보는 건 알베르트 아인슈타인 헤어스타일이야"라고 외쳤다. 그럴 때마다 딸은 일부러 앓는 소리를 내며 씩 웃었다. 아마 나오미는 이런 순간을 오래도록 기억할 것이었다. 뭐, 안 그럴 수도 있지만……. 어쨌건 적어도 나는 그럴 것 같았다. 나오미의 미소와 웃음은 우리 두 사람 모두를 안심시켰다. 마침내 내 유머감각이 되살아나고 있으며, 내가 여전히 건재함을 확인해주기라도 하는 것처럼 말이다. 바야흐로 엄마는 소생하는 중이었다.

그즈음에는 요리와 제빵에도 슬슬 박차를 가하고 있었다. 지난번에는 코코넛 마카롱도 훌륭히 완성했다. 촉촉하고 달콤한 마카롱 위에는 다크 초콜릿 가루를 뿌려 두었다. 나는 빵 굽는 것도 좋아하지만 나누어 먹는 것도 좋아했다. 그즈음에 만든 마카롱만 해도 벌써 여러 명이 시식을 마친 터였다. 그러니까 베르겐과 나오미, 크리스틴, 헬렌과 윌 부부, 조이와 아이들, 글로리아, 제시카, 나오미의 친구들 정도였다. 마지막으로 구워낸 마카롱은 마그네 집에 가져갔다. 차를 마실 때까지 과자에 온기가 남아 있어서 기뻤다.

마그는 헬멧(넘어질 때 머리를 보호하기 위해서라고 했다)을 쓴 채 의자에 앉아 있었다. 안 그래도 뒤틀리던 마그의 다리는 전혀 의도치 않았는데도 탭 댄스를 추듯 경련을 일으켰다. 마그는 "나도 마카롱을 좋아해요"라고 웅얼거렸다. 아마 그런 식으로 대답했을 거라고 넘겨짚었다. 그렇게 생각하고 싶었다. 마그의 주름진 손이 이미 개봉된 통밀 크래커 봉지를 쥐어 들었다. 나머지 한 손은 서투르게 봉지 속을 더듬으며 크래커를 하나씩 꺼내려 했다. 수없이 이어진 헛된 시도 끝에 마침내 마그는 크래커 하나를 잡아채어 봉지 밖으로 들어냈다. 순간 크래커 모서리가 부서지면서 마그의 무릎 위로 떨어졌다. 마그는 뻣뻣한 팔을 들어 공중에 대고 어수선하게 몇 번 휘두르더니, 바로 앞에 있던 제빵용 팬에 크래커를 내려놓았다. 하지만 크래커는 팬을 벗어나 조리대로 떨어지고 말았다. 나는 얼른 도와주고 싶은 걸

간신히 참았다. 하지만 마그의 사투를 지켜보고만 있을 수는 없었다. 그래서 크래커를 주워 제빵용 팬 바닥에 올려놓았다. 그런 다음 마그와 나는 팬에다 크래커를 몇 개 더 배열했다.

도와주시는 아주머니는 우리 반대편에 서서 스토브 위의 냄비를 휘젓고 있었다. 그녀는 우리에게 말을 걸기도 했다. "크래커는 다 놨어요? 이제 다음 단계로 넘어가면 되겠네요?"라고 하더니 우리 쪽으로 다가와 초콜릿 칩 봉지를 내려놓고는 다시 냄비 속을 저었다. 왠지 뭔가 살짝 타는 냄새가 난 것 같기도 했다.

그동안 마그는 봉지 안으로 손을 넣더니 초콜릿 칩을 한 움큼 집어냈다. "위에다 뿌릴 거예요?"라고 내가 물었다. 마그는 손동작에 집중하며 "어……, 그래요"라고 대답했다. 나는 마그의 손이 팬 위를 떠도는 걸 지켜보았다. 초콜릿 칩을 뿌리려는 거였다. 하지만 마그가 움켜쥔 주먹을 펴는 순간 갑자기 팔에 경련이 왔다. 결국 초콜릿 칩은 공중에 날리는 종잇조각처럼 사방으로 흩어지고 말았다. 나는 곧장 행동을 개시했다. 바닥과 마그 그리고 조리대 위로 떨어진 초콜릿 칩들을 차례로 주워 올린 것이었다. 그리고 곧장 주운 초콜릿 칩들을 크래커 위에 뿌렸다.

잘 알아듣진 못했지만 마그가 아주머니에게 뭔가를 웅얼거렸다. 아주머니는 단번에 알아듣고 "네, 아무래도 디저트 토핑을 태워먹은 것 같네요. 죄송해요"라고 대답했다. 마그는 이리저리 눈을 굴려대더니 "저 사람은 베이킹에 소질이 없어요"라고 웅얼댔다. 아주머니는 약간 탄 혼합물을 팬 위에 붓고 팬을 오븐 속에 집어넣었다. 그런 다음 소파까지 마그를 부축해 와서 헬멧을 벗기고 차와 마카롱을 가져왔다.

마그의 다리는 여전히 경련을 일으키고 있었다. 그래서 나는 "약물 부작용인가요?"라고 물어보았다. 마그는 "네, 운동장애죠"라고 대답한 듯했다. 자신의 의도와는 상관없이 운동장애가 나타난다는 말이었다. 우리는 곧 각자의 신경과 전문의와 아이들과 여름 계획에 대해 이야기를 나누었다. 마그의 얼버무리는 말투 때문에 알아듣기가 어려워서 다시 한 번 말해달라고 자꾸 부탁해야 했다.

마카롱을 하나 더 권하자 마그가 손을 뻗쳤다. 그런데 초콜릿이 녹아 마그의 손은 엉망이 되어 있었다. 마그는 두 개째 마카롱을 집어 들고 입으로 가져가 한 입 베어 물었다. 그녀의 입술은 물론 뺨까지 온통 녹은 초콜릿으로 도배되어 있었다. 마그가 마카롱을 다 먹고 나자 나는 냅킨을 집어 들고 그녀의 얼굴과 손을 닦아주었다. 그러면서 마그의 남편 노엘의 안부를 물었다. 그러자 마그는 1초도 머뭇거리지 않고 내 눈을 똑바로 응시하며 말했다.

"노엘이랑 같이 사는 건 수월하지 않아요."

마그가 너무 심각한 태도를 보인 탓에 그녀의 대답은 거의 우습기까지 했다. 어쩌면 이 모습은 내 것이 될 수도 있는 일이었다. 몇 년이 지나도록 퇴행성 신경질환을 달고 산다면 말이다. 웃고 싶기도 하고 울고 싶기도 했다. 마그를 대신해서, 나를 대신해서, 그리고 파킨슨병에 시달리는 모든 이들을 대신해서…….

마그네 집을 나서기 전에 화장실에 들렀다. 소변이 마려웠고 깊은 심호흡도 필요했기 때문이었다. 볼일을 마치고 나와 마그 쪽으로 걸어갔더니 마그가 대뜸 "아주 심하게 절뚝대진 않네요" 라고 말했다. 나는 웃으며 "아직은 밀월 중이가 봐요. 그렇죠?" 라고 대답했다. 눈을 껌뻑이며 나를 마주 보던 마그가 말끝을 흐리며 "밀월……"이라고 말했다. 나름 견딜 만한 이런 상태가 과연 언제까지 지속될지는 나 자신도 알 수 없는 노릇이었다.

10

답답한 건 싫어

어떤 시련에도 굴복하지 않겠다는 신념이 필요하다

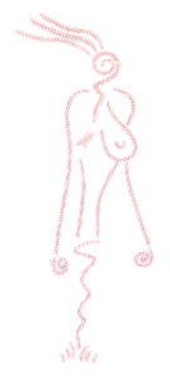

세상에는 다양한 축이 존재한다

정말이지 지난여름은 돌이키고 싶지 않을 정도로 힘들었다. 그래서 이번 여름에는 더 강한 신념을 가져야 했다. 파킨슨병이 더 진행되지 않도록, 암이 다른 곳으로 전이되지 않도록, 또한 그 어떤 시련에도 굴복하지 않겠다는 믿음을 품어야 했다. 그렇게 모든 일이 뜻대로 풀린다면, 우리 가족은 새 손님과 새터나 섬Saturna Island에 있는 오두막에서 휴식을 취할 수 있을 것이었다. 또 밴쿠버에서 개최되는 각종 축제에도 참가하고 동부로 가서 가족과 친구들과 시간을 보낼 수도 있었다.

아직은 조짐이 좋았다. 나오미는 fYreflyfostering, Youth, resilience, energy, fun, leadership, yeah! 캠프에 다녀왔다. 그 캠프는 성적 소수자와 다채로운 성적 취향을 지닌 청소년들을 위한 획기적인 전국 리더십 모임이라고 했다. 나오미는 그곳에서 아주 뜻깊은 시간을 보냈다고 했다. 사실 그리 놀랍지는 않았다. 딸아이는 난생처음으로 이성애자들이 주도하는 세상의

아웃사이더 위치에서 벗어나 LGBTIQQA2SA 대안 집단의 구성원으로서 인생을 체험한 것이었다. 어쨌건 딸아이가 복잡한 머리글자(LGBTIQQA2SA)를 재빨리 언급한 순간, 나는 내 지식을 시험해보고 싶어졌다. 그래서 각각의 머리글자를 하나씩 추측해나가기 시작했다.

"레즈비언Lesbian, 게이Gay, 양성애자Bisexual, 트랜스젠더Transgender. 음……, 나머지는 뭘 의미하는지 잘 모르겠네."

내 말이 끝나기가 무섭게 나오미는 머리글자의 본래 뜻을 단숨에 읊어버렸다.

"레즈비언Lesbian, 게이Gay, 양성애자Bisexual, 트랜스젠더Transgender, 이성애자Intersexual, 남성 동성애자Queer, 미결정자Questioning, 무성애자Asexual, 두 영혼의 소유자Two-Spirited, 남성이면서 여성 복장을 하는 부류를 일컬음, 오토섹슈얼Autosexual/Ally, 태어날 때부터 암수 특징을 나타냄."

"그렇구나, 이제 알겠다."

"범성욕주의자pansexual는 빠졌어요."

"범성욕주의자라……. 요리를 하면서 동시에 사랑도 나누는 사람들을 말하는 거니?"

"재미있는 해석이네요. 하지만 틀렸어요. 범성욕주의자는 상대의 성별이나 출신에 개의치 않고 있는 그대로의 모습을 받아들여 상대를 택하는 사람들이에요."

"아, 그렇구나. 말이 되네."

성 정체성이라는 문제에 그토록 다양한 명칭과 옵션이 있어서 참 다행이었다. 그리고 찾아보면 분명히 나 같은 사람을 대변하는 단어도 존재할 것이었다. 만약에 없으면 내가 꼭 하나 만들어내고야 말겠다.

나는 아티스트다,
그리고 난소를 제거하고 잃었던 창조력을 되찾았다

스케치와 회화, 애니메이션, 보석 디자인, 콜라주, 판화 제작, 조각, 시, 공연 예술, 스탠드 업 코미디stand-up comedy, 프리랜서 작가, 라디오 방송 등 내가 시도해본 장르만 해도 무척이나 다양했다. 그다지 놀랄 일은 아니지만 파킨슨병에 걸린 이후로 타고난 창조력도 죄다 얼어붙고 말았다. 그런데 난소를 제거하고 항파킨슨제를 복용하기 시작하면서 잃었던 창조력을 되찾기 시작했다.

글쓰기 역시 이런 나 자신을 표현하는 한 방편에 속했다. 이런 나를 두고 베르겐은 강박증의 일종이라고 주장하지만 난 상관없이 어디를 가든 공책을 챙겼다. 그리고 그즈음에는 가족과 친구에게 매주 이메일을 보내고 있었다. 이메일을 통해 내 상태를 알려주면서 지인들을 안심시키고 있었다. 그들의 답장에 내 기분도 좋아졌다. 한 친구의 진심 어린 답장에 기분이 더욱 좋아졌다.

안녕하세요, 여러분.

요즘 같아선 유명 인사라도 된 기분입니다. 그러니까 다들 절 부르지 못해 안달이 난 것만 같아요. 지난주만 해도 초대장을 세 통이나 받았답니다. 그렇다고 해서 한여름날의 멋들어진 결혼식이나 우아한 칵테일파티같이 화려한 자리에 초대된 건 아닙니다. 그런 행사에 참석하려면 매혹적인 드레스를 갖춰 입고 발가락은 물론 겨드랑이까지 전부 다듬어둬야 할 것입니다. 어쨌건 이번 초대는 그보다는 담백한 용건입니다. 복장만 하더라도 병원 가운과 연구소 유니폼이면 충분하고 제공되는 주류라고는 이소프로필isopropyl이 전부니까요. 그러니까 임상 조사 연구를 말하는 겁니다. 연구원들에게 저는 상품 가치가 높은 실험 대상인 것 같습니다. 하긴 한때 유방암처럼 대단할 걸 지녔던 사람이니까요.

궁금증이 발동하기도 했거니와 시간적 여유도 있었던 저는 세 건의 초대에 모두 응했습니다. 일단은 첫 번째로 초대된 실험에 참가해보았습니다. 그곳에서 저는 #109라고 호명되었습니다. 간호사의 안내에 따라 컴퓨터 설문 조사, 일대일 인터뷰, 바이오 표본 수집 등에 참가하다 보니 꽤 바빠졌습니다. 수혈도 했는데, 기절하는 대신 우리 집 강아지처럼 낑낑대고 말았습니다. 채혈을 담당한 간호사 #1은 이런 제 모습이 퍽 재미났던 모양입니다.

그런데 간호사 #2는 저를 보고도 별로 재미있어하지 않았습니다. 그 간호사는 저를 대상으로 골밀도 검사를 비롯한 여러 가지 검사를 시행했습니다. 그중에는 '타니타 신체조성 분석기Tanita BodyComposition Analyzer'를 활용하는 검사도 있었습니다. 저는 간호사가 지시하는 대로 전자 체중계처럼 생긴 그 기계 위에 맨발로 올라섰습니다. 그리고 스펀지 분리형 핸들을 꽉 잡았습니다. 간호사는 핸들을 좀 더 세게 잡아야 한다고 알려줬습니다. 순간 이만큼 노련한 간호사라면 내 농담도 받아줄 것 같았습니다. 그래서 핸들을 잡은 상태로 감전된 척해보았습니다. 뻣뻣한 사지를 흔들어대며 툴툴대는 듯 괴상한 소리를 냈던 겁니다. 간호사는 놀란 나머지 의자를 박차고 일어났습니다. 하지만 바로 다음 순간 속았다는 걸 눈치 챈 간호사는 내 쪽을 돌아보며 미소를 지어 보였습니다. 하지만 그건 더는 친근함을 띤 미소가 아니었습니다. 그건 바로 극도로 위협적인 미소였습니다. 슬쩍 드러난 이는 날카롭고 위험해 보였으며 마치 맹독이라도 지닌 듯했으니까요.

어쨌건 이후에도 몇 번의 검사를 더 거친 뒤에 드디어 첫 번째 자원 실험이 끝났습니다. 두 시간이 너무도 빨리 흘러 적잖게 놀랐답니다. 유방암 실험에 참가해준 것에 대한 감사의 표시로 간호사는 식료품점에서 쓸 수 있는 10달러짜리 상품권을 건네줬습니다. 저는 그 상품권을 아주 고맙게 받았답니다. 집에 도착해보니 또 다른 연구소에서 초대장이 날아와 있었습니다. 서신 겉봉에서 이런 문구를 읽었습니다. '유방암 원인 규명을 위한 저희 연구에 참가해주심을 미리 감사드립니다. 티백 하나를 동봉해 두었으니, 감사의 표시로 받아주십시오.' 저는 그만 크게 웃어버리고 말았습니다.

티백 하나에 마음이 흔들린 저는 해당 연구에도 참여하겠다고 곧장 서명했음은 물론, 향후 그런 초청이 접수되면 꼭 참여하겠다고 마음먹었습니다. 이렇게 개인 시간을 할애해 실험에 참가하는 것은 제 나름의 감사 표시인 셈입니다. 여태껏 살아남아 치료법 연구에 조금이나마 보탬이 되는 행운을 누리고 있으니까요.

다음은 오래전 캠프에서 알게 된 한 친구가 보내주었던 답장이다.

실험 참가 지원자에게.

과학 발전을 위해 네 신체를 내놓다니 정말 훌륭하구나. 하긴 네 몸이 주목의 대상이 된 건 이번이 처음은 아니지. 이전에도 임상 결과 도출을 위해 다들 네 몸을 관찰하고 뭔가를 짜내고 압박했으니까 말이야. 요즘도 네 신체를 내놓으면서까지 연구 지원에 온 힘을 기울인다니 마냥 자랑스러울 따름이구나. 너 같은 지원자를 확보할 수 있다니, 연구소 측에도 행운일 게 틀림없어. 무엇보다 나는 네 유별난 성향이 너무도 자랑스러워. 앞으로도 너의 그런 면을 쭉 지켜나가기 바라. 너한테도 좋은 일이니까.

힘찬 포옹과 입맞춤을 보내며, 수지로부터.

폐경 후, 끔찍한 일은 벌어지지 않았지만

수술 후 즉각적으로 찾아온 폐경을 경험하고 나서 어느덧 5개월이 지났다. 놀라운 사실은 아직 이렇다 할 끔찍한 일이 벌어지지 않았다는 점이었다. 터놓고 말하자면 사실 나는 행여 내 질이 난소와 나팔관을 잃은 슬픔에 빠져 지낼까 봐 많이 염려했다. 그래서 그동안 주의 깊게 질을 관찰해왔다. 빈 자리의 허전함을 이기지 못해 홀로 한바탕 질 세정에 돌입하거나 진탕 놀아난다거나 하는 극단적 태세에 돌입할지도 모를 일이었으니까. 물론 외로이 눈물을 훔친 적도 있고 우울증에 빠지기도 했지만 그래도 그때껏 내 질은 윗입술을 꽉 깨문 채 낙관적 태도를 유지해왔다. 한마디로 평정을 잃지 않았던 것이다. 신속한 회복력과 정신력 하나만큼은 최고였다.

그런데 용감한 내 질과 달리 정작 나 자신은 칭얼대는 겁쟁이가 되어버렸다. 한 마리 돼지처럼 비 오듯 땀을 흘리며 질뚝대는 울보 겁쟁이 말이다. 다행히 종일 그런 건 아니었다. 열감이 있을 동안만 그랬는데 문제는 그것이 시도 때도 없이 오며 전혀 예측할 수 없다는 것이었다. 다시 말해 무얼 하든, 어디에 있든, 누구와 있든 상관없이 갑자기 배꼽 저 깊은 곳에서부터 엄청난 열감이 밀려오는 것이었다. 이 열감은 순식간에 내 몸 곳곳으로 퍼져나가는데, 그럴 때면 마치 내가 움푹 들어간 프라이팬에서 조리되는 에그롤이 된 듯한 기분이 들었다. 뜨거운 기름에 달구어진 채 땀으로 얼룩져 자비를 구하는 에그롤 말이다. 안타깝게도 울고 있을 때 내 모습은 그다지 익살맞지 못했다. 대개 나는 훌쩍대며 우는 와중에 식탁에 놓인 냅킨이나 미용 티슈, 휴지 등으로 비 오듯 흐르는 땀을 닦아내곤 했다. 그다음에는 젖은 손을 셔츠 안쪽 겨드랑이나 가슴골이 있는 자리에 대고 조심스레 문질러댔다. 그럴 때마다 나는 예전에 감추어 두었던 고흡수성 생리대나 탐폰이라도 한번 찾아볼까 하는 생각에 잠겼다. 하지만

35년 동안 월경을 감당하며 인고의 세월을 보낸 내 질과 상담한 끝에, 여성 위생용품 따위는 다시 사용하지 않기로 했다. 제아무리 이례적인 상황이 닥치더라도 굴하지 않을 것이었다.

단, 경미한 예외 사항을 하나 정해두긴 했다. 그러니까 만약 할리우드 제작사에서 거금을 제시하며 리얼리티 TV 쇼의 주인공으로 발탁한다면 내 질과 협의한 규정을 바꿀 수도 있었다. 쇼의 타이틀은 〈지긋지긋한 열감〉 정도가 되지 않을까 싶었다. 아마 그 프로그램은 즉각적 폐경에 대처해나가는 우스꽝스러운 내 여정을 상세히 다룰 것이었다. 물론 쇼핑 중에 땀으로 범벅이 된 내 모습이나 레스토랑 메뉴판으로 미친 듯이 부채질을 해대는 모습 그리고 턱 밑에 섹시하게 자라나는 수염도 빼놓지 않고 모두 클로즈업될 것이 분명했다. 그렇게 내 공상은 계속되었다. 공상 속에서 감독은 내게 가만히 다가와 귓속말을 속삭이다가 이렇게 외친다.

"조명! 카메라! 액션!"

큐 사인이 들어오면 얼굴이 붉어지고 땀에 젖어 축 처진 내가 예전부터 즐기던 농담을 내뱉는다.

"난 녹아내리고 있어요. 녹아내리고 있다고요!"

나는 곧장 생리대를 꺼내어 포장을 벗기고 양쪽 날개를 펴서 흘러내리는 땀을 닦는다. 무사히 신을 넘기고 나자 감독이 다가와 내 연기를 치켜세우더니 잠시 휴식 시간을 제안한다. 나는 냉방 시스템이 갖추어진 드레스 룸으로 가서 시원한 민트 칵테일을 홀짝이며 다음 신을 준비한다. 다음 신을 통해 나는 내가 미치지 않았으며 그건 폐경기에 접어든 수백만 여성도 마찬가지란 사실을 시청자들에게 이해시킬 것이다. 우리는 열감에 시달리며 단지 안도감을 선사할 그 무언가를 찾는 데 열중한 사람들일 뿐이다. 그래서 아무리 터무니없더라도 안도할 수만 있다면 이렇게 상상의 나래를 펼치는 것도 마다치 않는 것이다.

니체는 말했다, 아프면서 성숙한다고.
나는 말한다, 아프면 바뀐다고

독일의 철학자 프리드리히 니체Friedrich Nietzsche는 '아프면서 성숙한다'라는 말을 남겼다. 틀림없이 니체는 한꺼번에 파킨슨병과 유방암을 얻은 경험이 없었을 것이다. 만일 그런 경험이 한 번이라도 있었더라면 그가 남긴 말도 이런 식으로 바뀌었을지 몰랐다. '아프면 사람이 바뀐다.' 나는 매일같이 다른 사람으로 탈바꿈하는 중이었다. 나를 덮친 병 하나는 내 움직임을 이상하게 바꾸었고, 다른 하나는 한쪽으로 쏠리게 했다. 그리고 사람들 눈에 잘 띌 거라는 자의식에 도취하게 만들었다. 이 정도까지 되려면 충분히 휴식을 취한데다 항파킨슨제까지 잊지 않고 복용한 날이어야 했다. 항파킨슨제는 하루 세 번 복용하는데 가끔 다른 데 신경을 쏟느라 약 먹는 걸 깜빡하곤 했다. 그런 때마다 나는 본래 내 모습에서 한 발짝씩 멀어져갔다. 처음에는 약 먹는 걸 잊고 파스타를 만들었다. 그런데 손이 거의 움직이지 않았다. 냄비를 휘저어야 하는데 손이 움직이지 않는 것이었다. 난 숟가락을 집으려고 몇 번 더 사투를 벌인 뒤에야 깨달았다. 손뿐만 아니라 내 전신이 굳어졌다는 것을. 머릿속은 엉망진창이고 팔은 잔뜩 굳은데다 근육조차 한껏 긴장했다. 얼굴은 붉어지고 심장은 터져나올 듯 쿵쾅댔다. 내 모습은 마치 단단하게 일어난 거대한 페니스 같았다. 즉시 약을 복용하지 않았다면 나는 어떤 지경에 이르렀을까? 아마 비아그라를 섭취한 탓에 오래 발기되어 어쩌지 못하는 남성과 같은 꼴이 되지 않았을까? 결코 유쾌한 모습은 아니었다. 강한 인상이야 남겼겠지만.

조이는 훌륭한 엄마였다

이렇다 할 계획 없이 며칠을 흘려보냈다. 하지만 이제는 내 행동 방향에 대해 뚜렷하게 윤곽을 잡아야 했다. 내 난소를 절제한 마즈가니 박사도 만나야 하고, 가슴을 절제한 정 박사도 만나야 했다. 그래서 그 주를 외과 전문의 감사의 주간으로 삼았다. 마침 타이밍도 아주 적절했다. 요즘은 마카롱 굽기에서 한 단계 더 넘어가 바나나 빵까지 구워내고 있던 참이었다. 주 메뉴가 마카롱에서 바나나 빵으로 바뀌었다고 해서 불평하는 사람은 아무도 없었다. 예약 시간에 맞추어 진료소에 도착했더니, 대기실은 이미 꽉 차 있었다. 나는 가져간 케이크를 어떻게 해야 할지 몰라서 복도 탁자 위에 올려 두었다. 초콜릿을 입히고 뿌린 케이크는 축제 분위기를 자아냈다. 잠시 후 정 박사의 "이건 어디서 난 거야?"라는 외침이 들렸다. 그쪽을 보니 정 박사가 떨어지려고 하는 케이크를 잡고 있었다. 내가 "안녕하세요, 정 박사님. 케이크

제가 가져왔어요"라고 말했더니 박사의 표정이 누그러졌다. 엉망이 된 케이크를 받은 정 박사는 고맙다는 인사와 함께 늘 하던 대로 검사를 진행했다. 그리고 검사 후에는 모든 게 정상임을 강조했다. 난 갑작스럽게 박사에게 "댁에서 빵을 구우세요?"라고 물었다. 박사는 수줍은 듯 잠시 웃더니 "자주는 못 해요"라고 대답했다. 놀라운 일도 아니었다. 박사의 업무 시간은 길었고, 주말에도 일을 했다. 한번은 박사가 일요일 아침에 우리 집으로 전화를 걸어 유방 X선 촬영 결과를 알려준 적이 있었다. 그래서 가끔 이런 생각이 들기도 했다. 박사가 케이크를 하나씩 덜 구울 때마다 한 여성이 목숨을 구하는 게 아닐까 하고 말이다.

정 박사와의 면담 후, 조이를 만나기로 했다. 그녀의 상태가 더 악화되지는 않았을까? 나는 유방암이라는 잔혹한 현실을 또 마주해야 할 것이었다. 어느 정도의 숨 가쁨과 흩어지는 희망들, 슬픔의 돌풍이 예상되었다. 통증 완화제를 복용할 가능성은 100퍼센트였다. 조이네 집으로 찾아가니 조이는 긴 바지에 스웨터, 알록달록한 니트 모자, 거기에 어울리는 장갑과 양말을 착용한 채 자신의 트레이드마크인 미소를 자랑하고 있었다. 날씨는 꽤 더웠지만 조이는 보온에 신경을 썼다. 한 번씩 찾아드는 열감의 후끈한 기운을 조이에게 나누어주고 싶었다. 그리고 조이에게 도움이 될 만한 무언가를 요리해 줄 수 있었으면 하고 바랐다. 바나나 빵이나 검정콩 스튜 대신 산소 수프나 허파 팽창 푸딩, 기적적으로 차도를 불러일으키는 쿠키 같은 음식을 만들 수 있다면 좋을 텐데……. 조이는 숨 쉬는 것조차 여의치 않았다. 그녀를 덮친 암(조이는 이 암을 '메츠'라고 부른다)은 다른 여러 부위로 전이되었는데, 폐 역시 무사하지 못했던 것이다. 사실 한쪽 폐는 부분적으로 내려앉아버렸다. 하지만 조이는 그런 상황에 오래 연연하지 않았다. 무슨 일이 벌어지더라도 조이는 여전히 조이였고, 그 무엇도 그녀의 호기심을 진압할 수 없었다. 조이 입장에서는 아예 입을 다물고 지내는 것보다 힘겹더라도 말을 내뱉는 편이 훨씬 나았다.

조이는 내가 요즘 뭘 하며 어떻게 지내는지, 그리고 베르겐과 나오미, 넬리의 근황은 어떤지 궁금해했다. 그래서 나는 어쩔 수 없는 조이의 호기심을 채워주기로 하고 도파민 작용제의 약효와 둘도 없는 벗 돌로레스, 즉각적 폐경, 유방암 연구 실험에 지원한 일, 다시금 되살아난 글쓰기에 대한 열정 등을 자세히 보고했다. 또 식구들도 모두 잘 지내고 전부 여름휴가를 만끽하는 중이라고 일러주었다. 그러다 내가 조이의 아들과 딸에 대해 묻자 그녀의 얼굴이 잠시 환해졌다가 다시 흐려졌다. 조이가 들려주는 이야기와 생각, 감정에는 강렬한 모정과 이별에 대한 고통이 깃들어 있었다. 시간이 지남에 따라 진통제 효과가 약해졌기에, 조이의 가냘프고 연약한 몸은 휴식을 취해야 했다. 조이는 피곤에 지친 몸을 이끌고 현관까지 나와 나를 배웅해주었다. 서로 껴안고 작별의 포옹을 하던 중, 한순간 우리의 빈 가슴이 한데 녹아드는 것 같았다.

"넌 훌륭한 엄마야."

나는 불현듯 이렇게 말했다. 뜻밖에 튀어나온 이 말은 조이의 심장을 꿰뚫고 반사되어 나와 내 심장에까지 들이쳤다. 우리는 잠시 아무 말도 못하고 망연자실했다. 그리고 곧 과거 시제의 말들이 침묵의 공간을 잠식했다.

'엄마였어……, 그 아이는 그랬지……, 둘 다 그랬어……, 둘 다 그리워할 거야…….'

작별 인사는 슬픔의 늪에 묻혀버렸다.

잠시 서랍 속에 숨어 있었으면 좋겠다

어서 겨울이 왔으면 좋겠다. 추운 겨울을 떠올리게 하는 모든 게 그리워졌다. 눈보라와 고드름, 영하의 날씨, 눈사람과의 한때……. 이 지긋지긋한 열감을 진정시킬 수 있는 거라면 뭐든 좋았다. 여름에 찾아드는 열감은 특히 더 잔인했다. 여름을 사랑했던 시절도 있었지만 그땐 더는 그렇지 않았다. 햇빛은 무조건 피해 다니게 되었고 여름의 열기가 너무도 싫었다. 폐경은 세포 하나하나까지 속속들이 침투해 나라는 사람을 완전히 바꾸어놓았다. 너도나도 가슴골을 과시하고 다니는 이 계절에는 한쪽 가슴만 지닌 자신을 섹시하다고 인정하기란 쉽지 않았다. 게다가 푹푹 찌는 무더위에 보형물을 착용하는 것도 그다지 유쾌하지 않을 뿐 아니라 안전하지도 않았다. 땀에 젖은 브래지어 안쪽은 옴짝달싹 못하고 갇혀 있던 텁텁한 공기 탓에 결국 화덕처럼 변하고 말 것이었다. 거기다 단 한 번만 더 열감이 찾아든다면 연쇄 반응이 일어나 폭발이라도 해버릴지 몰랐다. 자연적으로 한 인간이 연소되는 셈이었다.

물론 그러한 참사가 발생하지 않도록 내 나름대로 대책을 마련하긴 했다. 마냥 겨울이 오기만을 꿈꾸는 대신 나는 작열하는 태양을 피해가며 냉수를 들이켜면서 차가운 물로 샤워를 했다. 아주 하찮은 시도라도 나름대로 도움은 되는 법이었다. 이런 내 노력을 알아챘는지, 어두컴컴한 서랍 속에 가두어 둔 돌로레스도 드러나게 불평하는 일은 없었다. 가을이 올 때까지 돌로레스는 거기 둘 참이었다. 나 역시 돌로레스처럼 서랍으로 피신이라도 할 수 있었으면 좋겠다. 그러면 둘이 함께 이 진절머리 나는 여름을 피해 숨어 있다가, 날씨가 좀 선선해지면 기어 나올 수 있을 것이었다. 바람이 세어지고 달라붙는 스웨터가 기를 펴는 그런 계절이 오면 말이다. 그때쯤이면 돌로레스와 나도 섹시한 모습으로 단장하고 다시금 거리를 활보할 것이었다.

노력을 안 한 것은 아니다, 소용이 없었을 뿐이다

어릴 때 공원에서 즐겼던 최고의 놀이는 바로 그네 타기였다. 나는 몇 번이고 앞뒤로 왔다 갔다 할 수 있는 그네가 좋았다. 매번 신이 나서 힘껏 다리를 흔들어댔다. 위아래를 리드미컬하게 오가다 보면 비록 보이지 않지만 공중에 뚜렷이 아로새겨지는 포물선이 느껴졌다. 너무 재미있었던 탓에 자발적으로 그네에서 내려오고 싶었던 적은 없었다. 참을 수 없을 정도로 소변이 마렵거나 차례를 기다리며 엄마에게 징징대는 아이를 볼 때만 나는 그네 타기를 멈추고 내려왔다. 물론 다 지난 이야기에 불과하지만 파킨슨병을 얻고 나서부터 흔들리는 것에 대한 내 집착이 되살아났다. 그것도 마치 앙갚음이라도 하겠다는 양 아주 호되고 별난 방식의 집착으로 말이다. 그렇다고 해서 놀이터에서 제일 좋은 그네를 차지하겠다고 떼쓸 정도로 추한 모습으로 변한 건 아니었다. 적어도 아직은……. 일단은 그저 강아지를 산책시킬 때 왼팔을 흔들지 못하고 절뚝대는 한 여자에 지나지 않았다. 흔들려고 노력을 안 한 것은 아니었다. 해도 소용이 없었다.

그때까지 지켜본 바로는 격려나 긍정적 확언은 크게 효과가 없었다. '넌 강하니까 해낼 수 있어. 추처럼 팔을 흔들어봐'처럼 동기를 불러일으키는 표현들조차 내 뇌의 결함을 이겨내기에는 역부족이었다. 명상이나 심상 떠올리기도 효과적이지 못하긴 마찬가지였다. 이 두 가지를 시도할 때면 낮잠만 간절해졌다. 한동안은 침술과 동종요법에도 의지했다. 하지만 이런 요법이 이끌어낸 신체 운동이라곤 지갑을 뒤적여 거금을 끄집어내는 내 팔의 움직임이 전부였다. 반면 물리치료와 마사지는 어느 정도 가망이 보였다. 이런 요법들은 단단하게 굳은 근육을 풀어주고 신체 강직도를 완화시키기 때문이었다. 물리치료나 마사지를 받은 날 거리에서 나를 본 사람들이라면 내 왼팔이 흔들리는 걸 목격했을 것이다. 하지만 그럴 때도 어느 정도의 속임수가 숨어 있었다. 내 왼팔이 길쭉한 닭 모양의 고무 인형이라도 된 양 잠시 펄럭이면 나는 어느새 오른팔을 뻗어 왼팔을 이따금 눌러대곤 했다. 그렇게 하면 왼팔이 계속 이리저리 움직이기에 내가 왼팔을 내리누른 듯한 분위기를 풍길 수 있었다.

한때 등산용 지팡이를 구세주로 여긴 적도 있었다. 첨단 메커니즘이 적용된 이 고안물을 사용하면 완벽한 형태로 팔을 흔들 수 있을 것 같았다. 오른팔이 앞으로 나가면 왼팔이 뒤로 가고, 또 왼팔이 앞으로 나가면 오른팔이 뒤로 가는 식으로 말이다. 공원에 나가보아도 이 가벼운 막대기를 쥐고 미끄러지듯 스쳐 지나가는 사람들이 여럿 보였다. 그들은 하나같이 그 어떤 영감이라도 받은 듯 착실하고도 거침없이 팔을 흔들어댔다. 그래서 나도 이 지팡이를 구입했다. 흐뭇하게도 효과는 확연했다. 하지만 내 예상과는 다르게 나를 포함해 행인들과 애완동물도 이 지팡이의 표적이 되었다. 한때 구세주로 여겼던 이 지팡이는 환불되었다.

많은 걸 시도해보았지만, 그 어떤 방법으로도 왼팔을 흔들지 못했다는 건 꽤 실망스러운 일이었다. 항파킨슨제를 복용해도 내 왼팔은 차도가 없었다. 하지만 몇 주 동안 토론토에서 지낼 계획을 가지고 있었기에 색다른 것을 시도해볼 수 있을 것이었다. 나는 나오미와 함께 토론토로 향했다. 일상을 벗어나 딸아이와 둘만의 시간을 가질 수 있기를 얼마나 바랐던가. 하지만 인생이라는 측면에서 볼 때 딸아이와 나는 분명히 다른 시간 선상에 살고 있었다.

*나는 아빠엄마의 딸이고,
나오미는 아빠엄마의 손녀다*

아빠는 내가 토론토에 들를 때마다 공항에 나오셨다. 가끔 엄마도 함께 나와 있을 때가 있긴 했지만 이번은 아니었다. 오늘 저녁에는 아빠가 그 임무를 제부 밥에게 넘겨놓았다. 우리는 우선 부모님의 집으로 향했다. 엄마가 현관에서 우리를 반겼다. 분홍빛으로 물든 엄마의 머리카락과 쨍그랑거리는 보석들, 온통 번쩍대는 옷차림, 짙은 꽃향기가 풍기는 향수, 톤이 높은 음성……. 이 모든 것들이 내 감각기관을 피곤하게 만들었다. 오랜만에 엄마를 볼 때면 항상 이런 현상이 나타났다. 하지만 오래지 않아 엄마의 자극적인 차림새에도 익숙해졌다. 문득 엄마도 변한 내 모습에 적응이 된 건지 궁금해졌다. 사실 한쪽 가슴을 잃어버리고 폐경증후군에 시달리며 하루가 다르게 무너지는 딸의 모습 역시 엄마 눈에는 충분히 거슬릴 만했다. 하지만 적어도 엄마는 불편해진 심기를 감추는 성격은 아니었다. 대신 자신의 장기를 살려 최대한 즐기는 편이었다. 그러니까 의기양양한 미소를 띤 채 흥겨운 파티 모드로 들어가는 것 말이다. 굳이 그러지 말아야 할 이유도 없지 않은가? 더군다나 나오미와 나까지 함께한다면 말이다!

동생과 조카들은 거실에 모여 있었다. 훌쩍 자란 아이들의 모습이 신기할 따름이었다. 케일라는 이제 여덟 살이 되었고 조시는 다섯 살이었다. 거실로 들어온 나오미 역시 아이들의 포옹 세례를 받았다. 아빠의 모습을 찾노라니 그제야 천천히 그리고 조심스럽게 계단을 내려오고 계셨다.

"안녕하세요, 아빠."

"잘 지냈니, 로빈. 거기 가만히 있어라. 내가 금세 내려갈 테니까."

'파킨슨병 환자로서 금세라는 말이겠지'라고 나는 속으로 생각했다. 마침내 아빠가 거실에 당도했을 때 우리는 포옹으로 안부 인사를 대신했다. 우리의 포옹은 서로에 대한 깊은 이해와 연민을 담고 있었다. 죽어가는 신경세포가 초래한 잔인한 운명의 테두리에 함께 갇힌 부녀이지 않은가.

파킨슨병은 종종 '디자이너 질환'으로 불렸다. 꽤 멋지고 세련된 명칭처럼 들리겠지만 그런 뜻과는 거리가 먼 표현이었다. 내 옷장이건 나를 찾아온 병이건 간에 멋지거나 세련된 건 하나도 없었다. 어쨌건 디자이너 질환이라는 명칭은 이 병에 걸린 환자들이 각자 겪는 고통의 특이성 때문에 붙여졌다. 초기 발병과 다양한 증상 그리고 병의 심각도와 약물 반응 및 내성의 추이에 이르기까지 환자가 제각기 다른 특성을 보이는 게 마치 개성을 중시하는 디자이너와 비슷하기 때문이라고 했다. 그러니까 아빠와 내가 비슷한 증상을 보이긴 했지만 우리는 각자 질환의 단계가 다르고 약물요법에도 각기 다르게 반응했다. 지금까지로 보아서는 내가 운이 좋은 편인 듯했다. 항우울제의 효과도 톡톡히 누리는데다 도파민 작용제도 잘 견뎌내고 있기 때문이었다. 반면 아빠는 크게 운이 좋은 편이 아니었다. 당신에게 잘 맞는 항우울제를 찾아내기까지도 꽤 오랜 시간이 소요되었다. 게다가 도파민 작용제에도 거부반응을 보인 탓에 담당 신경과 전문의가 시네메트sinemet. 도파민 전구물질인 레보도파와 전환 억제제인 카비도파가 혼합된 약물를 처방해야 했다. 시네메트는 노란색을 띤 일반 약제였다. 나중에는 나 역시 이 약을 필요로 하게 될지 몰랐다.

한때 아빠에게도 약효가 나타난 적이 있었다. 그때만 해도 아빠는 늘 유쾌했고 컨디션도 괜찮았다. 정기적으로 사무실에 들렀고 가족이나 친구들과도 잘 어울렸고 골프를 치거나 엄마가 있든 없든 여행도 잘 다녔다. 무엇보다 삶을 즐길 줄 알았다. 하지만 최근에는 우울증이 도지고 신체 증상도 악화되는 중이었다. 더군다나 그날 저녁에 아빠의 쇠약해진 모습을 직접 확인하고 보니 마음이 더 아팠다. "배고픈 사람 없니?"라고 엄마가 우렁찬 목소리로 물어왔다. 모두 식탁에 둘러앉자 나오미가 두리번거리며 물었다.

"조너선 외삼촌이랑 아리엘라 외숙모……, 참 그리고 개비는 어디 있어요?"

엄마가 그릇 뚜껑을 열면서 "오늘은 안 왔어. 하지만 내일 보면 돼"라고 힘주어 말했다. 이윽고 엄마의 질문 세례와 함께 식사가 시작되었다.

"누구 연어 데리야키 먹을 사람? 허니 갈릭 립은? 감자 으깬 거 줄까? 구운 채소는 어때? 옥수수? 밥? 케일라, 네가 최고로 좋아하는 거 만들어 놨다. 스파게티 말이야. 새콤달콤한 치킨볼도 있어. 조시, 너 먹으라고 핫도그 삶아 뒀어. 나오미, 샐러드 좀 먹어봐. 로빈, 너 연어 데리야키 무척 좋아하잖아. 여보? 냉장고에서 진저에일 좀 꺼내어 줄래요? 케일라랑 조시, 너희는 저녁 다 먹을 때까지 초콜릿 케이크 금지야."

우리는 줄곧 먹어대며 이야기를 늘어놓다가 또 뭔가 집어 먹기를 계속했다. 원래 엄마는 아무도 주방에 들이지 않았다. 설거지를 도와드린다고 해도 막무가내셨다. 이번에도 하는 수 없이 나오미와 나는 거실로 가 펀과 밥, 아이들과 시간을 보냈다.

우리는 다 같이 책을 읽고 그림을 그리면서 시간을 보냈다. 엄마는 주방을 정돈하시느라 바빴고 아빠는 소파에서 졸고 계셨다. 영락없이 옛 시절로 돌아간 듯했다. 온 세상이 변해가는 가운데 그때껏 변하지 않은 것도 있다는 걸 다시금 확인한 나는 새삼 위로받는 기분이 들었다.

그다음 날 아침, 우리는 다 같이 아빠가 제일 좋아하는 유대인 레스토랑으로 몰려가 아침을 먹었다. '베이글 월드Bagel World'라는 식당이었다. 식당에 발을 들여놓자마자 부모님은 손님 중 족히 절반은 되어 보이는 사람들과 눈인사를 나누었다. 그리고 그 손님들은 모두 엄마의 머리에 시선을 고정했다. 그들 중에는 고개를 절레절레 흔들어대는 사람도 있었고 가까이 다가와 인사를 건네는 사람들도 있었다.

"우리 딸 로빈 알죠? 얘가 첫 손녀 나오미랍니다."

부모님의 얼굴이 환히 피었다.

"아, 밴쿠버에서 왔다는 손녀 말이에요?"

사람들은 하나같이 이렇게 물었다. 어떤 사람들은 "정말 예쁘네요!"라고 덧붙이기도 했다. 웨이트리스는 구석 자리로 우리를 안내했다. 나오미와 나는 정신없이 메뉴를 훑어보았지만 부모님은 메뉴판 따위에는 전혀 신경 쓰지 않았다. 이미 당신들이 원하는 걸 알고 있기 때문이었다. 드디어 우리는 주문했다. 메뉴는 베이글과 오믈렛, 구운 치즈 샌드위치, 과일 샐러드, 주스와 커피였다.

두 손으로 커피 잔을 감싼 나오미에게 엄마가 "넌 언제부터 커피를 시작한 거야?"라고 묻자 딸은 "올해부터요"라고 대답했다. 나오미가 커피를 홀짝이는 동안 부모님은 미소를 띤 채 흐뭇하게 손녀를 바라보셨다. 당신들은 방금 멀리 떨어져 사는 손녀의 새로운 모습을 발견하신 것이었다. 그리고 당연히 그보다 더 많은 걸 알고 싶어하셨다. 엄마가 "친구들 얘기 좀 해보렴"이라고 나오미에게 채근하자 딸은 "정말 다양한 부류의 아이들과 어울리는 중이에요"라며 말을 이었다.

"친구 중 한 명은 지금 과도기에 있어요."

"과도기라고? 고등학생이 대학생이 된다는 말이야?"

엄마가 재차 물었다.

"고등학생에서 뭐가 된다고?"

아빠는 한마디도 놓치지 않으려고 무척이나 애를 쓰시는 중이었다.

"대학생이라고요."

엄마가 되풀이했다.

"아뇨, 여자에서 남자로 변해가는 과도기에 있다고요."

나오미가 침착하게 정정했다. 나는 슬쩍 엄마의 표정을 살폈다. 분명히 어리둥절해 있을 거라고 예상했는데 뜻밖에도 미소를 지으며 고개까지 끄덕였다. 아빠도 소파에 등을 기댄 채 희미하게 웃고 있었다.

"친구 중에는 양성애자나 게이, 레즈비언도 있어요."

나는 억지로 웃음을 참아가며 나오미 옆에 잠자코 앉아 있었다. 용감한 내 딸이 할머니와 할아버지를 떠보는 중이었다. 나오미는 비행기에서부터 자신의 계획을 공개했다. 조부모에게 자신의 성적 취향을 사실대로 말하겠다는 것이었다. 그도 그럴 것이 부모님은 나오미를 볼 때마다 남자친구가 생겼느냐고 물어댔다. 아마 이 자리를 기회 삼아 나오미는 앞으로 조부모의 질문 공세에서 벗어날 수 있을지도 모르겠다. 순간 엄마의 표정이 어중간하게 바뀌더니 나오미가 한 말을 되짚어보는 듯했다. 그러더니 엄마는 이렇게 말했다.

"그거 좋구나. 네가 너랑 다른 사람들을 인정할 수 있다니 할머니도 기뻐."

잠시 후 웨이트리스가 음식을 내왔다. 막 식사를 시작하려는데 부모님의 오랜 지인이 우리 쪽으로 건너왔다. 부모님은 온몸을 장신구로 휘감은 그 육중한 여성과 즐겁게 담소를 나누었다. 아빠는 그때껏 그래 온 것처럼 그 여성에게도 우리를 소개했다.

"우리 딸 로빈 알죠? 얘가 첫 손녀 나오미랍니다."

우리는 미소를 지어 보였다. 식사를 마치고 아빠는 우리를 마사지센터에 데려다주었다. 아빠는 담당 마사지 치료사에게 예약을 해둔 터였다. 센터 내 로비까지 우리를 바래다준 아빠는 꽤 지치고 피곤해 보였다. 내가 "마사지는 아빠가 더 필요할 것 같은데 저 대신 받으세요"라고 했더니 그럴 기분이 아니라며 집에 가겠다고 하셨다. 나오미가 곧장 마사지실로 향한 뒤 엄마와 나는 아빠와 함께 주차장까지 걸어 나갔다. 아빠의 차가 멀어지는 걸 바라보다가 문득 손목시계를 쳐다보았다. 집까지는 고작 15분 거리였다. 그러니 아무 문제 없을 것이었다. 그래도 한편으론 마음이 놓이지 않았다. 모르긴 해도 앞으로 아빠가 운전할 수 있을 날도 얼마 남지 않았을 것이다. 어쨌건 나는 20분이 지난 뒤 아빠의 휴대전화로 연락해보았다. 다행히 아빠는 무사히 집에 도착해 있었다.

이후 며칠 동안 나오미와 나는 이곳저곳을 순회했다. 남동생 집에서 여동생 집으로, 고모와 삼촌 집에서 사촌들 집으로……. 엄마는 나오미가 개학하면 입을 옷을 사 주셨다. 이 집 저 집을 돌아다니는 와중에도 나는 틈틈이 집에 들러 아빠의 벗이 되어드렸다. 발도 주물러드리고 머리 마사지도 해드리고 또 어떤 때는 그저 아빠 옆에 가만히 앉아 있기도 했다. 아빠의 마음을 조금이라도 더 편안하게 하는 거라면 뭐든 해드리고 싶었다. 물론 내 마음도 돌보아가면서 말이다. 아빠의 모습을 보니, 이놈의 파킨슨병이 진절머리 나게 싫어졌다.

딸과 내 영혼을 나눈 친구들과의 오붓한 휴가

토론토에 머무는 동안 식구들과는 별도로 또 다른 휴식 시간을 가졌다. 토론토 삼총사와 나흘 동안 시내를 벗어나 자연을 즐기기로 한 것이었다. 이것 역시 루시가 고안해낸 멋들어진 아이디어였다. 루시는 머스코카에 있는 사유 호수지 근처의 아늑한 오두막을 빌린 뒤에 리사와 보니, 나 그리고 아이들까지 죄다 초대했다. 그러니까 다 합해서 어른 넷과 일곱 살 먹은 아이 둘, 십 대 소녀 하나, 강아지 한 마리였다. 우리 모녀는 보니랑 올리버와 한 차를 타고 북쪽으로 향했다. 약하게 비가 내리고 있었다. 콘크리트와 유리창으로 가득한 도심을 벗어나 나무와 농장이 보이는 교외로 접어들자 아빠에 대한 내 근심도 조금씩 희미해져갔다. 중간에 팀 호턴에 몇 번이나 들르면서 거의 세 시간을 달린 끝에 우리는 마침내 브레이스브리지Bracebridge 마을을 지나고 있었다. 루시는 우리가 거의 목적지에 당도했다고 말했다. 이윽고 먼지 날리는 울퉁불퉁한 길이 나오고 곧바로 소나무 숲이 보였다. 차는 어느 오두막 앞에서 갑자기 멈추어 섰다. 조금 있으려니 리사가 차를 세우는 게 보였다. 리사와 대니엘은 우리를 향해 손을 흔들었다.

마침내 한데 모인 우리는 서로 포옹하고 짐을 들여놓고 장 보아온 걸 풀어 놓느라 분주했다. 딸아이와 내 영혼을 나눈 친구들, 그리고 그 친구들의 어린 아이들과 함께할 황금 같은 나흘이 눈앞에 있었다. 잠자리를 보아둔 뒤 일단 아래층으로 내려갔다. 모든 주방에는 주방장이 있어야 하는 법이었다. 마침 우리의 안주인 루시가 유명 레스토랑을 경영하고 있으니, 주방장 자리는 루시의 몫이었다. 루시는 우리가 당연히 규칙을 숙지하고 있을 거라고 생각하는 듯했다. 하지만 우리는 그렇지 못했다. 적어도 처음부터 규칙을 알 리가 없었다. 그나마 다행인 건 우리가 뭐든 빨리 터득한다는 사실이었다. 루시는 그저 부엌칼을 휘두르며 "야, 거기! 누가 음악 바꿔놨어?"라고 나무라기만 하면 되었다. 아이팟도 결국 주방장의 손안에 있는 법이었다. 특히 마이클 잭슨의 노래들은 우리로 하여금 고교 시절로 되돌아간 듯 여기게 했다.

바텐더 자리를 두고 도전장을 내민 사람은 별명이 미스 마르가리타인 리사뿐이었다. 리사는 믹서와 테킬라, 트리플 섹trple sec, 무색의 달콤한 리큐어 술, 라임, 설탕을 꺼내어 오더니 곧바로 작업에 돌입했다. 보니는 혹시나 벌어질 통제 불가능한 상황에 대비해 리사 옆을 지켰다. 리사는 소변을 참는 뛰어난 기술을 자랑하며(두 아이를 출산하고서도 말이다) 올리버와 대니엘을 데리고 한참 동안 트램펄린trampoline, 쇠틀에 넓은 그물망이 스프링으로 연결된 기구로 그 위에 올라가 점프할 수 있음을 즐겼다. 나는 그동안 뭘 했을까? 사실 내 역할은 특별히 정해져 있지 않았다. 그저 도움이 필요하다 싶으면 어디든 출동해서 열심히 도울 따름이었다. 그러니까 음식 준비나 설거지, 장보기, 모기 박멸하기 등이 내 몫으로 돌아왔다.

딸의 도전을 응원하고 싶었다, 괜찮다고

그날은 느긋하면서도 리드미컬하게 시작되었다. 먹고, 읽고, 요가하고, 수영하고, 뛰어다니고, 빵을 굽고, 요리하고, 또 먹고, 마시고, 치우고, 그러다 또 더 먹고, 잠을 청하고……. 그리고 짬짬이 무언가 떠오를 때면 글쓰기도 시도했다. 내 딸이긴 하지만 나오미는 정말이지 감탄스러운 존재였다. 딸아이는 아이들과 게임을 하다가도 곧잘 어른들의 대화에 끼어드는 등 전혀 어려워하는 기색 없이 이쪽저쪽을 활보하고 다녔다. 내 친구들은 물론 그들의 아이들과도 자연스럽게 어울리는 나오미를 바라보고 있노라니, 머지않아 피어날 젊은 여성의 모습이 언뜻 보이는 듯했다. 발랄하고 거리낌 없는 태도에 가슴이 따뜻하고 독립심 강한 그런 아가씨 말이다.

화창한 일요일 오후였다. 결론부터 말하자면 오랜만에 나오미 때문에 그만 화들짝 놀라고 말았다. 다 함께 호숫가에서 소풍을 즐기는데, 나오미가 일곱 살배기 올리버를 데리고 카누를 타겠다고 했다. 딸아이가 모험을 즐길 거라고는 생각도 못했다. 어쨌건 보니의 허락이 떨어졌기에, 딸아이와 올리버는 구명조끼를 걸치고 보트에 올라탔다. 나오미는 올리버를 앞에 앉히고 뒤에서 노를 잡았다. 언뜻 보기에 딸아이의 카누 운전 실력은 저 스스로 자신한 만큼 능숙하진 못한 것 같았다. 그래도 내 느낌이 죄다 정확하다는 법은 없었기에, 노를 저어 앞으로 나아가는 아이들을 잠자코 눈으로 좇기만 했다. 가만히 지켜보고 있노라니 두 아이는 박자에 맞추어 노를 젓지 못했다. 아니면 호흡을 맞추어보려 하다가도 곧장 실패하고 말았다. 옆에서 같이 지켜보던 보니가 이렇게 물었다.

"재는 지금 자신이 뭘 하려는 건지 알고나 있을까?"

"그냥 버둥거리는 거지 뭐."

아무렇지도 않은 듯 그렇게 대답하긴 했지만 카누의 방향을 돌리려고 진땀을 빼는 나오미를 보고 있자니 가슴이 쿵쾅거렸다. 보니가 "가서 아이들을 데려올게"라고 말한 다음 옷을 벗고 호수로 뛰어들었다. 새끼 곰들을 구출하러 몸을 던지는 한 마리 어미 곰 같은 기세로 말이다. 보니는 호수 중앙까지 헤엄쳐 가서 카누와 아이들을 끌고 다시 돌아 나왔다.

“물살이 생각보다 세서 놀랐어요. 감사합니다, 보니 아줌마.”

괜찮다고 젖은 몸을 닦던 보니가 웃으며 대답했다. 나는 나오미와 올리버가 무사한 걸 확인하고 나서야 겨우 안심이 되었다. 다시 래프팅 가자는 나오미의 제안을 사양하고 오두막 안으로 들어와 일기장을 펼쳤다. 나는 금세 글쓰기에 빠져들어 시간이 가는 줄도 까맣게 몰랐다. 그러다 발걸음 소리가 오두막 안을 울리고 시끌벅적한 음성들이 주변을 에워싸고 나서야 펜을 놓고 고개를 들었다. 일행은 갱 단원처럼 한 사람씩 차례로 의기양양하게 걸어 들어왔다. 대니엘은 킬킬대며 이렇게 말했다.

“로빈 아줌마, 또 다른 구출 장면을 놓치셨어요! 이번에는 저희 엄마가 헤엄쳐 와서 나오미랑 저, 올리버를 구했어요. 래프팅 보트도 끌어오고요.”

나오미는 문 옆에 서서 멋쩍은 듯 웃고 있었다. 나는 같이 빙그레 웃어주며 이렇게 말했다.

“괜찮아. 이렇게 살아 있잖아. 그렇지?”

아직 재기 발랄하고 쾌활해, 그리고 그럴 수 있어

토론토 시내로 복귀하는 날 아침, 우리는 오전 내내 청소와 빨래, 침대 정돈, 짐 꾸리기에 전념하느라 정신이 없었다. 그 와중에도 뼛속까지 흔들어놓는 케이디 랭K. D. Lang의 커버 송과 조니 미첼과 닐 영 그리고 레너드 코언 등의 음성이 오두막을 가득 메웠다. 케이디 랭의 음성을 듣고 있노라면 울적해지는 동시에 뭔가를 갈구하고 감사하게 되었다. 역시나 내 안의 울보도 마음이 움직이는 모양이었다. 그래서 나는 소파로 올라가 깊이 심호흡을 한 뒤 눈을 감았다. 눈을 떴을 때는 리사가 내 옆에 앉아 있었다.

"슬픈 거니?"

"딱히 그렇지도 않아. 뭐랄까 좀 안심이 돼."

"안심이 된다고? 뭐가?"

"너희들은 내가 아직 정상인 것처럼 대해줬어. 병에서 벗어나 한동안 휴가를 즐긴 기분이야."

리사가 의아스럽다는 듯 나를 쳐다보는 가운데, 나는 내 결점들을 하나씩 떠올려보았다. 절뚝대는 다리와 떠나보낸 내 애달픈 가슴 한쪽, 사라진 난소들, 뻣뻣한 팔, 도파민을 만들어내지 못하는 뇌…….

"비정상이라고? 참나! 좀 더 일찍 말해주지 그랬니. 비정상인 줄 알았더라면 처음부터 비정상적으로 널 대했을 거야. 그럼 지금보다 훨씬 더 재미있었겠지"라고 말하며 리사가 크게 웃었고 나 역시 친구를 따라 웃었다. 리사는 곧 루시와 보니가 있는 주방으로 건너갔다. 토론토 삼총사가 유쾌하게 수다 떠는 소리가 들려왔다. 이들은 내 베스트 프렌드이자 자매들이었다. 그런데 혹시 저들만 알고 내가 모르는 게 있을까? 만일 그렇다면 그건 위안이 되면서도 한편으론 혼란스러운 일이었다. 만나는 사람마다 내게 어느 정도의 연민을 보이는 현재 상황에서는 더욱 그랬다. 대개의 사람들은 나를 동정했다. 가끔 나 자신도 나를 동정할 때가 있었다. 그런데 이곳에서만은 그런 기미가 없었다. 우리가 오랫동안 근심과 위기의 순간을 함께해온 건 사실이었다. 유산과 아이들의 질병, 애완동물의 죽음, 남편의 외도, 재정 문제, 부부싸움, 부모님의 병환, 직장 생활의 애환, 심한 통증 등 그 경우도 다양했다. 게다가 이제는 파킨슨병과 암이라는 주제까지 더해진 셈이었다. 하지만 여기에서만은, 친구들 사이에서만은 내가 불쌍하지 않았다. 우리는 여전히 재기 발랄하고 쾌활한 사람들이었다. 그리고 이런 우리가 다 함께 모이면 눈이 부실 지경이었다. 아무리 중년이라 해도 말이다.

아빠의 몸이 점점 둔해져간다

나오미와 나는 보니와 한 차에 타고 토론토로 돌아왔다. 나는 조금만 더 있으면 드디어 집에 간다는 생각에 들떠 있었다. 베르겐과 넬리가 너무 보고 싶었다. 401번 고속도로로 접어들었을 때, 나는 새삼스럽게 보니에게 이런 질문을 해보았다.

"너 혹시 밴쿠버로 돌아가고 싶었던 적 있니?"

"아니. 난 토론토가 좋아. 하지만 쇼를 기획할 땐 밴쿠버에서 일하는 것도 나쁘지 않아. 가서 너도 볼 수 있고 말이야. 참, 나 보험 들었어. 네가 파킨슨병이라는 진단을 받았을 때 생각했어. 내가 병에 걸려 못 움직이게 될 경우에 대비해서 나 자신은 물론이고 가족들도 보호해야겠다고. 그래서 과감하게 투자했지."

"잘 생각했네. 나도 미리 대비해뒀더라면 좋았을걸."

토론토에서 남은 며칠은 가족과 함께 보냈다. 내가 오두막에

다녀온 뒤로 아빠는 전보다 더 약해지고 불안해하는 듯했다. 진을 빼는 병에 걸려 고통스러워하는 아빠를 보고 있자니 마음이 너무 아팠다. 나오미와 공항으로 향하기 전에 아빠가 누워 계시는 침대로 가서 발 마사지를 해드렸다. 아빠의 경직된 다리가 좀 풀리는 듯했다. 호흡도 더 진정되었다.

"팔이랑 손을 침대에 닿게 놓을 수 있겠어요?"

아빠는 침대에서 몇 센티미터 떨어져 떠 있는 자신의 굳은 팔다리를 내려다보셨다. 그러곤 "그렇게 해보마"라고 나지막이 말씀하셨다. 뻣뻣한 팔을 억지로 구부리고 얼어붙은 손가락을 움직이려 애쓰는 아빠가 보였다. 나는 아빠의 굳은 근육을 좀 풀어드리려고 붕 떠 있는 팔을 한쪽씩 번갈아가며 마사지했다. 한참 만에 드디어 아빠의 왼팔이 침대에 닿았다. 그러더니 오른팔도 서서히 풀어지기 시작했다. 그래서 내가 아빠의 오른팔을 침대에 닿도록 내려놓았더니, 갑자기 아빠의 왼팔이 떠버렸다. 눈에 보이지 않는 도르래가 반대쪽 팔을 잡아끄는 것만 같았다. 어처구니가 없어서 저절로 미소가 지어졌다. 그리고 곧이어 나에게 벌어질 모습도 훤히 보이는 듯했다. 내가 아빠의 왼팔을 잡고 침대에 놓자마자 이번에는 오른팔이 공중으로 올라갔다. 그때만큼은 어쩔 도리 없이 웃음을 터뜨리고 말았다. 아빠는 "뭐가 그렇게 재미있니?"라고 대뜸 물으셨다. 차마 당신의 팔이 엇갈려 공중에 떠서 그렇다고 말하지 못한 나는 대신 아빠의 발을 주무르며 이렇게 말했다.

"우리한테 찾아온 이놈의 병 말이에요. 이렇게라도 웃지 않으면 아마 내내 징징댈걸요."

그렇게 조금 있으려니 엄마가 리무진이 도착했다고 외치는 소리가 들렸다. 그새 아빠는 잠이 드셨다. 나는 몸을 구부려 아빠의 이마에 입 맞추고는 이렇게 속삭였다.

"안녕히 계세요, 아빠. 금세 또 올게요. 사랑해요."

아빠는 갑자기 눈꺼풀을 깜빡이더니 웃으며 물었다.

"지금 가는 거냐?"

"네, 차가 와 있대요. 보고 싶을 거예요."

"나도…… 그럴 거다."

나는 곧장 아래층으로 내려가 엄마를 껴안아드리고 나오미와 차에 올랐다. 그때까지 참을성 있게 기다렸던 내 안의 울보가 차가 서서히 출발하자 이내 눈물을 떨어뜨렸다.

정상이라고, 힘주어 말해주었다

집에 돌아왔다. 그리고 이틀 후 정 박사와 후속 면담을 했다. 박사의 검진이 끝나고 나는 이렇게 말을 건넸다.

"이번에는 케이크를 못 구워 왔네요. 죄송해요. 거기다 오늘은 우리 기념일인데 말이죠."

박사는 환한 미소를 지어 보이며 무슨 기념일이냐고 물어왔다.

"정확히 1년 전 오늘, 박사님이 제 유방을 절제하셨어요."

"아, 그렇군요. 그럼 축하해야겠네요, 로빈 씨."

"박사님도 축하해요."

나는 내 가슴을 내려다보며 더 걱정할 부분은 없냐고 정 박사에게 물었다. 전부 정상이라고, 박사는 힘주어 말해주었다. 나는 '정상'이라는 단어에 크게 안도했다.

도파민을 누른 시네메트 효능에 감탄하다

남은 몇 주간의 여름도 평화롭게 보냈다. 절뚝대는 내 상태를 담담히 받아들이면서 말이다. 친구들과의 저녁식사와 크리스틴과의 산책, 제시카의 마사지, 가족과 보낸 오두막에서의 한때가 차례로 이어졌다. 9월이 가까워지자 유방암이 스포트라이트를 받으며 으스댔고 파킨슨병도 무대 중앙으로 걸어 나와 그 존재를 과시했다. 도파민 작용제 복용을 시작한 지도 어느덧 6개월째다. 도파민 작용제는 분명히 내 신체 기능과 삶의 질을 한 단계 향상시켜놓았다. 하지만 스퇴슬 박사는 이 약제의 엄청난 약효도 결국은 희미해질 것이고, 그때가 되면 복용하는 약의 강도를 높여 시네메트까지 더해야 할 거라고 경고했다. 아빠가 복용하시던 노란 빛깔의 항파킨슨제 말이다. 역시 박사의 예견은 빗나가지 않았다. 사실 여름 내내 기동력과 민첩성이 서서히 감퇴하는 걸 자각했다. 그러니까 내 몸이 다시금 둔화하고 있는 거였다. 손가락이 제대로 움직이지 않아 채소 썰기나 타이핑, 치실질이 무척 불편해졌다. 죄다 꽤 우울한 징조였건만 뜻밖에도 큰 우울증은 오지 않았다. 단지 그런 증상들이 악화되어 다시 좀비같이 변해버릴까 봐 불안하고 걱정될 따름이었다. 예전에 약을 복용하지 않았을 때처럼 말이다. 그런 일이 다시 벌어지도록 그냥 방치할 수는 없는 노릇이었다. 절대 그럴 수 없었다. 수술까지 감내하며 종양을 제거해내고 더는 암의 징후도 보이지 않으니, 이제는 정말 시네메트를 받아들일 때가 된 것이었다.

효과는 놀라웠다. 도파민 작용제가 영웅이라면 시네메트는 그야말로 전지전능한 존재였다. 시네메트 복용에 돌입하고 며칠이 채 되지 않아 다시 태어난 것 같은 기분이 들었다. 굳어 있던 왼팔이 거짓말처럼 흔들리기 시작했고, 왼쪽 다리의 절뚝거림도 차츰 희미해져갔다. 무엇보다 놀라웠던 건 줄곧 흐리멍덩하기만 했던 머릿속이 안개 걷힌 듯 맑아졌다는 사실이었다. 시네메트를 복용하고 일주일이 지나서는 베르겐에게도 이렇게 말할 정도였다.

"이렇게 정신이 맑아진 건 몇 년 만에 처음이에요. 정말 믿기지 않아요. 예전처럼 사고하는 게 가능해졌어요. 흐릿한 회색 영역에서 생동감 넘치는 색들의 세계로 넘어온 것만 같아요. 이제는 아주 사소한 부분까지 정확하게 생각할 수 있어요."

베르겐은 기뻐하며 시네메트가 어떤 식으로 작용하는지 물어왔다.

"사실 도파민을 직접 투여할 수는 없어요. 어차피 도파민이 뇌혈관 장벽을 뚫고 뇌까지 도달할 순 없는 거니까요. 그래서 바로 이게 차선책으로 최고래요. 도파민의 전구前驅물질 격인 엘도파Levodopa, 파킨슨병 치료제가 함유되어 있다나 봐요. 엘도파가 뇌혈관 장벽을 통과해서 뇌에 이르면 도파민으로 변한대요."

"이 약이 처음에 스퇴슬 박사가 권하지 않았던 바로 그거야?"

"맞아요. 정말 그 약이 필요할 때까지 기다리는 게 좋겠다고 했어요. 장기간 복용하면 운동장애가 올 수도 있고 신체 동작 조절 능력도 떨어질 수 있대요. 그래도 그건 적어도 삼사 년도 훌쩍 넘어 그 이후 얘기니까요. 지금부터 걱정할 필요는 없어요."

"그래 맞아. 잘 생각했어."

베르겐이 웃으며 껴안아주었다.

딸은 내가 당장 죽지 않는다는 사실에 안도했다

몇 주가 더 흐르자 시네메트 투약 양도 증가했다. 나는 늘어난 투약 양만큼이나 활기를 더해갔다. 오랜만에 만난 친구들은 하나같이 충격을 감추지 못했다. 좋아 보인다는 찬사를 들을수록 이전에는 얼마나 끔찍해 보였을까 싶어 불쑥불쑥 당혹감이 밀려들었다. 사실 지난 몇 년간은 너무도 엄청난 일들을 겪은 만큼 아주 끔찍한 모습이었을 것이다. 갑자기 찾아든 우울증과 아빠의 파킨슨병, 엄마의 폐암, 나까지 덮친 파킨슨병 그리고 곧장 유방암과 두 번의 수술, 수술 후의 즉각적 폐경……. 이 모든 사건이 한데 어우러져 내가 감당할 수 있는 고통의 범위를 넘어서버렸던 것이다. 하지만 돌이켜보면 그러한 고통을 다른 사람들과 나누었다는 사실 역시 후회스럽긴 마찬가지였다. 특히 나오미와 베르겐에게 더 미안했다. 힘겨웠던 지난날 내 모든 변덕과 우울을 고스란히 견뎌낸 그들이 그저 경탄스러울 따름이었다. 분명히 쉽지 않은 여정이었다. 두 사람 모두 엄청난 용기와 측은지심을 끌어내야 했을 터였다. 더군다나 나오미는 한창 어리광을 피울 나이였음에도 불구하고 남들보다 더 빨리 어른스러워져야 했을 것이었다. 난 가끔씩 힘겨웠던 나날들에 대해 나오미와 이야기를 나누었는데 그때 무슨 생각을 했었냐고 물은 적이 있었다. 나오미는 이렇게 말해주었다.

"파킨슨병이라는 말을 처음 들었을 때 바로 조사해봤어요. 근데 심각한 것도 아니더라고요. 움직이는 게 조금 불편해지는 것뿐이잖아요. 엄마가 나한테 화나 짜증을 부릴 때도 엄마가 이상하다고 생각한 적은 없어요. 나한테 잘못이 있을 거라고 생각했죠. 엄마가 아플수록 저는 점점 더 완벽해지려고 했던 거 같아요. 엄마를 언짢게 하는 일은 피하고 싶었으니까요. 엄마는 언짢아질 때면 울음을 터뜨렸죠. 그러면 순식간에 우리 역할이 바뀌는 것 같았어요. 제가 엄마고 엄마가 어린아이가 된 것처럼요. 그리고 무엇보다 엄마가 이 병으로 죽지는 않을 거라는 사실에…… 안도했다고나 할까요? 죽지는 않겠구나, 이것 때문에 죽지는 않겠구나 생각했어요……."

나오미는 살짝 울음 섞인 말투로 말했다. 난 말없이 딸아이를 껴안아주었다.

죽지도 못하고 낫지도 않겠지만,
그래도 살아야겠지?

어느새 우리 집은 십 대 소녀들의 천국으로 변해가고 있었다. 나오미의 친구들은 거리낌 없이 편안하게 우리 집을 드나들었다. 아이들은 집에서 쿠키도 굽고 영화도 보고 스크래블scrabble 게임을 하는가 하면 저녁까지 같이 먹고 자고 갈 때도 있었다. 어차피 잘된 일이라고 생각했다. 그런 걸 보면 나오미도 집에 머무는 게 편한 것 같았고, 또 그만큼 딸아이의 친구들도 우리 집을 편하게 여기는 것 같았으니까 말이다. 단지 한 가지 불편한 점이 있다면, 내게 충분한 프라이버시가 주어지지 않는다는 거였다. 평소에 베르겐과 나오미만 있을 때는 밋밋한 가슴이 드러나는 편한 옷을 즐겨 입었다. 하지만 아이들이 와 있을 때면 무척이나 고민이었다. 단순히 나 자신의 외모에 신경이 쏠리는 건 물론이고 나오미의 친구들에게 충격을 줄까 봐 항상 전전긍긍했던 것이다. 어느 날은 브래지어에 돌로레스를 끼워 넣고 있으려니 나오미가 다가와 이렇게 말했다.

"엄마, 매번 그렇게 돌로레스를 착용할 필요 없어요. 엄마의 한쪽 가슴만 눈여겨보는 사람은 엄마밖에 없으니까요."

"네 친구들이 이상하게 생각할 거야."

"아닐걸요. 그리고 만약에 그렇다 해도 그게 뭐가 어때서요?"

"난 그 아이들을 놀라게 하고 싶지 않아."

"안 그래요, 엄마. 엄마는 암을 이겨낸 사람이에요. 한쪽 가슴이 그걸 증명하는 거예요. 부끄러워하지 않아도 돼요!"

"넌 언제 그렇게 똑똑해졌니?"

나오미는 어깨를 으쓱해 보였다. 이윽고 초인종이 울리자 나오미는 아래층으로 내려가 친구들을 맞이했다. 돌로레스를 끼워 넣은 지 고작 몇 분이 지났을 뿐인데도 금세 불편하고 가려워졌다. 사실이 그랬다. 집에서는 돌로레스를 빼어 두는 편이 훨씬 좋았다. 나는 결국 나오미의 조언에 힘입어 브래지어를 벗어버리고 돌로레스를 서랍 속에 넣었다. 그리고 티셔츠를 꺼내어 입었다. 역시 가슴을 편안하게 했더니 한결 기분이 좋아졌다.

이튿날 저녁, 나오미와 친구들은 파티에 가고 집에 없었다. 베르겐과 둘이서 오랜만에 오붓하게 저녁식사를 하고 넬리를 산책시켰다. 산책에서 돌아온 다음 남편이 내게 물었다.

"이제 뭐 할 거야?"

"우리 오늘은 일찍 자두는 게 어때요?"

남편은 싱긋 웃더니 이렇게 대답했다.

"그러지. 정리 좀 하고 바로 갈게."

나는 위층 침실로 올라가 조명을 희미하게 해두고 욕실에서 간단히 정리를 마쳤다. 거울에 비친 비뚜름한 내 몸을 보고 있노라니, 밋밋한 공간 옆에 자리한 왼쪽 가슴이 그렇게 안쓰럽고 쓸쓸해 보일 수가 없었다. 위로의 말을 건네거나 무언가를 해서 왼쪽 가슴의 기분을 풀어주고 싶었다. 옆으로 곁눈질해 보았더니, 구석에 자리한 나오미의 메이크업 가방이 보였다. 순간 그 어떤 생각이 머리를 스치고 지나갔다. 나는 검은색 아이라이너를 끄집어냈다. 아주 오랫동안 하지 않았던 일을 하려고 하니 마음이 들떴다. 바로 그림을 그려보기로 한 것이었다. 왜 전에는 미처 이런 생각을 못했던 걸까? 밋밋해진 가슴 부위를 텅 빈 캔버스라고 생각하면 될 일이지 않은가?

이윽고 나는 거울 쪽으로 몸을 기울이고 연필 뚜껑을 열었다.

그리고 유방절세술 이후 생긴 흉터 부위에 웃는 얼굴을 그려넣었다. 황급히 그린 탓에 얼굴은 약간 기울어졌고 눈도 너무 가늘었다. 하지만 입만큼은 달랐다. 목젖이 다 보이도록 크게 웃는 모양새는 다소 터무니없어 보여도 누구든 금세 웃게 만드는 힘이 있었다. 나는 세면대에서 한발 물러나 내 작품을 뚫어지게 응시했다. 그리고 그 즉시 깨달았다. 호탕하게 웃는 이 얼굴이야말로 외로움에 지친 내 왼쪽 가슴에 최고의 동반자가 될 거란 사실을 말이다. 기쁨에 들뜬 나머지 짜릿한 아찔함까지 느껴졌다.

침실로 돌아온 나는 곧장 침대 위로 가 누웠다. 1초도 낭비할 수 없었다. 벌써 베르겐이 올라오는 소리가 들렸기 때문이었다. 드디어 베르겐이 침실 문을 열고 들어왔을 때, 나는 팔을 머리 뒤에 받치고 등을 위로 한껏 들어 올린 채 무릎을 구부려 세우고 있었다. 누가 보았다면 〈플레이보이Playboy〉 화보를 찍는 메릴린 먼로Marilyn Monroe 같은 자세라고 생각했을 것이었다.

"나 좀 봐요, 어때요?"

나는 장난기 가득한 목소리로 물었다.

"뭐가?"

"이거요 이거!"

나는 내 작품을 가리키며 외쳐댔다. 내 가슴을 내려다본 베르겐은 크게 웃음을 터뜨리고 말았다. 그러고는 "정말 마음에 들어!"라고 말하며 허리를 구부려 내게 입맞춤을 해주었다.

"문신이라도 할까 봐요."

"진담이야?"

"뭐, 앞일은 모르는 거니까요."

그날 밤 내내 나는 아름답고 행복한 여자라는 생각에 뿌듯한 기분을 가라앉힐 수 없었다. 그렇게 나는 드디어 균형을 되찾은 듯했다. 베르겐의 품에 안겨 잠시 생각해보았다. 앞으로 난 정말 문신을 하게 될까? 만일 그렇다면 문신 외에 나를 기다리고 있는 또 다른 것은 무엇일까? 앞으로 어떤 일이 나를 기다리고 있을까? 아니면 볼거리? 무언가 새로운 사실을 발견하게 될까? 내가 그려넣은 웃는 얼굴을 손가락으로 더듬다 보니, 조이와 베일에 싸인 그녀의 문신이 떠올랐다. 하지만 그런 생각도 금세 희미해져갔다. 그러다 갑자기 몸속 깊은 곳에서부터 그 어떤 급박함이 밀려 올라왔다. 나는 눈을 감은 채 줄이 그어진 종이가 바로 앞에 놓여 있다고 생각해보았다. 그리고 종이 맨 위에 '해야 할 일'이라고 크게 적은 다음 목록을 써 내려가기 시작했다.

피아노 레슨 받기, 컴퓨터 애니메이션 강좌 듣기, 유방절제술 환자용 옷 디자인해보기, 샌프란시스코와 뉴욕에 나오미 데려가기, 베르겐과 허니문 떠나기, 책 쓰기, 토론토에 더 자주 방문하기, 크레이그 퍼거슨의 〈레이트 레이트 쇼〉 방청 티켓 확보하기, 다시 그림 시작하기, 꾸준히 우정 다지기…….

끝없이 펼쳐진 수평선을 바라보는 듯한 기분이었다. 앞으로의 일을 누가 알겠는가? 결국은 그때의 내 모습이 나의 전부가 아닐지도 몰랐다.

내 남은 생의 모든 것

2012년 11월 10일 초판 1쇄 인쇄
2012년 11월 15일 초판 1쇄 발행

지은이 로빈 미셸 레비
옮긴이 이민정
펴낸이 진성원

펴낸곳 케이디북스(KD books)
등 록 제307-2003-60호 (2003년 9월 22일)
주 소 서울시 성북구 정릉 3동 653-40
전 화 02-909-2348
팩 스 02-912-4438
이메일 bookkd@naver.com
필름출력 으뜸애드래픽
종 이 대림지업
인 쇄 신영인쇄
제 본 한마음

ISBN 978-89-91197-93-0 03800
값 14,000원